KB094574

365일

하루하루를 위한
좋은 생각

365
인생독본

A *Calendar of Wisdom*

레프 톨스토이(1828~1910)

1828년 남러시아의 야스나야 폴랴나에서 톨스토이 백작 가문에서 태어나, 어려서 부모를 잃고 친척집에서 성장했다. 카잔대학교 법학과에 입학했으나 자유와 창의성을 억압하는 교육 방식에 실망해 자퇴하고 고향 야스나야 폴랴나로 돌아왔다. 귀향한 뒤 어릴 때부터 노동에 내몰리는 농민의 아이들을 위해 농민학교를 세우기도 했으나 귀족들의 방해로 실패했다.

1851년 캅카스(코카서스)의 포병대 사관후보생으로 웅대한 자연과 벗하게 되면서 문학에 눈을 뜬 뒤 최초의 소설인 자전적 3부작 〈유년 시절〉, 〈소년 시절〉, 〈청년 시절〉을 발표해 작가로서 인정을 받았다. 1869년 톨스토이의 가장 훌륭한 문학적 성취로 꼽히는 《전쟁과 평화》, 1878년 톨스토이가 자신의 첫 번째 진정한 소설로 여긴 《안나 카레니나》를 집필했다. 1899년 발표한 《부활》에서 인간이 만든 법의 부당함과 제도화된 교회의 위선을 폭로해 러시아정교회로부터 파문을 당했다.

평생을 통해 영과 육의 싸움에 괴로워하며 늘 자연인이 되기를 갈망했던 그는, 1910년 저작권 문제로 아내와 갈등을 겪다가 건강이 악화된 상태에서 방랑길에 올랐다가 작은 기차역 아스타포보역에서 폐렴으로 세상을 떠났다.

최종옥

한국외국어대학교 경제학과를 졸업하고 서강대학교 대학원에서 경제학을 전공했다. 대한항공, 코카콜라, 외국계 금융기관에서 자금 및 국제금융 업무를 담당했다. 현재 북코스모스 대표로 활동하면서 여러 매체에 경제·경영 분야 서평을 기고하고 있다.

옮긴 책으로는 《하쿠나 마타타》, 《괜찮아, 잘될 거야》, 《폴 마이어의 성공 시크릿》, 《유럽 제국주의 경제학》, 《리눅스 혁명과 레드햇》, 《어니스트 섀클턴 극한상황 리더십》, 《마켓 리더의 조건》, 《퓨처 리더십》, 《최고의 인생을 위한 게임》 등이 있다.

365일 하루하루를 위한 좋은 생각

365 인생독본

A Calendar of Wisdom

레프 톨스토이 지음 ● 최종옥 옮김

nomad 노마드

차례

지은이 서문 6

1월 January 8

2월 February 44

3월 March 78

4월 April 114

5월 May 148

6월 June 184

7월 July 218

8월 August 254

9월 September 290

10월 October 324

11월 November 360

12월 December 394

지은이 서문

이 책에 실린 인용문구들은 수많은 작품이나 전집에서 추린 것이다. 그 인용문구들 밑에 저자의 이름은 밝혀놓았지만, 그것의 정확한 출전이나 책 제목을 표시하지는 않았다. 더러는 이 인용문구들이 쓰인 원서를 번역한 것이 아니라, 내가 알고 있는 언어로 번역된 책에서 추린 것도 있어서 번역이 원문과는 꼭 들어맞지 않는 경우도 있다.

독일, 프랑스 또는 이탈리아 사상가들의 글을 번역할 때, 그 원문을 엄격하게 따르지 않고 대체로 이해하기 쉽게 줄였으며, 경우에 따라서는 일부 단어를 생략하기도 했다. 독자들은 파스칼이나 루소 등의 인용문구들이 원문과 다르다고 말할지도 모른다. 하지만 문장을 바꿔 그들의 사상을 보다 잘 이해할 수 있다면 그것이 큰 문제는 아니라고 생각한다. 그러므로 이 책을 다른 말로 번역하려는 사람이 있다면, 굳이 영국 시인 콜리지나 독일 철학자 칸트, 프랑스 사상가 루소 등의 원문을 찾을 필요 없이 내 글을 그대로 번역하라고 권하고 싶다.

이 인용문들이 원문과 다른 또 하나의 이유는, 길고 복잡한 주장에서 하나의 사상을 뽑아내려면 표현을 분명하게 하고 통일성을 주기 위해 몇몇 단어나 구절은 바꾸지 않을 수 없었다. 어떤 부분은 내가 쓰는 단어로 완전히 바꾼 것도 있다.

내가 이 책을 쓴 목적은 단순히 위대한 사상가들의 글을 옮기는 데 있지 않다. 오히려 일반 대중들이 매일매일 쉽게 읽고 접하여 그들의 위대한 지적 유산들을 활용하자는 데 있다.

아무쪼록 이 책을 읽는 독자들이 내가 이 책을 저술하면서 경험했던, 또 수정증보판을 내기 위해 다시 읽으면서 경험했던 그 지혜롭고 고양된 감정을 맛보기 바란다.

레프 톨스토이

1908년 3월

January

1일

January

그대의 서재 안에 어떤 책들이 있는가를 살펴보라. 수천 년 동안 온갖 문명을 이끌어온 가장 슬기롭고 훌륭한 위인들과 만날 수 있을 것이다. 그들은 고독을 즐기는 은둔자들이며 소란한 것을 싫어하고, 예의범절을 지키는 데도 까다롭기 그지없어서 그대와는 동떨어진 인격체일 수도 있다. 그러나 그들이 가장 아끼는 벗에게도 털어놓지 않았던 위대한 사상이 여기 낯모르는 우리들을 위하여 낱낱이 기록되어 있다고 생각해보라. 우리는 책을 통해서 고도의 지적 성과물을 얻게 되는 것이다. -에머슨

우리는 지식을 되새김질할 수 있어야 한다. 책의 내용을 머릿속에 집어넣는 것만이 능사는 아니다. 아무리 이로운 지식이라도 되풀이하여 외우지 않는다면 우리는 아무런 힘도 갖지 못하게 될 것이다. -로크

육체를 좀먹는 독약과 정신을 망치는 독약은 차이가 있다. 육체를 좀먹는 독약은 대부분 그 맛이 쓰고 불쾌하지만, 정신에 해를 끼치는 독약은 그 맛이 곧잘 사람을 현혹한다. 사악한 것은 항상 매혹적인 모습으로 다가오기 마련이다.

닥치는 대로 책을 읽거나 쓸데없이 잡다한 지식으로 머릿속을 어지럽히지 말라. 진실로 피가 되고 살이 되는 그 무엇을 얻고 싶다면 좋은 책을 가려 읽어야 한다. 이것저것 가리지 않는 마구잡이식 독서는 오히려 두뇌를 망가뜨릴 뿐이다. -세네카

독서는 단지 사상의 샘이 고갈되었을 때만 하는 것이 좋다. 사상의 고갈은 똑똑한 사람들도 흔히 겪는 일이다. 간혹 목적 없는 독서로 아직은 굳건하게 뿌리내리지 못한 자기 사상을 잃어버릴 수도 있다. 그것은 차라리 자기 정신에 죄를 짓는 것과 같다. -쇼펜하우어

턱없이 방대한 지식에 얽매이기보다는 단 한 가지일지라도 좀 더 깊고 훌륭한 지식을 얻기 위해 노력하라. 가령 저급하거나 조잡한 것이 아니라 하더라도 지식은 그 양보다는 질의 가치를 중시해야 한다.

좋은 책을 발견하면 만사를 제쳐놓고서라도 읽어라. 그렇지 않으면 영영 읽을 기회를 갖지 못한다. -세네카

2일

January

어느 시대이든 인간은 항상 이 땅에 살고 있는 자신의 존재 이유를 알고자 한다. 종교는 인간의 근원적인 물음에 관한 공통의 진리를 일깨워준다.

-마치니

진실한 종교란 인간 속에 수립되며, 인간을 둘러싼 무한한 시간과 공간에 관한 관계를 밝혀준다. 인간의 행위를 무궁무진한 시공과 결합시키며 광명으로 이끌어나가는 것이다.

종교는 인간을 교육하는 데 가장 고귀한 행위자이며 문화의 가장 위대한 힘이다. 그러나 표면적인 신앙의 노출과 같이 정략적이며 이기적인 행동은 인간성의 진보에 중대한 장애가 된다. 종교의 본질은 영원성과 신성이며, 언제 어느 곳에서든지 인간의 마음을 충만하게 한다.

-모리스 플뤼겔

세상의 모든 종교는 가장 위대한 것에서부터 가장 미천한 것에 이르기까지 인간을 포용하고 있는 세계와 인간의 존재 목적에 관한 이유를 설명하고 있다.

미신 중에서도 가장 어리석은 것은, 인간은 신앙 없이도 살 수 있다고 믿는 과학자들의 미신이다.

종교를 성립시키는 것은 신의 계시에 대한 특수한 연구가 아니라 신이 우리에게 부여한 많은 의무이다.

-칸트

3일

January

그대는 마땅히 해야 할 일을 다 했는가? 이는 매우 중요한 문제이다. 왜냐하면 그대에게 주어진 짧은 생애의 유일한 의의는 그대를 지상으로 보내주신 신께서 그대에게 부여한 임무를 충실히 수행하는 것이기 때문이다. 그대는 충실히 수행하고 있는가? —탈무드

만약 불을 붙일 힘이 없다면 그것을 끌 힘도 없기 마련이다.

건전한 지혜의 법칙을 아는 자는 그 법칙을 사랑하는 자만 못하다. 또 법칙을 사랑하는 자는 그것을 행하는 자만 못하다. —공자

인간은 누구나 신의 사명을 받고 태어난다. 그 사명이 무엇인지 우리는 분명히 알 수 없다. 그러나 어떻게 하면 그 사명을 깨달을 수 있을 것인지조차 모르고 살아가서는 안 된다.

인생은 그대를 이 세상에 보내주신 신의 은총임을 기억하라. 그러면 그대의 인생이 경건한 즐거움과 환희에 넘쳐 끊임없는 진행형이 될 것이다.

정직하고 올바르게 사는 것은 인간으로서 당연히 갖춰야 할 덕목이다. 이 덕목은 그 결과로써 천국에 들어갈 수 있느냐 없느냐 하는 문제를 떠나서 반드시 지켜야 하는 인간의 사명이다. —러스킨

인생의 목적은 행복을 탐구하는 것이라고 생각하라. 그러면 참혹한 현실도 대범하게 받아들일 수 있으리라. 어려운 때일수록 머리는 차갑게, 심장은 따뜻하게 가질 일이다.

4일

January

사람들에겐 저마다 짊어지고 가야 할 무거운 짐이 있기 마련이다. 그러므로 누구도 혼자 살아갈 수는 없다. 우리는 모두 서로 돕는 가운데 의지하고 위로받는 존재들이다.

비록 우리가 원치 않는다 할지라도 우리들은 세상의 모든 것들과 연결되어 있다. 사상이나 지식의 교류, 특히 타인과의 관계는 우리들과 이 세계를 연결시키는 분명한 매체이다.

선량한 사람들은 서로 의심하는 일 없이 남을 돕는다. 그러나 사악한 사람들은 사람과 사람 사이를 이간시킬 궁리만 한다. –중국 격언

모든 인류 역사는 끊임없는 합일의 과정이었다. 그것은 여러 가지 수단에 의해서 성취된다. 이를 위해서 진력하는 사람들뿐만 아니라 이에 상반된 일을 해왔던 사람들까지도 협력하고 있는 것이다.

우리가 살아가는 이 세계는 천 명의 사람들이 합심해서 서로 노력하는 가운데 각자 흩어져서 일하는 것보다 훨씬 더 많은 것을 창조해나가야 한다. 그러나 이 말이 구백아흔아홉 명의 사람들이 나머지 한 사람의 노예가 되어야 한다는 뜻은 결코 아니다. –러스킨

무릇 덕이 있는 사람은 부덕한 사람의 스승이다. 그러므로 덕이 없는 사람은 매사를 스승으로부터 배워야 한다. 스승의 가르침을 하찮게 여기거나 배움을 소홀히 하는 사람은 아무리 영리해도 큰 실수를 범하는 법이다. –노자

5일
January

인간이면 누구나 몇 가지 죄를 짓고 산다. 말로써 죄를 범하지 않는 사람은 완전한 인간이며, 그는 다른 모든 사람들을 지배할 수 있다.

보라, 인간은 올가미를 씌워 짐승들을 지배한다. 보라, 제아무리 부피가 커서 모진 풍랑에 잘 견디는 배도 단지 사공의 손으로 저어가는 작은 키(舵) 때문에 움직인다. 말의 힘도 이와 같아서, 몇몇 사람이 무책임하게 던진 한마디 말이 큰 화근이 되기도 한다. 작은 불씨 하나가 얼마나 많은 사람의 목숨과 재산을 앗아가는가. 사람의 입에서 나오는 말도 불처럼 무서운 것이다.

말은 간혹 허위를 장식하기도 한다. 그러므로 인간관계에 오점을 남기기도 하고, 때로는 지옥의 불길처럼 인간세계를 화염으로 덮어버릴 수도 있는 것이 곧 사람의 말이다. –성서

사람들이 가득 들어찬 건물 안에서 누가 "불이야!" 하고 외쳤다고 상상해보라. 순식간에 대혼란이 벌어질 것이고, 개중에는 목숨을 잃거나 크게 다치는 사람도 있을 것이다. 말이 끼치는 해독은 새삼 확인해볼 필요도 없이 이처럼 분명하다.

논쟁하는 사람들의 무리에 끼어들지 말라. 아무리 하잘것없는 문제일지라도 흥분하지 말라. 격정은 결코 현명한 것이 아니다. 무엇보다도 정의에 대해서 그렇다. 왜냐하면 격정은 사람의 눈을 흐리게 하며 나아가서는 마음을 혼란에 빠뜨리기 때문이다. –고골리

남이 나를 욕하는 소리를 들어도 분개하지 말라. 아첨하는 말을 곧이듣고 기뻐하지도 말라. 타인에 대한 좋지 못한 소문을 듣고 이러쿵저러쿵 같이 떠들지 말라. 오직 덕 있는 사람의 말에만 귀를 기울여야 한다. 그대는 그 말을 들음으로써 행복을 느끼며, 그를 본받기 위해 기꺼이 노력하라. 진리의 근원이 널리 전파되는 것을 기뻐하고, 이 세상에 하나의 선행이 보태졌음을 알게 되면 또한 기뻐하라. 그러나 인간의 악행을 하나라도 알게 되면 그대의 몸에 바늘이 꽂힌 듯이 아픔을 느껴라. –동양 잠언

총알에 맞은 상처는 치료할 수 있다. 그러나 사람의 말에 맞은 상처는 끝내 치유되지 않는다. –페르시아 잠언

6일

January

언짢은 일 때문에 갑자기 마음이 들끓고 혼란스러워질 때에는 무엇보다도 마음을 비우고 자제력을 잃지 않도록 하는 것이 최선의 방법이다. 평온한 정신 상태를 유지하는 경험을 거듭할수록 의지력은 더한층 커지는 법이다.
–아우렐리우스

사람을 그토록 매혹시키는 그 모든 것, 그것을 얻기 위하여 사람들이 그토록 흥분하고 골몰하게 되는 그 모든 것, 사실 그것들은 아무런 행복도 가져다주지 않는다. 어떤 한 가지에 정신없이 몰두할 때, 사람들은 자신이 좇는 것에 행복이 있다고 믿어버린다. 지금껏 그런 헛된 욕망에 도달하기 위해서 쏟아부은 노력의 절반만이라도 버리도록 시도해보라. 그대는 그로 인해 훨씬 더 큰 평화와 행복을 얻게 될 것이다.
–에픽테토스

억제해야 하는 줄 알면서도 번번이 정욕에 사로잡힐지라도 낙심하지 말라. 마음의 갈등을 겪을 때마다 정욕의 힘은 약해지고 극기심은 점차 강해진다.

덕을 이루려면 무엇보다도 자신을 억제할 줄 알아야 한다. 자신을 억제하는 습성은 어릴 적부터 몸에 익혀야 한다. 덕을 갖춘 사람은 자신을 억제하지 못할 일이 없다.
–노자

참는 자에게 복이 있나니.
–성서

시련을 참고 견디는 자에게 은총이 있으리라. 신은 모든 사람들에게 시련을 내린다. 어떤 이에게는 재물로, 또 어떤 이에게는 가난과 비천함으로. 재물이 필요한 자에게 인색하지는 않은가? 그것은 부귀한 자의 시련이다. 스스로 불평 없이 고난의 운명을 견뎌낼 수 있는가? 그것은 가난하고 비천한 자에게 내린 시련이다.
–탈무드

항상 선하게 살기 위해 노력해야 한다. 그러나 나쁜 일을 저지르지 않으려는 노력은 더 많이 해야 한다. 그중에서도 욕망을 억제하기 위한 노력은 더욱더 많이 해야 한다.

가장 신뢰할 수 있는 마부는 사나운 말을 대하건 순한 말을 대하건 자신의 노여움을 억제할 줄 아는 사람이다.
–불교 경전

7일

January

친절은 이 세상을 아름답게 한다. 모든 배반을 해결해주는 것도 친절의 힘이다. 친절, 그것은 사람들 사이에 얽힌 것을 풀어주고, 어려운 일을 수월하게 해결해주며, 암담한 마음에 기쁨을 안겨준다.

이 세상 그 누구에게도 멸시하는 마음을 갖지 말라. 비록 그가 한낱 비천하고 보잘것없는 사람일지라도. 누군가를 비난하거나 모략하려는 마음은 처음부터 잘라버려라. 타인의 말과 행동을 언제나 선한 마음으로 받아들여라. 사람은 누구나 자신의 인격 속에 영원불멸의 가치를 지니고 있음을 기억하라. 그러므로 우리가 사람들과 더불어 살아가기 위해서는 모든 인격 속에 제각기 존재하는 개성(설령 그것이 인간의 본질과는 다른 방향으로 바뀔지라도)을 비난하지 않고, 다만 조용히 견딜 수 있는 힘을 길러야 한다. -쇼펜하우어

오늘 할 수 있는 일을 내일로 미루지 말라. 자기가 할 수 있는 일을 타인에게 시키지도 말라. 값이 싸다고 해서 필요 없는 물건을 마구 사들이지도 말라. 긍지는 의식주에 필요한 모든 것보다도 고귀하다. 알맞은 정도에 그침으로써 후회하는 일은 드물다. -제퍼슨

유혹에 넘어간 사람을 가혹하게 대하지 말라. 오히려 그를 위로하라. 그대가 남에게 위로받고 싶을 때가 있었던 것처럼.

8일

January

매일 얻을 수 있는 최소한의 빵에 만족하며, 신께서 주시는 극히 적은 것만을 기원하는 사람들은 현세의 욕망과 번뇌에만 집착하는 다른 사람들보다 훨씬 더 참된 인생을 살아가는 사람들이다.

신앙은 경험이나 지식이 진보하는 정도에 따라 같이 발전하고 변화한다. 그러나 사람은 영원불멸 이어지는 존재이다.

스스로를 종교에 바치는 사람은 어두운 집 안에 등불을 들고 들어가는 사람과도 같다. 어둠은 삽시간에 사라지고 광명이 찾아든다. 성현의 도를 구하기 위해서라면 집요한 것도 좋다. 진리의 계시를 얻기 위해서라면 탐욕스러워도 좋다. 밝은 빛이 그대의 마음속 구석구석까지 비치게 되리라.

－붓다

"내가 너희를 사랑함과 같이 서로 사랑하라. 만약 너희가 서로 사랑한다면 너희가 내 제자임을 만인이 다 알아주리라."

그는 '만약 너희가 그것을 믿는다면'이라고 하지 않고, '만약 너희가 서로 사랑한다면'이라고 말했다.

－성서

두 가지 위험한 미신을 경계하라. 하나는 신의 본질을 언어로써 표현할 수 있다는 미신, 또 하나는 신의 존재를 과학적으로 해부해서 해명할 수 있다는 미신.

－러스킨

9일

January

어떤 사물이나 현상에 대해서 스스로 사고해보기 전에 책부터 들여다보는 것은 오히려 해롭다. 그것은 차라리 악습이라고 할 수 있다. 이러한 습관이 몸속에 뿌리박힌 사람은 개성적이고 독창적인 자기만의 세계를 끝내 발견하지 못한다.

너무 많이 배우거나 너무 일찍 배우는 것보다는 차라리 전혀 배우지 않는 편이 덜 해롭다.

지식이란 금전과도 같다. 만약 구슬땀을 흘려 재물을 얻었다면 충분히 자랑할 만하다. 비록 푼돈이라 해도 정직한 노동의 대가로 얻은 것이라면 그 또한 자랑할 가치가 있다. 그러나 아무 일도 하지 않고 길 가는 사람이 던져준 동전을 받은 것처럼 얻은 지식이라면 무슨 자랑거리가 되겠는가.

-러스킨

진정한 깨달음은 지금까지의 지식을 완전히 잊어버렸을 때 얻을 수 있다. 어떤 사물을 연구하려고 할 때 그것이 이미 앞서간 사람들에 의해 밝혀졌다고 생각한다면 털끝만큼도 진실에 가까워지지 못할 것이다. 그러므로 한 가지 사물을 완전히 규명하기 위해서는 스스로 그 사물에 대해서 아무것도 모르는 듯한 마음가짐으로 출발해야 한다.

-소로

배우는 것이 적을지라도 생각만은 많이 하라. 스승이나 책을 통해서는 다만 그대에게 필요한 것만을 취하라. 교육은 단지 그대의 조력자일 뿐이다.

우리 모두는 자기 자신의 내부에 섬광처럼 반짝이는 영광스러운 사상을 정확히 간파해낼 줄 알아야 한다. 누구에게나 그러한 내면적 영광은, 하늘에 떠 있는 무수한 별만큼이나 많은 시인이나 현자들을 추종하는 것보다 훨씬 더 큰 의미가 있다.

-에머슨

참된 지식은 자립적으로 얻어지는 것이다.

10일

January

인간을 미래에 적응할 수 있도록 가르치기 위해서는 교육자가 이상적인 인간형을 확실하게 정의해놓아야 한다. 그러므로 훌륭한 교육자는 자기가 살고 싶어 하는 시대에 걸맞은 인간으로서 살아가야 한다.

교육과 예술의 기초에는 원칙이 있어야만 한다. 특히 시대를 앞서가는 계획과 원칙이 필요하다. 아이들은 현실보다도 미래에 적응하도록 교육해야 한다. 보다 나은 인류의 미래를 추구하는 진보적인 인간성과 그 의의에 대해서 충분한 관념을 키워주어야 하는 것이다. 이 원칙은 매우 중요한 의미가 있다. 그럼에도 대부분의 부모들은 자녀가 어떻게 되든 단지 현실에 맞는 교육만을 강조하고 있다. –칸트

나는 확신한다. 어린것들을 가르쳐 신의 본질에 대한 자의식을 갖게 하는 것은, 그 부모와 교육자들의 가장 거룩한 의무임을……. –채닝

유혹의 세계는 슬프다. 그러나 유혹을 박차고 나갈 용기를 지녀라. 스스로 유혹을 불러들이는 자에게는 오직 슬픔만이 있으리. –성서

진정한 교육의 목적은 선행을 베푸는 것이 아니라 선행 그 자체에서 기꺼이 행복을 찾도록 하는 것이다. 또한 정의를 지키는 것도 중요하지만 지켜야 할 정의를 간구하고 만드는 것도 교육의 목적이다. –러스킨

11일

January

그대의 악행은 빠짐없이 기억하라. 그리하면 다시는 악행을 저지르지 않게 될 것이다. 그러나 그대의 선행은 되도록 빨리 잊어버려라. 사람이 자신의 선행만을 기억한다면 선행을 베푸는 데 그만큼 인색해질 것이다.

성현은 자기 자신에 대해서는 아주 엄격하지만 타인에 대해서는 아무것도 요구하지 않는다. 스스로의 상태에 만족하기 때문이다. 또한 결코 자기 운명에 대해서 하늘을 원망하거나 타인을 비난하지 않는다. 그러므로 불행한 운명에 처해 있을지라도 그 운명을 공손한 태도로 받아들일 줄 안다. 그러나 단순한 인간들은 지상의 영예를 좇기 때문에 위험 속에 떨어지게 된다. 화살이 과녁에 맞지 않았을 때는 화살을 쏜 자신을 탓할 일이지 다른 아무것도 탓하지 말라. 성현은 스스로 이와 같이 행한다. –공자

어떤 친구는 그대를 비난할 것이고, 어떤 친구는 그대를 칭찬할 것이다. 이럴 때 그대는 칭찬하는 사람으로부터 속히 멀어지고 비난하는 사람의 말에 귀를 기울여야 한다. –탈무드

자기에게 알맞은 자리를 택하기보다는 조금은 낮은 곳을 택하라. 남으로부터 "내려가시오."라는 말을 듣느니 "올라오시오."라는 말을 듣는 편이 훨씬 낫지 않은가. –탈무드

겸양은 자기완성을 위한 최고의 미덕이다. 만약 그대가 그렇게 위대하다면 더 이상 무엇을 바라겠는가?

손에 쟁기를 들고도 뒤를 돌아보는 자는 신의 왕국을 건설하는 데 전혀 쓸모없는 인간이다. –에머슨

지금 당장 그대 안에 있는 모든 지배욕을 없애버려라. 허영을 경계하라. 영예와 칭찬을 얻으려고 하지 말라. 그것들은 그대의 정신을 멸망시킬 따름이다. 자신이 남보다 월등하다는 자만심을 경계하라. 갖고 있지도 않은 도덕심으로 자신을 치장하려는 위선을 경계하라.

사람이 자신의 도덕적 의무를 저버리려고 할 때, 혹은 진심에서 우러나오는 판단에 의해서가 아니라 어떤 집단이나 개인의 이익을 위해서 자신의 의무를 수행하려고 할 때, 또는 자신이 지구상에 수없이 많은 인류 가운데 단 한 사람에 불과하다는 이유로 사회 구성원으로서의 책임을 회피하려고 할 때, 그 즉시 그는 도덕심을 상실한 인간이 되고 만다. 그때부터 그는 오직 신만이 할 수 있는 일을 보통 사람도 할 수 있다고 착각하여, 사람의 얕은꾀로써 신의 전지전능한 능력에 대항하려는 무지를 범하게 되는 것이다. –채닝

우리는 마치 어린아이들과 같다. 우리는 일상생활에서 배운 하찮은 지식 하나라도 확고부동한 진리로 받아들여 계속해서 되풀이한다. 학교나 성장 과정에서 알게 된 숱한 위인들의 가르침을 통해서 알게 된 그것들을……. 무수한 곤경을 헤쳐나가는 동안 우리는 얼마나 많은 하찮은 말들을 외우려고 노력했는가. 그러나 달관의 경지에 이르면 그 말들의 덧없음을 알게 되고 외워둔 말들을 잊어버리려 노력하게 된다. –에머슨

간혹 자신에게 타인의 신앙과 삶에 대한 결정권이 있다고 생각하는 사람들이 있다. 또한 자신의 신앙과 삶에 대한 결정권이 타인에게 있다고 생각하는 사람들도 있다. 이런 사람들일수록 자기 자신의 의지보다는 남의 말 한마디에 맹목적으로 빠져들기 십상이다. 대체로 사람들 중에는 후자에 속하는 경우가 훨씬 더 많다.

자기 자신을 훌륭한 교사라고 내세울 수 있는 사람은 이 세상에 아무도 없다. 우리에게는 단 한 사람의 훌륭한 교사가 있을 뿐이다. 그 이름은 바로 그리스도이다. –성서

감히 예언자라고 떠들고 나서는 자들을 경계하라. 그들 가짜 예언자들은 양의 탈을 쓰고 있지만, 실은 마음속에 늑대가 웅크리고 있다. 그들이 맺은 열매를 보고 그들의 정체를 알아볼 수 있어야 한다. 과연 가시덤불에서 포도를 구할 수 있을 것인가? 모든 선한 나무에는 선한 열매가 열리기 마련이다. 선한 나무에 악한 열매가 열리는 법이 없고, 악한 나무에 선한 열매가 맺힐 까닭이 없으니, 사람마다 그 열매를 보고 나무를 판단할 일이다. –성서

13일

January

행복 속에 살라. 기쁨 속에서 하루하루를 보내라. 죽음에 임해서는 아무도 그대에게 어찌하여 세상이 이 지경이 되었느냐고 묻지 않을 것이다. 아침은 어둠의 장막을 거두었다. 무엇을 탄식하는가? 일어나라, 아침을 칭송하자. 우리의 호흡이 끊어진 뒤에도 아침은 줄기차게 숨 쉬고 있을 것이다.

신께 순종하라. 스스로를 대질서 속에 있게 하라. 이 세상의 혼란을 다스릴 길을 신께 맡겨라. –아미엘

종교는 사람을 선하게 하는 것 이상의 거룩한 목적을 가지고 있다. 종교는 이 세상에 선한 사람이 계속해서 존재한다는 사실을 증명하고 있다. 종교의 가장 중요한 목적은 이렇듯 선한 사람들을 더욱더 높은 이해의 단계로 끌어올리는 것이다. –레싱

흔히들 최후의 심판이 열리는 그날에는 신께서 분노하실 것이라고 한다. 그러나 선 그 자체는 영원한 것이므로 두려워할 필요가 조금도 없다. 워낙에 우리 신께서는 선한 목자이므로 최후의 그날에는 기도만이 충만할 것이다.

신앙은 정신의 평화를 가져온다.

어떤 사람이 선한 사람인가? 종교적인 인간만이 선한 인간이다. 그렇다면 과연 선이란 무엇인가? 그것은 양심과 의지의 화합물이다. –불교 경전

가령 내가 마음속으로 분명하게 이런 말을 할 수 있다고 생각해보자. '하늘에서와 같이 신의 의지는 지상에도 존재한다. 즉 영원한 세계에 있는 것과 같이 이 일시적인 인생에도 존재한다'고. 그럴 때 나에게는 불멸에 대한 아무런 확신도 증명도 필요가 없다. –에머슨

신앙 없이 정신의 평화를 찾을 수 있다고 생각하는 것은 어리석은 일이다.

14일

January

신은 사랑이다. 그리고 사랑 속에 존재한다. 만약 우리가 서로 사랑한다면 신은 우리 속에 있을 것이며, 신의 사랑은 우리 속에서 이루어질 것이다. 형제들아, 서로 사랑하라. 사랑하는 자는 신에게서 탄생한 자이며, 진실로 신을 아는 자이다. -성서

우리의 마음에 드는 것만을 사랑한다면 그것은 신에 대한 사랑을 의미하는 것도 아니며, 박애를 의미하는 것도 아니다. 진정한 사랑은 노력 속에서 이루어진다. 그대가 자신을 사랑하는 것과 같이 그대가 사귀고 있는 사람도 자기 자신을 사랑한다는 것을 기억하라. 그러면 그를 어떻게 대해야 할지 알게 될 것이다.

만약 우리가 형제나 동포를 용서할 수 없다면 우리는 그들을 사랑하지 않을 것이다. 참된 사랑은 무궁하다. 그리고 참된 사랑으로 용서할 수 없는 것은 아무것도 없다.

육체적인 자아에 집착하는 것은 신에 대한 믿음을 사악하게 만든다. 신을 사랑하는 것은 자기 자신과 모든 사람 속에 다 같이 존재하는 정신을 사랑하는 것을 의미한다.

사랑은 인생에서 최초가 아닌 최후의 것이다. 사랑은 원인이 아니다. 사랑의 원인은 자기 마음속에 있다. 그것은 바로 신의 의지를 최초로 의식하는 마음이다. -칸트

모든 인간은 자신이 생각하는 곳에 존재하는 것이 아니라 사람과 사람 사이, 사랑이 있는 곳에 인간은 오직 사랑 안에서만 존재한다. 사랑 속에 사는 자는 신과 함께 사는 것이며, 신 또한 그 사람의 마음속에 살아 있다. 신은 사랑 그 자체이기 때문이다. -쇼펜하우어

15일

January

인간의 삶이 고귀함과 비천함이 있는 것처럼 죽음 또한 고귀할 수도 비천할 수도 있다. 인간의 정신적 자아조차도 타고난 상태를 극복할 수는 없다. 그럼에도 자기 몸에 들러붙어 있는, 타협할 수 없는 힘에 복종한 자아는 이 거룩한 천명인 죽음을 거부하고 자신이 다스려야 할 성지에서 쫓겨난다. 반면 이성적이고 정의롭게 천명을 다하여 몸과 마음을 신의 사랑으로 빛내는 자아도 있다. 양심적인 노동자처럼 자신의 일에 자신의 연장을 사용하며, 주어진 모든 재료를 활용할 줄 아는 이들이 그렇다. 이와 같은 자아는 죽음에 임박해서도 조용하고 평화롭게 그 연장과 재료를 거둬들일 줄 알며, 그 어떤 목적을 위해서 자신을 변화시키지 않고 오직 자신에게 주어진 천명의 세계로 들어간다. –카펜터

살아 숨 쉬고 있다는 것은 육체 속에 파묻혀 있는 것과 같다. 그것은 곧 우리의 마음이 죽어 있으며, 우리의 육체가 숨을 멈출 때에만 우리의 마음은 다시 살아날 수 있음을 의미한다. –헤라클레이토스

완전한 죽음은 존재하지 않는다. 단지 그것은 인류가 이미 경험했고, 지금도 계속 경험하고 있으며, 앞으로도 모든 인류가 경험하게 될 하나의 변화일 따름이다.

삶과 죽음은 서로 상극이다. 이 두 개의 한계점을 넘어선 저편에 하나의 그 무엇이 있다.

단지 불멸만을 염두에 둔다면 미래에 대한 사색을 거듭할 수는 없을 것이다. 과거의 비밀에 대한 상념이 필연적으로 고개를 쳐들 것이기에.

육체가 없어졌다고 해서 정신마저 소멸하는 것은 아니다. 그것은 육체가 사라진 뒤에도 영원히 남는다. –스피노자

마음에 흡족한 일을 할 때에는 영생의 문제 같은 것에 끌리지 않는 법이다. 그럴 때 우리는 앞으로 수백만 년 또는 수천 세기라는 세월이 있다고 믿는 것보다도 더욱 많은 평화를 얻을 수 있다.

16일

January

우리는 주의 깊은 통찰력으로 사회적 환경을 돌아볼 필요가 있다. 지나치게 자기 관념에 집착한 나머지 오히려 자기암시에 넘어가는 일이 없도록 해야 한다. 낡은 관념을 훌훌 털어버리고 새로운 사상에 귀 기울일 줄도 알아야 한다. 매사에 선입견이나 편견을 버리고 냉철한 두뇌로 판단할 줄 알아야 한다. 바람이 부는 방향을 정확히 아는 뱃사공이 되어야 한다.

–헨리 조지

삶은 지혜롭지 못한 것을 시정해가는 과정이다. 그러기 위해서는 다음의 두 가지를 주의해야 한다. 첫째, 생활 전반에 걸쳐 지혜롭지 못한 점을 올바로 인식하고, 그것을 바로잡도록 항상 노력해야 한다. 또 하나, 살면서 겪는 모든 일들을 순수한 지혜로써 터득해야 한다.

옳지 못한 신념에 복종하는 것은 인간을 불행에 빠뜨리는 최악의 선택이다.

우리가 살고 있는 세계의 기만된 점을 똑똑히 알기 위해서는 정직하고 단순하게 그리스도의 가르침에 순종하면 된다.

–러스킨

만약 그대가 역사를 읽는다면 다음과 같은 점을 알게 된다. 즉 인간에게 끊임없이 일어나는 불행의 가장 큰 이유는, 사람들이 이미 서로 돕기를 포기했기 때문인 것이다. 더욱이 이미 도움이 필요하지도 않은 일에 힘들여 봉사하고, 또는 그 오만하고 사악한 맹목의 힘에 이끌려 자신들의 헛된 봉사를 깨닫지도 못하는 불행을 자초하는 것이다.

–헨리 조지

17일

January

어찌하여 그대들은 이렇듯 가엾은 상태에서 자기 자신을 괴롭히고 있는가? 그대들은 선을 추구하면서도 어떻게 하면 달성할 수 있는지 알지 못한다. 인생을 풍부하게 할 수 있는 것만이 '선'임을 기억하라. 그대들은 선에 의하지 않고서는 아무것도 이룩할 수 없을 것이다. -라메네

환상가들은 종종 미래에 대해 확신을 갖고 범위를 한정시키는 습성이 있다. 그러나 그들은 그 한정된 미래조차도 느긋하게 기다리지 못하고 초조해한다. 당장 그 미래가 눈앞에 다가와주기를 바라는 것이다. 심지어 수천 년에 걸쳐서 이루어지는 자연의 일마저도 자기가 살아 있는 동안에 이루어지기를 바랄 만큼 어리석은 족속들이 바로 그들이다. -레싱

자기에게 맡겨진 천명을 다하며, 정신이 주관하는 신의 법칙을 행함으로써 인간은 자기도 모르게 사회를 향상시키는 일에 봉사하고 있다.

그대가 남에게 선행을 가르칠 만한 능력이 있다고 해도, 스스로 그것을 실천하지 않는다면 오히려 그대는 이웃을 잃을 것이다. 만일 상대가 그대의 가르침을 따르려고 하지 않음에도 선행을 강요한다면 상대는 그대에게 할 말을 잃을 것이다. 현명하게 남을 다스릴 줄 아는 사람은 그 두 가지를 다 잃지 않는다. -중국 격언

이 그릇에 담긴 물을 저 그릇으로 옮기기란 아주 쉽다. 지혜라는 것도 그릇에 담긴 물처럼 많이 지니고 있는 사람이 적게 지닌 사람에게 쉽사리 나눠줄 수 있는 것이라면 얼마나 좋겠는가? 애석하게도 지혜의 속성은 그렇지 못하다. 다른 사람의 지혜를 받아들이기 위해서는 무엇보다도 자기 자신의 노력이 가장 중요하다.

신의 뜻을 따르고 자신의 의지를 지켜나가면서 스스로의 인생을 개척하라. 그대가 이 사회에 충실하게 기여할 수 있는 길은 그 길뿐이다.

18일

January

학식 있는 사람이란 책을 많이 읽고 외적인 지식을 갖춘 사람을 뜻한다. 교양 있는 사람이란 그 시대의 일반화된 상식이나 예의범절을 터득한 사람을 뜻한다. 그러면 덕 있는 사람이란 어떤 사람을 뜻하는가? 그는 바로 자기 인생의 참된 의미를 이해하고 있는 사람이다.

진정한 학문은 오로지 선을 위해서만 존재한다.

현대를 살아가는 사람들이 우매하게 된 이유는, 누구에게나 필요한 단 한 가지의 진리를 탐구하지 않았기 때문이다. 그 진리란 바로 인생의 목적이라 할 수 있다. 그러나 현대인들은 옛 성현들이 이 점에 대해서 어떻게 생각했으며, 어떤 깨달음을 얻었는지 알려고 하지 않는다. –러스킨

자신의 인생에 주어진 천명을 깨닫고 최선을 다해 그것을 달성하고자 노력하는 사람이야말로 덕이 있는 사람이다.

자신은 지식이 있고 예의가 있으며 게다가 덕까지 갖추었다고 생각하지만, 실제로 가장 지독한 악취를 풍기며 무지 속에서 헤매는 사람들, 즉 인생의 의의를 깨닫지도 못할 뿐만 아니라 도리어 그러한 무지를 자랑거리로 삼아 살아가는 사람들이 얼마나 흔한 세상인가. 정말 어쩔 도리가 없는 무식과 무지로 똘똘 뭉친 이 딱한 사람들을 무슨 수로 깨우칠 것인가.

–헨리 조지

19일

January

하늘과 땅은 영원하다. 하늘과 땅은 각각 자기 자신을 위하여 존재하는 것이 아니기 때문이다. 성현은 항상 자기로부터 떨어져 있다. 그리하여 그들은 구원을 받는다. 자신을 위해서는 아무것도 요구하지 않을 때, 그는 비로소 필요한 모든 것을 갖게 된다. -칸트

일찍이 지상에서 발생했던 그 어떤 경우보다 심각한 선악의 투쟁이 시작될 조짐이 나타날 때, 또한 우리들 마음속에서 신의 군대와 악마의 군대가 충돌할 지경에 이르렀을 때, 그리하여 인류의 운명이 자유 아니면 속박의 갈림길에 서 있을 때 우리가 확실히 알아야 할 것이 있다. 이를테면 인류를 위해서 사사로운 것을 주저 없이 팽개칠 수 있는 자, 남을 구하기 위해서 기꺼이 목숨 바칠 용기가 있는 자, 이런 사람들만이 신의 부름에 응할 수 있다. 순간적인 쾌락에 마음을 빼앗기고 자신의 내면에 자유를 갈구하는 영혼의 소리가 있음을 알지 못하고 살아가는 것은 죽음을 뜻하며, 자유라는 위대한 명분을 얻기 위해 목숨 걸고 투쟁할 용기가 없는 자들은 곧 멸망할 운명에 처할 것이다. -라메네

아무런 희생도 없이 인생을 향상시키려는 모든 시도는 허사이다.

인간의 생애에서 가장 중요한 것은 그가 무엇을 목적으로 살았느냐 하는 것이다. 대개 위인들의 업적은, 그들이 실현한 결과보다는 그 목적과 노력하는 과정 속에서 찾을 수 있다. -러스킨

제비가 봄이 오기를 기다리기만 한다면 그 봄은 오지 않을 것이다. 마찬가지로 신의 왕국을 세우고자 무작정 기다린다고 해서 이루어지는 것은 아니다.

자신의 인생을 더욱 발전된 단계로 끌어올리기 위해서는 언제라도 자신을 송두리째 내던질 수 있는 각오가 필요하다. 이것은 언제 어디서나 통하는 불변의 법칙이다.

20일

January

무작정 편견에서 벗어나는 것만이 덕을 닦는 데 도움이 되는 것은 아니다. 오히려 그것은 편견보다 더 큰 장애를 초래할 뿐이다. 그럼에도 가련한 영혼들은 이런 이치를 깨닫지 못하고 스스로의 기반을 상실하고 만다. 사실 편견을 버리는 것은 아무런 해독도 위험도 없다. 단지 그러한 일을 계기로 조금 더 성장할 뿐이다. 그런데 이제껏 미신처럼 신봉해 온 습관 하나를 떨쳐버렸다는 사실만으로도 사람들은 자칫 길을 잃어버리기라도 한 것처럼 고독 속으로 빠져든다. 현명한 사람과 어리석은 사람의 차이가 바로 여기에 있다. 현명한 사람은 이럴 때 오히려 외부적으로 기대고 있던 지지대를 벗어나는 대신에 자신의 내면으로 침잠해 들어간다. 곧 자기 자신을 확실하게 파악할 줄 알게 되는 것이다.

그대와 신과의 간극을 이루고 있는 모든 것을 두려워하라. 그대 심중에 파고든 온갖 환영과 심상을 두려워하라.

만약 신의 존재를 과학이나 이성의 영역으로 인식하려고 한다면 그것처럼 위험하고 어리석은 발상은 없다. 신의 존재를 덕성의 구현으로 인식할 때만이 비로소 신의 본질을 이해할 수 있다. 이러한 신앙은 진실한 것이며, 또한 진실 이상이기도 하다.

–칸트

누가 만약 나에게 그리스도의 본질이 무엇이냐고 묻는다면 나는 '인간의 영혼은 위대한 것'이라는 그의 신념이라고 대답하리라. 세상의 가장 밑바닥까지 타락한 자, 가장 부패한 자에게서도 그리스도는 천사의 가능성을 보았던 것이다.

–채닝

21일

January

어떤 일은 행위 그 자체만으로도 사회적인 박수갈채를 받는다. 그러한 일이 눈앞에서 이루어질 때 우리는 무지개를 보는 것처럼 황홀감에 빠져든다. 특히 젊은 사람들에게는 더없이 매혹적인 광경일 것이다. 그러나 그 무지개가 행위가 끝남과 동시에 사라져버리는 것이라면 그 즉시 노력하려는 의욕도 사라지고 만다.
–고골리

한순간의 과오로 모든 것을 던져버리는 일이 없도록 매사에 주의하라. 자신의 잘못을 깨닫는 것만큼 보람 있는 일은 없다. 그것이 곧 자기 수양의 지름길이다.
–칼라일

인간의 정신적 완성은 얼마나 이성적으로 욕정을 평온하게 다스릴 수 있느냐 하는 데 달려 있다. 이러한 경지에 도달하기 위해서 스스로 노력하고 마침내 성취해냈을 때 인간은 비로소 행복해질 수 있다.

지금까지 인류의 생활이 종족에 대한 봉사로 성립되어왔듯이 우리의 생활은 도덕적 헌신으로 성립되는 것이다. 사람과 사람 사이에 완전한 봉사와 헌신이 이루어지는 것을 보면, 우리네 인생이 영원히 고귀한 존재라는 확신이 든다.
–조지 엘리엇

잘 알지도 못하는 일에 끼어들어 자신을 괴롭히지 말라. 자기와 관계없는 일에는 되도록 개입하지 않는 것이 현명하다. 그런 부질없는 일에 마음을 허비할 여유가 있다면 자기 수양에나 힘쓸 일이다.

22일

January

그리스도는 어디에 있느냐? 어디로 가면 그의 가르침을 찾을 수 있느냐? 기독교인들이 있는 곳에 가면 그리스도를 찾을 수 있느냐? 대체 어디서 찾을 수 있단 말이냐? 제도 속에서란 말이냐? 제도 속에 그리스도가 있을 리 없다. 온갖 불공평으로 이루어진 부정한 법률 속에 그리스도가 있단 말이냐? 아니면 이기주의로 똘똘 뭉친 도덕 속에? 거기에도 역시 그리스도가 있을 까닭이 없다. 그렇다면 그리스도의 가르침은 어디 가서 찾을 수 있겠느냐? 단언하건대 그것은 미래에 있으며, 이제 준비 중에 있는 인간의 본성 안에 있다. 또한 세상의 끝에서 끝까지 끊임없이 솟구치고 있는 인간의 맑고 정직한 심령의 갈망 속에 있다. –라메네

그리스도의 가르침은 밝고 올바른 심령의 갈망 속에 있다. 모든 사람의 양심은 동포애를 짓밟는 사악한 다툼이나 신앙을 부정하는 악마적인 속삭임을 반대하고 있다.

총소리가 난다. 그는 피를 흘리고 쓰러진다. 우군은 쓰러진 그를 짓밟고 전진한다. 그는 숨이 넘어가고 만다. 그의 죽음은 '불멸의 죽음'이라는 영광의 칭호를 받게 된다. 친구나 친척들은 그를 잊어버리고 만다. 그리고 그가 자신의 행복과 고뇌와 모든 인생을 바친 그 대상은 그에 대해서 아는 것이 전혀 없다. 이삼 년이 지난 후 누군가 그의 백골을 찾아내게 되면 그것은 구둣솔로 만들어지기도 하고, 그리하여 장군의 구두에 달라붙은 진흙을 털어내는 신세가 되기도 한다. –칼라일

전쟁은 인간이 인간이기를 그만두고 오로지 병사가 되도록 강요한다. 병사의 가장 중요한 임무는 상관에 대한 복종이다. 병사의 가장 큰 만족은 폭풍과 같은 모험이나 위험에 있다. 그들은 평화로운 노동 따위에는 아주 등을 돌린 존재들이다. 수천 명의 인간을 살해하는 것은 그들에게 고뇌를 안겨주는 대신 승리의 피에 도취된 환희를 일깨워줄 뿐이다. –채닝

모든 도덕적인 악행 중에서 전쟁을 일으키는 것만큼 치명적인 악행은 없다.

23일

January

정열이나 사랑, 질투나 공포 등은 모든 것을 제압할 만큼 힘이 세지 않다. 그러나 분노는 다르다. 분노는 친구든 적이든 어른이든 신이든 짐승이든, 심지어 무생물조차도 상관없이 모든 것의 평화를 뒤흔들어놓는다.

나는 자주 화를 내는 습성을 바꿔보기 위해 남들이 화내는 모습을 관찰해보았다. 그리하여 사람들이 분노를 억누르지 못해 말씨와 얼굴빛이 변하고, 걸음걸이나 목소리까지 변하는 광경을 보았다. 그 와중에 나는 몹시 언짢은 심정으로 이런 상상을 해보았다. 만약에 나 자신의 난폭한 모습을 직접 보게 된다면 어떨까. 별안간 눈을 험악하게 치뜨고 상대방을 노려보며 정떨어지는 목소리로 고래고래 소리치는 광경을 거울처럼 들여다볼 수 있다면 나는 무슨 생각을 하게 될까…….

우리는 성난 바다가 해초들을 송두리째 뽑아 날리는 광경을 종종 볼 수 있다. 사람들 또한 분노가 불길이 치솟을 때면 마치 폭풍우가 몰아치는 바다처럼 거칠어져서 상스럽고 과격하며 악의에 찬 말들을 주저 없이 뱉어낸다. 마치 사람의 입은 항상 그런 험악한 말들로 가득 차서 그것을 토해낼 기회만을 기다리고 있는 것처럼.

그러나 폭발 직전의 분노를 억누르고 잠시 자신을 돌아볼 기회를 갖는다면 분노의 실체를 어느 정도 파악할 수 있을 것이다. 이러한 자기반성은 분노라는 감정이 결코 고상한 것도 남성적인 것도 아니라는 사실을 깨우쳐준다. 또한 분노가 결코 대단한 정신세계의 표출이 아니라는 것도 알게 된다. 그것은 단지 자신의 광적인 감정이 적극적인 행동으로 나타나는 것에 불과하며, 위협적인 용기이고, 방탕한 힘이며, 잔혹한 힘의 기록이고, 사악한 심술의 표현일 뿐이다. –세네카

인색한 사람은 타인의 소유물까지 자기 것으로 만들고 싶어 한다. 자기 이익만 챙기면 그만인 것이다. 그러므로 자기 이익을 위해서는 타인에게 피해를 주는 것도 개의치 않는다. 그러나 이런 행위는 타인뿐만 아니라 자기 자신에게도 악을 행하는 것과 같다. 그야말로 자기 집과 몸, 정신까지도 멸망시키는 가장 무서운 행위이다. –소크라테스

분노의 발작에 쉽사리 굴복하는 사람은 크게 되지 못한다. 진짜 대장부는 친절과 상냥함을 베풀 줄 아는 사람이다. –아우렐리우스

24일

January

참된 생활로 인도하는 길은 아주 좁아서 몇몇 사람들만이 그 길을 발견할 수 있을 뿐이다. 그 길은 그들의 내면세계에만 존재하기 때문이다. 그나마 자기의 길을 찾으려는 자도 그리 많지는 않다. 대개는 다른 길을 헤매느라 진정한 자기의 길을 찾지 못한다. -맬러리

사람에는 세 가지 부류가 있다. 하나는 신을 찾고 그 신께 봉사하는 사람들로, 이런 사람들은 지혜가 충만하고 행복한 사람들이다. 다른 하나는 신을 찾을 수도 없고 찾으려고도 하지 않는 사람들이다. 이런 사람들은 대개 지혜롭지도 못하고 행복하게 살지도 못한다. 또 다른 하나는 신을 찾아낼 능력이 없으나 신을 찾으려고 애쓰는 사람들이다. 이런 사람들은 지혜는 있을지 모르지만 행복하지는 못하다. -파스칼

우리가 서 있는 이 자리가 끔찍한 것은 아니다. 때때로 우리가 움직이고 있는 그 방향이 끔찍한 것이다.

진리에 대한 탐구가 시작되는 곳에서 인생은 시작된다. 진리에 대한 탐구가 중단된다면 인생도 거기서 중단되고 만다. -러스킨

지혜를 탐구하는 자를 일컬어 지적(知的)인 사람이라고 할 수 있다. 그러나 만약 그가 지혜를 발견했다고 생각한다면 이미 그는 지혜를 갖지 못한 사람이다. -페르시아 격언

인류는 어디로 가는 것인가? 우리는 이 문제를 해명할 수가 없다. 가장 높은 지혜는 그대가 어디로 갈 것인가를 탐구하는 과정에서 찾을 수 있다.

25일

January

학문 그 자체의 연구에만 골몰하고 철학적 의지를 망각했을 때, 실험과학은 마치 눈 없는 얼굴과도 같다. 그런 일에는 특출한 재능도 없는, 그저 절름발이 지식을 가진 사람들만 종사하는 법이다. 그리고 그러한 능력은 이처럼 정밀한 연구에는 도리어 방해가 될 따름이다. -쇼펜하우어

모든 사람에게 필요한 지식이 있다. 사람이 이러한 지식을 소유하지 않는 이상, 다른 모든 지식은 그에게 해롭다.

소크라테스는 기하학에 대하여 이렇게 말했다.

"실제로 토지 매매를 할 때에 토지의 면적을 정확하게 측량할 수 있도록 하며, 또 유산을 분배하거나 노동자들에게 곡식을 나눠줄 때에 정확한 처리를 할 수 있도록 가르치는 학문이다." -파스칼

지식을 주워 모으려고 돌아다니는 학자는 불쌍한 인간이다. 자아도취에 빠져 있는 철학자나, 인생을 재물 모으기에만 바치는 수전노처럼 탐욕스러운 연구가 역시 불쌍한 인간이다. 이런 사람들은 대개 자신이 얼마나 불쌍한 인간인지 깨닫지 못하고, 오히려 그 알량한 지식을 과시하기 위해 잔칫집 주인처럼 흥청거린다. 그러므로 속이 허한 사람들은 더더욱 기아에 허덕이게 된다. 이런 부류의 지식인들은 얄팍한 지식으로 헛배만 불렀지, 그 내면은 텅 비어 있기 때문이다.

무지를 두려워하라. 아울러 그릇된 지식은 무지보다 더 무서운 것임을 기억하라. 거짓된 세계로부터 그대의 눈길을 거두어라. 자신의 감정을 믿지 말라. 감정은 종종 자기 자신을 속인다. -붓다

26일

January

호화로운 식탁에 둘러앉아서 기름진 음식을 먹으며 담소를 즐기면서도, 거리를 헤매다니는 사람들의 슬픈 울음소리에 마음을 쓰기는커녕 도리어 그들을 거짓말쟁이라고 꾸짖는다면 그보다 더 부당한 처사가 어디 있을까? 생각해보라. 단 한 조각의 빵 때문에 거짓말을 하게 되는 경우가 우리에게는 없을 것인가? 그대들은 어떻게 생각하는가? 그런 경우에는 그 사람을 동정하는 것이 마땅하지 않은가? 아니, 그보다도 그 사람을 그 결핍 상태에서 구원해주는 것이 당연하지 않은가? –조로아스터

성현의 길에 있어서 첫째 법칙은, 아무리 곤란할지라도 먼저 자기 자신을 지켜야 한다는 것이다. 마찬가지로 박애의 첫째 법칙은 아무리 곤란할지라도 스스로 만족할 줄 알아야 한다는 것이다. 겸허한 태도를 지닌 사람만이 가장 강하고 신뢰할 만한 사람이다. –러스킨

아무리 지위가 높다 할지라도 동포들의 곤경을 보고 마음을 열지 않는 사람들 위에 어찌 신의 사랑이 머물 수 있으랴? 사람들이여, 혀끝으로만 사랑하는 척하지 말라. 실제 행동으로써 사랑하라. –성서

가장 최악의 자선 가운데 하나는 '가난한 사람들을 위해서'라는 명목으로 개최된 어느 공작 부부의 보석 전시회였다.

부유한 자들의 잔학성은 자선을 빙자한 갖가지 모임에서 적나라하게 드러나는 법이다.

돈 가진 사람이 자애롭게 되려면 무엇보다도 그리스도가 돈 있는 젊은이에게 한 말을 실천해야 한다. 악마에게 봉사하면서 동시에 신께 봉사한다고 믿을 수는 없다.

우리가 아끼고 사랑하는 물건 중에서 그것이 미완성이기 때문에 애착을 갖는 것들도 있다. 미완성이란 바로 인간의 법칙이다. 거기에는 노력이 필요하고 인간 정의의 법칙인 자애가 필요하다. –러스킨

먼저 남의 것을 약탈하기를 멈추어라. 그런 다음에 자선을 베풀어라. 만약 한 사람을 발가벗김으로써 다른 사람을 따뜻하게 한다면 그것은 자선이 아니라 죄악이다. –조로아스터

27일

January

행복이라는 관점에서 보면 인생 그 자체는 몹시 불안정하다. 욕망이 우리의 행복을 방해하기 때문이다. 의무도 마찬가지이다. 의무를 다하면 평화로워지기는 해도 반드시 행복해진다고 할 수는 없다. 만약 자기희생의 숭고한 기쁨을 알게 된다면 행복은 확실한 보증으로 그대를 만족시킬 것이다. 게다가 무한한 영예의 보증까지 덧붙여서 말이다. -아미엘

지혜로운 사람들은 자신에게 이익이 돌아온다고 해서 사랑을 베풀지 않는다. 그들은 사랑하는 마음 그 자체에 행복을 느낀다. -파스칼

사람들이 성인에게 물었다.
"학문이란 무엇입니까?"
성인이 대답했다.
"인간을 아는 것이다."
사람들이 또 물었다.
"도덕이란 무엇입니까?"
성인이 대답했다.
"사람을 사랑하는 것이다."

남을 사랑하는 마음은 굳건한 정신의 행복을 가져다준다. 사랑은 인간으로 하여금 타인과 신에 결합하도록 하는 것이기 때문이다.

진심으로 신을 사랑한다면 신에게 사랑을 베풀지 않는다고 원망하지는 않을 것이다. -스피노자

후회스럽다는 말을 하지 말라. 슬퍼한들 무슨 소용이 있으랴. 허위는 말한다, 후회하라고. 그러나 진실은 말한다, 다만 사랑하라고. 지나간 일에 대하여 말하지 말라. 사랑의 나무 그늘 밑에서 거하라. 그리고 모든 미련을 다 떠나보내라. -페르시아 잠언

사랑하라. 그대에게 고통을 준 자를 사랑하라. 그대가 욕하고 미워하던 자를 사랑하라. 마음을 숨기고 보여주지 않는 자를 사랑하라. 모든 사람을 사랑하라. 그때에 비로소 그대는 맑은 물속을 들여다보듯 그 사람들의 내부에 존재하는 성스러운 사랑의 본성을 볼 수 있다. -세네카

28일

January

인생은 짧다. 그러나 그 짧은 인생을 살아가는 동안에도 우리가 지켜야 하는 인생의 법칙은 영원하다. —소로

인간이 만든 법칙을 따르려는 것은 노예의 의식이다. 신의 법칙을 따르려는 의식만이 인간을 자유롭게 한다.

그리스도는 참다운 예언자였다. 그는 인간의 영혼 속에서 비밀을 발견했다. 인간의 위대함을 본 것이다. 그는 우리 모두의 영혼 속에 존재하는 것을 믿었다. 그는 인간의 모습을 한 신을 보았던 것이다. —에머슨

모든 인간이 추구하는 자유의 법칙을 깨닫기 위해서는 육체적인 생활에서 벗어난 정신적 생활로 내면을 향상시켜야 한다.

인간의 영혼은 기독교적 본질을 갖고 있다. 그런데 그것은 인간 자신에 의해 오랫동안 잊혔거나 또는 불시에 상기되는 식으로 취급되어왔다. 기독교 정신은 인간을 지극히 높은 곳으로 올라가게 한다. 그리하여 인간들은 마침내 지혜로운 법칙의 세계에 도달하는 기쁨을 맛보게 된다.

29일

January

우리는 세 가지 방법으로 예지에 도달할 수 있다. 그 하나는 사색에 의한 길로써, 이는 가장 쉬운 길이다. 둘째는 모방에 의한 길로써, 또한 쉬운 길이다. 셋째는 경험에 의한 것으로, 이는 가장 고통스러운 길이다.

–공자

인생이라는 학교에서 겪는 실패는 성공의 스승이다.

사물을 이해하기 위해서는 일단 그 속으로 뛰어들어야 한다. 비록 나중에 거기서 뛰쳐나오는 한이 있더라도 일단은 사물의 포로가 되어보라는 것이다. 또한 매료되었다가 각성하고, 정신없이 몰두했다가도 결국은 냉정을 되찾는 결단이 필요하다. 냉정해야 할 때가 되었음에도 아직 그 함정에 빠져 허우적거리고 있는 자는, 사물에 철저히 무지한 자와 똑같이 사물을 이해할 만한 자격이 없는 사람이다. 어떤 일이든지 일단 확신을 갖고 접근하라. 그리고 충분한 검증 단계를 거친 다음에 정확히 이해하라. 한 가지 사물을 정확히 이해하기 위해서는 자유로운 사고방식도 중요하지만, 그 이전에 만사 제쳐두고 집중하는 것도 필요하다.

자기 자신을 알고 싶을 때는 남이 하는 일을 주의 깊게 관찰해보라. 그러나 남을 제대로 알고 싶을 때는 자신의 마음속을 들여다보라. –실러

누가 더 많은 진리를 알고 있느냐 하는 것이 인간의 가치 척도가 되는 것은 아니다. 인간의 가치는 그 진리를 발견하기까지 그가 어떤 곤란을 겪었는가에 따라서 정해지는 것이다. –레싱

"신은 초인종을 누르지 않고 들어오신다"라는 말을 기억하라. 이 말의 참뜻은 인간과 영혼 사이에는 장벽이 없다는 것, 인간(결과)과 신(원인)의 관계에서도 벽이 없다는 것을 의미한다. 이제 벽은 헐리고 우리들은 신의 본성 속으로 알몸뚱이가 되어 스며든다. –에머슨

예지를 발휘하는 데 방해가 되는 조건은 존재할 수 없다.

정신은 그 자체로 스스로의 검사 역할을 하고, 또한 판사가 된다. 이것저것 무엇이든지 모르는 게 없는 그대의 정신에 상처를 입히지 말 일이며, 차원 높은 내면의 판단을 가로막지도 말 일이다. –마누

30일

January

모든 토지는 지주들의 것이며, 지주들만이 땅에 대한 모든 권리를 갖는다고 사람들은 생각한다. 그렇다면 이는 마치 지주 계급에 속하지 않는 사람들은 지상에 존재할 권리가 없다는 말처럼 들린다. 지주가 아닌 사람은 지주의 동의를 얻어야만 지상에 존재할 수 있다는 뜻이 되는 것이다. 만약 지주들이 이 땅에 살 권리를 인정해주지 않는다면 지주가 아닌 사람들은 모두 지구 밖으로 뛰쳐나가야 한다는 말인가? –스펜서

가장 근본적인 과오는 신께서 주신 토지를 몇몇 사람들이 나눠 가질 수 있다고 생각하는 사람들의 엄청난 착각 속에 있다. 토지의 사유는 제도와 마찬가지로 폭압이다. 이 세상 어느 누구도 진정한 토지의 소유자는 될 수 없다.

대지는 만물의 어머니이다. 대지는 우리를 길러주고 살 곳을 마련해주며 따스하게 품어준다. 우리가 태어난 순간부터 대지는 어머니처럼 자비롭게 우리를 가슴에 안는다. 또한 영원한 꿈을 좇아 헤매며 마음의 평안을 얻지 못하는 우리에게 끊임없는 위안과 희망을 안겨준다. –칼라일

소크라테스는 어디 태생이냐는 질문을 받았을 때, 자기는 온 세계의 시민이며, 우주의 어느 곳에든 주소지를 둔 시민이라고 대답했다. –키케로

대지는 모든 생명체가 주인이요, 어떤 특별한 인간의 소유일 수 없다.

31일

January

만약 진실한 일이라면 가난한 사람이건 부유한 사람이건, 늙은이건 젊은이건 관계없이 모든 사람들에게 그 진실을 믿게 하라. 만약 진실하지 못한 일이라면 가난한 사람이건 부유한 사람이건, 세상의 누구 한 사람이라도 그것을 믿지 못하게 하라.

전체주의, 부정, 폭압의 가장 심한 단계는 독단의 법률을 세워놓고 모든 사람들이 한결같이 추종하기를 바라는 것이다.

학자 행세하기 좋아하는 인간을 경계하라. 그들은 긴 옷을 입고 다니기를 좋아하고, 집회석상에서 연설하기를 좋아하며, 교회에서는 윗자리를 차지하기 좋아한다. 초상집에 가면 누구보다도 게걸스럽게 음식을 탐하고, 장시간 마음에도 없는 예의를 갖추는 인간을 경계하라. 그런 사람들은 항상 자기에 대한 비난은 못 들은 척하기 십상이다.

그대의 마음과 신 사이에 중개인을 두지 말라. 아무도 그대 이상으로 신 가까이에 있을 수는 없다.

참으로 이상한 일이다. 도대체 시대를 막론하고 악인들은 자신의 비열한 행위에 종교나 도덕이나 조국을 위해 봉사한다는 허울 좋은 명분을 씌우지 못해 안달이니 말이다.

–하이네

January

January

어떤 친구는 그대를 비난할 것이고, 어떤 친구는 그대를 칭찬할 것이다. 이럴 때 그대는 칭찬하는 사람으로부터 속히 멀어지고 비난하는 사람의 말에 귀를 기울여야 한다.

한순간의 과오로 모든 것을 던져버리는 일이 없도록 매사에 주의하라. 자신의 잘못을 깨닫는 것만큼 보람 있는 일은 없다. 그것이 곧 자기 수양의 지름길이다.

모든 도덕적인 악행 중에서 전쟁을 일으키는 것만큼 치명적인 악행은 없다.

무지를 두려워하라. 아울러 그릇된 지식은 무지보다 더 무서운 것임을 기억하라. 거짓된 세계로부터 그대의 눈길을 거두어라. 자신의 감정을 믿지 말라. 감정은 종종 자기 자신을 속인다.

사랑이 가져다주는 용기, 평화, 환희는 참으로 위대하다. 사랑의 내면적인 행복은 우리가 서로 사랑하면서 외면적으로 얻을 수 있는 행복과는 비교할 수 없을 만큼 고귀하다.

사랑하라. 그대에게 고통을 준 자를 사랑하라. 그대가 욕하고 미워하던 자를 사랑하라. 마음을 숨기고 보여주지 않는 자를 사랑하라. 모든 사람을 사랑하라. 그때에 비로소 그대는 맑은 물속을 들여다보듯 그 사람들의 내부에 존재하는 성스러운 사랑의 본성을 볼 수 있다.

우리는 세 가지 방법으로 예지에 도달할 수 있다. 그 하나는 사색에 의한 길로써, 이는 가장 쉬운 길이다. 둘째는 모방에 의한 길로써, 또한 쉬운 길이다. 셋째는 경험에 의한 것으로, 이는 가장 고통스러운 길이다.

대지는 모든 생명체가 주인이요, 어떤 특별한 인간의 소유일 수 없다.

February

1일
February

그대들은 아마 정신적인 것과 육체적인 것이 서로 다르지 않다고 말할 것이다. 그렇다면 인간의 사고와 나무 사이에는 무슨 공통점이 있는가? 무엇보다도 우스운 일은 소위 학자라는 자들이 저마다 궤변을 앞세우고, 인간이 간직하고 있는 정신을 인정하기보다는 차라리 돌 속에 무엇인가 있다고 주장하는 것이다. –루소

이유가 무엇이든 정신적인 것을 물질적인 것으로 바꿔놓을 수는 없다. 정신적인 것은 물질적인 것에서 비롯된다는 것도 가당치 않은 말이다.

정신적인 것과 물질적인 것의 차이는 단순한 어린아이의 지혜로도, 가장 높은 성현의 지혜로도 명백히 알 수 있다. 그러므로 정신적인 것과 물질적인 것에 대하여 논쟁을 벌인다는 사실 자체가 무의미한 일이다. 그따위 논쟁으로 밝혀지는 것은 아무것도 없다. 그것은 의심할 이유도 없는 사실을 도리어 흐리멍덩하게 만들 뿐이다.

우리는 개가 선택을 하고, 생각하는 능력이 있으며, 기억하고, 사랑하고, 두려워하고, 뭔가를 연구할 능력이 있는지는 잘 알지 못한다. 그러나 정욕도 아니고 감정도 아닌 여러 가지 이물질이 상호 결합하여 성립된 유기체의 조직이 개의 몸속에서 습관적이고 자연적인 운동을 계속하고 있을 뿐이라는 의견에 나는 절대적으로 공감한다. –라브뤼예르

세속적이며 일시적인 것을 영원한 것으로 전환시키고자 노력하는 과정이 인생이 걸어야 할 길이다. 사람은 누구나 이 길을 걸어야 한다. 어떻게 하면 그 길을 갈 수 있는가? 그것은 우리 모두가 이미 마음속으로 알고 있다.

–파스칼

그대는 매순간마다 자신의 모습을 들여다보라. 그것이 위선인지 아닌지, 혹은 그것이 그대의 참모습인지를 정확히 알아야 한다. 그래야만 정의롭고 바르게 행동하며, 주어진 운명에 따라 살 수 있다. 그대가 바로 이러한 경지에 도달했다면 타인의 말이나 행동, 소문에 대해서도 냉정한 입장을 취할 수 있게 된다. 그런 일에는 무심해질 수도 있다. 나아가 남들이 모두 쓸데없는 일에 골몰할 때, 그대 스스로 해야 할 일을 틀림없이 완수해낼 수 있을 것이다.

–아우렐리우스

죽음에 대한 진지한 사색 없이 그저 죽음을 떠올리기만 하는 것은 부질없는 일이다. 굳이 죽음을 의식하며 살아갈 필요는 없다. 다만 죽음이 매순간 임박해오는 것을 자각하면서도 평화롭고 즐겁게 살아가는 것이 지혜로운 삶이다.

가끔씩 죽음에 대하여 생각해보라. 그리고 그대도 머지않아 죽음을 맞게 될 것이라 생각하라. 그대가 무슨 일을 해야 할지 몰라 갈팡질팡하거나 심각한 번민에 빠져 있을 때라도, 당장 오늘 밤에 죽을지도 모른다고 생각한다면 그 번민은 곧 해결될 것이다.

죽음에 관한 문제를 완전히 잊어버리고 살아가는 것과, 시시각각 죽음이 가까워지고 있음을 두려워하며 살아가는 것은 완전히 다른 상황이다.

3일

February

덕이 높은 사람은 자기 스스로 덕이 높다고 생각하지 않는다. 그리하여 그는 더욱 큰 덕을 쌓게 된다. 덕이 많은 사람은 자만하지 않으며, 자기를 내세우지도 않는다. 오히려 덕이 없는 사람이 기고만장하여 자기를 추켜세우는 법이다. -노자

선에 대한 의지와 정신의 관계는 건강과 육체의 관계와 흡사하다. 선한 마음을 가졌다고 해서 겉으로 드러나는 것은 아니다. 그러나 선한 마음은 모든 일에 성공을 가져다준다.

신의 뜻은 우리 인간들이 서로 행복하게 살아가라는 데 있다. 신은 결코 우리가 불행에 빠지기를 원치 않는다. 사람들은 스스로의 기쁨으로 서로를 돕게 되는 것이지, 슬픔으로써 돕게 되는 것은 아니다. -러스킨

선행을 기르는 것만큼 인생을 아름답게 하는 것은 없다.

인간의 마음에 있는 덕성은 보석과 같은 성질을 가지고 있다. 언제 어느 때나 변함없이 천연의 아름다움을 간직하고 있다. -아우렐리우스

행복한 사람은 그 행복을 차츰 더 크게 느끼게 되며 나중에는 타인에게도 나누어주고 싶어 한다. -벤담

4일

February

우리는 자유롭지 못하다. 자기 자신의 정욕이나 타인에게 속박되어 있다. 이런 현상은 우리가 이지의 세계에서 멀리 떨어져 있을수록 더욱 심화된다. 참된 자유는 오류를 일깨워주는 이지의 힘으로써만 얻을 수 있다.

지적 생물의 특성은 자신의 운명에 순종한다는 점이다. 동물들처럼 운명에 맞서 치욕스러운 투쟁을 벌이지 않는다는 것이다. —아우렐리우스

신은 우리의 마음을 부모에게도, 또는 재물이나 육체나 죽음에도 굴복시키지 않았다. 오직 예지의 세계를 향해 우리의 마음을 복종하도록 만든 것이 신의 높은 자비심이다. —에픽테토스

예지의 세계에는 한계가 없다. 인간은 진리 안에서만 자유롭다. 그리고 진리는 깨달음 속에서 이루어진다.

길거리에 호두나 과자를 뿌려놓으면 곧 아이들이 몰려들어 서로 차지하려고 싸움을 할 것이다. 어른들은 그런 것을 가지고는 다투지 않는다. 그러나 땅에 떨어진 것이 빈껍데기뿐이라면 아이들도 덤벼들지 않을 것이다. 나에게 돈, 지위, 명성, 영예 등은 아이들이 좋아하는 호두나 과자 같은 것이다. 물론 내 손바닥에 우연히 호두나 과자가 굴러떨어졌는데도 먹지 않는다는 것은 아니다. 그것을 줍기 위해 허리를 굽히거나 남과 싸우지는 않는다는 뜻이다. —에픽테토스

5일
February

우리는 각자가 지닌 사상에 따라 천국이나 지옥을 경험한다. 그 사상이 선하면 천국에 있는 것이요, 악하면 지옥에 있는 것이나 마찬가지이다. 결국 천국이나 지옥은 하늘에 있는 것도 아니고 땅속에 있는 것도 아니다. 바로 우리의 삶 속에 천국도 있고 지옥도 있는 것이다. 이는 마치 달팽이가 평생 껍데기를 짊어지고 다니는 것과 같은 이치이다. –맬러리

자기 내부나 타인의 내부에서 이루어진 생활의 근본을 변화시키기 위해서는 어떤 사건을 계기로 삼을 것이 아니라 그 사건을 일으킨 사상과 싸워야 한다.

물질세계에서 완성되는 모든 것은 그 근원을 사상적 세계에 두고 있다. 그러므로 하나의 사실에 대한 설명은 선행하는 사건이 아니라 사실에 선행하는 사상 속에서 구할 수 있다.

우리가 일상생활에서 겪는 모든 일들은 우리들 사상의 결과이다. 우리의 생활은 우리의 마음과 생각 속에서 이루어진다. 만약 우리가 악한 마음을 품고 살아간다면 평생 번뇌의 수레바퀴에 끌려다니는 신세가 될 것이다. 그러나 항상 선한 마음에서 우러나오는 말과 행동으로 세상을 살아간다면 평생 기쁨을 그림자처럼 달고 다닐 것이다. –붓다

생활이 인간을 변화시키는 것은 아니다. 물질적 만족이 아무리 크다 해도 그것이 사람을 강하게 만들 수는 없다. 육체는 마음이 만들어내는 것이다. 오직 풍요로운 사상만이 우리의 생활을 가치 있게 해준다. –마치니

6일
February

아직 깨달음의 길에 이르지 못한 사람을 일컬어 욕망의 노예라고 부른다. 그는 부자가 되고 싶은 욕망 때문에 모든 고난을 견뎌왔다. 그러나 얻고 싶은 것을 얻은 뒤에도 그는 늘 무엇인가 부족한 듯하여 좀처럼 마음의 평화를 얻지 못한다. 그는 만약 자기가 위대한 장군이 될 수 있다면 모든 불행은 끝날 것이고, 자신이 이 세상의 중심이 될 것이라 믿었다. 그리하여 그는 다시금 욕망의 대장정에 나선다. 온갖 치욕을 참아가면서 노예처럼 고생하고 오로지 정상에 서기 위하여 모든 어려움과 굴욕을 견뎌냈건만 끝내 행복은 찾아오지 않았다. 그가 진실로 모든 불행에서 자유로워지기를 원했다면 이 한 가지를 깨우쳤어야 했다. 과연 무엇이 인간의 참다운 행복인가를 깨달아야 했던 것이다. –에픽테토스

우리를 가장 강렬하게 사로잡는 것은 쾌락을 탐하는 욕망이다. 이 욕망은 결코 만족을 모른다. 만족하면 만족할수록 더욱 커질 뿐이다.

어리석은 사람일수록 욕망의 노예가 되기 쉽다. 무지한 자의 욕정은 그칠 줄 모르고 뻗어나간다. 그것은 잡초처럼 질기고 번식력도 왕성하다. 욕정에 사로잡힌 인간은 먹이를 찾아서 온 숲을 헤매 다니는 원숭이처럼 끝도 없이 방황한다. 이렇듯 저급한 욕망에 길들여진 사람, 즉 인간의 심성을 해치는 정욕에 사로잡힌 사람은 대개 나뭇가지에 칭칭 감기는 나팔꽃 덩굴처럼 무성한 번뇌의 덩굴에 휘감겨 살아간다. 그러나 정욕의 억센 마력으로부터 자유로워질 수 있는 사람에게는 연꽃에 빗방울이 떨어지듯 모든 괴로움이 일시에 떨어져내린다. –붓다

탐욕에 빠진 사람들이 하는 일은 모두가 악이다. 선한 일은 평화로운 환경에서만 이루어지는 법이다.

예전에는 강한 욕망에 사로잡히게 했던 그 어떤 것이 지금은 아주 하찮은 경멸의 대상이 되고 있음을 생각해보라. 지금 그대가 갈망하고 있는 모든 것 또한 언젠가는 그렇게 되리라. 그대는 욕망을 채우고자 애쓰면서 얼마나 많은 것을 잃어버렸는가. 미래도 현재와 조금도 다를 바 없다. 매사에 욕망을 억제하라.

욕망의 강렬함을 무기로 내세우는 사람은 많다. 그러나 욕망을 억제하는 힘이 강하다고 자랑할 수 있는 사람은 많지 않다. –에머슨

7일
February

살아가는 동안 인간에게는 세 가지 유혹이 찾아온다. 거칠고 강렬한 육체적 욕망, 스스로 우쭐해지는 교만함, 격렬하고 불순한 이기심이 바로 그것이다. 그 때문에 인간은 과거에서 미래에 이르기까지 영원히 불행에서 빠져나오지 못한다. 만약 인간에게 이 세 가지 유혹이 없었더라면 보다 완전한 자아실현에 도달할 수 있었을 것이다. 그토록 끔찍한 무질서를 초래하는 요인, 누구나 마음속에 지니고 있는 이 무서운 질병의 근원을 차단하기 위해 우리는 어떤 대책을 세워야 하는가? 해답은 단 한 가지, 바로 끊임없는 자기 수양으로 스스로를 닦아나가는 길밖에 없다.

–라메네

자기완성은 인간의 내면적인 일인 동시에 외면적인 일이기도 하다. 인간은 타인과의 교섭 없이는 완성될 수 없다. 타인에게 미치는 영향을 생각하지 않고는 누구도 자기완성의 단계로 나아갈 수 없는 것이다.

인내력을 키우기 위해서는 음악가 못지않은 노력과 연습이 필요하다. 그런데 우리는 대개 선생님이 언제 오는지조차 모르고 있다. –러스킨

사람들은 자기를 해방시켜주는 진리에 대해 알려고 하지 않는다. 이미 체질화되다시피 한 국가적·종교적 착오로 인해 진리를 오히려 혐오스러운 것으로 인식하기 때문이다. 오늘날 서로 협동하며 조화를 이루어야 할 여러 집단들이 무엇 때문에 이처럼 지리멸렬하게 분열되었는가? 그것은 단순히 조직이나 사상의 과오라기보다는 인간들 자체의 과오 때문에 빚어진 결과일 따름이다. –맬러리

동물적인 만족을 주는 생활을 영위하기 위해 노력하는 것만큼 자기 자신이나 타인에게 해를 끼치는 것은 없다. 반면 정신적 생활을 향상시키려는 노력만큼 자신이나 타인에게 이로움을 주는 것은 없다.

완성의 목적은 어떤 상태에 도달하는 것만이 아니다. 거기에 도달하려는 것은 불가능한 일이다. 완성은 단순한 이상에 지나지 않으며 하나의 도표일 뿐이다. 완성을 추구하는 목적은 자신의 정신 상태를 악에서 선으로 변화시키려는 데 있다. 그러므로 완성을 위한 노력은 모든 인간에게 공통된 사명이다. –세네카

8일
February

뒤에서 내 욕을 하는 사람은 나를 두려워하는 사람이다. 눈앞에서 나를 칭찬해주는 사람은 나를 경멸하는 사람이다.

모호한 칭찬은 석연치 못한 비난과 마찬가지로 해로운 결과를 초래할 뿐이다. –러스킨

쓸데없이 타인을 욕하지 말라. 그렇게 하면 주정뱅이가 술을 끊거나 지독한 골초가 담배를 끊었을 때처럼 아주 청결한 감정을 경험하게 될 것이다.

남의 잘못을 들춰내기는 쉽지만 자신의 과오를 깨닫기는 아주 어렵다. 대부분의 사람들이 남의 실수는 말하기 좋아하면서도 자신의 잘못은 기를 쓰고 감추려 한다. 사람은 누구나 남을 흉보기 좋아한다. 그러나 다른 사람의 사소한 잘못 한 가지를 찾아내려고 혈안이 되어 있을 때, 그 자신은 형편없이 나쁜 사람으로 전락해버린다. –붓다

사람들은 항상 남을 헐뜯기 좋아한다. 설령 다른 사람들과 잘 지내고 싶은 경우에도 남을 욕하지 않고는 못 배기는 게 사람의 마음이다.

한 번의 욕설은 동시에 세 사람에게 상처를 입힌다. 욕을 듣는 사람, 그 말을 전한 사람, 그리고 욕을 한 사람. 그중에서도 가장 심하게 상처받는 사람은 욕설을 내뱉은 바로 그 사람이다.

남을 심판하려는 자는 결국 자신도 심판받게 된다. –성서

9일

February

전쟁 때문에 눈뜨게 되는 탐욕, 민족 간에 생기는 증오, 승리에 대한 도취, 복수에 대한 갈망 등은 인간의 양심을 뭉개버리고, 차원 높은 협동심을 말살시켜 매혹적인 이기주의로 전락시킨다. -헨리 조지

전쟁은 가장 저열하고 부패한 인간들이 힘과 영광을 얻기 위해 벌이는 한심한 짓거리에 불과하다.

어린아이가 웃는 모습을 보라. 진실로 선량한 기쁨으로 가득 차 있지 않은가. 부패하지 않은 인간은 누구나 다 그와 같다. 그러나 어떤 사람들은 덮어놓고 이방인들을 멸시하며 그들을 고통과 공포 속으로 몰아넣는다. 민족과 민족 간에 이러한 감정을 조장하는 인간은 참으로 가증스러운 범죄자이다.

전쟁 때문에 입은 물질적 손해가 아무리 크다 해도 전쟁에 대한 아무런 죄의식도 없는 사람들의 그릇된 가치관 때문에 입은 손해에 비하면 아무것도 아니다.

가장 훌륭한 무기는 가장 흉악한 죄악의 도구가 된다. 지혜로운 인간은 무기를 사용하지 않는다. 지혜로운 인간은 평화를 소중히 여긴다. 승리할지라도 기뻐하지 않는다. 전쟁의 승리를 기뻐함은 곧 살인을 기뻐하는 것과 다름없다. 또한 살인을 기뻐하는 자는 인생의 목적에 도달할 수 없다. -노자

겸손은 먼저 자기 자신의 잘못을 생각하며, 자신의 선행을 자랑하지 않는 데서 비롯된다.

사람이란 무릇 자신의 내면을 깊이 파고들수록 자신은 아무런 가치가 없는 인간이라는 생각을 하게 된다. 성현들의 맨 처음 가르침은 겸손이었다. 여태껏 겸손에 대한 많은 교훈이 있었지만 사람들은 그중의 일부만을 알 따름이다. 겸손은 자기 자신에 대해 깨달은 것이 있을 때 최초로 생기는 감정이다. 겸손은 스스로에 대한 지식을 높게 해준다. 자신의 약점을 아는 사람은 오히려 그 때문에 힘을 얻게 된다. –채닝

겸손은 인간을 확고한 기반 위에 세워놓는다. 우리는 그 기반 위에서 생명의 몫으로 주어진 임무를 수행할 수 있게 된다. 그러나 우리들 마음속에 교만이 싹트는 순간부터 이러한 기반은 서서히 약해지기 시작한다.

스스로를 잘 알고 있는 사람은 자기를 누구보다도 낮게 평가한다. 자신의 힘을 깨달았다면 그것을 과소평가하기를 두려워하지 말라. 오히려 그 힘을 과장되게 떠벌리지 않을까 두려워하라.

참으로 선량하고 현명한 사람의 가장 큰 특징은 다음과 같다. 그는 언제나 자신이 아는 것이 별로 없으며 자기보다 뛰어난 사람들이 많다는 것을 의식하고 있다. 그래서 그는 항상 더 많이 알기 위해 노력하며, 결코 남을 가르치려 하지 않는다. 남을 훈계하고 충고하기 좋아하는 사람은 결코 남을 가르치거나 충고할 자격이 없는 사람이다. –러스킨

물같이 행동하라. 어떤 장애물이 앞길을 막아도 물은 거침없이 흐른다. 둑을 만나면 물은 잠시 흐름을 멈춘다. 그러나 곧 둑을 헤치고 나아간다. 물은 둥근 그릇에나 모난 그릇에나 모두 따를 수 있다. 그러므로 물은 그 무엇보다도 융통성이 있으며, 자유로운 가운데 강력한 힘을 갖고 있다. –노자

신의 교훈은 흐르는 물과 같다. 물은 높은 곳을 버리고 낮은 곳을 찾아 흐른다. 신의 뜻도 이처럼 겸손한 사람들만이 받아들일 수 있다. –탈무드

11일
February

신의 법칙은 온갖 종파의 가르침이다. 정욕과 허위의 사상 때문에 흐려지지만 않는다면 누구나 스스로 그것을 깨달을 수 있다. 대개 깨달은 자들은 자신의 인생에 이 법칙을 적용하고자 노력하면서 살아간다. 신의 법칙에 의지하여 살아가는 사람들의 행복은 아무도 깨뜨릴 수 없을 만큼 견고하다.

인간의 가장 큰 불행은 지극히 동물적인 것을 삶의 본질로 착각하는 데서 비롯된다. 동물적인 생활의 영역으로 전락해버린 인간은 차라리 죽은 목숨과 다를 바 없다. 인생의 법칙을 위반한 인간에게는 오직 죽음의 고통만이 있을 뿐이다. 그러나 진실한 사랑의 법칙에 따라 살아가는 사람에게는 죽음도 고통도 없다.

만약 사람이 육체적인 향락을 통해 인생의 목적을 취한다면 도덕적인 생활은 그 의미를 상실해버릴 것이다.

사람들은 참다운 자신과 아무런 상관없는 외면적인 일에 종사할 때 불안해하며 초조해한다. 그럴 때 그는 고통스럽게 자문한다. '나는 무엇을 하면 좋을까? 나는 어떻게 될 것인가? 혹시 무슨 일이 생기는 것은 아닐까?' 자기 문제도 아닌 일로 항상 마음을 괴롭히는 사람은 언제나 이 모양이다.

—에머슨

12일

February

인생에서 죽음만큼 확실한 것은 없다. 죽음은 우리 모두를 기다리고 있다. 그럼에도 우리는 마치 죽음 같은 것은 있지도 않다는 듯이 살아가고 있다.

인간의 지식은 육체적 생활을 이해하는 것조차 한계에 부닥친다. 우리가 육체적 생활을 완전히 이해하려면 얼마나 많은 것을 알아야 하는지 생각해보라. 인간의 육체란 우주와 같다. 우주를 다 안다는 것은 불가능한 일이다. 그러므로 육체적 생활에 대해서도 다 알 수는 없다. –파스칼

죽음에 대해 뼈아프게 생각해본 일이 없는 인간만이 불멸을 믿지 않는다.

우리는 가끔 죽음을 상상해보려고 하지만 그것은 신의 모습을 상상할 수 없는 것처럼 전혀 불가능한 일이다. 다만 죽음 또한 신께서 내려주시는 모든 것과 마찬가지로 선한 것임을 믿을 뿐이다. –키케로

육체의 죽음과 동시에 우리의 인생도 끝나는 것인가? 우리 모두 이 문제를 깊이 생각해보아야 한다. 그러나 대부분의 사람들은 이런 중대한 문제를 소홀히 하며 살아가고 있다. 인생의 참된 진리는 영생에 대한 믿음을 전제로 한다. 그러므로 우리는 인생에서 불멸하는 그 무언가가 반드시 존재한다는 사실을 분명히 알아둘 필요가 있다. –파스칼

13일

February

종교는 철학적인 사고에 광명을 더한다. 철학적인 사색은 종교적 진리를 명확하게 한다. 그러므로 살아 있는 동안 진실로 종교적인 사람과 진실로 철학적인 사람들과 교제하도록 노력하라.

종교는 모든 사람의 이해를 구할 수 있는 철학이며, 철학은 모든 종교의 증명이 된다.

유혹적인 것에 대한 가장 낡은 의견은 언제나 믿어도 좋다. 건강한 인간의 지식은 그 문제에 직면하게 될 테고, 마침내 해답을 구할 수 있기 때문이다. –레싱

선량하게 사는 것 이외에 신에 대한 의무를 완성할 수 있는 방법이 있다고 믿는 것은 종교적인 오류이며, 신에 대한 거짓 봉사이다. –칸트

어떤 행위이든 그것이 신의 가르침이기 때문에 반드시 지켜야 한다는 생각은 버려야 한다. 그러나 그것이 반드시 해야 할 일이라고 진심으로 생각한다면 신이 그대에게 그 일을 하도록 가르친 것이다. –칸트

미래에 일어날 일을 알지 못할 때에만 우리는 진정한 생활을 시작할 수 있다. 그럴 때 비로소 인생의 의미를 깨닫고 신의 뜻을 따르고자 하는 것이다. '신은 모든 걸 알고 계신다'라는 믿음 안에서 살아가는 생활만이 우리를 자유롭게 한다.

14일

February

인간의 영혼은 그 내부로부터 독특한 빛을 발하는 맑은 유리구슬과도 같다. 영혼의 빛은 진리의 원천일 뿐만 아니라 외부의 모든 것까지 환히 비춘다. 이럴 때 인간의 마음은 한없이 자유로우며 행복하다. 그러나 그 빛이 외부의 사물을 비뚤어진 영상으로 비출 때 평온한 표면은 물결이 일고 차츰 어두워지며, 이윽고 그 빛조차 꺾이고 만다. -아우렐리우스

진리로써 거듭나지 않으면 신의 왕국을 볼 수 없다. -성서

덕성의 완성으로 생기는 예지의 광채는 선천적인 도덕이라고 한다. 예지의 광채로부터 발생하는 덕성의 완성은 후천적인 신성(神性)이라 한다. 덕성의 완성에는 예지의 광채가 필요하다. 또한 예지를 빛내려면 덕성의 완성이 필요하다. -공자

성령은 인간의 안에 깃들어 있다.

그대가 인간의 마음을 보지 못하는 것처럼 신도 보지 못했을 것이다. 그러나 신의 모든 창조물을 통해 그 속에 신이 존재한다는 것을 깨달았을 것이다. 그리고 마침내 그대의 마음속에 있는 신을 발견할 수 있을 것이다. 그대는 자신의 마음속에 깃들어 있는 신의 힘을 무시하지 못할 것이다. 그 힘은 완성을 향하여 전진하는 능력을 통해 나타난다. -세네카

인간의 내부에 신이 깃들어 있다는 사실을 항상 염두에 둔다면, 무엇보다도 확실하게 인간을 악으로부터 멀리 떨어져 있게 하며 선을 행하도록 돕는다.

사랑과 예지는 두 개의 측면이다. 우리는 두 개의 측면에 의하여 신을 생각할 수 있는 것이다.

15일

February

대부분의 인생 문제는 방정식을 푸는 것처럼 간단하다. 그 대답은 극히 단순한 형태로 나타난다. -키케로

단순한 것은 항상 사람을 매혹시키는 힘이 있다. 어린아이와 동물의 세계에서 찾을 수 있는 매력도 그 단순함 속에 있다. -파스칼

모든 기교적인 것, 괴이한 것, 남의 주의를 끄는 것을 피하라. 단순한 것 이상으로 사람에게 친근감을 주는 것은 없다.

자연은 인간들이 만들어놓은 차별제도를 알지 못한다. 높은 신분이나 부유함과는 상관없이 자연은 진실 그 자체의 관계 속에 있다. 참으로 선량한 감정은 항상 단순한 것에서 찾을 수 있다. -레싱

교묘하게 말을 꾸미고 빈틈없는 태도로 응수하는 사람이 사랑과 덕을 가지고 있는 일은 드물다. -노자

단순함에는 자연 그대로의 단순성과 예지에서 오는 단순성, 이 두 가지가 있다. 하나는 사랑을 불러오며 다른 하나는 존경을 불러온다.

진리를 표현하는 말은 항상 꾸밈이 없다. 동시에 매우 단순하다. 가장 위대한 영구불변의 진리는 가장 단순한 것이다. 가장 깊은 지식은 가장 단순하게 표현되는 것이다. -파스칼

16일

February

그대에게 위대하고 훌륭한 것이 있다 하더라도 그것은 결코 쉽게 얻어진 것이 아니다. 그것을 얻기까지 곤란이 없었던 것도 아니며, 제 스스로 나타난 것도 아니다. –에머슨

끊임없이 의무를 성취해나가려면 그것이 비록 아주 하찮은 것일지라도 영웅 못지않은 힘이 필요하다. –루소

늘 도덕에 벗어나지 않는 생활을 하라. 어쩌면 그것은 가장 힘든 일일 수도 있으나 그 기쁨은 무엇보다도 클 것이다. –헨리 조지

'완벽함'은 도달할 수 없는 '유토피아'라는 논리로 그대의 선행을 단념하도록 부추기는 사람이 있다면 즉시 경계하라. 그대의 영혼을 각성시킬 수 있는 고귀한 일이라면 아무리 사소한 일이라도 주저하지 말라. –러스킨

행복하게 살기를 원한다면 신의 법칙을 따르라. 오로지 노력만이 신의 법칙을 따르는 길이다. 노력은 곧 삶의 기쁨으로 그대를 따를 것이다.

험한 길을 걸어갈 때 이 길을 끝까지 걸어갈 수 있을지 의심하는 사람은 도덕이 무엇인지 알면서도 의심하는 사람이나 다름없다. 이 세상에 사는 동안에는 여러 가지 의심스러운 일이 많이 생길 것이다. 그러나 우리는 낭떠러지를 만나도 어떻게든 길을 찾아내듯이 어떻게든 도덕을 지켜야 한다. –붓다

참된 생활은 긴장된 정신과 끊임없는 노력으로만 이루어질 수 있다.

17일

February

평등은 자기를 위대하고 고귀한 존재라고 생각하는 사람에게 굴종하지 않음으로써, 또 자기를 하찮고 비천한 존재라고 생각하는 사람들을 경멸하지 않음으로써 얻을 수 있다.

평등은 이 세상 모든 사람들이 행복해지기 위한 공통된 권리와, 모든 개인이 존중받기 위한 공통된 권리를 갖고 있음을 뜻한다.

평등은 불가능한 것이라고들 말한다. 사람은 저마다 다를 수밖에 없으며 누군가는 다른 사람보다 힘이 세고, 또 어떤 사람은 다른 사람에 비해 지혜가 많다고 믿기 때문이다. 그러나 리히텐베르크는 말했다. 다른 사람보다 힘이 세거나 더 지혜롭다는 이유만으로도 사람들 사이에 권리의 평등이 필요한 것이라고. 만약 힘과 지혜의 평등이 이루어지지 않고 권리의 평등마저 없다면 약한 사람이 강한 사람들 틈에서 생존할 길은 도저히 찾을 수 없을 것이다.

평등은 현실에서는 기대할 수 없으며, 다만 먼 미래 세계에서나 가능하리라는 주장은 참으로 터무니없다. 평등은 지금 당장이라도 실현할 수 있다. 그것은 어떤 조직이나 법률을 통해 얻는 게 아니라 생활 속에서 만나는 모든 사람들과의 관계를 통해 얻는 것이다. -러스킨

이 세상에서 아이들처럼 참된 평등을 실현하고 있는 존재는 없다. 그런데 어른들은 아이들이 지니고 있는 이 신성한 감정을 깨뜨려버리기도 하고 또 없애버리도록 강요하기도 한다.

18일

February

절대적인 자기부정의 결과에 대한 그 어떤 평가나 판단의 권리도 인간에게는 없다. 그 자신이 단 한 시간이라도 일체의 자아를 부정하는 생활을 해보겠다는 용기를 갖기 전에는……. –러스킨

오로지 신만을 사랑하며, 자아를 경계하라. –파스칼

다른 사람과 대화를 나누다가 자기 생각에 빠져 그 이야기를 중단하면 결국 대화의 실마리를 잃게 된다. 자기를 버리고 자아에서 벗어났을 때에만 타인과 충실한 교제를 할 수 있으며, 타인에게 큰 영향을 끼칠 수 있다.

만약 자아를 부정할 수만 있다면 항상 모든 일이 쉽게 잘 풀려나갈 것이다.

모든 현세적인 것, 명예 또는 육체적인 것에 자기를 가두려고 하지 않는 사람은 참된 인생을 창조하는 자이다. –붓다

진리란 자아를 부정하는 사람만이 이해할 수 있다. –탈무드

나는 다시 받아들이기 위하여 나의 생명을 아낌없이 내던진다. 그 누구도 나의 생명을 빼앗을 수는 없다. 오직 나 자신만이 스스로 생명을 내던질 수가 있다. 나는 그렇게 할 힘을 가지고 있다. 그뿐 아니라 생명을 다시 받아들일 수 있는 힘도 가지고 있다. –성서

19일

February

스스로 노동을 통해서 빵을 얻지 않는 부류에게 참된 종교상의 지식을 움트게 하고, 순수한 덕성을 발현시키기는 거의 생리적으로 불가능한 일이다. –러스킨

가장 편안하고 순수한 기쁨 가운데 하나는 노동을 하고 난 뒤에 얻는 휴식이다. –칸트

부유한 사람이든 가난한 사람이든, 강한 사람이든 약한 사람이든 간에 일하지 않는 자는 배척되어야 마땅하다. 모든 사람이 어느 한 가지든 자기 스스로 할 수 있는 참된 기술을 배워야 한다. –루소

그대가 베푸는 것보다 더 많은 것을 타인에게 요구하지 않는 것은 정의로운 일이다. 자신의 노동이건 타인의 노동이건 그 땀의 가치는 똑같다.

모든 정의로운 행위는 씨앗과 같다. 그것은 오래도록 땅속에 가만히 묻혀 있다. 그러나 적당한 온도와 습기가 서서히 씨앗을 발아시켜 이윽고 꽃을 피우고 열매를 맺는다. 그러나 폭력과 부정에 의하여 뿌려진 씨앗은 꽃을 피우기도 전에 썩고 시들어 자취도 없이 사라지고 만다.

일하라. 노동을 부끄러워하지도 말고 자랑하지도 말라. 노동은 단지 모든 사람들을 행복하게 만들 뿐이다. –아우렐리우스

노동으로부터 자유롭고 싶어 하는 것은 죄악이다.

20일

February

종교는 시대와 사회를 막론하고 선량하고 진보적인 사람들에게 인생의 차원 높은 단계를 보여준다. -에머슨

진정한 종교적 진화를 기술적이거나 과학적인, 혹은 예술적인 진화와 혼동하지 말라. 기술적·과학적·예술적인 진화는 종교적인 진화를 동반할 경우에만 위대한 결과를 가져올 수 있다. 그것은 우리의 미래에 있어서도 마찬가지이다.

일찍이 루터가 예견했던 종교적 진화의 단계에 머물기를 고집하는 사람은 진실에서 멀리 떨어져 있음을 고백하는 것이다. 우리에게 주어진 광명은 다만 그것을 막연히 바라보기 위한 것이 아니라, 우리가 아직 보지 못한 미래의 일을 환히 비추기 위한 것이다. -밀턴

진정한 진화는 종교적인 것이다.

모든 진화는 종교적인 진화에 기초를 두고 있다. 종교적인 진화는 새로운 종교적 진리를 발견하거나, 세계와 그 창조주에 대한 인간의 새로운 관계를 발견하는 데서 이루어지는 것은 아니다. 종교를 이해하기 위해서 새로운 것은 전혀 필요하지 않다. 원래 종교란 새로운 진리를 갖지 않는 법이다.

21일

February

도살장으로 끌려가는 짐승의 힘없는 모습을 보면서 우리는 왜 괴로움을 느끼는가? 그것은 반항할 능력도 없고 아무런 죄도 없는 동물을 죽이는 것이 얼마나 잔인하고 옳지 못한 일인지 알기 때문이다. 지금 그대가 느끼는 그대로를 실천하며 살라. 혀끝에 닿는 즐거움을 위해서 죄 없는 생물을 죽이려는 그 마음을 버려라. –스트루베

인간에게는 저주받아 마땅한 세 가지 습관이 있다. 육식과 담배와 술이 그것이다. 이 세 가지 습관은 간음하는 죄와 함께 인간을 동물이나 다름없게 만든다. –아널드 힐스

육식을 끊으려면 주위 사람들의 비난과 공격과 조소를 묵살할 수 있는 용기가 있어야 한다. 그러나 육식이 아무렇지도 않은 일이라면 육식주의자들이 채식주의자를 공격할 까닭도 없다. 육식주의자들은 초조해하고 있다. 이미 그들은 육식의 죄악을 깨닫고 있지만 자기 자신의 힘으로는 그 죄악에서 벗어날 수 없음을 알고 있는 것이다.

채식주의자는 문명인의 식탁에 놓인 돼지고기나 양고기를 보고 '끔찍한 일'이라고 말할 것이다. 그러면 문명인들은 "이 고기에 소금을 발라 먹으면 더욱 맛있다"라고 대답할 것이다. 그들 문명인들은 식인종과 무엇이 다른가? 그들은 죽은 동물의 고통은 생각조차 하지 않는다. –맬러리

가장 야만적인 미개인은 육식밖에 모른다. 인간이 채식을 하게 된 것은 최초의 그리고 자연적인 교화의 결과이다.

22일

February

지금 하늘과 땅에 있는 모든 것, 예전에 있었던 모든 것을 우리의 마음속에 아울러 가지고 있는 것은 바로 '평화'이다. 평화는 구체적인 어떤 물질이 아니다. 우리는 그 성질을 예지라고 부른다. 만약 뭔가 다른 이름이 필요하다면 나는 그것을 영원불멸의 것이라고 하겠다. —노자

신은 무한한 존재이다. 신은 우리들 자신 속에서 존재하며, 끊임없이 정의를 요구하는 존재이다. —매튜 아널드

신을 찾아 헤매는 사람은 어리석은 사람이다. 신은 만물 속에 살아 있다. 신앙은 여러 가지지만 신은 단 하나뿐이다. 자기 자신을 알지 못하는 사람은 결코 신을 알 수 없다. —인도 잠언

우리는 신을 알지 못한다. 그러나 우리가 이 세상의 여러 가지 사실을 알고 있는 것은 신을 알고 있기 때문이다.

인간이 신의 법칙을 이룰 수 있는 경지에 이르렀다면 그는 이미 신을 알고 있는 사람이다. 인간이 신에 가까워질수록 신에 대한 인식도 끊임없이 변화한다.

신은 우리의 반신(半身)이다. 우리가 그것을 모르고 있을지라도 신은 이미 알고 있다. —에머슨

참으로 신을 이해하는 사람은 두 가지의 특징을 지녔다. 겸손한 마음으로 가난한 사람들을 동정하는 사람이 그 첫 번째 유형이다. 이런 사람은 많이 배웠건 적게 배웠건 상관없이 신을 아는 사람이다. 두 번째 유형은, 어떤 장애물이 있을지라도 그 장애물에 구애됨이 없이 진리를 탐구하려는 지혜가 충만한 사람이다. —파스칼

23일

February

인긴은 지적인 동물이다. 그럼에도 우리는 왜 사회생활을 지적으로 운영하지 못하고 폭압이나 강요에 의해서 끌려다니는 것일까?

실리를 추구하는 사람들은 이 세상에서 가장 실속 있는 제도는 다음과 같은 것이라고 생각한다. 대중들을 결속하지 못하게 하고, 어린아이나 노인이 대접받지 못하게 하며, 질서를 갖추지 못한 노동자의 힘을 이용하여 필요하지도 않은 물건을 만들어내게 하는 그런 제도 말이다. –러스킨

사람들은 서로 미워하고 있다. 그들은 최대한 욕정을 이용한다. 마치 욕정만이 사회적 행복에 봉사할 수 있다는 듯이. 그러나 그것은 오직 가면일 따름이다. 허위의 사랑은 그 본질이 다만 추악할 뿐이다.

지금 이 세상에 있는 조직은 사회적 양심에 반하는 것이다. 아울러 사회적 원리조차 위반하는 것이다.

인간의 문명이 아무리 견고하게 보일지라도 한편에서는 그것을 파괴하는 힘이 자라나고 있음을 알아야 한다. 그것도 인적이 끊어진 숲속이 아니라 사람의 왕래가 빈번한 길거리에서 자라고 있으니, 이는 마치 야만인들이 교육받고 있는 것이나 다름없는 현실인 것이다. –헨리 조지

보리밭의 비둘기 떼를 보라. 비둘기들은 인간들처럼 탐욕스럽게 마구 쪼아 먹지 않는다. 단지 필요한 양만을 취한다. 나머지는 무리 가운데서 가장 약하고 어린 비둘기를 위해서 모아둔다.

24일

February

만약 진실을 눈앞에 두고도 거짓을 따른다면 영원히 방황하게 될 것이다.

진실을 전하기 위해서는 두 사람이 필요하다. 한 사람은 그것을 말하는 사람이요, 또 한 사람은 그것을 듣는 사람이다. 진실을 전하는 유일한 방법은 사랑을 담아 말하는 것이다. 사랑이 담긴 말만이 호소력이 있다. 명분만 앞세운 말은 사람을 불편하게 만든다. –소로

진실을 말하는 것은 글씨를 잘 쓰는 것과도 같다. 이 두 가지가 다 기술적인 문제라고 할 수 있다. 또 어느 것이나 의지보다는 습관의 문제이다. 그리고 이 같은 습관을 몸에 익히는 데 도움이 되는 모든 기회는 다 유익한 것이라 할 수 있다. –아우렐리우스

진리는 인간을 악인으로 만들지도 않고 오만하게 만들지도 않는다. 진리의 방향은 언제나 간명하고 겸허하며 단순하다.

오직 자기 자신의 기본적 사상만이 인생의 진리를 본질적으로 터득하게 한다. 우리가 진정으로 이해할 수 있는 것은 자기 자신뿐이기 때문이다. 타인의 책에서 얻은 사상은 남의 식탁에서 먹다 남은 음식을 가져오는 것과 같고, 남이 입다 버린 옷을 입는 것과도 같다. –쇼펜하우어

진실과 선은 불가분의 관계에 있다.

진리를 탐구하려는 예지는 진리를 독차지하기 위해 마음을 괴롭히는 일이 없다. 언제 어느 때건 감사하는 마음으로 진리를 찾아내고 받아들이면 그만이다. 그리고 자신이 발견한 이름도 붙이지 않는 것이다. –에머슨

우리들은 남 앞에서 가면을 쓰는 습관에 길들여진 나머지, 심지어는 자기 자신 앞에서도 가면을 쓴다. –라로슈푸코

25일

February

기도, 즉 신을 향한 하소연은 자주 바꾸는 것이 좋다. 인간은 끊임없이 성장하며 변화하는 존재이기 때문에 신과의 관계도 변화한다. 그러므로 기도의 내용 또한 수시로 바꾸는 게 당연하다.

습관적인 기도가 이롭지 못한 경우는, 사람이 기도할 때마다 신에게 공적을 쌓는다는 생각을 할 때뿐이다.

기도하기 전에 먼저 정신을 한곳에 집중하라. 그럴 수 없다면 차라리 기도를 하지 말라. 기도할 때에는 비애의 감정이나 태만, 오락, 잡담 등의 영향이 조금이라도 남아 있어서는 안 된다. 오직 신성하고 평온한 마음이 되었을 때만 기도하라. 만약 마음의 준비가 되지 않았다면 기도는 다음으로 미루는 게 좋다. 습관화된 기도는 대개 진실하지 못하기 때문이다. –탈무드

매일같이 먹고 자고 하는 일을 되풀이하면서도 권태를 느끼지 않는다. 그것은 허기와 꿈이 잇달아 나타나기 때문이다. 그러나 배가 고프지도 않고 꿈을 꾸지도 않는다면 먹는 것, 자는 것이 다 귀찮아질 것이다. 정신의 향연에 만족할 수 없다면 사람들은 틀림없이 권태를 느낄 것이다. –파스칼

무엇 때문에 우리는 자신의 나약함을 보호해주는 수단인 기도를 스스로 회피하는가? 우리를 신께 가까이 갈 수 있도록 도와주는 일체의 정신적인 노력은 이기심의 욕정으로부터 우리를 해방시켜준다. 신께 구원을 청하기만 하면 우리들은 구원을 얻을 수 있다. –루소

기도는 가급적 집에서 하라. 여러 사람이 모이면 잡담이나 비방, 질투로 인한 죄과에서 벗어나기 어렵기 때문이다. 하찮은 이야깃거리로 시간이나 축내는 모임에서는 더더욱 기도하지 말라. –탈무드

신이 우리를 변화시키는 것이 아니다. 우리가 신께 가까이 다가감으로써 스스로 변화하는 것이다. –루소

26일

February

누군가와 오랜 시간 대화를 나누었다면 과연 화제의 요점이 무엇이었는지 진지하게 생각해보라. 서로 주고받은 이야기의 대부분이 싱겁고 건전하지 못했다는 사실을 깨닫고 내심 무척 당황스러울 것이다.

참된 말은 언제 어디서든 조심성 있게, 심사숙고한 뒤에야 입 밖으로 나오는 것이다. 그대가 무슨 말을 하든 그 말은 침묵보다 가치 있는 것이어야 한다.

-아라비아 격언

무슨 말이든 입 밖에 내기 전에 반드시 다음의 몇 가지를 생각해보라. 지금 이 말을 과연 해도 되는지, 그것이 말할 만한 가치가 있는 내용인지, 이 말이 결국 누군가를 헐뜯는 말이 되지는 않는지를…….

무지한 사람은 차라리 잠자코 있는 게 현명하다. 그러나 그가 이 점을 깨우쳤다면 그는 이미 무지한 사람이 아니다.

-사디

남들이 말할 때 한 번도 입을 열지 않았던 것을 아쉽게 생각하는 사람은 진정 침묵해야 할 때 잠자코 있지 않았음을 뉘우치는 일이 백 번이라도 있을 수 있다. 주의 깊게 듣고, 총명하게 질문하고, 조용하게 대답하고, 말할 필요가 없을 때 침묵할 줄 아는 사람은 인생의 가장 중요한 의의를 아는 사람이다.

진실한 말은 유쾌한 것이 아니다. 유쾌한 말은 진실한 것이 아니다. 선한 사람은 싸움을 좋아하지 않는다. 싸움을 좋아하는 사람은 선한 사람이 아니다. 진실한 지혜는 덕을 행하는 것이지 악을 행하는 것이 아니다.

-노자

27일
February

재물을 많이 가진 사람이 천국에 들어가기란 낙타가 바늘구멍을 통과하는 것보다 어렵다. -성서

돈 가진 자선가들은 다음과 같은 일을 전혀 깨닫지 못한다. 그들은 가난한 사람들에게 자선을 베푼다고 생각하지만, 사실은 그 이상으로 더욱더 많은 것을 가난한 사람들 마음속에서 약탈하고 있다는 사실을 깨닫지 못하는 것이다. -러스킨

자비는 오직 희생정신에서 비롯되었을 때에만 진정한 것이다. 모든 죄악이나 부도덕은 돈 속에 그리고 돈을 갖기 위해 노력하는 그 일 속에서 싹트기 마련이다.

동정심이 많은 사람은 부유하게 될 수 없다. 더욱 분명한 것은 부유한 자는 동정심을 느끼지 않는다는 사실이다. -중국 격언

부유한 사람은 선을 행하기가 어렵다. 그가 선을 행하려면 무엇보다도 먼저 부에서 벗어나야 하기 때문이다.

부유한 사람은 가난한 사람들에게 자선을 베푸는 일에만 만족할 뿐, 그 때문에 발생하는 해독에 대해서는 조금도 생각지 않는다. 물질적으로 풍부한 것만을 대단하게 여기고, 그것만이 인생의 행복인 양 착각하는 것은 실로 엄청난 해독이다. -채닝

28일

February

예술은 알맞은 환경에 있을 때에만 사람들을 이롭게 한다. 예술의 목적은 교훈이다. 그것도 사랑을 내포한 교훈이다. 예술이 다만 오락에 불과하고 진리를 계발하는 힘이 없다면, 그것은 참다운 예술도 아니고 고상한 것도 못 된다.

–러스킨

예술에 관한 논쟁만큼 공허한 것도 없다. 모든 예술이 각각 특별한 언어적 표현을 갖고 있다는 사실을 아는 사람은 그러한 논쟁 자체가 무의미하다는 것을 알고 있다. 그러므로 예술에 관해서 시끄럽게 떠드는 사람은 예술을 이해하지 못하는 사람이며 예술을 창조할 능력도 없는 사람이다.

예술상의 지혜와 과학상의 지혜는 모든 사람에게 공평한 봉사를 하는 데 그 목적이 있다.

–러스킨

아무리 세련된 예술도 도덕적 이상과 결부되지 않고 다만 예술 자체의 만족만을 추구한다면 쾌락의 도구에 불과하다. 사람들은 쾌락에 골몰하면 더욱 이러한 예술에 열중하게 된다. 그것은 자신의 공허한 내면에 대한 불안감 때문이다. 그러나 그것은 결과적으로 끊임없이 자기 자신을 무능하고 불완전한 존재로 전락시키고 만다.

–칸트

예술은 사람들을 결합시키는 하나의 수단이다. 부유한 자들의 오락을 목표로 이루어진 예술은 매춘부의 웃음이나 다름없다.

29일

February

이상은 그대 자신 속에 있다. 이상을 달성하는 데 방해가 되는 조건 또한 그대 자신 속에 있다. 그대의 현실은 당장 그대의 이상을 실현하기에 가장 좋은 조건이다.

인생은 하는 일 없이 빈둥거리며 자리나 차지하고 있는 것도 아니고, 오로지 행복을 추구하기만 하는 것도 아니다. 실러의 말을 빌리자면, 인생은 투쟁이며 행진이다. 선과 악의 투쟁, 자유와 폭압의 투쟁, 협동과 이기주의의 투쟁이다. 인생은 자아의 이상 실현을 위하여 스스로를 전진시키는 것이다.

–마치니

반드시 진리가 구체화될 필요는 없다. 진리가 우리의 정신 속에 깃들어 공감을 불러일으키고, 그리하여 종소리처럼 힘차고 자비롭게 공기 속에 울리기만 하면 충분하다.

–괴테

우리가 자신의 내부에 선이 존재하는 것을 믿고, 또한 그것이 이 세상에 존재하기를 바라는 마음은 선을 실현하기 위한 가장 훌륭한 조건이다. 그것을 믿지 않고 우리가 언제까지나 나쁜 인간이며, 과거에 그랬듯이 앞으로도 악한 존재라고만 생각한다면 선은 영영 실현될 가망이 없다.

이상은 삶의 안내인이다. 우리에게 이상이 없다면 인생의 확실한 방향을 찾을 수 없다. 방향이 없으면 행동할 수도 없고 살아갈 수도 없다.

완성은 하늘의 표준이다. 그리고 완성된 것을 기대하고 바라는 것은 인간의 표준이다.

–괴테

단순한 관념이나 사상 속에서만 이상을 실현하고자 한다면 그것은 영원히 이루어지지 못할 것이다. 실현하고자 하는 이상이 아득히 멀리 있기는 하지만, 그것이 점점 가까워지고 있다고 생각할 때에만 참다운 이상이라고 할 수 있다.

–헨리 조지

February

February

죽음에 대한 진지한 사색 없이 그저 죽음을 떠올리기만 하는 것은 부질없는 일이다. 굳이 죽음을 의식하며 살아갈 필요는 없다. 다만 죽음이 매순간 임박해오는 것을 자각하면서도 평화롭고 즐겁게 살아가는 것이 지혜로운 삶이다.

죽음에 관한 문제를 완전히 잊어버리고 살아가는 것과, 시시각각 죽음이 가까워지고 있음을 두려워하며 살아가는 것은 완전히 다른 상황이다.

선행을 기르는 것만큼 인생을 아름답게 하는 것은 없다.

뒤에서 내 욕을 하는 사람은 나를 두려워하는 사람이다. 눈앞에서 나를 칭찬해주는 사람은 나를 경멸하는 사람이다.

한 번의 욕설은 동시에 세 사람에게 상처를 입힌다. 욕을 듣는 사람, 그 말을 전한 사람, 그리고 욕을 한 사람. 그중에서도 가장 심하게 상처받는 사람은 욕설을 내뱉은 바로 그 사람이다.

전쟁은 가장 저열하고 부패한 인간들이 힘과 영광을 얻기 위해 벌이는 한심한 짓거리에 불과하다.

가장 훌륭한 무기는 가장 흉악한 죄악의 도구가 된다. 지혜로운 인간은 무기를 사용하지 않는다. 지혜로운 인간은 평화를 소중히 여긴다. 승리할지라도 기뻐하지 않는다. 전쟁의 승리를 기뻐함은 곧 살인을 기뻐하는 것과 다름없다. 또한 살인을 기뻐하는 자는 인생의 목적에 도달할 수가 없다.

스스로를 잘 알고 있는 사람은 자기를 누구보다도 낮게 평가한다. 자신의 힘을 깨달았다면 그것을 과소평가하기를 두려워하지 말라. 오히려 그 힘을 과장되게 떠벌리지 않을까 두려워하라.

물같이 행동하라. 어떤 장애물이 앞길을 막아도 물은 거침없이 흐른다. 둑을 만나면 물은 잠시 흐름을 멈춘다. 그러나 곧 둑을 헤치고 나아간다. 물은 둥근 그릇에나 모난 그릇에나 모두 따를 수 있다. 그러므로 물은 그 무엇보다도 융통성이 있으며, 자유로운 가운데 강력한 힘을 갖고 있다.

죽음에 대해 뼈아프게 생각해본 일이 없는 인간만이 불멸을 믿지 않는다.

끊임없이 의무를 성취해나가려면 그것이 비록 아주 하찮은 것일지라도 영웅 못지않은 힘이 필요하다.

이 세상에서 아이들처럼 참된 평등을 실현하고 있는 존재는 없다. 그런데 어른들은 아이들이 지니고 있는 이 신성한 감정을 깨뜨려버리기도 하고 또 없애버리도록 강요하기도 한다.

가장 편안하고 순수한 기쁨 가운데 하나는 노동을 하고 난 뒤에 얻는 휴식이다.

모든 정의로운 행위는 씨앗과 같다. 그것은 오래도록 땅속에 가만히 묻혀 있다. 그러나 적당한 온도와 습기가 서서히 씨앗을 발아시켜 이윽고 꽃을 피우고 열매를 맺는다. 그러나 폭력과 부정에 의하여 뿌려진 씨앗은 꽃을 피우기도 전에 썩고 시들어 자취도 없이 사라지고 만다.

이상은 삶의 안내인이다. 우리에게 이상이 없다면 인생의 확실한 방향을 찾을 수 없다. 방향이 없으면 행동할 수도 없고 살아갈 수도 없다.

March

1일

March

죽음에 대한 두려움은 죄의식에서 비롯된 감정이다.

죽음에 필요한 준비는 단 한 가지밖에 없다. 보람된 인생을 살아가는 것이 바로 그것이다. 그렇게 하면 죽음은 한낱 무의미한 현상으로 느껴지며, 죽음에 대한 공포도 느끼지 않게 될 것이다.

인생에서 큰 가치를 느끼며 살았던 사람은 결코 죽음을 두려워하지 않는다. -칸트

죽음의 순간은 비로소 개인주의로부터 벗어나는 순간이다. 개인주의는 인간의 본질이 아니라 인간의 본질을 불구로 만든다. 그리하여 인간의 본질적 상태로의 완전한 부활이라 할 수 있는 죽음의 순간에 참다운 자유가 찾아오는 것이다. 대개 죽은 사람의 표정이 평화로워 보이는 까닭이 바로 여기에 있다. 선량하게 살다 간 사람의 죽음은 편안하고 평화롭다. 그러나 생활을 위하여 노력할 의지가 없으며, 그 의지를 거부하는 사람은 침착한 마음으로 죽을 수 있는 특권을 갖지 못한다. 자살하는 사람들은 다만 현실에서 사라지는 것만을 원할 뿐 자아가 먼 미래에까지 존속하기를 원하지 않기 때문이다. -쇼펜하우어

죽음에 대한 공포는 인생을 하나의 부분적인 유기체에 지나지 않는다는 그릇된 관념으로 파악하기 때문에 체험하게 된다. -러스킨

인생에 대하여 냉정하게 판단할 수 있고, 올바른 사고방식을 가진 사람들이라면 한 가지 결론에 도달하게 된다. 즉 죽음은 모든 생물에게 끊임없이 일어나고 있는 생리적 현상일 뿐이니 하나도 두려워할 것 없다는 결론에 이르게 되는 것이다. -세네카

참된 삶을 맛보지 못한 인간만이 죽음을 두려워한다.

2일
March

아무것도 바라지 않는 것만큼 강한 힘은 없다. 그러나 그것은 필요하지 않다. 필요한 것은 신께서 원하는 바를 나도 원한다는 사실뿐이다. 신께서 원하는 것은 인간이 자기부정에서 자기희생으로 옮겨가는 것이다.

—아미엘

영원한 운명이여, 눈에 띄지 않는 걸음으로 오라. 너의 보이지 않는 발자국에도 나는 의심을 품지 않는다. 비록 네가 뒷걸음질 치듯 할 때에도 의심하지 않으리. —레싱

신의 뜻은 잘 닦아놓은 길과도 같다. 하늘의 달을 보듯 신의 뜻은 쉽게 알 수 있다. 그런데도 그 길을 곧 잃어버리는 까닭은 우리가 무지와 악의 함정에 쉽게 빠지기 때문이다.

곤궁에 처할지라도 자신을 비천하게 생각지 말라. 어떠한 처지에 있더라도 양심적으로 행동하라. 그것이 바로 승리를 얻는 길이다. —아미엘

항상 신의 뜻을 좇아 행동하며, 무슨 일을 하든지 신의 뜻에 순종하는 사람은 얼마나 강한 인간인가! —아우렐리우스

그대가 진심으로 이렇게 말할 수 있다면 비로소 속박에서 벗어나 자유의 몸이 되리라. "신이여, 당신의 의지대로 어디든 데려가주소서."

—에픽테토스

인간이 자신의 의지와 신의 의지를 일치시키는 정도에 따라, 스스로 나아갈 길에 대해서, 또 타인에 대해서 그 의지가 얼마나 확고한지 알 수 있다.

3일

March

육체의 세계를 중시하는 감정의 기만에서 해방되지 않는 한 인간은 자신의 참된 사명을 깨닫지도 못하고 그것을 달성할 수도 없다.

하늘을 우러르고 땅을 굽어보고, 그리고 생각하라. 모든 것이 지나가는 것처럼 인생의 온갖 형상도 자연의 산물과 함께 지나가버린다. 그대가 이러한 이치를 깨달았을 때 비로소 광명이 비치기 시작할 것이다.

-붓다

삶이란 그대 안에 깃들어 있는 정신이 육체를 이끌어나가는 과정임을 기억하라. 신께서 이 세상을 주관하듯 정신은 육체를 거느린다. 죽음은 그대 자신이 없어지는 것이 아니라 그대의 육체만이 소멸할 뿐이라는 것을 기억하라. 육체가 나타내는 것은 그대 자신이 아니다. 그대의 본질은 정신이다.

-키케로

나이와 생각이 젊으면 물질적인 현실을 믿는 힘도 크다. 그러나 나이 들고 지혜가 깊어지면 이 세상의 기초가 정신적인 데 있음을 받아들이게 된다.

진실한 삶은 눈에 보이는 외면적인 물질에 있는 것이 아니라 내면적인 것이라는 사실을 항상 기억하라. 가장 가치 있는 나무는 집 짓는 재료로 쓰이는 것처럼, 인간은 동물적인 생활에서 벗어나 정신적인 인생을 영위할 때에만 가장 고귀한 존재가 될 수 있음을 명심하라.

이 세상에서 가장 강한 것은 보이지도 않고 들리지도 않으며 만져볼 수도 없는 것이다.

-노자

4일

March

지적인 일을 하면서 육체적 고통을 받는 것은 은혜로운 일이다 그러나 정신이 육체적인 욕정 때문에 고통받는 것은 죄악의 대가이다. –탈무드

음식을 절제하지 못하는 것을 죄악으로 생각하는 사람들은 의외로 많지 않다. 과식은 남에게 해를 끼치지 않더라도 인간의 존엄성을 배반하는 일이다. 그러니 이보다 더 큰 죄악이 어디 있겠는가.

고뇌가 이 세상에서 가장 큰 악이라고 생각하는 사람은 용기가 부족한 사람이다. 그런 사람은 행복의 절정에 서 있어도 좀처럼 만족할 줄을 모르는 사람과 같다. –키케로

소크라테스는 모든 사치스러운 생활을 쉽게 물리칠 수 있었다. 그것은 보통사람들이 하기 어려운 일이다. 식욕을 억제할 줄 모르는 사람들을 향해 그는 이렇게 외쳤다. "과식은 육체와 두뇌, 정신을 해롭게 하는 가장 큰 해악이다."

신은 인간에게 음식을 보내주고 악마는 요리사를 보내준다.

음식을 지나치게 탐하는 것은 가장 보편적인 죄악이다. 그러면서도 우리는 그 죄악을 예사로 생각한다. 대부분의 사람이 범하고 있는 죄악이기 때문이다.

입을 조심하라. 모든 질병은 입을 통해 들어온다. 조금만 더 먹고 싶다고 느껴질 때 즉시 식탁에서 일어나면 적당히 먹은 것이다.

5일

March

삶에 염증을 느꼈다고 해서 죽음을 택할 권리는 누구에게도 없다. 사람에게는 모름지기 끝까지 완수해야 할 도덕적 의무가 있다. 그 의무에서 벗어나는 길은 죽음이 아니라 끝까지 해내는 것이다. —에머슨

삶의 본질은 고통이나 향락에 있는 것이 아니다. 삶은 우리 모두의 사명이며, 정직하게 끝까지 지켜나가야 할 의무일 따름이다. —토크빌

그대는 자신에게 주어진 사명을 다하는 것만이 이 세상에 태어난 목적이라고 생각하라. —공자

이 자리, 지금 우리가 살고 있는 이 세계가 우리들이 봉사할 장소이다.

늘 북적대는 사람들 틈에서 시달리며 현세적인 목적을 위해 살아가는 사람에게 휴식이란 있을 수 없다. 또한 혼자 고독을 씹으며 정신적 목적만을 위해 사는 사람들에게도 편안함이란 있을 수 없다.

우리는 우리가 살고 있는 이 세계 안에서 인생의 의미를 찾아야 한다.

어떤 상황에 처해 있을지라도 그대가 얻고자 하는 것은 이미 주어진 것임을 명심하라. —칼라일

어떤 환경에서 살지라도 의무나 이상이 없는 생활은 있을 수 없다. 지금 살고 있는 그 불행하고 저주받을 현실 속에도 모든 것이 존재하는 것이다.

6일
March

사람을 두려워하지 않고, 죽음을 두려워하지 않고, 악을 두려워하지 않는 방법은 단 하나뿐이다. 그 방법은 곧 신을 사랑하는 것이다.

사랑은 인격에 대해서만 가능하다. 어떤 사람은 신은 인격이 아니므로 사랑할 수 없다고 한다. 그러나 나는 인격을 갖고 있으므로 신을 사랑할 수 있다.

모든 정신적인 불행과 고뇌의 원인은 무엇인가? 그것은 오직 물질에 대한 애착과 욕심이다. 욕망이란 꼬리에 꼬리를 물고 나타난다. 그러므로 물질적 욕망과 결부된 정신은 한없이 불행하고 항상 번민에 사로잡힌다. 또한 욕망은 수시로 모습을 바꿔가며 인간의 정신을 황폐하게 만든다. 다만 영원히 변치 않는 것에 대한 사랑만이 우리의 정신을 평화롭게 하리라.

-스피노자

신에 대한 사랑 없이 이웃을 사랑한다는 것은 뿌리 없는 나무와도 같다. 이런 사람은 자기 마음에 드는 사람만을 열정적으로 사랑하며, 그 사랑의 방식도 지극히 굴종적이다.

예술과 과학을 사랑하는 것이 어떤 것인지, 심지어 예술이나 과학이 무엇인지조차 알지 못하는 사람이 있다고 하자. 그런 사람에게 예술이나 과학에 대해서 설명할 수 있을까? 신에 대해서도 마찬가지이다. 신을 알지 못하고 오히려 그것을 자랑거리로 삼는 사람에게 신에 대한 사랑을 설명할 수 있을까?

신에 대한 사랑은 완성에 대한 사랑이다. 완성에 대한 사랑을 노력이라 해도 무방하다. 완성에 대한 노력은 인생의 본질이다.

7일

March

노동은 모든 사람에게 필요한 것이다. 아이들에게 아무 일도 가르치지 않고 시키지도 않는 것은 장차 그 아이에게 도둑질이나 하라고 가르치는 것과 다름없다. -탈무드

동물은 자기의 근육을 사용하지 않으면 살아갈 수 없다. 인간도 마찬가지이다. 근육을 올바로 사용하려면 유익한 일, 그리고 무엇보다도 남을 위하여 봉사하는 일에 쓰도록 하라. 이것이 가장 훌륭한 사용법이다.

그대가 일의 대가보다 일 자체를 가장 중요하게 받아들인다면 창조주인 신을 그대의 주인으로 삼는 것이다. 그러나 일 자체보다 그 일로 받게 되는 보수를 제일로 친다면 그대는 돈을 주인으로 삼는 것이다. 그리하여 돈의 노예가 된 그대의 영혼은 추악한 악마의 소굴이 되고 만다. -러스킨

노동, 성실한 노동은 인생의 기본적인 의무이다. 인간은 타인의 강요에 의한 노동에서 해방될 수도 있고, 또한 내가 하기 싫은 일을 남에게 시킬 수도 있다. 그러나 일에 대한 자기 자신의 육체적 욕구를 벗어날 수 있는 길은 없다. 만약 일에 대한 욕구조차 느끼지 않는 이라면 그는 불필요한 인간이다.

일하는 것이 인생이다. 일하는 사람의 마음에서는 신의 능력과도 같은 힘이 솟구친다. 신성한 생활력이 샘솟는 것이다. 이 힘은 전능하신 신께서 우리에게 내리신 능력이다. 사람이 하기 힘든 노동일수록 그 가치는 고귀하며 신성하다. -칼라일

8일

March

신앙은 날마다 인생의 이상을 닦아가는 것이다. 매일매일 발생하는 우발적인 사건 때문에 혼탁해지고 정체되는 우리의 내면적 생활을 안정된 상태로 돌려놓기 위한 것이다. 기도는 우리가 정신에 뿌리는 향수와도 같다. 또한 효능이 확실한 치료약이다. 기도는 우리에게 평화와 용기를 되찾아준다. 우리는 기도를 통해서 신의 명령을 듣는다.

기도하고 싶은 간절한 마음이 생겼을 때 기도하라. 일정한 시간에 기도하는 습관이 생겼으면 스스로를 냉철하게 반성해보라. 혹시 그대의 기도가 생명 없는 습관이 되지는 않았는지.

그대가 사랑받는 것처럼 남을 사랑하라. 또한 그대가 받는 것만큼 남에게도 베풀어라. 항상 자신을 낮추고 남을 이롭게 하라. 관용으로써 분노를 극복하라. 선으로써 악을 정복하라. 어리석은 생각, 그릇된 판단, 잘못을 범하기 쉬운 나쁜 습관을 버려라. 해야 할 일을 하고, 감당해야 할 일을 감당하라. 양심은 그대 자신의 유일한 증인이다.

기도는 신과 그대의 관계를 명백히 하고, 그것을 확인하기 위한 것이다.

우리가 신께 기도하며 소원이 이루어지길 빌 때마다 매번 신의 의지가 우리의 소원대로 변화하는 것은 아님을 알아야 한다. 나아가 우리는 다음과 같은 진실에 대해서도 알아야 한다. 신이 이 세계를 창조하셨다는 것, 그러므로 만물을 길러내고 보호하시며, 선악을 불문하고 이 세상의 모든 것을 주관하신다는 사실이다.

–탈무드

9일

March

자기가 하는 일이 본인의 의지와는 상관없는 불가항력적인 것이었다고 잘라 말하는 사람은 대개 아무런 공포도 느끼지 않고 맹목적으로 일을 추진한다. 이런 사람은 병적인 인간에 속하므로 잘 간호하고 치료해줄 필요가 있다. 전쟁이 불가항력적인 것이라고 말하는 사람들도 똑같이 병적이다.

전쟁은 불가항력적인 상황이 아니다. 그것은 철저하게 인간이 만들어내는 현상일 뿐이다.

전쟁을 몰아내는 가장 효과적인 방법은 그 전쟁 때문에 가장 고통받는 하층계급들이 각성하는 일이다. 그들이 자신의 운명은 자신의 손에 달렸다는 사실을 깊이 깨닫고 무저항주의로 나가는 것이 자유를 찾는 지름길이다.

어떤 사람에게도 같은 민족을 지배할 특권은 없다. 평등과 자유는 인류가 신에게서 받은 신성한 권리이다. 권력은 그것이 어떤 형태이든 정당한 것이 아니다.

전쟁은 모든 것을 파괴할 뿐 결코 평화를 가져다주지 않는다. 평화를 가져다주는 것은 권력과 무력을 지닌 높은 사람들이 아니다. 오히려 그들은 전쟁을 통해 너무나 많은 혜택을 받기 때문에 쉽사리 평화를 구하려고 하지 않는다.

—에머슨

10일

March

생명 있는 모든 것은 죽음의 번뇌로 떨고 있다. 그대도 살아 있는 것들 가운데 하나임을 명심하라. 그대가 죽음을 두려워하는 것처럼 살아 있는 모든 것은 죽음을 두려워한다. 그러므로 그대는 죽음의 원인을 만들지 말라. 살생을 금하고, 살아 있는 모든 것의 고뇌를 이해하라. –붓다

그렇다. 우리는 서로 돕기 위하여 이 세상에 태어났다. 자연과 인간의 결합은 석조 건물의 둥근 기둥과도 같다. 서로 받쳐주지 않는다면 천장은 무너지고 말 것이다. –세네카

우리 모두는 단 하나의 어머니인 자연의 자식이다. –투르게네프

생명을 가진 모든 것들과 그대가 결합되어 있음을 부정하는 모든 악을 그대 마음에서 제거하라.

인생의 길은 하나이다. 인류의 영원한 희망은, 우리 모두가 조만간 이 길 위에서 하나로 합쳐지는 것이다. 우리 모두가 하나 되는 이 길은 우리 인생의 밑바탕에 너무나 뚜렷하게 깔려 있다. 인생의 길은 넓디넓다. 그러므로 대개는 그 뚜렷한 길을 미처 발견하지 못하고 죽음의 길을 걸어가고 만다. –고골리

인간은 자연과의 혈연적 관계 속에서 창조되었다. 자연과 인간은 동일한 재료와 동일한 목적으로 이 세상에 존재한다.

자연은 우리에게 서로 사랑하는 마음을 불어넣었다. 자연은 우리에게 서로 돕는 마음을 주입했다. 자연은 우리에게 정의에 대한 근원적인 욕구를 확립시켜주었다.

타인과 나는 하나임을 똑똑히 느끼며 인식한다. 그리고 이와 마찬가지 감정을 동물들에게도 어느 정도 느낀다. 그리고 좀 더 미약하지만 그와 같은 감정을 벌레나 식물에게도 느낀다. –칸트

11일

March

부부가 하나 된다는 것은 남편과 아내가 새로운 세계를 향해 둘만의 첫걸음을 내딛는다는 뜻이다. -러스킨

성적 결합은 각 개인뿐만 아니라 인류 전체에도 종족의 존속에 관계되는 중요한 일이다. 또한 그 형식은 매우 다양하고 복잡하기 때문에 특히 깊은 고찰이 필요하다.

그대는 배우자에 대한 의무를 저버릴 수도 있다. 또한 그 의무에서 비롯되는 비애나 슬픔을 피할 수도 있다. 결혼생활의 모든 것을 버리고 그저 떠나버릴 수도 있을 것이다. 하지만 그런들 그대가 찾을 수 있는 것이 무엇이겠는가? 이번에도 그대에게 남은 것은 비애뿐이다. 그대는 이 비애를 어떻게 감당할 것인가? 지켜야 할 의무를 상실해버린 그 비애를 ……. -조지 엘리엇

결혼은 신성한 계약이다. 이성의 남녀가 결합하여 둘만의 아이를 낳는다. 이 계약을 위반하는 것은 배반이며 죄악이다.

두 영혼이 영원히 결합되어 있다는 것은 참으로 위대하다. 서로 의지하고 서로 위로하며 최후의 순간에도 온갖 고통을 무릅쓰고 사랑을 지켜나가는 두 사람의 모습만큼 아름다운 것은 없으리. -조지 엘리엇

부부가 서로 사랑하며, 결혼의 목적을 서로의 완성으로 받아들이고, 각자 양심적인 행동과 모범적인 언행으로 서로 돕는다면 얼마나 큰 행복이겠는가!

12일

March

죽음은 존경도 증오도 모른다. 그것은 벗도 적도 갖지 않는다. 인간의 인생은 실천적 결과이다. 실천은 그의 운명을 좋게도 나쁘게도 한다. 여기에 우리의 생활 법칙이 있다. –와바나 푸라나

사람들은 스스로 끊임없이 지옥을 만들어내면서도 그곳에 떨어질까 봐 두려워한다. –맬러리

과거는 현재의 방향을 지시해준다. 이것을 불교에서는 인과응보라고 한다.

과거의 생활이 어떠했든 현재의 생활은 그것을 변화시킬 수 있다.

영혼이 우리 몸을 떠나서 방황하고 있었다. 거기는 공허하고 쌀쌀한 곳이었다. 그때 해괴하게 생긴 여자가 나타났다. 얼굴이 썩어 문드러진 추녀였다.

영혼이 물었다.

"더럽고 악마보다도 추악한 당신은 대체 누구요?"

그러자 그 추녀가 이렇게 대답했다.

"나는 당신이 저지른 행위의 그림자요." –페르시아 우화

그대의 행위만이 그대의 구세주가 될 수 있다. 선은 그대의 행위 속에 있다. 선행은 다음과 같은 것을 말한다. 자애롭고 공손하며 친절할 것, 참된 말만 입에 담을 것, 정직한 마음을 가질 것, 항상 배울 것, 노여움을 참을 것, 스스로 만족함을 알 것, 남을 사랑하며 부끄러움을 알 것, 그리고 웃어른을 공경할 것 등. 이 모든 요건은 참된 사람의 벗이며, 악한 사람의 적이다.

13일

March

육체적으로 가장 약해졌다는 사실을 깨달았을 때가 정신적으로는 가장 강해질 수 있는 때이다. -맬러리

어떤 일 때문에 괴로울 때는 다음과 같이 생각하라. 첫째, 다른 사람들은 이보다 괴로운 일이 더 많을 것이다. 둘째, 예전에도 이보다 더 괴로운 일이 나에게 닥쳐왔지만 지금은 오히려 추억거리가 되지 않았는가. 셋째, 지금 나를 괴롭히는 이 일이 언젠가는 좋은 경험이 되어 이보다 더 힘들고 어려운 상황에서 나를 구해줄 수도 있으리라. -러스킨

도덕적으로 순결한 사람만이 성자가 될 수 있다. 도덕적 순수의 결과는 정신적 평화이다.

예지는 무한하다. 그리고 가까이 갈수록 절실함을 느끼게 된다. 인간은 가장 높은 곳까지 향상될 수 있는 존재다.

모름지기 성자는 끊임없이 바른 곳으로 정신의 방향을 돌리고자 노력하는 사람이다. -몽테뉴

항상 변화하는 환경이 우리의 평화를 빼앗는 것은 아니다. 우리의 평화를 빼앗는 것은 언제나 충족되지 못한 욕망이다. 지금 하고 싶은 일을 하는 사람도 얼마 후면 다시는 그 일을 하고 싶어 하지 않는다. 욕망이란 그처럼 변덕스러운 것이다.

잃을 것이 없는 사람이야말로 가장 큰 부자이다. -중국 격언

성자는 싸움도 교제도 싫어하지 않는다. 그는 관대하고 너그러워 교제도 곧잘 한다. 성자는 항상 겸손하다. 성자에게서 덕성을 제거한다면 남는 것은 교활과 배반뿐일 것이다. 그러므로 그는 이미 성자가 아니다. 성자는 독수리처럼 현명하고 비둘기처럼 깨끗한 자이다. -세네카

인간의 마음은 때로는 가장 완성된 상태에 있으며, 때로는 가장 타락한 상태에 놓이기도 한다. 안정된 상태에 있을 때를 조심하라. 항상 그 상태를 유지하며 악한 것을 몰아내기가 더 어려운 법이다. -베이컨

14일

March

머지않아 사람들은 지금 그들이 느끼고 있는 인육(人肉)에 대한 혐오를 짐승의 고기에 대해서도 느끼게 될 것이다. -라마르틴

만족이나 취미를 위해 동물을 살해하는 것은 명백한 죄악이다. 사냥이나 육식은 죄악이 아닐지도 모른다. 그러나 의식적으로 저지르는 모든 악행의 배후에는 악행 그 자체보다 더 큰 죄악이 내포되어 있다.

우리에게는 우리와 같은 공기를 나눠 마시고 같은 하늘 아래 숨 쉬고 있는 모든 살아 있는 동물들을, 또 죽임을 당할 때에는 공포에 젖은 비명소리로 우리의 양심을 괴롭히는 그 동물들을 학대할 어떠한 권리도 없다.

아득히 먼 옛날부터 채식주의를 주장하는 사람들이 많았지만 그것은 오랫동안 외면당해왔다. 그러나 이제는 해마다 이에 동조하는 사람들이 늘어나고 있다. 머지않아 수렵이나 생체 해부 등의 취미를 만족시키기 위한 살생은 없어질 때가 올 것이다.

아이들이 새나 고양이를 희롱하며 놀고 있다면, 그대들은 그런 장난을 해서는 안 된다고, 동물을 보호해야 한다고 타이를 것이다. 그러나 그대들은 정작 비둘기를 사냥하고 경마를 즐긴다. 그리고 동물의 생명을 빼앗아 만든 음식이 놓인 식탁 앞에 앉는다. 이 얼마나 어리석고 명백한 모순인가.

15일

March

날카로운 칼도 부드러운 비단을 자르지는 못한다. 친절한 언행과 착한 마음씨만 있으면 머리카락 한 올만으로도 코끼리를 이끌어갈 수 있으리라.

적을 사랑하라. 그대를 증오하는 자에게 감사하라. 그대를 저주하는 자를 축복하라. 그대를 배척하고 비방하는 자를 위해 기도하라. –성서

태양은 지상의 모든 선한 자와 악한 자에게 똑같은 광명을 비춘다. 지상의 모든 옳지 못한 것과 옳은 것들 위에도 빗물은 공평하게 내리지 않는가.

노여운 마음은 사랑으로 극복하라. 악행은 선으로 보답하라. 허위는 정의로 물리쳐라. –붓다

적을 사랑하라. 그러면 이미 그대 앞에 있는 사람은 적이 아니다.

나를 동정하는 사람을 사랑하기란 쉬운 일이다. 그러나 나를 배반하고 중상하는 자를 비난하지 않고 오히려 사랑하기란 참으로 어려운 일이다.

나를 사랑해주는 자, 나의 마음에 드는 자를 사랑하는 것은 인간의 보편적인 감정이다. 그러나 적을 사랑하는 것은 신의 영역에서만 가능한 일이다. 간혹 인간의 일반적인 사랑은 미움으로 바뀌기도 한다. 그러나 신의 사랑은 영원한 것이다. 죽음도 그것을 변화시키지 못한다. –세네카

가장 믿을 만한 사랑은 적에 대한 사랑이다. 나를 해롭게 하는 사람을 사랑하는 것만큼 참된 사랑은 없다.

그대가 도움을 받은 뒤에 감사히 여기는 것은 당연한 일이다. 또한 그대의 도움을 받은 사람이 그대에게 고마움을 표시하는 것도 당연한 일이다. 이것은 죄인이라도 할 수 있는 일이다. 그러나 보답을 바라고 도움을 준 일에 대해서까지 감사히 여길 필요는 없으리라. 그것은 죄인들도 마찬가지이다. 참으로 위대한 보답은 일체의 대가를 바라지 않고 베풀었을 때 진정한 기쁨으로 돌아오는 것이다.

16일

March

아는 것이 적은 사람이 말은 많이 하는 법이다. 대개 소인배들은 자기가 알고 있는 것은 무엇이나 대단하게 여긴다. 그리하여 아무 데서나 마구 떠들기를 좋아한다. 그러나 진짜 아는 게 많은 사람은 항상 말을 적게 한다. 참다운 지혜는 몇 마디 말로 쉽게 전달할 수 없다는 것을 알기 때문이다. –루소

과학의 중대한 폐단은 모든 것을 설명할 수도 없고, 종교의 도움 없이는 무엇을 배워야 할지조차 알지 못한다는 것이다. 그럼에도 과학에 종사하는 사람들은 그들에게 필요한 것만을 연구한다. 그들이 가장 필요하다고 생각하는 것은 진리와는 상관없이 공허한 호기심만을 충족시켜주는 지상적인 질서, 그것뿐이다.

참다운 지혜는 지식이 풍부하다고 해서 얻을 수 있는 것이 결코 아니다. 아무리 노력해도 우리는 이 세계 전체를 알 수는 없다. 인간에게 필요한 지식 가운데 가장 중요한 것은 악을 좀 더 적게 행하고 선을 좀 더 많이 행하는 방법을 찾는 일이다. 유감스럽게도 현대 과학은 이러한 진리를 다소 가볍게 여기거나 전혀 인정하려 들지 않는다.

모든 지식이 다 참된 것이라면 그것은 모두에게 유익할 것이다. 그러나 지식에도 오류가 있는 법이다. 그러므로 그대가 얻고자 하는 지식의 선택은 엄격하면 엄격할수록 이로운 것이다.

가장 대담한 해동이란 무엇일까? 자기 자신도 이해하지 못하면서 신에 대해서 아는 척하는 것이다. –칼뱅

위대한 학자는 어떤 이론을 들으면 그것을 실증해보고자 한다. 평범한 학자가 그 이론을 들으면 얼마간 깊이 생각해보다가 시간이 지나면 지나쳐버린다. 어리석은 학자는 대번에 그 이론을 조롱하고 만다. –노자

지식은 두뇌의 음식물이다. 음식물이 육체를 살찌우는 것처럼 지식도 두뇌를 살찌운다. 그러나 음식을 잘못 먹으면 병이 나는 것처럼 두뇌도 여러 가지 잡다한 지식으로 포화상태가 되면 탈이 나기 마련이다. 그러므로 지식도 지나치면 병이 되는 법이다. –러스킨

17일

March

그대가 현대사회의 모순된 조직에 대해 고뇌하고, 그 조직을 개조하고 싶다면 방법은 단 하나밖에 없다. 먼저 그대의 마음속에 종교적 정신을 싹트게 하라. 그런 다음 조직 구성원들의 마음속에도 그대의 마음속에 있는 것과 똑같은 것을 심어주는 것이다.

현대의 부조리한 조직 속에서 구원을 얻으려면 오직 사람들의 마음속에 종교적 정신을 보급시키는 길밖에 없다.

무엇보다도 먼저 신의 나라와 진리를 찾으라. 그대는 비로소 모든 것을 얻을 수 있을 것이다.

참되고 건전한 사회를 조직하는 첫 단계는 모든 사람에게 진실하고 평등하며 치우침이 없는 물질적 권리를 보장하는 것이다. 물론 그것으로 모든 일이 끝나는 것은 아니다. 이렇게 하면 그다음 단계의 일들을 아주 수월하게 할 수 있다는 것이다. 그리고 이 첫 단계를 완성하지 못한다면 다른 모든 일들도 성과를 거둘 수 없을 것이다. –헨리 조지

공통된 신앙과 공통된 목적이 없다면 사회는 존재하지 못한다. 그러므로 모든 정책도 종교적 원칙에 입각하여 수립해야 한다. –마치니

좋은 사회는 위대한 진리가 실현되는 사회이다.

18일

March

타인의 입장에 서보지 않는 한 그 사람의 일에 대해서 이러쿵저러쿵 함부로 말하지 말라. 남은 되도록 많이 용서하되 자기 자신에 대해서는 아무것도 용서하지 말라.

-탈무드

자신의 결점을 반성하는 사람은 타인의 결점을 캐낼 틈이 없다.

-공자

도둑이나 부랑자는 대체 어떤 사람인가? 그들은 부패한 낙오자들이다. 그들을 상대로 화를 낸다는 것은 무의미한 일이다. 오히려 그들을 불쌍히 여겨라. 만약 그대가 그런 사람들에게 도둑이나 부랑자로 살아가는 것은 자신을 위해 좋지 못하다는 사실을 깨닫게 할 수 있다면 그들은 곧바로 그런 생활을 중단할 수 있을 것이다. 그러나 그들이 깨닫지 못하는 한 수치스러운 생활은 계속될 것이다. 그렇다고 해서 그들을 벌 받아 마땅한 존재라고 생각할 것인가? 그렇게 생각한다면 더없이 잔인한 일이다. 그 사람들은 비록 눈을 뜨고 있어도 정신적으로는 맹인이나 다름없다. 그대는 지나가는 맹인을 보고 벌 받아 마땅하다고 생각하겠는가? 그들은 단지 삶의 지혜를 잃어버린 불쌍한 사람들이다. 그들에게 화내기 전에 그대는 살아오면서 얼마나 많은 과실을 범했는지 생각해보라. 그리고 화를 내려면 차라리 그대의 마음속에 자리 잡고 있는 사악한 것들을 향해서 화를 내라.

-에픽테토스

나는 나의 본성이 결코 악하지 않다는 것을 알고 있다. 다른 사람들도 모두 나와 같을 것이다. 그러므로 그들이 무슨 생각을 하는지는 모르지만, 그들도 항상 좋은 생각만 하고 있으리라 믿는다.

타인을 판단하는 것은 언제나 옳지 못한 일이다. 누구를 막론하고 결코 타인의 마음속에 현재 일어나고 있는 일이나 앞으로 일어날 일에 대해서 알지 못하기 때문이다.

인간의 마음은 스스로 그렇게 되는 것이 아니라, 무엇인가에 강요당해 진리와 절제, 정의와 선에서 멀어지게 된다. 이 점을 분명히 알게 된다면 우리는 타인에게 좀 더 친절한 마음을 갖게 될 것이다.

-아우렐리우스

19일

March

죄악이 따르지 않는 부는 오직 욕심 없는 사람들만이 사는 세계에서나 가능할 것이다. 한 사람의 부자를 위해서 수백 명의 거지가 생길 수밖에 없는 현실에서는 있을 수 없는 일이다.

'부는 노동의 집적'이란 말은 진실이다. 그러나 어떤 사람은 노동에만 종사하고, 어떤 사람은 그 집적의 결과물만을 소유하게 되는 것이 현실이다.

일찍이 솔로몬은 타인의 빈곤을 약탈의 기회로 삼지 말라고 했다. 오늘날에도 이와 같이 명백한 사회적 약탈이 자행되고 있다. 타인의 빈곤을 빌미로 노동력을 착취하는 경우가 허다한 것이다. 이와 정반대의 약탈 또한 문제가 아닐 수 없다. 부유하다는 이유만으로 그의 재물을 빼앗는 게 정당하다고 생각하는 것도 옳지 않다. -러스킨

재물은 가난한 사람들의 결핍이 있었기 때문에 얻을 수 있는 것이다.

금은보화나 땅을 빼앗는 것만이 도둑질은 아니다. 물건을 사고팔면서 지나치게 값을 비싸게 받거나 터무니없이 깎는 행위도 강도짓과 다를 바 없다. 약탈하는 물건의 가치로 정의와 불의가 정해지는 것은 아니다. 그것은 양의 많고 적음과는 상관없이 똑같은 결과를 나타낸다. -조로아스터

부자의 만족은 빈자의 눈물 속에서 얻어진 것이다.

20일

March

남에게 받은 친절은 가끔 잊어버릴 수도 있다. 그러나 내가 베푼 선행은 반드시 흔적이 남기 마련이다.

오른손이 한 일을 왼손이 모르게 하라. –성서

사심 없이 마음 내키는 대로 봉사하는 사람은 포도나무와 같다. 포도나무는 제 열매를 충실히 맺는 것만으로도 만족할 줄 안다. –아우렐리우스

자신의 이로움을 위해 남과 사귀는 사람은 결국 아무런 대가도 얻지 못할 것이다. 그러나 아무런 불순한 의도 없이 사람을 사귀는 사람은 감사와 이익을 얻게 될 것이다.

완전한 선은 그 행위에 보답이 내포되어 있다. 대가를 의식하면서 베푸는 선은 행위 자체의 즐거움을 완전히 말살해버린다.

그대가 이익을 얻기 위해 타인과 교제한다면 그대의 거짓된 선행에 대하여 아무런 대가도 얻지 못할 것이다. 그러나 이득을 바라지 않고 아무런 욕심 없이 사귄다면 그대는 감사의 이익을 얻을 것이다. "마음을 인색하게 쓰는 자는 그것을 잃으리라."이 말은 모든 사람에게 해당되는 진리이다. –러스킨

선행은 그 자체가 즐거움이다. 아무도 그대의 선행에 대해 알지 못한다는 사실을 알게 되면 그 즐거움은 더욱 커질 것이다.

남에게 선을 베푸는 것은 자기 자신에게 선을 베푸는 것과 같다. 이것은 남에게 베푼 선의 대가를 뜻하는 말이 아니다. 선행의 의미는 선행 그 자체에 있다. 누군가에게 선행을 베풀었다는 의식은 인간 모두에게 최고의 자부심을 안겨준다. –세네카

신이여, 악한 자에게 은혜를 드리워주소서. 선량한 자에게는 이미 은혜를 베푸셨으니 선을 행한 자는 이미 축복받은 자가 되었나이다. –사디

21일

March

좋은 결과를 원한다면 그대 자신을 칭찬하지 말라. 또한 남이 함부로 그대를 칭찬하게 하지도 말라.

그들 스스로 그대를 칭찬하게 하라. –파스칼

인간이 자신의 몸을 자기 힘으로 들어 올릴 수 없는 것처럼 자기 자신을 칭찬할 수도 없는 법이다. 스스로를 추켜세우려고 안달하면 할수록 그것은 모든 사람들 앞에 자신의 흠을 들춰내는 셈이 된다.

자기 자신에 대해서는 좋게도 나쁘게도 말하지 말라. 비록 좋게 말한다 해도 남들이 믿어주지 않을 것이다. 또 나쁘게 말하면 남들은 그대가 말한 이상으로 나쁘게 생각할 것이다. 가장 좋은 방법은 자기에 대해서는 아무 말도 하지 않는 것이다. –러스킨

아직 젊었을 때, 성서를 무릎 위에 펼쳐놓고 밤새워 기도한 적이 있었다. 이웃사람들은 모두 잠들었는지 그날 밤 불이 켜진 집은 우리 집 한 곳뿐이었다. 마침 같이 기도를 드리던 아버지께 내가 물었다.

"저렇게 많은 사람들 중에 일어나서 기도드리는 사람은 아무도 없군요?"

그랬더니 아버지가 말씀하셨다.

"그런 말을 할 거면 너는 이제 자는 게 좋겠다. 남들이 어떻게 하든 그런 말은 하는 게 아니다. 자만심을 가지면 자기밖에 안 보이는 거야."

–사디

22일

March

막대한 생산 능력이 헛되이 소비되는 것은 자연법칙에 의한 것이 아니라 사회적 무질서 때문이다. 이 무질서 때문에 일하는 사람들이 노동의 참된 즐거움을 얻지 못하는 것이다.

–헨리 조지

정의의 영원성을 인식하지 못하는 동안은 사랑의 영원성도 자각하지 못한다. 그러므로 참된 관용을 얻기 이전에 정의를 깨닫지 않으면 안 된다. 마찬가지로 인간 사회가 자비심으로 향상되기 이전에 정의의 기반을 수립하지 않으면 안 된다.

정의가 도덕적 생활을 영위하기 위한 최고의 조건이라고는 생각지 않는다. 그러나 최초의 조건임에는 틀림없다. 비록 정의보다 중요한 것이 있을지라도 그것은 철저한 정의의 바탕 위에서 존재하는 것이다.

만약 정의에 입각하여 우리 생활 속의 악을 찾아내고 싶다면 언제든 빠짐없이 찾아낼 수 있다. 우리의 생활은 나날이 변해가지만 정의는 고정불변의 진리로서 생활 속의 악을 찾아낼 수 있기 때문이다.

이웃사람들을 정의롭게 대하라. 그들을 사랑하지는 않아도 정의를 보여줄 수는 있다. 그러면 그대는 그들을 사랑하는 방법을 알게 될 것이다. 그러나 만일 그대가 그들을 사랑하지 않는다는 이유로 불의를 저지른다면 평생 원수가 되고 말 것이다.

–러스킨

23일

March

만약 고뇌가 없다면 인간은 자기 자신의 경계를 알지 못할 것이다. 우리가 고뇌의 의의를 깊이 깨달아야 하는 이유가 여기에 있다. 우리가 처한 모든 상황은 고뇌를 동반한다. 인간이 고뇌할 줄 안다는 것은 차라리 행복한 것이다. 도덕적으로 자신이 표준 이하로 떨어지려고 한다는 사실을 느끼는 것은 고뇌이다. 또한 도덕상의 표준 이상으로 올라가려는 욕심도 고뇌이다. 마찬가지로 한자리에 마냥 머물러 있으려는 태만도 고뇌이다. 양심의 가책이 곧 고뇌를 불러오는 것이다. 양심의 가책으로 인한 고뇌는 인간을 도덕적으로 전진하게 만드는 축복이다. –스트라호프

고뇌 속에서 정신적 성장에 대한 의의를 찾아라. 그러면 그대의 고뇌는 사라지고 환희와 광명이 새벽하늘처럼 밝아올 것이다.

인간적 성장의 표적은 다름 아닌 고뇌이다. 고뇌 없는 생활은 발전할 수 없다. 고뇌는 성장을 불러오기 때문이다.

마음이 괴로울 때는 신 이외에 아무에게도 그것을 말하거나 하소연하지 말라. 침묵을 지키고 끝까지 참아내라. 그렇지 않으면 그대의 고뇌가 다른 사람에게로 옮겨가서 그를 괴롭힐 것이다. –세네카

고뇌는 생리적으로나 정신적으로나 인간의 성장을 위해 없어서는 안 될 요소이다.

24일

March

잠시라도 신의 존재를 의심해보지 않은 사람은 거의 없을 것이다. 그러나 이러한 의심은 결코 해로운 것이 아니다. 오히려 신을 향한 높은 인식의 단계로 들어가는 첫 관문이라고도 할 수 있다. 믿음이 습관화되면 나중에는 신을 믿지 않게 될 것이다. 진정으로 신의 계시를 받아들였을 때에만 우리의 믿음은 더욱더 강건해질 수 있다. 신의 계시는 그 양에 있어서 무한하다.

신은 심령의 근원이다. 그러므로 말로는 표현할 수 없다.

나를 믿으라. 산상도 예루살렘도 아닌 이곳에서 그대가 예배할 때가 오리라. 그때에 진정한 신앙심을 가진 사람들은 진실한 마음으로 신을 예배하게 되리라. 신은 그 같은 예배자를 찾고 있다. 신은 우리의 마음이요, 신을 경배하는 자는 오직 마음으로써만 신과 교통하리라. -성서

유대교에서는 신의 이름을 입에 담는 것을 죄악으로 여긴다. 정신적인 것에 이름을 붙일 수 없듯 신에게는 이름이 있을 수가 없다. 이름은 육체적인 것이지 정신적인 것은 아니기 때문이다. 신은 정신이다. 어떤 이름으로 구별할 수 있는 게 아니다. 신을 정의하려는 모든 사상은 그 자체가 신성모독이다.

어떤 사람이 유목민에게 물었다.
"당신은 어떻게 신의 존재를 알 수 있는가?"
유목민은 이렇게 대답했다.
"먼동이 트는 것을 보기 위해 횃불이 필요하겠는가?" -아라비아 잠언

25일

March

저들이 우리를 위해 그토록 애써 일했는데 우리는 왜 그들과 한자리에서 식사를 하지 않는가? 모든 일을 다 그들과 함께하지 않았는가? 어째서 함께 휴식하고, 함께 배우지 않는가?

어떤 물건이든 그것을 사용하는 사람은 반드시 명심할 것이 있다. 그것이 누군가의 노동으로 만들어진 물건이며, 그것을 함부로 쓰거나 파괴하는 것은 인간의 노동을 무시하는 행위라는 사실이다. -러스킨

사람은 서로 도움을 주고받을 수 있어야 하고, 도움을 줄 때나 받을 때나 항상 감사하는 마음을 잊지 말아야 한다.

인간은 이전 시대 사람이나 같은 시대 사람의 노동의 결과에 신세지지 않고는 살아갈 수가 없다. 그러므로 우리는 얻은 것에 보답하는 뜻에서도 남을 위해 일할 줄 알아야 한다. -러스킨

사람은 서로 돕는다. 우리는 도움 없이 살아갈 수 없다. 그러나 그 도움은 상호적인 것이어야 한다. 우리의 생활은 서로 밀접하게 연관되어 있기 때문이다. 어떤 사람들은 남을 돕기만 하고, 어떤 사람들은 남의 도움을 받기만 한다. 대개 남의 도움을 이용하려는 사람들이 사회를 좀먹는다.

26일

March

종교는 불변이라는 주장은 단지 기만에 불과하다. 종교가 변하지 않는다고 믿는 사람은 자기가 타고 있는 배가 움직이지 않는다고 믿는 것이나 다를 바 없다. 인류의 진화는 종교의 진화에 따라서 이루어지고 있다.

사람은 죽는다. 그러나 사색의 결과인 진리는 죽지 않는다. 인류는 모든 것을 기억의 창고에 보존해둔다. 옛사람의 무덤에서 그들이 생전에 얻어낸 모든 결과를 찾아내 현실의 삶에 이용하기도 한다. 우리는 태어날 때부터 선조들이 일궈낸 사상적 분위기 속에서 살아왔다. 인류의 교육적 완성은 그 속도가 느리기는 해도 새벽하늘처럼 빛을 더해가며 확실하고 진보적으로 전진한다. –마치니

사람들이 불행에 빠져 허우적거리고 있을 때 한 예언자가 말했다.
"너희는 신을 잊어버렸다. 신의 길에서 벗어나고 있다. 그렇지 않다면 그토록 불행할 까닭이 있겠는가? 너희는 거짓 법칙을 좇으며 의식적으로 진실을 회피하고 있다. 그리하여 이제는 자연의 위대한 관용도 사라지려는 것을 너희는 알지 못하는 것이다." –칼라일

오래 살수록 여러 가지 사건이 우리 앞에 벌어진다. 우리는 중대한 시대에 살고 있다. 역사적으로 이렇게 많은 사건이 벌어진 때도 없었다. 우리의 시대는 혁명의 시대이다. 물질적인 혁명이 아니라 도덕적인 혁명의 시대이다. 올바른 사회 건설과 인간의 완성에 대한 높은 사상이 서서히 싹트고 있다. 우리는 열매가 맺힐 때까지 살아 있을 수는 없을 것이다. 그러나 신앙과 더불어 수확이 있음은 큰 행복이다. –채닝

우리의 생활에서 가장 중요한 변화를 보이는 것은 신앙이다. 그리고 그 변화는 현대사회의 가장 뚜렷한 변화이다.

사이비 예언자를 경계하라. 그들이 어떤 기적을 행하더라도 결코 속아 넘어가지 말라. –라메네

27일

March

치분히 선행을 이루고 싶지만 뜻대로 되지 않더라도 결코 낙담하지 말라. 만약 그것이 가치 있는 일이라고 생각된다면 아무리 높은 곳에서 떨어지더라도 다시 그리로 올라가도록 노력하라. 시련을 견디는 힘은 오직 겸양을 통해서 얻어진다.

-아우렐리우스

사람을 두려워하는 자는 신을 두려워하지 않는 자이다. 신을 두려워하는 자는 사람을 두려워하지 않는 자이다.

-채닝

사람을 두려워하는 사람은 신을 믿지 않는 자이다.

자신의 생활에서 계속 성과를 이뤄내는 사람을 존경하라. 그는 무한하고 영원한 것을 향해 전진하는 사람이다. 그는 칭찬 속에서가 아니라 곤란 속에서 자기 자신에 대한 지지를 발견한다. 특별히 빛나지 않으며, 또 자신을 빛내려고 하지도 않는다. 그는 또한 스스로 비방의 과녁이 되리라는 점을 알면서도 도덕을 지켜나가며, 자기를 적대하던 사람들과도 힘을 합쳐 함께 지켜나갈 진리를 구한다. 무릇 고귀한 덕성은 현세적인 법칙과는 상반되는 법이다.

-에머슨

세상 사람 모두가 비방하는 사람들 속에서도 선한 사람을 찾아낼 수 있다.

-채닝

아무것도 두려워하지 않는 사람은 모든 사람들이 두려워하는 사람보다 더욱 굳세다.

-실러

28일
March

남의 말을 들을 때는 주의를 기울여야 한다. 말은 적게 할수록 좋다. 그대에게 묻지 않은 말에 대해서는 절대로 대답하지 말라. 만약에 묻는 사람이 있거든 되도록 간단하게 대답하라. 모르는 것을 부끄럽게 생각할 필요는 없다. 다투기 위해서 다투지 말라. 자만을 피하라. 분수에 넘치는 지위를 탐내지 말라. 설령 그러한 자리가 굴러들어 오더라도. 지나치게 공손한 태도를 취하지 말라. 그것은 다른 사람도 그대 앞에서 공손해지기를 강요하는 것이기 때문이다. 그렇게 되면 서로 불쾌감만 느끼게 될 뿐이다. 그대의 할 일을 못하면서까지 남을 도우려고 하지 말라. 그런 습관은 상대방을 우상으로 섬기기 쉽기 때문이다. –수피 잠언

죄를 미워하되 그 사람을 미워하지는 말라.

사람은 누구든지 타인 속에 자기의 거울을 가지고 있다. 그 거울은 자기 자신의 죄악과 결점을 똑똑히 비춰준다. 그러나 우리는 대개 이 거울에 대하여 개처럼 행동하고 있다. 거울에 비치는 것이 자기가 아니라고 개처럼 짖어대는 것이다. –쇼펜하우어

성자를 대할 때는, 자신을 돌이켜보며 나도 성자와 같은 덕을 쌓고 있는지 생각해보라. 악인을 대할 때도 마찬가지이다. 그대도 그 악인처럼 행동하지는 않았는지 생각해보라. –중국 잠언

고귀한 지혜는 모든 사람의 뜻을 합쳐서 이루어진다.

공동생활을 하면 잃는 것보다는 얻는 것이 많다는 사실을 기억하라. 사람과 사람이 결합하면 그만큼 배울 점도 많다.

"자기 자신을 알라." 이것은 모든 행동의 기초가 된다. 그러나 자신의 눈으로 바라본다고 해서 자신을 알 수 있는 것은 아니다. 다른 사람의 눈으로 볼 때 비로소 자기 자신을 똑똑히 알 수 있다. –러스킨

참된 사랑은 말이 아니라 그 행실 속에 있다. 그 사랑은 유치하고 단순한 듯하면서도 우리에게 지혜를 준다.

29일

March

자기 자신을 존중하듯 남을 존중하고, 자기가 남에게 바라는 것을 남에게도 해줄 수 있다면 그는 참된 사랑을 아는 사람이다. 그 이상 무엇을 더 바라겠는가.

–공자

인간은 모든 정욕을 극복할 수 있다. 때로는 자신이 정욕에 압도당하는 것을 느낄지라도, 그것이 정욕을 극복할 수 없음을 증명하는 것은 아니다. 다만 그 순간에만 극복하지 못할 뿐이다. 마부는 말이 말을 듣지 않는다고 해서 당장 고삐를 집어던지지는 않는다. 오히려 더욱 세게 고삐를 잡아당긴다. 절제도 이와 같다. 정신의 고삐를 집어던지지 않도록 노력하라.

갈망과 몽상, 사치와 분노를 억압하는 덕을 쌓도록 노력하라.

인간은 맹수를 길들이는 조련사와 같다. 그 맹수는 바로 그 자신의 정욕을 뜻한다. 유능한 조련사는 날카로운 맹수의 이빨과 발톱을 잘 다스려 순한 가축처럼 훈련시킨다. 정욕을 다스리는 것도 이와 같이 스스로 자기를 길들이는 과정이다.

–아미엘

모든 방종은 자살의 시작이다. 그것은 구들장 밑으로 흐르는 눈에 보이지 않는 물살과도 같다. 조만간 주춧돌을 무너뜨리고 말…….

절제는 어렵다. 그러나 모든 인간의 생활은 정욕을 약화시키는 훈련 과정이다. 절제를 위한 노력에 시간은 충실한 조력자가 된다.

인간의 정욕은 처음에는 거미줄처럼 가늘다가 나중에는 동아줄처럼 굵어진다. 또한 처음에는 이방인처럼 낯설었다가, 다음에는 손님처럼 보인다. 그리하여 마지막에는 집주인처럼 사람의 마음속에 눌러앉는다.

–탈무드

어떤 사람이 전쟁에서 수만 명의 병사를 물리쳐 승리를 얻고, 또 어떤 사람은 자신의 정욕을 극복해서 승리를 얻었다면 후자가 더 큰 승리를 거둔 것이다. 자기 자신을 이기는 것보다 값진 승리는 없다. 어떤 사람도 어떤 신도 자기 자신을 지배하는 사람의 승리를 막을 수는 없다.

–불교 경전

30일

March

남과 사이가 벌어졌을 때, 상대방의 불손한 태도를 보았을 때, 남이 그대를 배반했을 때, 그 사람이 악한 것이 아니라 그대의 덕이 모자랐다고 생각하라.

누군가의 과오를 발견한다면 친절하게 어떤 점이 잘못되었는가를 일러주어야 한다. 그렇지 못할 경우엔 오로지 자신을 책망하라. 다른 누구도 탓해서는 안 된다. 그리고 더욱 친절하도록 힘써라. –아우렐리우스

선은 덕행이자 즐거움이며 투쟁의 무기이다.

죄 많은 인간, 거짓을 일삼는 인간, 게다가 특히 그대를 중상하는 인간에게 덕행을 베풀기는 어렵다. 그러나 그런 인간에게 선을 베푸는 것은 양쪽 모두를 위해 필요한 일이다.

베드로가 예수께 물었다.
"주여, 저에게 죄를 범한 사람을 몇 번이나 용서해야 합니까? 저는 그를 일곱 번이나 용서했습니다."
예수께서 대답했다.
"일곱 번이 아니라 일흔 번의 일곱 배라도 용서하라."

진정으로 남에게 좋은 일을 하고 싶다면 자신이 옳다고 믿는 견해를 가지고 상대방을 설득할 수 있어야 한다. 비록 상대방이 그릇된 견해를 가지고 고집을 피우더라도 꾸준히 이해시켜야 한다. 그러나 대개의 경우, 우리는 그와 정반대의 행동을 한다. 자기의 말에 동의하는 사람들과는 뜻이 잘 통하지만 자신의 견해를 대수롭지 않게 여기거나 무시하는 사람을 보면 당장 외면해버린다. –에픽테토스

31일

March

이 무한 세계에서 자기는 한정된 존재라는 의식, 자기가 할 수 있으며 또 해냈어야 할 일을 다 하지 못했다는 죄의식, 이러한 의식은 인간이 인간인 동안은 언제까지나 계속되리라.

진실한 사람은 자신의 죄악을 인정하고 자기의 선행을 잊어버린다. 죄인은 그 반대이다. 자기를 용서하지 않는 사람만이 남을 용서할 수 있다.

신앙이 두터운 사람들은 말한다.
"우리의 노년에 수치를 남기지 않을 청춘에 은혜가 있으라!"
회개한 사람들은 말한다.
"우리 청춘의 죄를 씻어주는 노년에 복이 있으라!"
신앙이 두터운 사람들과 회개한 사람들은 함께 말한다.
"죄 없는 자에게 행복을!" –탈무드

사람은 본래 선하다. 그러나 자신의 과실을 부정하려고 노력하는 동안에 악인이 된다. –탈무드

선행으로 죄를 덮어버리는 사람은 어둠을 밝혀주는 달과 같다. –붓다

후회는 자신의 죄악과 약점의 모든 단계를 인정하는 것이다. 또한 자기 안에 뿌리박고 있는 모든 악을 거부하고 마음을 정화시키려는 노력을 의미한다.

인간은 양심에 비추어 부끄러움이 많을수록 더욱 남의 죄를 찾아내려는 마음이 생긴다. 특히 죄스럽게 생각하는 상대방이 저지른 죄악에 대해서 그렇다.

자기 자신을 의식하는 것만큼 마음이 가벼워지는 일은 없다. 또한 자기의 견해를 고집하는 것만큼 마음이 무거워지는 일은 없다. –괴테

아직 힘이 약해지기 전부터 죄를 뉘우치는 자에게 복이 있으라. 그대에게서 힘이 사라지기 전에 뉘우쳐라. 빛이 아직 사라지기 전에 등불을 밝힐 기름을 준비하라. –탈무드

March

March

참된 삶을 맛보지 못한 인간만이 죽음을 두려워한다.

영원한 운명이여, 눈에 띄지 않는 걸음으로 오라. 너의 보이지 않는 발자국에도 나는 의심을 품지 않는다. 비록 네가 뒷걸음질 치듯 할 때에도 의심하지 않으리.

이 세상에서 가장 강한 것은 보이지도 않고 들리지도 않으며 만져볼 수도 없는 것이다.

신은 인간에게 음식을 보내주고 악마는 요리사를 보내준다.

삶에 염증을 느꼈다고 해서 죽음을 택할 권리는 누구에게도 없다. 사람에게는 모름지기 끝까지 완수해야 할 도덕적 의무가 있다. 그 의무에서 벗어나는 길은 죽음이 아니라 끝까지 해내는 것이다.

그대가 사랑받는 것처럼 남을 사랑하라. 또한 그대가 받는 것만큼 남에게도 베풀어라. 항상 자신을 낮추고 남을 이롭게 하라. 관용으로써 분노를 극복하라. 선으로써 악을 정복하라. 어리석은 생각, 그릇된 판단, 잘못을 범하기 쉬운 나쁜 습관을 버려라. 해야 할 일을 하고, 감당해야 할 일을 감당하라. 양심은 그대 자신의 유일한 증인이다.

전쟁은 불가항력적인 상황이 아니다. 그것은 철저하게 인간이 만들어내는 현상일 뿐이다.

우리 모두는 단 하나의 어머니인 자연의 자식이다.

사람들은 스스로 끊임없이 지옥을 만들어내면서도 그곳에 떨어질까 봐 두려워한다.

잃을 것이 없는 사람이야말로 가장 큰 부자이다.

노여운 마음은 사랑으로 극복하라. 악행은 선으로 보답하라. 허위는 정의로 물리쳐라.

적을 사랑하라. 그러면 이미 그대 앞에 있는 사람은 적이 아니다.

좋은 사회은 그곳에서 위대한 진리가 실현되는 사회이다.

저들이 우리를 위해 그토록 애써 일했는데 우리는 왜 그들과 한자리에서 식사를 하지 않는가? 모든 일을 다 그들과 함께하지 않았는가? 어째서 함께 휴식하고, 함께 배우지 않는가?

고귀한 지혜는 모든 사람의 뜻을 합쳐서 이루어진다.

인간의 정욕은 처음에는 거미줄처럼 가늘다가 나중에는 동아줄처럼 굵어진다. 또한 처음에는 이방인처럼 낯설다가, 다음에는 손님처럼 보인다. 그리하여 마지막에는 집주인처럼 사람의 마음속에 눌러앉는다.

선은 덕행이자 즐거움이며 투쟁의 무기이다.

선행으로 죄를 덮어버리는 사람은 어둠을 밝혀주는 달과 같다.

April

1일

April

무지를 두려워하지 말라. 그보다는 지식의 헛됨을 두려워하라. 모든 악은 지식의 허위에서 비롯된다.

하늘과 땅 사이의 모든 것을 다 알려고 하지 말라. 일반적으로 예언과 존재의 법칙에 관해 우리가 알 수 있는 사실은 참으로 얼마 되지 않는다. 그러나 그 얼마 안 되는 것만으로도 충분하다. 너무 많은 것을 원하면 행복해질 수 없다.

–러스킨

지식의 영역은 한없이 넓다. 그러므로 참다운 지식을 얻기 위해서는 그 넓은 영역에서 어떤 것이 가장 중요하며, 어떤 것이 가장 불필요한지를 먼저 알아야 한다.

천문학자들의 관측이나 계산은 우리에게 놀랍도록 많은 지식을 가져다주었다. 그러나 그들의 가장 중요한 연구 결과는 우리의 무지가 한없는 것임을 폭로했다는 점이다. 우리의 이성은 많은 지식을 얻은 뒤에야 비로소 인간의 무지가 한없다는 것을 알게 된다. 이런 사실을 생각할 때, 궁극적으로 모든 사물의 변화는 없어서는 안 될 것임을 또한 깨닫게 된다.

지식은 무한한 것이다. 그러므로 적게 아는 자보다 아주 많이 아는 자가 우월한 위치를 차지하는 경우는 매우 드물다.

"땅에는 풀이 돋아 있다. 우리는 그 풀을 볼 수 있다. 달에서는 그것들을 보지 못할 것이다. 풀에는 꽃이 달려 있다. 꽃에는 작은 벌레가 붙어 있다. 그 밖에는 아무것도 없다"라고 말하는 사람들이 있다. 이 얼마나 황당한 자부심이냐! "육체는 여러 가지 요소로 형성되어 있다. 그 요소는 꼭 필요한 것이다"라고 말하는 사람들이 있다. 이 또한 얼마나 엉뚱한 확신인가!

–파스칼

자신의 한계를 넘는 지식은 단지 혼란을 일으켜 생활에 슬픔을 더해줄 뿐이다.

–러스킨

2일

April

도덕적인 노력과 그 결과로써 얻어지는 기쁨은 마치 육체적인 노동이 끝나면 휴식의 기쁨이 찾아오는 것처럼 번갈아 온다. 육체의 노동 없이는 휴식의 기쁨도 없다. 도덕적인 노력 없이는 생활의 기쁨도 없는 것이다.

도덕적 생활은 끊임없는 노력 속에서 이루어진다.

성장은 서서히 진행되는 과정이지 돌발적으로 비약하는 것이 아니다. 갑자기 발생하는 사상적 충동으로는 과학의 모든 영역을 알 수 없다. 또 즉흥적인 참회로는 죄악을 극복할 수 없다. 정신적 성장을 꾀하려면 성인의 가르침을 받들고 끊임없이 참고 노력하는 수밖에 없다. –채닝

매사에 늘 조심하라. 어떤 경우에도 신중하지 못했다는 변명은 용납되지 않는다. –공자

조급하게 처신하지 말라. 어떤 일에 종사하더라도 꼭 필요한 인간이 될 수 있도록 힘써라. 모든 것 속에서 그대의 생활에 필요한 지혜를 끌어내도록 노력하라. 지혜를 배울 때는 우리 육체가 음식물에서 자양분을 골라내어 섭취하듯 하라. –아우렐리우스

습관은 어떤 경우에도 결코 좋은 것이 못 된다. 올바른 행실도 습관이 되면 좋을 것이 없다. 이미 그것이 습관으로 굳어버렸다면 옳은 행위도 도덕적인 것이 되지 못한다. –칸트

십자가의 고통은 면하려고 애쓰면 애쓸수록 더욱 커진다. –아미엘

단순하지만 도덕적인 심성을 잃지 않고 항상 보이지 않는 곳에서 겉으로 드러나지 않는 의무를 수행하는 사람은 고결하고 굳건한 정신의 소유자이다. 그는 세상이 불바다처럼 혼란스럽고 시끄러워도 할 일을 다하는 사람이다. –에머슨

3일

April

죽음은 유기체의 파멸이다. 이 유기체는 우리가 인생을 받아들이는 하나의 도구였다. 죽음은 바깥을 내다보던 유리창을 깨뜨려버린 것이나 다름없다. 이제 그 유리를 다시 끼울 수 있을지, 부서진 유리창을 통해서 무엇을 보게 될지 우리는 알 수가 없다.

항상 중용을 유지하도록 하라. 죽음을 두려워하지 말고, 또 죽음을 바라지 않는 상태에서 생활을 영위하도록 노력하라.

신이 인간에게 무엇이든 마음에 드는 것을 선택하라고 한다면, 즉 죽음이나 가난, 고통과 질병 속에서 살든지, 혹은 재물과 권력과 건강을 누리지만 그것을 빼앗길세라 시시각각 공포에 떨면서 살든지, 그 어느 쪽이든 택하라고 한다면 우리는 망설일 수밖에 없을 것이다. 그러나 자연은 항상 이 문제를 해결해준다.

–라브뤼예르

죽음은 항상 평화롭다. 죽음은 우리의 본질을 다른 형태로 변화시키는 것이 아닐까? 본질이 소멸되고, 만물의 무궁한 근원과 합류하는 것이 아닐까?

인생을 꿈이라고 하는 것은 의심의 여지가 없는 사실이다. 또한 죽음을 각성이라고 하는 것도 의심의 여지가 없다. 그러나 우리의 본질이나 자아가 깨지 않는 꿈의 의식에 속한다면 죽음은 모든 면에서 파멸이라고 생각할 수 있다.

–쇼펜하우어

사람들은 죽음에 관해 잘 알지 못한다. 죽음이 사람에게는 가장 훌륭한 선이라는 사실도 알지 못한다. 오히려 죽음을 가장 큰 악으로 알기 때문에 두려워한다.

–플라톤

무화과나무를 가꾸는 사람이 열매 맺는 때를 알고 있듯 신은 사람을 불러들일 때를 알고 있다. 죽기를 바라면서도 죽음을 두려워하는 것은 지혜로운 사람이 아니다.

–아라비아 격언

4일

April

인생은 눈물의 골짜기가 아니다. 어떤 시련의 마당도 아니다. 인생은 무엇보다도 귀중한 것이다. 인생의 즐거움은 무한하다. 우리는 그 즐거움을 얻기만 하면 된다.

인생은 끊임없는 기쁨의 과정이어야 하며, 충분히 그렇게 될 수 있다.

대부분의 인간들은 자기만족에 지나치게 집착한 나머지 말할 수 없는 비탄에 빠진다. 그러나 언제나 기쁨을 그대로 느낄 수 있고, 그 기쁨이 사라지더라도 한탄하지 않는 사람은 인생을 행복하게 살 수 있다. –파스칼

기쁘고 즐겁게 살아가기 위한 가장 확실한 조건은 인생을 즐거운 것이라고 믿는 것이다. 만약 기쁨이 없다면 그대에게 무언가 잘못이 있다는 증거이다.

어떤 불행도 차분히 참고 견뎌라. 그리고 그 불행을 행복의 재료가 되게 하라. 위는 음식물에서 영양분이 될 만한 것만을 골라서 섭취한다. 나무를 집어넣으면 불길은 더욱 밝게 타오른다. 그와 같이 모든 불행 속에서 인생에 도움이 될 만한 것만을 골라내도록 하라. –러스킨

성인은 항상 그 마음이 즐겁다.

늘 옳지 못한 마음가짐으로 살아가는 사람은 자신뿐만 아니라 타인에게도 불행을 끼친다. 선량한 정신은 인생의 수레바퀴를 원만하게 회전시키는 기름과도 같다.

5일

April

나뭇단을 묶어 팔더라도 스스로 생활의 방편을 세우는 것이 중요하다. 결코 타인에게 구걸하지 말라. 만약 남에게 손을 벌렸다가 얻지 못하면 수모를 느낄 것이고, 결국은 비탄에 빠질 것이 아닌가. -마호메트

형제가 있었다. 형은 왕을 모시며 편안하게 살았고, 동생은 힘든 일을 하며 겨우겨우 먹고사는 처지였다. 어느 날 형이 가난한 아우에게 물었다.

"너는 왜 나처럼 왕을 모시려 하지 않지? 그렇게만 하면 지금처럼 힘들게 일하지 않고도 호의호식할 수 있을 텐데."

그러자 가난한 아우는 이렇게 대답했다.

"형님은 어째서 노예처럼 살려고 합니까? 어떤 훌륭한 분이 내게 이런 말을 해주더군요. '황금 옷을 입고 남의 종노릇을 하느니 차라리 누더기를 입더라도 내가 벌어 사는 게 낫다. 복종의 표시로 두 손을 모으느니 차라리 그 손을 일하는 데 쓰는 게 낫다. 노예처럼 허리 굽혀 얻은 기름진 음식보다는 차라리 한 조각의 맛없는 빵이 낫다'고 말입니다." -사디

"일하지 않으면 안 된다." 이 법칙에서 벗어나는 방법은 오직 죄악을 범하는 것뿐이다. 혹은 부정 앞에 아부하고 굴복하는 것도 한 방법이기는 하다.

노동만큼 인간을 고귀하게 하는 것은 없다. 일이 없다면 인간은 인간으로서의 가치를 발휘하지 못할 것이다. 태만한 인간들은 표면상으로만 그럴듯한 일을 붙들고 법석을 떤다. 그렇게라도 하지 않으면 남들의 멸시를 받을 것이기 때문이다.

그대가 일하기 싫어지는 때가 온다면 아마도 그대가 형편없이 몰락했거나 권력을 휘두르고 있을 때일 것이다.

일하지 않는 자에게 대지(大地)는 이렇게 말할 것이다.

"오른손과 왼손을 갖고도 일하지 않았으니 너는 언제까지나 구걸하는 신세를 면치 못하리라. 영원토록 남의 문전에 버려진 찌꺼기를 주워 모으리라."

-조로아스터

천하고 비굴한 표정을 짓느니 차라리 죽는 게 낫다. 남의 재물로 사치를 즐기느니 차라리 빈곤한 편이 낫다. -인도 격언

6일
April

행복이나 불행은 모두 타인과의 관계 속에서 비롯된다. 항상 바르게 처신하도록 노력하라. 자기 자신에게 최선을 다하는 사람만이 타인에게도 최선을 다할 수 있다.

-맬러리

끊임없는 괴로움 속에서 살아가면서 완성을 바란다는 것은 불가능한 일이다. 완성을 위해 가장 좋은 방법은 스스로의 세계관을 모색하여 파악한 다음, 그 세계관을 모든 일에 적용해나가는 것이다.

결점을 지적해주는 사람에게 감사해야 한다. 물론 지적을 받았다고 해서 우리의 결점이 아주 없어지는 것은 아니다. 결점이 워낙 많기 때문이다. 그러나 하나하나 지적받는 가운데 우리의 마음은 불안해지기 시작한다. 그리하여 도저히 양심상 가만히 있을 수 없게 되면 그 결점들을 스스로 고칠 수 있게 되는 것이다.

-파스칼

새해 첫날의 행실보다 그해 마지막 날의 행실이 더 나은 사람이 좋은 사람이다.

-소로

사람들은 여러 가지 일에 종사하고 있다. 그러나 대부분의 사람들이 인생에서 가장 중요한 일, 정신을 향상시키는 일에는 종사하지 않는다. 그러나 이 일이 인간에게 운명적으로 주어진 가장 확실하고 유일한 일이라는 사실은, 그 목적을 달성하는 데 인간에게 아무런 장애가 없다는 점만 보아도 알 수 있다.

나는 노력하는 것만큼 훌륭한 성공의 방법은 없다고 생각한다. 그리고 실제로 잘 되어가고 있음을 느끼는 것만큼 큰 만족은 없을 것이다. 이것은 내가 오늘날까지 살아오면서 경험한 바이니, 나는 그것을 '행복'이라고 정의하고 싶다. 그것이 행복이라는 것은 내 양심이 증명한다.

-소크라테스

7일

April

악을 선으로 보답했을 때의 기쁨을 한 번이라도 경험한 사람은 다음에 그런 기쁨을 얻을 기회를 놓치지 않는다.

자기 자신을 모든 면에서 행복한 존재라고는 생각하는 사람은 없다. 그러나 지혜의 판단에 따라 살아갈 때 완전한 행복을 찾을 수 있지 않을까? 지혜는 우리에게 명령할 것이다. 타인에게 선을 베풀라고. 그것이 자신을 가장 행복하게 만드는 길임을 명심하라고. -아우렐리우스

상대방의 형편에 맞춰 사귀는 것은 오히려 둘의 관계를 악화시킬 뿐이다. 남과 사귈 때는 그 사람의 실제 모습보다 좋게 대접해주는 것이 그를 정신적으로 향상시키는 방법이다. -괴테

악을 선으로 보답하라. 그것은 악을 악으로 보답하는 것보다 진실하며 쉽고 지혜로운 행동이다.

무엇으로 적에게 보복할 것인가? 그를 선하게 만들라. -에픽테토스

친절로써 노여움을 극복하라. 선으로써 악을, 은혜로써 인색함을, 정의로써 허위를 이기도록 하라. -불교 경전

식물이나 동물에게는 선도 없고 악도 없다. 단지 살아 있을 뿐이다. 사색할 줄 모르는 인간도 선악을 구별할 줄 모른다. 선악에 대한 구별은 인간이 의식하고 판단하는 능력이 있을 때 생겨나는 것이다.

8일

April

보다 나은 제도가 출현하는 것은 다만 시기의 문제이다. 군대와 전쟁은 반드시 소멸할 것이기 때문이다. 궤변론자들이 무엇이라 하든 그것은 반드시 없어질 것이다. –알프레드 드 비니

실로 놀랍고도 기막힌 일이 이 지상에서 자행되고 있다. 예언자는 허위의 예언을 하고, 사제는 허위로써 사람들을 지배하고 있다. 그리고 사람들은 그것을 기뻐하며 받아들인다. 이런 시대에 그대는 과연 무엇을 하려는가? –성서

그 누가 용서한다 할지라도, 또 그럴듯한 말로 변명한다 할지라도 살인은 명백한 죄악이다. 그러므로 모든 살인자들은 반드시 멸시와 비난과 저주 속에서 살게 될 것이며, 항상 교화가 필요하다.

오직 정의롭지 못한 삶만이 인간과 신을 가로막는 장막이다. 우리들이 저지른 죄악 때문에 신의 얼굴을 볼 수 없는 것이다. 게다가 우리들의 목소리는 신의 귀에 들리지도 않는다. 우리들의 손은 이미 피에 젖었으며, 우리들의 마음은 부정으로 얼룩져 있기 때문이다. 사람들의 입은 거짓말을 하고, 혀는 부정을 담고 있다. 누구 하나 진리를 위해 머리를 쳐들지도, 진실을 위해 행동하지도 않는다. 모든 인간이 추악한 것을 바라고, 사악을 다투며, 허위를 행하고 있다. 이는 살아 있으면서도 죽은 것이나 다름없다.

전쟁은 인간에 대한 인류 최대의 죄악이다.

9일

April

나는 신의 존재와 자아의 불멸을 나 자신의 덕성에 의하여 믿는다. 신과 사후 세계에 대한 믿음은 나의 본성에 깊이 결합되어 있으며, 이 신앙은 나에게서 떼어놓을 수 없다. -칸트

정신의 높이에 따라 불멸에 대한 신앙의 깊이도 결정된다. 우리의 정신이 동물적인 어리석음과 이기적인 열정, 가련한 미신으로부터 멀리 떨어질수록 신앙에 대한 회의는 사라지고, 신앙의 특유하고도 위대한 덕성에 가까워진다. 그리하여 미래를 덮었던 뚜껑은 열리고 찬란한 광명이 비치는 신의 영역 속으로 들어가게 된다. -마르티노

모든 존재 가운데 신을 사랑하는 사람은 자신의 불멸을 의심하지 않으며 죽음도 두려워하지 않는다.

우리가 경험했거나 알고 있는 모든 것이 아직 겪지도 못하고 알지도 못하는 일들을 믿게 해준다. 신은 우리를 위해 자비롭고 위대한 미래를 준비하신 게 틀림없다. 신께서 예비하신 미래는 이 세상에서 우리가 알게 된 덕성이나 지혜의 성질에 따라서 결정된다. -에머슨

신에 대한 사랑은 그 영원함을 믿는 것이다.

죽음, 그것은 전혀 두려운 상대가 아니다. 그보다 더욱 끔찍한 공포는 우리들 자신의 생활 속에 있다.

10일

April

그리스도가 가르치기를, 모든 인간은 신 앞에서 평등한 것처럼 서로에게도 평등한 존재라고 하셨다. 누구도 다른 사람을 지배하는 권력을 가질 수는 없다. 평등과 자유, 이것은 파괴할 수 없는 신의 법칙이다. –라메네

신의 왕국이 가까워지고 있다. 사람들이 점차 현실 세계에 존재하는 모든 제도의 모순과, 그것이 인간의 천성에 위배된다는 사실을 깨닫게 된 이상 새로운 세계의 건설이 불가피해진다.

우리는 모두가 형제라는 공통된 종교적 의식을 가져야 한다. 인간의 행복은 상호간의 협조로써만 이룩할 수 있다. 진정한 과학은 이러한 종교적 의식을 생활에 적용할 수 있도록 방법을 제시하는 것이어야 한다. 또한 진정한 예술은 이 같은 의식을 감정에 호소하는 것이어야 한다. –마치니

"서로 돕고 서로 사랑하라." 이것은 이미 그리스도의 가르침을 통해 널리 전파되었으므로 모든 사람들이 충실히 이행해야 한다. 이 법칙을 따르는 사람만이 지혜로운 자이다.

가야 할 길이 멀수록 더욱 앞으로 나아가는 용기가 필요하다. 서두르지 말라. 그러나 쉬지 말라. –마치니

11일

April

악의 시초를 불러일으키는 마음의 그림자가 있다. 악은 보기 흉하고 수치스러운 모습을 하고 있다. 걸음을 멈추고 살펴보라. 악의 그릇인 기만을 발견할 것이다.

양심을 속이는 데는 두 가지 방법이 있다. 하나는 외부적인 방법인데, 양심이 가리키는 방향으로는 눈길조차 주지 않는 것이다. 또 하나는 내부적인 방법으로, 양심 자체를 말살해버리는 것이다.

사람들은 작은 선행을 베푼 경험만으로 번번이 자기는 양심이 깨끗한 사람이라고 자랑하는 버릇이 있다. –자니자드 라파에스키

우리들의 마음속에 있는 악은 덩달아 다른 악을 키우기도 한다. 그런 악은 근원을 없애버리면 저절로 사라진다. 마치 나무 밑동을 자르면 가지가 저절로 말라버리듯이……. –파스칼

사소한 가르침이라도 지키지 않으면 결국에는 중대한 가르침까지 지키지 않게 된다. 만일 우리가 '나를 사랑하듯 이웃을 사랑하라'는 가르침을 무시한다면 거기에 따르는 여러 가지 가르침, 즉 '복수하지 말라', '악을 행하지 말라', '형제를 미워하지 말라' 등의 가르침까지 등한시하게 되며, 그 결과 끝내는 종족 간에 피를 흘리게 될 것이다. –탈무드

모든 기만은 바로 그 뒤에 또 다른 기만을 불러온다. 모든 잔학은 또 다른 잔학을 불러온다. 그리하여 모든 비극은 또 다른 비극을 잉태하는 것이다.

어떤 악행도 가볍게 여기지 말라. 그것이 나와는 관계없는 일이라고 생각하지도 말라. 물방울도 모이면 그릇을 가득 채우는 법이다. 조금씩 범하는 악도 쌓이고 쌓이면 헤어날 수 없게 된다. 그 어떤 선행도 소홀히 넘기지 말라. 그런 일은 나 같은 사람이 도저히 해낼 수 없는 일이라고 생각하지도 말라. 한 방울의 물이 모이고 모여 큰 대접을 채우듯 사소한 선행이 쌓이고 쌓이면 큰 덕이 된다. –붓다

12일

April

신을 찾는 것은 그물로 물을 긷는 일과도 같다. 그물을 물에 담그면 물이 그물 속에 담겨 있는 것 같지만 그물을 거둬 올리면 아무것도 남아 있지 않다. 사색과 행동으로 신을 찾으려 하는 동안에는 신이 그대의 마음속에 있을 것이다. 그러나 신을 찾아냈다고 생각해 마음을 놓으면 신은 다시 사라지고 말 것이다.

자기의 내부를 깊이 들여다보라. 거기서 우리는 신을 발견하게 되리라.

숲속에서 딱정벌레가 몸을 숨기며 기어가는 것을 보았다. 나는 그것이 어째서 그토록 비겁하게 나로부터 도망치려고 하는지 생각해보았다. 내가 이 벌레의 은인이 되어 이 벌레에게 필요한 지식을 가르쳐준다면 어떨까? 그런 생각이 들자 나는 딱정벌레 위에 서 있는 나 자신이 위대한 신처럼 여겨졌다.

–소로

이전에 내가 이토록 명백한 진리를 알지 못했다는 것은 참으로 놀라운 일이다. 이 세계와 우리 인생을 둘러싸고 있는 그 무엇인가가 있다는 사실을, 우리는 마치 끓는 물처럼 그 무엇인가의 내부에서 소란을 떨다 사라지고 마는 존재였다는 사실을 나는 모르고 있었던 것이다.

신은 이미 존재하고 있다. 우리가 존재하고 있다는 사실이 그것을 증명한다. 우리가 무엇이라 부르건 간에 우리의 내부에는 우리가 만들어내지 않은 그 무엇이 존재하고 있는 게 틀림없다. 이 생명의 원천을 신이라고 부르라. 그러나 반드시 그런 이름으로 부르지 않아도 좋다.

–마치니

13일

April

우리의 도덕적 감정은 지적인 힘과 서로 얽혀 있다. 그러므로 그 한쪽을 잡으면 다른 한쪽도 자연스럽게 손에 쥘 수 있다. 지혜가 손상을 입으면 이 세상은 혼란의 나락으로 떨어지고 만다.

이성적인 사람은 악인이 될 수 없다.

우리는 이제까지 지혜와 양심을 서로 다른 것으로 생각해왔다. 일반적으로 선행은 사색보다 중요하다고 여겼다. 그러나 그것은 잘 결합된 힘을 억지로 갈라놓으려는 것이나 다름없다. 그런 생각 때문에 우리의 천성은 상처받는 것이다. 도덕에서 사상을 제거해보라. 무엇이 남겠는가. 사상의 힘이 없다면 우리가 양심이라고 부르는 것은 한낱 환상이나 과장된 허위로밖에 보이지 않을 것이다. 이 세상에서 가장 잔인한 행위는 양심의 이름으로 자행되어왔다. 양심의 명령에 따른다는 허울 좋은 핑계로 서로를 증오하고 살생까지 마다하지 않았던 것이다. –채닝

우리는 인생의 정신적 기원을 두 개의 방향을 통해 찾을 수 있다. 한편으로는 지혜를 통해서, 다른 한편으로는 사랑을 통해서…….

14일

April

요즘은 인간이 행복해질 수 있는 방법들이 참 많이 생겼다. 우리의 조상들은 그 방법을 전혀 알지 못했다. 그러나 우리는 행복하지 못하다. 특정한 소수의 사람들이 지나치게 행복해진다면 다른 대다수의 사람들은 지나치게 불행해질 수밖에 없다.

–루소

권력자와 굴종자, 즉 부자와 가난뱅이가 함께 있는 사회에서 옳은 제도를 세우기란 불가능한 일이다.

그대가 노력하지도 않았는데 보수를 얻었다면 어딘가에 일하고도 보수를 얻지 못한 사람들이 있음을 알아야 한다.

어떤 영국 작가는 인간을 노동자와 거지와 도둑, 세 계급으로 분류하였다. 이러한 분류는 항상 사회의 '높은 계급', '귀한 계급'이라 자처하는 사람들에게는 큰 실례일 것이다. 그러나 경제적인 측면에서 볼 때 그것은 꽤 정당한 분류 방법이다. 인간이 부유해지는 길은 노동을 하거나, 구걸을 하거나, 훔치거나 하는 세 가지 방법밖에 없기 때문이다. 그중에서도 노동을 하는 사람들이 극히 조금밖에 대가를 얻지 못하는 까닭은 거지와 도둑이 너무 많기 때문이다.

–헨리 조지

15일

April

나는 곳곳에서 사회 구성원들의 행복을 추구한다는 명분을 내세워 이익만을 챙기는 부자들의 추악한 음모를 발견한다. –토머스 무어

참다운 교양과 올바른 지식을 갖춘 사람은 자기 소유의 재물을 부끄럽게 생각한다. –에머슨

부유한 자들을 존경할 필요는 없다. 그들은 존경받을 자격이 없다. 다만 불쌍히 여길 필요는 있다.

부유한 자들이여, 가난한 이웃들을 위해 눈물 흘리고 슬퍼하라. 그대들의 재물은 쌓이기만 한 채 썩고 있다. 그대들의 화려한 옷은 장롱 속에서 곰팡이가 피고 있다. 그대들의 재물은 땅에 묻혀서 녹이 슬고 있다. 그 녹은 그대들을 배반할 것이며, 불과 같이 그대들의 살을 태워버릴 것이다. 그대들은 최후의 날까지 재물을 모았다. 그러나 그대들의 밭에서 일한 노동자들에게 지급될 임금은 그대들 손에 갇혀서 울고 있다. 그리하여 가난한 노동자들의 울음소리는 하늘에 계신 신의 귀에까지 울리고 있다. –성서

이교도의 세계에서 부는 행복과 출세의 원천이다. 기독교도의 세계에서 부는 그 사람의 결점과 허위를 드러낸다. 부유한 기독교도는 비겁한 영웅과도 같다. 그는 신앙인의 자격을 상실한 것이다.

빈곤은 우리에게 참을성과 진리를 가르쳐준다. 나사렛 예수는 빈곤 속에 살았지만 기어이 왕관을 얻지 않았던가. 요셉은 극심한 빈곤 속에서 노예가 되었을 뿐만 아니라 죄수 노릇까지도 하지 않았던가. 그럼에도 우리는 그들을 더욱 찬탄해 마지않는다. 사람들에게 보리를 나누어줄 때의 그가 옥에 갇혔을 때보다 더 훌륭하다고 생각지는 않는다. 왕관을 얻었을 때의 그가 쇠사슬에 묶였을 때보다 더 위대하다고 생각지는 않는다.

우리는 부와 명성이나 권력에는 놀라지 않는다. 다만 가난이나 구속, 힘 앞에서도 굴복하지 않는 그 놀라운 인내력에는 놀라지 않을 수 없다. –조로아스터

16일

April

이 세계는 하나의 커다란 확대경이다. 그 목적은 정신의 형상화와 보충에 있다. 인식은 우주이며, 그 빛은 사랑이다.

참다운 실재는 정신이다. 그렇다면 정신 이외의 것은 무엇인가? 다른 것들은 단지 그림자요 허상이며, 비유나 착각일 뿐이다. 오직 인식만이 불멸이다. 인식만이 완전한 진실이다. –아미엘

인생의 의의는 자기 자신이 영원하며 무한한 것임을 인식하는 데 있다. 즉 제한된 시간과 공간의 현상 속에서 시공을 초월한 정신을 인식하는 데 있다.

죽음은 나의 내부에 변화를 일으킨다. 나 자신이 아주 소멸하여 없어지는 것은 아니라 해도 다른 존재 속으로 들어가게 되는 것이다. 지금 나는 나의 감정을 가진 나의 육체를 자아라고 생각한다. 그러나 그때에는 모든 세계가 달라지는 것이다. 세계가 그렇게 보이는 것은 내가 그렇게 생각하기 때문이며, 실재는 그렇지 않은 것이 아닐까? 그리고 실재는 그 양이 무한한 것이 아닐까? –세네카

인생은 인식이다. 어떤 한계 안에 있는 자기 자신의 본질을 인식하는 것이 인생이다.

세계는 비유에 지나지 않는다. 사상은 사실보다도 진실하다. 마술 같은 동화나 전설의 세계는 역사적 사실보다도 진실하다. 왜냐하면 그것들은 실제 있었던 역사보다도 더 깊은 것을 상징하기 때문이다. –아미엘

17일

April

신앙 없는 인간은 시시각각으로 그가 살고 있는 일체의 것에서 멀어져간다. 그리하여 자기도 모르게 그가 가장 저주하던 이름 밑에서 살게 된다.

인간은 인생의 목적에 도달할 수 없다. 인간은 단지 그 목적지의 방향을 알 수 있을 따름이다.

–에머슨

강건해지기를 원한다면 신앙을 확립하라.

기독교 정신은 극히 단순하다. 그것은 순수한 도덕성, 인간에 대한 사랑, 경계를 무너뜨린 신에 대한 사랑이다. 그 신앙의 목적은 창조주처럼 완전하게 된다. 그 신앙의 유일한 형식은 신에 의한 생활, 즉 가장 착한 일을 가장 착실한 방법으로 가장 성스러운 목적을 위하여 행하는 것이다. 그리고 신의 계율을 완전히 지키는 것이다. 그 신앙의 확립은 우리의 마음속에서 이루어진다. 즉 우리 모두의 마음속에 만물의 근원인 신이 나타나는 것이다. 모든 것은 극히 간단하다. 이것은 아무리 어린아이라도 이해할 수 있다.

–시어도어 파커

기독교는 완성의 길을 보여주는 종교이다.

18일

April

이른바 학문을 한다는 사람이 인생의 진리보다는 말재간에만 신경을 쓴다면 무엇을 깨달을 수 있겠는가. 어떤 악이 가장 옳지 못한 지혜를 낳고, 그런 궤변이 얼마나 진리를 손상시키는지 우리는 알아야 한다. -세네카

별로 내세울 것도 없는 사상을 자랑한답시고 미사여구를 남발하는 작가들이 있다. 그것은 작가가 취할 올바른 태도가 아니다. 작가들이 자신의 사상을 적절한 문법으로 표현할 수 있다면 독자들도 한 단계 높은 지적 성장을 꾀할 수 있을 것이다. 비평가들의 주의를 끌 만한 작품이란 바로 이런 것이 아니겠는가. -리히텐베르크

모르는 것은 수치도 아니고 손해 보는 것도 아니다. 누구나 모든 것을 알기는 불가능하다.

그나마 최고 학문을 연구한다는 사람들조차 논쟁이 벌어지면 방법론적인 접근을 회피하고 말의 성찬만 늘어놓는 경우가 허다하다. 그럴 수밖에 없는 것이, 이런 사람들은 언제 어느 때건 “그건 확실히 말할 수 없다” 따위의 말을 하기도 싫어하고 듣기도 싫어하기 때문이다. -칸트

참다운 진리를 터득하기 위해서는 실로 많은 곤란을 극복해야 한다. 거짓을 말하는 자는 진리에 대하여 아무것도 아는 게 없는 사람이다. 또한 거나하게 술에 취해 이것저것 떠벌리거나 자신의 이론이 대중들에게 널리 칭송되기를 바라는 장사꾼 같은 작가나 학자는 참다운 진리를 왜곡하는 위험한 존재이다.

문명은 겉치레의 도금이다. 그래서 간혹 그 안에는 무지가 숨겨져 있기도 하다. -맬러리

학식만 있고 아무것도 하지 않는 사람은 비를 내리지 않는 구름과 같다.

중요한 것은 지식의 양이 아니라 질이다. 우리는 꽤나 많은 것을 알고 있으면서도 가장 필요한 것은 알지 못하는 경우가 다반사이다.

19일

April

육체적인 생활로 하루하루를 보내는 사람은 그 어떤 비참하고 부당한 현실이 닥쳐와도 정신적으로 반발하거나 회의를 느끼지 않는다. 그렇기 때문에 이런 사람들은 아무 고민 없이 살아가는 것처럼 보인다. 정신적인 삶을 영위하는 사람들은 전혀 다르다. 이런 사람들에게 고뇌는 완전을 추구하는 일생일대의 사업이다. 정신적 생활을 하는 사람은 고뇌가 자기완성의 중요한 요소임을 알고 있다. 그러므로 우리는 고뇌를 조금도 슬퍼할 것이 아니며, 오히려 행복의 근원으로 여겨야 한다.

고뇌의 기쁨을 알지 못하는 사람은 인생의 참맛을 알지 못하는 사람이다.

어둠이 하늘을 뒤덮듯 우리를 에워싸고 있는 빈곤이나 불행의 그늘은 인생의 모든 아름다움을 볼 수 없도록 우리의 눈을 가려버린다. –소로

인류의 위대한 업적은 오직 고뇌와 더불어 성취된다. 그리스도는 자기 앞에 고난이 기다리고 있다는 것을 알고 있었다. 그리고 모든 것을 예언하였다. 권력자들의 증오와 폭압, 그가 그토록 사랑해 마지않았던 대중들의 배반에 대해서도 알고 있었다. 그러나 그는 굴종을 죽음보다도 슬픈 것으로 알았다. 그는 자기의 사상을 버리지 않았다. 끊임없이 고통을 겪으면서도 단 한순간이라도 신념을 포기한 적이 없었다. –라메네

운명이 어떻게 되는지보다는 스스로의 운명을 어떻게 생각하고 있는지가 더 중요하다. –훔볼트

20일

April

정신적인 생활에 힘쓰는 사람에게 자기부정은 행복에 이르는 지름길이다. 동물적인 생활에 빠져 있는 사람에게 가장 중요한 일이 정욕의 만족이듯이.

부모를 나보다 더 사랑하는 자는 나에게 합당치 않은 자이다. 자녀를 나보다 더 사랑하는 자는 나에게 합당치 않은 자이다. 자신의 십자가를 짊어지고 내 뒤를 따르지 않는 자는 나에게 합당치 않은 자이다. 자신의 영혼을 소중히 하는 자는 그것을 잃게 되리라. 나를 위해 영혼을 잃는 자는 그것을 얻게 되리라. -성서

만약 그대가 정신적인 삶을 유지하고 있다면 현세적인 행복을 부정하는 것이 그다지 어려운 일이 아니다. 정신적인 생활을 유지하기 위해 항상 노력하라. 그것은 그대의 덕성을 키워주는 동시에 더욱 향상된 인격의 세계로 인도할 것이다.

타인에게 선을 베푸는 사람은 선량한 사람이다. 선을 행하기 위하여 고난을 겪는다면 그는 더욱 선량한 사람이다. 선을 행한 사람을 위하여 고난을 무릅쓴다면 그는 더욱더 선량한 사람이다. 선을 계속 행하기 위하여 더 많은 고난을 겪는다면 그는 더할 수 없이 선량한 사람이다. 그 때문에 목숨까지 버리게 된다면 그는 가장 위대한 영웅이다. -라브뤼예르

남의 행복을 위하여 자기의 이익을 버리고 노력하는 것만큼 큰 행복은 없다. 그것은 영원한 행복을 찾는 지름길이다. 자기의 이익을 위해서 힘을 다하듯 우리는 사회 공공의 이익을 위하여 있는 힘을 다하는 가운데 평화와 행복을 얻을 수 있다. -맬러리

21일

April

현실을 마음껏 즐기며 언제까지나 세속적인 생활을 이어가려는 마음을 버려야 한다. 그런 생활이 지속되는 한 신의 왕국에 이르지는 못하리라. 신의 왕국에 이르기 위해서는 언제나 생활의 기초를 사랑 위에 세워야 한다.

그대들의 정신적인 형제들은 굶주림 때문에 죽어가는데 그대들은 배불리 먹고 게으름이나 피우고 있구나. 형제들은 벌거벗은 채로 걸어가는데 그대들은 의복이 좀먹는 것도 모르고 장롱 속에 잔뜩 쌓아놓았구나. 그 의복을 벌거벗은 형제들에게 걸쳐준다면 얼마나 좋을까? 그 의복이 모든 형제들에게 골고루 돌아가 그들의 몸뚱이를 따뜻하게 해준다면 그대들의 마음고생도 덜하지 않을까? 의복에 좀이 슬지 않을까 걱정된다면 지금이라도 당장 가난한 형제들에게 베풀어줄 수 없겠는가? 그들만큼 의복 손질을 수월하게 해낼 사람들도 없을 텐데……. -조로아스터

나 스스로 깊이 깨닫기 전에는 "원수를 사랑하라"고 한 기독교도들의 말이 거짓 선전인 줄로만 알았다. -레싱

도덕과 지혜와 좋은 습관을 잃어버린 사람들은 참으로 불행하다. 그것은 재물이나 가족의 건강 같은 세속적인 행복을 잃어버린 것보다 더 불행한 일이다.

22일

April

인간은 스스로 자아를 굴종적이며 편안한 세계로부터 자유롭고 확실한 기쁨이 넘치는 세계로 옮겨놓을 수가 있다. 단 그것은 정신의 본질을 인식할 때만 가능한 일이다.

자기 자신을 모르는 사람한테 신에게로 가라는 것은 황당무계한 일이다. 이런 사람들은 자기라는 감옥에 갇혀 아무 데도 갈 수 없다. 신에게로 가라는 것은 자기 자신을 아는 사람에게만 통하는 가르침이다. –파스칼

가장 위대한 지식은 스스로를 아는 것이다. 자기 자신을 아는 것은 신을 아는 것이다.

정도의 차이는 있지만 누구는 사랑하고 누구는 사랑하지 않는다는 인간 사회의 기본적인 관계는 공간적인 조건이나 시간적인 조건에서 생기는 것이 아니다. 반대로 공간적인 조건과 시간적인 조건이 인간에게 영향을 끼치든 안 끼치든, 사람은 이 세상에 태어나면서부터 그 누군가와는 우호적이고 또 누군가와는 적대적인 관계를 맺는다. 이런 이유로 같은 공간적·시간적 조건에서 태어나고 교육받은 사람들이 서로 미워하는 것이다. 그리고 이것은 인간의 자아에 대한 배반이다.

23일

April

진실로 지혜로운 사람은 모든 불필요한 것을 버리고 마지막까지 자기에게 필요한 것만을 취한다. –에머슨

좋은 것은 언제나 그 가치에 비해 값이 싸다. 나쁜 것은 언제나 그 가치에 비해 값이 비싸다. –소로

참된 진리는 항상 단순하다. 단순한 것은 아름답고 선하다. 그럼에도 세상에 단순한 사람이 이토록 적다는 사실은 참으로 놀라운 일이다.

공적인 일에 봉사하라. 사랑으로 완성하라. 말을 삼가라. 절제에 힘쓰라. 노력하라. 악한 일을 거부하고 옳은 일을 실천할 때는 용기와 자신을 가져라. 필요한 일, 옳은 일, 가치 있는 일을 하며 진실하게 말하라. 눈에 보이지 않는 사소한 행동이나 말은 사랑이라는 나무의 작은 열매이다. 그것은 나중에 크게 자라 그 가지로 이 세상의 모든 것을 덮게 될 것이다.

단순하게 보이도록 꾸미는 사람은 가장 단순하지 않은 사람이다. 의도적인 단순함은 가장 조악한 기교이며 가장 큰 허식이다.

모든 낭비는 남들과 똑같이 하려는 마음에서 비롯된다. 남이 먹는 것을 보면 자기도 그것을 먹기 위해 빚까지 얻는다. 그러나 지식을 쌓거나 정신의 아름다움을 위해서는 결코 그렇게 많은 지출을 하려고 하지 않는다. –에머슨

무릇 위대한 일은 겉으로 드러나지 않게 겸손하고 단순한 상태에서 이루어진다. 번개가 번쩍이고 우레가 칠 때는 밭을 갈거나 집을 짓지 못하고 가축을 부릴 수도 없다. 위대하고 참된 일은 이처럼 항상 단순하고 신중한 것이다. –채닝

24일

April

그대가 받드는 신의 일이 완성되기를 기다리지 말라. 그대의 노력은 헛되지 않으리라. 그 일이 언제 완성되든 그대는 신의 일을 돕고 있다는 사실만을 기억하라.

지금 당장은 내 말이 잔인하게 느껴질 수도 있으리라. 그러나 내일이면 그대는 참다운 천성의 가르침에 따르게 될 것이다. 우리가 서로 진실하다면 추구하는 목적도 같을 것이다. 세속적인 행동의 동기와 원인을 버리고 자기 자신을 신뢰할 수 있는 사람은 행복하다. 관습과 규칙을 신념으로 대신하고 그 신념이 다른 사람들에 대한 철칙이 되도록 자기를 완성하기 위해서는 고결한 정신과 굳은 의지, 명확한 인생관을 가져야 한다.

－에머슨

보석을 잃어버린 로마의 여황제가 다음과 같은 포고문을 붙였다.

30일 이내에 보석을 발견하고 신고한 자에게는 큰 상을 주리라. 그러나 30일이 지나서 신고한 자는 사형에 처한다."

30일이 지나자 랍비 한 사람이 보석을 들고 나타났다. 여왕이 물었다.

"분명 30일이 지나면 사형에 처한다고 했는데 어째서 늦게 왔느냐?"

이에 랍비가 대답했다.

"사형이 두려워서가 아니라 신이 두려워서 신고한 것이오."

참다운 용기는 투쟁 속에 있다.

25일

April

인간은 자신의 본질을 육체적인 것과 정신적인 것으로 구별해서 느끼기도 한다. 자신의 본질을 육체적인 것으로 느끼는 사람은 자유롭지 못하다. 그러나 자신의 본질을 정신적인 것으로 느끼는 사람은 어떤 속박도 느끼지 않는다.

'신에 대한 사랑'은 무엇일까? 그것은 자기의 내부에 창조력을 기르기 위한 노력이다. 신의 창조력은 만물 어디에나 숨어 있다. 그러나 그 가장 위대한 표현은 인간 속에 있다. 그 힘이 움직이기 위해서는 먼저 그 창조력이 우리에게 있다는 것을 알아야 한다. 자기 자신이 가장 훌륭하고 고귀한 것을 만들어낼 수 있는 창조자라는 사실을 모르기 때문에, 인간은 가장 형편없고 저속한 것을 만들어낼 수밖에 없는 것이다.

인간은 스스로를 얼마만큼 육체적 존재에서 정신적 존재로 이동시킬 수 있느냐에 따라서 자유의 폭이 커지기도 하고 작아지기도 한다.

나는 항상 스스로 반성하지 않으면 안 된다는 것을 알고 있다. 신은 모든 것을 알고 있다. 신의 법칙은 변하지 않는다. 신은 모든 것을 볼 수 있고, 모든 것 속으로 들어갈 수 있으며, 모든 것 속에 존재하고 있다. 그리고 나는 이 모든 것을 알고 있다. 신은 모든 것의 내부에 깊이 스며들어 있다. 마치 햇빛이 어두운 방 안에 비쳐 들듯이. 우리는 신의 빛을 반영하도록 노력해야 한다. 마치 두 개의 악기가 서로 공명하듯이. –공자

영혼이 무엇인지 생각해보라. 영혼이 육체 속에 깃들어 있다고 생각하면 이 문제를 풀 길이 없다. 그러나 영혼을 육체에서 분리해 생각해보면 좀 더 이해가 쉬워진다. 영혼은 육체에 밀착된 것이 아니라 육체를 떠나서 하늘로, 즉 우리의 주 아버지께로 돌아가는 것이다. –키케로

26일

April

차원 높은 지혜를 가진 공손한 사람은 자기의 한계를 잘 알고 있어서 결코 그 범위를 벗어나는 일이 없다. 그러면서도 그 한계 안에서 창조주에 대한 이해를 발견한다. -루소

신에 대한 믿음은 본능이다. 그것은 사람이 두 발로 걸어 다니는 것처럼 천성에 깃들어 있는 능력이다. 때때로 사람에 따라서 변형되거나 완전히 질식된 상태에 놓이기도 하지만, 그것은 언제나 존재하며 동시에 사물을 충실히 인식하기 위해 필요한 진리이다. -리히텐베르크

자기 안의 신을 알라. 그리고 신을 말로써 정의하려고 하지 말라.

이해하기 곤란하다는 점에서 본다면, 신이 존재한다는 말과 존재하지 않는다는 말은 다 같다. 육체에 영혼이 깃들어 있다는 말은 얼핏 우리에게는 영혼이 없다는 말처럼 들리기도 한다. 그렇다면 이 세계가 창조된 것이라는 말 또한 창조된 것이 아니라는 말처럼 들리는 것이다. -파스칼

신을 인식하기란 그리 어려운 일이 아니다. 그러나 신을 닮아가기는 거의 불가능한 일이다.

27일

April

타인을 심판하는 것은 죄악이다. 때로 그것은 가장 잔인하고 부정한 짓이다. 어쩌면 내가 심판했던 그가 나를 칭찬하며 나에게 선을 베풀고 있을지도 모른다.

가장 일반적인 착오는, 모든 사람이 어떤 일정한 성격을 갖고 있다고 생각하는 것이다. 가령 착한 사람, 악한 사람, 어진 사람, 어리석은 사람, 성미가 급한 사람, 냉정한 사람 등으로 분류하는 것은 옳지 않다. 인간은 그렇게 분류할 수 있는 대상이 아니다. 더구나 타인을 함부로 나쁘게 판단하는 것은 전혀 바람직하지 않다.

사람은 누구나 항상 자기가 좋다고 여기는 일을 한다. 만일 실제로 그 일이 좋은 일이라면 누구보다도 그 자신에게 나쁜 결과를 가져오고 만다. 모든 그릇된 일 끝에는 반드시 고통이 따르기 때문이다. 이 점을 늘 기억한다면 남에게 화를 내거나 짜증을 내지 않을 것이다. 또 비난하거나 꾸짖지도 않을 것이며, 사이가 벌어지지도 않을 것이다. -에픽테토스

두 사람이 싸움을 했다면 그 싸움의 원인을 따져볼 것도 없이 두 사람이 다 옳지 못하다. 어느 한쪽이 옳았다면 싸움은 일어나지 않았을 것이다. 매끄러운 거울에다 성냥을 그을 수 없듯이 말이다. -세네카

28일

April

모든 무위도식하는 무리들이여! 인간의 행복에 없어서는 안 될 조건은 태만이 아니라 노동이라는 점을 명심하라. 인간은 일하지 않고는 견딜 수 없는 존재이다. 일하지 않으면 개미나 말, 그 밖의 모든 동물들이 무엇으로 하루를 보내겠는가. 일이 없는 나날이 동물들에게도 고역인 것처럼 사람에게는 더욱 무료하고 혼란스럽기만 한 것이다. –에머슨

올곧은 정신 상태를 유지하려면 피곤할 때까지 일하라. 정신 건강은 흔히 게으름 때문에 파괴된다.

노동은 행복을 얻기 위한 확실한 조건이다. 무엇보다도 노동은 스스로 자신 있게 택한 자유로운 것이어야 한다. 그리고 식욕과 수면욕을 느끼게 해주는 육체적인 것이어야 한다. –헨리 조지

게으름은 행복의 근원이며 노동은 성가신 의무라는 생각은 참으로 위험한 발상이다. 육체노동은 결코 두뇌 활동을 방해하지 않는다. 오히려 두뇌가 목적 없이 헛된 일을 꾀하는 것을 막아주는 구실을 한다.

육체노동은 모든 사람의 의무이며 행복이다. 그러나 두뇌를 쓰거나 감정적인 능력이 필요한 일의 경우는 다르다. 그런 노동은 그 일을 사명으로 타고난 사람들에게만 의무이자 행복이 될 수 있다. 이런 사명은 어떤 희생을 전제로 한다. 그리하여 종종 학자나 예술가는 일상의 평화와 안식을 희생하는 것이다. –에머슨

평화로운 전원에서 영위하는 목자 생활이나 궁중의 한량 생활은 다소 매혹적일지는 몰라도 모두가 어리석고 자연스럽지 못한 것이다. 만족 자체가 만족이 되어버린 곳에는 진정한 만족이 있을 수 없다. 오직 일하는 도중의 휴식, 그것만이 건전하고 진정한 만족이다. –칸트

어떤 사람들은 게으름을 영원한 지옥의 불길 속으로 던져버려야 했음에도 불구하고 오히려 극락의 한가운데에 놓아두고 있다. –몽테스키외

29일

April

우리는 흔히 건강해야만 신을 섬기고 봉사할 수 있으며, 남을 위해서도 일할 수 있다고 생각한다. 그러나 이것은 전혀 옳지 못한 생각이다. 사실은 이와 정반대이다. 그리스도는 십자가에 못 박혀 숨져가면서도 자기를 죽이는 자들을 용서했다. 그리하여 그는 신에 대한 가장 훌륭한 소임을 완수했으며, 인류에게는 구원의 이정표를 제시해주었다. 모든 병든 사람도 그와 같이 할 수 있는 것이다. 건강할 때와 병들었을 때, 어느 쪽이 신과 사람에게 유익한 봉사를 할 수 있을지를 따지는 것은 무의미한 일이다.

만약 우리가 사후 세계를 조금도 의심하지 않는다면 어떤 질병도 공포의 대상이 될 수 없다. 이를테면 질병을 인생의 어떤 한 상태에서 다른 상태로 옮겨가는 하나의 조건으로 인식하는 것이다. 나아가 그것은 다만 우리가 바라지 않는 상태에서 바라는 상태로 옮겨가는 하나의 과정이라고 생각할 수도 있다.

-러스킨

병자를 간호할 때 죽음이 가까워졌다는 사실을 숨기는 것보다는 그가 인간의 본성인 신의 세계로 되돌아오도록 의식을 회복시켜주는 것이 더욱 중요하다.

-소크라테스

질병은 육체적인 힘을 죽이는 한편 정신적인 힘을 해방시킨다. 어떤 면에서 질병은 차라리 정신적인 행복을 더욱 크게 해준다.

질병은 사람이 살아가면서 얻게 되는 하나의 상황이다.

30일

April

이 세상의 모든 존재는 자기의 존재 이유를 해명하는 기능을 가지고 있다. 인간에게 있어 이 기능은 이성이다. 만약 이성이 우리에게 이 세상에서 행할 본분과 사명을 보여주지 않는다면, 그것은 그 이성을 운영하는 그대의 지혜가 올바르지 못했다는 증거이다.

큰 공장에서 일하는 노동자는 자기가 하고 있는 부분적인 일이 전체적인 목적을 이루는 데 얼마나 중요한지 알지 못한다. 그러나 훌륭한 노동자라면 자기가 하고 있는 일이 얼마나 중요한 일인지 반드시 알고 있을 것이다. 이와 마찬가지로 우리는 삶의 목적이 무엇인지, 우리에게 주어진 인생이 얼마나 중요한지 분명하게 인식해야만 한다. –러스킨

모든 것이 믿기 어렵고 일시적이며 쉽사리 변화하는 것으로 보일 때에도, 오직 도덕만은 확고한 뿌리를 뻗치고 있다. 어떠한 힘도 이 뿌리를 뽑아버릴 수는 없다. –키케로

인생의 의의를 아는 것은 무엇보다도 중요하다. 그러나 아주 위대한 것을 발견했다고 자랑하는 사람 중에는, 그 발견이 인생에 어떤 의의가 있는지 알지 못하는 사람이 종종 있다.

사람이 무엇 때문에 살아야 하는지 모르고 지낼 수는 없다. 인생에서 가장 분명히 해야 할 것은 바로 그 목적이다.

인생은 인식을 통해 열리는 문이다. 그 문은 언제 어디서나 열릴 수 있다. 그 문을 열 수 있는 열쇠가 어딘가에 감춰져 있을 것이라고 생각하는 것은 착각이다. –세네카

April

그대가 일하기 싫어지는 때가 온다면 아마도 그대가 형편없이 몰락했거나 권력을 휘두르고 있을 때일 것이다.

일하지 않는 자에게 대지(大地)는 이렇게 말할 것이다.
"오른손과 왼손을 갖고도 일하지 않았으니 너는 언제까지나 구걸하는 신세를 면치 못하리라. 영원토록 남의 문전에 버려진 찌꺼기를 주워 모으리라."

새해 첫날의 행실보다 그해 마지막 날의 행실이 더 나은 사람이 좋은 사람이다.

악을 선으로 보답했을 때의 기쁨을 한 번이라도 경험한 사람은 다음에 그런 기쁨을 얻을 기회를 놓치지 않는다.

악을 선으로 보답하라. 그것은 악을 악으로 보답하는 것보다 진실하며 쉽고 지혜로운 행동이다.

친절로써 노여움을 극복하라. 선으로써 악을, 은혜로써 인색함을, 정의로써 허위를 이기도록 하라.

전쟁은 인간에 대한 인류 최대의 죄악이다.

죽음, 그것은 전혀 두려운 상대가 아니다. 그보다 더욱 끔찍한 공포는 우리들 자신의 생활 속에 있다.
가야 할 길이 멀수록 더욱 앞으로 나아가는 용기가 필요하다. 서두르지 말라. 그러나 쉬지 말라.

악의 시초를 불러일으키는 마음의 그림자가 있다. 악은 보기 흉하고 수치스러운 모습을 하고 있다. 걸음을 멈추고 살펴보라. 악의 그릇인 기만을 발견할 것이다.

양심을 속이는 데는 두 가지 방법이 있다. 하나는 외부적인 방법인데, 양심이 가리키는 방향으로는 눈길조차 주지 않는 것이다. 또 하나는 내부적인 방법으로, 양심 자체를 말살해버리는 것이다.

우리들의 마음속에 있는 악은 덩달아 다른 악을 키우기도 한다. 그런 악은 근원을 없애버리면 저절로 사라진다. 마치 나무 밑동을 자르면 가지가 저절로 말라버리듯이…….

모든 기만은 바로 그 뒤에 또 다른 기만을 불러온다. 모든 잔학은 또 다른 잔학을 불러온다. 그리하여 모든 비극은 또 다른 비극을 잉태하는 것이다.

우리는 인생의 정신적 기원을 두 개의 방향을 통해 찾을 수 있다. 한편으로는 지혜를 통해서, 다른 한편으로는 사랑을 통해서…….

권력자와 굴종자, 즉 부자와 가난뱅이가 함께 있는 사회에서 옳은 제도를 세우기란 불가능한 일이다.

그대가 노력하지도 않았는데 보수를 얻었다면 어딘가에 일하고도 보수를 얻지 못한 사람들이 있음을 알아야 한다.

나는 곳곳에서 사회 구성원들의 행복을 추구한다는 명분을 내세워 자신의 이익만을 챙기는 부자들의 추악한 음모를 발견하게 된다. –토머스 무어

부유한 자들을 존경할 필요는 없다. 그들은 존경받을 자격이 없다. 다만 불쌍히 여길 필요는 있다.

May

1일

May

어떤 일이 일어나더라도 낙심하지 말라. 이미 묻어버린 과거의 일로 애태우지 말라. 반드시 해야 할 일을 하라. 할 일을 시작했다면 강력하게 추진하라. 별처럼 잠자지 말고 쉬는 일 없이.

누군가 나를 모욕한다면 그 사람은 그런 성질을 타고난 것이다. 나에게도 나만의 성질이 있다. 그것은 자연에서 받은 성질이다. 그리고 나는 타고난 성질에 따라 행동하고 있다. –에머슨

무릇 슬픔에 대한 공포보다 더 큰 슬픔은 없다.

생활의 기반을 육체 속에 두면 그대는 두려움을 느끼게 될 것이다. 그러나 생활의 근본을 정신의 토대 위에 세운다면 모든 공포심은 봄눈 녹듯 사라지게 되리라.

남자다운 행동이 용기나 힘에서 나온다고 착각하지 말라. 만약 그대가 노여움을 억제할 수 있고 남을 너그럽게 용서할 수 있다면 그것이 훨씬 사나이다운 것이다. –페르시아 격언

높은 법칙을 깨닫고 그것을 완수하기 위해 노력하는 사람은 아무런 공포도 느끼지 않는다.

모든 인간은 자기 자신에 대한 존경을 요구할 수 있다. 그와 마찬가지로 모든 사람은 그 이웃을 사랑할 의무가 있다. –칸트

위험 속에 있는 죽음보다 위험 밖에 있는 죽음을 더 두려워해야 한다. –파스칼

반드시 해야만 하는 것을 알면서도 하지 않는 것, 그것이 바로 비겁이란 것이다. –러스킨

2일

May

그대가 칭찬받을 만한 가치가 있을 때에는 그 가치를 부정하지 말라. 그 가치에 대한 부정은 그대가 필요로 하는 지지와 격려를 빼앗을 뿐 아니라 그대가 당연히 가야 할 길에서 다른 길로 빗나가게 만든다. 그것은 또한 그대의 정당한 특권까지 포기하고 당연히 보수를 지불해야 할 의무조차 저버리게 만든다. –러스킨

남과 싸울 때 화를 낸다면 그것은 이미 진리를 위한 싸움이 아니라 자기 자신을 위한 싸움이 된다. –칼라일

논쟁을 하려면 말투는 얌전하게, 그러나 논지는 확실하게 전달하도록 노력하라. 또한 상대방을 노하게 하지 말라. 논쟁의 목적은 상대방을 화나게 하는 것이 아니라 설득하는 데 있음을 잊지 말라. –윌킨스

싸움은 제방을 무너뜨리는 것과 비슷하다. 한번 둑이 터지면 다시는 막아낼 수가 없다. –탈무드

악덕을 범한 사람들을 선도하기 위해 그 사람의 결점을 말할 필요는 없다. 굳이 말하지 않아도 그것은 그들 마음속에 인식되어 있다. 그러므로 그들의 내부에 있는 덕성에 대해서만 말하라. –맬러리

그대가 진리를 터득했거나 진리를 깨달아가고 있는 중이라면 그것을 가장 단순한 방법으로, 상대방의 의견을 공격하지 않는 범위 내에서 전달하라. 결코 그를 얕잡아보거나 굴복시키려는 분위기를 만들지 말라.

3일

May

인간이 추구하는 삶의 목적은 모두 같다. 그것은 선에 대해 완전하려는 이념이다. 우리에게는 오직 그 같은 이념을 완성할 수 있도록 인도해 주는 지식만이 필요하다.

사람들이 인생의 사명과 행복이 무엇이라고 생각하든 과학은 이 문제에 대한 연구이며, 예술은 그 연구의 표현이 되어야만 한다.

슬기로운 사람은 알기 위해서 배운다. 우매한 사람은 남에게 알려지기 위해서 배운다. -붓다

자기 자신을 위한 학문은 소득이 있다. 그러나 남에게 대접이나 받기 위한 학문은 아무리 박식하더라도 소용이 없다. -공자

현재 우리들이 과학이나 예술이라고 부르는 것은 일시적인 두뇌나 감정의 생산물에 불과하다. 대개가 당대의 지식욕이나 정서적 기분 전환이 목적이기 때문이다. 이 같은 과학이나 예술은 대중적 공감을 얻지 못할뿐더러 아무것도 주지 못한다. 그 속에서는 민중에 대한 행복의 지표 따위는 결코 찾아볼 수가 없다.

도덕적 완성에 도달하려면 무엇보다도 먼저 정신이 결백하도록 마음을 써야 한다. 정신의 결백은 마음이 진실하고 의지가 신성한 사람만이 이룰 수 있다. 대개 정신이 결백한 사람들은 참된 지식을 갖추었다. -공자

4일

May

훌륭한 규범이 우리에게 이로운 것처럼 사람의 심중에서 나온 교훈도 유익하다. —세네카

가까운 사람들의 사상을 받아들이도록 노력하라. 그리고 그대가 보다 나은 사상으로 보답할 수 없다면 적어도 모호한 주장이나 거짓된 사상을 퍼뜨리지 않도록 노력하라.

그대가 품고 있는 사상이나 그대의 행위가 결국은 선이나 악을 행하는 능력의 원천이 된다. 그것은 성장하고 발전하여 훗날 다시금 그대에게로 되돌아간다. —맬러리

언어로 표현된 모든 사상은 그 힘이 세다. 그 영향력도 한계가 없다.

말은 땅에 뿌린 씨앗과 같아서 사물을 계시하는 힘이 된다. 그러나 우리는 이런 사실을 잊고 있다. 말 한마디의 결과는 측량할 수 없는 영향력이 있다. 언어란 참으로 깊은 뜻을 내포하고 있다. 그러나 우리는 어리석다. 우리는 육체적 존재이기 때문에 보이는 것만 중시한다. 우리는 길거리의 돌이나 나무를 볼 수 있다. 물질적인 것은 무엇이든 다 볼 수 있다. 그러나 눈에 보이지 않는 사상의 부피까지는 깨닫지 못한다. 그것은 공중에 가득 차 있으며, 항상 우리 주위에 떠돌고 있음에도 말이다. —아미엘

사상은 합법적인 인생의 힘이다. 그것은 인간의 내부에 싹트는 것이며, 그 내용 여하에 따라 저주를 받기도 하며 혜택을 받는 결과를 초래하기도 한다.

5일

May

칸트의 사고나 리히텐베르크의 사고는 서로 일치한다. 그들은 아이들에게 그들이 자란 후에 그 어떤 부수적인 내용도 첨가할 필요가 없을 정도로 잘 이해할 수 있는 것만을 가르치라고 말한다.

항상 행동을 바르게 하라. 특히 아이들 앞에서는 더욱 그러하다. 아이들에게 약속한 일은 무슨 일이 있더라도 지켜야 한다. 아이들과 한 약속을 어기는 것은 결국 아이들에게 허위를 가르치는 것과 다를 바 없다.

-탈무드

옳다고 믿지도 않으며, 확고한 근거도 없다고 생각하는 지식을 신성하고 부정할 수 없는 진리인 것처럼 아이들에게 가르치는 것은 큰 죄악이다. 아이들에게는 항상 확실한 것만을 가르치도록 하라.

교육의 기초는 종교적 신념이다. 즉 인생의 의의와 사명을 명확하게 가르치는 사상적 태도이다.

유년 시절에 지나치게 많이 배운 잡다한 지식들은 자라서 아무런 도움도 되지 않는다. 그리고 지식이 대단한 것인 양 꾸미는 사람은 유년 시절에 배운 잘못된 지식 때문에 결국 궤변가로 타락하게 된다. -칸트

정의는 어디서나 찾아볼 수 있다. 그러나 교육의 정도에 따라서 그 질의 높고 낮음이 결정된다.

일반적으로 과거의 고리타분한 미신이 되어버린 이야기를 무슨 근거라도 있는 양 아이들에게 가르치는 것은 옳지 못한 일이다. 그런 교육적 환경에서 성장한 아이들은 판단력이 흐려지기 십상이고 나중엔 잘 모르는 것까지도 아는 체하게 된다. -리히텐베르크

6일

May

생명은 불멸이다. 그것은 시공을 초월한다. 죽음은 생의 형식을 바꾼 것에 지나지 않는다.

남을 아는 사람은 총명한 사람이다. 스스로를 아는 사람은 덕 있는 사람이다. 남을 이기는 사람은 강한 사람이다. 자기 자신을 이기는 사람은 마음이 강한 사람이다. 죽음으로써 모든 것이 소멸되는 것이 아니라는 진리를 깨달은 사람은 영원한 생명을 얻은 사람이다. –노자

창밖을 지나가는 사람의 모습이 나의 시야에서 빠르게 사라지건 느리게 사라지건 사실은 변하지 않는다. 그대가 내 눈에 보이는 동안 존재하고 있었으며, 내 눈앞에서 사라진 후에도 존재하고 있었다는 사실을 나는 안다. 그것은 추호도 의심할 수 없는 사실이다.

우리는 우리 자신의 어딘가에 죽음에 속하지 않는 그 무엇이 존재한다는 것을 느끼고 있다.

신은 영원한 인생이며, 무한한 시간과 공간 속에 두루 퍼져 있는 우주적인 존재이다. 신은 존재하는 것의 전부이며 신 없이는 그 어떤 생명체도 존재할 수가 없다. 모든 것은 신 안에 존재하며, 신 밖에서는 그 무엇도 존재할 수 없다. 만물의 생명은 불가시적인 존재로부터 생겨난 것이며, 죽음으로써 끝나는 것이 아니다. 죽음에 의하여 신의 영원성에 참가하는 것이다.

7일

May

옳은 일을 하지 않는 사람이 반드시 나쁜 사람은 아니다. 그보다 더 나쁜 사람은 정당한 일을 하려는 마음조차 먹지 않는 사람이다.

인간은 자신으로부터 구원을 받으며, 자신으로 인해 멸망한다. 외부적인 그 어떤 것도 인간에 대한 악의 원인이 될 수 없다. 자기 존재의 법칙에 충실하게 살고 있다면 비록 이 세계가 파멸에 빠진다 할지라도 결코 타락하는 일이 없을 것이다. –맬러리

자기 자신을 떠나서 행복을 찾으려는 사람은 어리석은 사람이다. 현재나 미래를 불문하고 행복은 자기 자신에게서 찾아야 한다.

운명에 우연은 없다. 인간은 어떤 운명과 마주치기 전에 스스로 그 운명을 만들어낸다. –아벨 빌르멩

죄악을 생각하고 죄악을 범하는 것은 바로 그대 자신이다. 또한 죄악을 꺼리고 깨끗한 삶을 살고자 노력하는 것도 그대 자신이다. 죄악이나 결백은 그대 자신에 의해 결정된다. 그대 자신 외에 그대를 구원할 사람은 아무도 없다. –불교 경전

나는 나를 인도해줄 광명을 찾아서 이 지상을 헤매 다녔다. 낮이나 밤이나 쉴 새 없이……. 그 결과 모든 진리를 제시해주는 가르침을 만날 수 있었다. 나 자신의 마음속을 다시 들여다본 것이다. 내가 찾고 있던 광명은 바로 나 자신 속에 숨어 있었다. –페르시아 격언

스스로의 노력 없이 구원과 행복을 얻으려고 할 때만큼 인간의 마음이 연약해지는 경우는 없다.

그대의 육체는 하나의 왕국이다. 거기에는 선과 악이 충만하다. 그대는 왕국의 군주, 그대의 의지는 그 왕국의 수상이다. –성 누가

8일

May

사람들이 서로 자기가 가장 키가 크다고 우기는 바람에 싸움이 벌어졌다. 이를 불쌍히 여긴 그리스도께서 말씀하셨다. "큰 자는 작은 자와 같이하라. 위에 선 자는 섬기는 자와 같이하라. 가장 큰 자는 섬기는 자로다."

–성서

자기 자신을 판단하지 말라. 남과 비교하는 짓은 더더욱 하지 말라. 자기 자신을 판단하고 비교할 대상은 오직 '완성'뿐이다.

흐르는 물이 골짜기 전부를 지배하려면 물은 그 골짜기보다 낮은 곳으로 흘러야 한다. 성인의 도리도 이와 같다. 사람을 따르게 하려면 겸양의 미덕으로 이끌어야 한다. 사람들을 인도하려면 그들의 앞이 아니라 뒤에 서야 한다. 그러므로 성인은 사람들을 조금도 거북하게 하지 않으면서 그들보다 훨씬 앞서가게 되는 것이다.

–노자

겸양은 사랑을 불러일으킨다. 선을 동반한 겸양은 사람의 마음을 이끄는 미덕이지만 그것은 오직 스스로의 힘으로 찾아야 한다. 저절로 나타나는 것은 아니기 때문이다.

신앙을 가진 사람에게는 모든 면에서 한층 더 높은 완성의 단계가 요구된다. 일단 한 가지 완성의 단계에 이르면 다시 더 높은 단계로 나아가야 한다. 항상 자신의 불완전함을 인정하라. 잠시도 노력을 게을리하지 말라. 자기가 걸어온 길을 뒤돌아보지 말고 앞으로 가야 할 길만을 응시하라.

9일

May

우리들 내부에는 자신의 존재를 환히 비춰주는 빛이 있다. 우리는 그 빛을 통해서 자신이 얼마나 옹졸하고 어리석었는지 알게 되고 몹시 놀라게 된다. 이어 마음 깊은 곳에서 부끄러움이 물밀듯 밀려오는 것을 느낀다. 자기 내부에 이런 모습이 숨어 있으리라고는 꿈에도 생각지 못했으리라. 그러나 놀랄 필요는 없다. 절망할 필요도 없다. 이미 그 이전보다 나아진 것이다. –페늘롱

어디에 있든 항상 도덕을 이루기 위하여 온 힘을 기울여라. 이윽고 신께서 우리 모두를 하나로 결합할 날이 올 것이다. –코란

우리에게 무엇보다도 필요한 것은 어리석은 사상에서 벗어나는 것이다. 신은 우리의 과실을 용서하고 바른 길로 인도해주리라. 그러나 스스로 자연의 법칙을 따르고 작은 과실부터 바로잡기 위해 노력하는 사람에게만 신의 가르침이 따를 것이다. 무성의하게 음식을 만들어놓고 신께서 좋은 맛을 불어넣어주기를 기다려서는 안 된다. 어리석은 생활을 계속하면서 신께서 모든 것을 바로잡아주실 때만을 기다려서는 안 된다. –러스킨

평생 배움을 멈추지 말라. 지혜의 완성을 바라며 늙기만 기다릴 수는 없는 노릇 아닌가. –솔론

도덕은 언제나 앞으로 나아가는 것이다. 그것은 항상 새로운 출발선 위에 있다. –칸트

자기완성의 길에서 결코 멈추지 말라. 만일 자신의 내면보다 외부적인 세계에 더 큰 흥미를 느끼는 순간이 있다면, 바로 그때 세계는 그대 곁을 스쳐가고 그대는 그 자리에 멍청히 서 있게 될 것이다.

인생은 끊임없는 변화이다. 육체적 힘은 점점 약해지고 정신적 힘은 점점 크고 강해지는…….

10일

May

사물의 극단은 항상 일치한다. 우리는 가장 명료한 것, 가장 이해하기 쉬운 것, 가장 실재적인 것은 모두 육체적인 것이며 우리의 감각으로도 알 수 있는 것이라고 생각한다. 그러나 이런 것은 모두 다 가장 불투명하고 가장 이해하기 어려우며 가장 모순이 많은 것이다.

참으로 존재하는 것은 정신적인 것뿐이다. 모든 육체적인 것은 그저 눈에 보이는 현상일 따름이다.

인간은 두 가지 생활을 영위할 수 있다. 진정한 내면적인 생활과 허위적이며 시각적인 생활, 즉 외면적인 생활이 그것이다. 내면적인 생활은 감각 속에서만 생활하지 않는 것을 의미한다. 모든 것을 통해 하나의 항구, 하나의 기슭, 즉 신을 발견하는 생활이다. 내면적인 생활을 하는 사람은 신의 이름으로 주어진 재능을 일하는 데 쓰기 위해 노력하고, 그 일을 완수하며, 그 일의 결과를 하찮게 여기지도 않으며, 인생이 자기 자신의 만족을 위해서 주어진 것이 아니라는 사실을 알고 있다. –고골리

의무는 현실의 실재를 느낄 것을 우리에게 강요하는 성질이 있다. 동시에 그로부터 우리를 떼어놓으려는 성질도 있다. –아미엘

진실로 실재하는 것은 다만 눈에 보이지 않는 것, 만질 수 없는 것, 정신적인 것 그리고 우리 내부로부터 스스로 인식할 수 있는 것뿐이다. 눈에 보이는 모든 것, 손으로 만질 수 있는 모든 것은 단지 감각의 산물에 불과하다. 다만 껍데기만 존재하고 있는 것이다. –러스킨

어느 누구도 동시에 두 사람의 주인을 섬길 수는 없다. 한 사람의 주인에게 충실하면 또 다른 주인에게는 소홀해지기 때문이다. 신과 황금을 동시에 섬길 수는 없다. –성서

참으로 어리석은 사람들은 손으로 만져보고 느낄 수 있는 것만이 실재하는 것이라고 생각한다. –플라톤

11일

May

이상은 우리들로부터 아주 멀리 떨어진 곳에 있어서, 우리가 서로 다른 생활을 하고 있다 할지라도 우리가 바라보고 있는 것은 똑같은 하나의 이상이다.

신과 같은 완전, 곧 가장 높은 선에 있어서의 완전은 모든 인간이 추구해야 할 이상이다.

–러스킨

도덕상의 이상은 보다 나은 것으로 향하는 노력이 중지되었을 때만 소멸할 수 있다.

–탈무드

아무리 타락한 인간이라도 언제나 자기가 추구해야 할 이상은 볼 수 있다.

이 세상에서 인간이 빠질 수 있는 가장 위험한 상태는 바로 신앙이 없는 상태이다.

–에머슨

모든 현세적인 것은 하루아침에 소멸할 운명을 타고났다. 모든 것은 결국 죽어 없어지고 만다. 그러나 진리는 이 세상의 시작부터 마지막까지 존재할 것이다.

–칼라일

12일

May

우리는 이 세상에 살고 있는 것이 아니라 잠시 이 세상을 지나가고 있을 뿐이다.

쇠사슬에 결박되어 처형되기만을 기다리는 사람들의 경우를 한번 생각해보라. 그들은 모두 죽음 앞으로 가까이 다가가고 있다. 그리고 매일 그들의 일부는 다른 사람들의 눈앞에서 죽어가고 있다. 그리고 뒤에 남은 사람들은 차례를 기다리면서 자기의 운명을 똑바로 본다. 많은 사람들의 생활이 대개 이러하다. –파스칼

인간은 주먹을 쥐고 이 세상에 태어난다. 마치 "이 세계는 내 것이다"라고 말하는 것처럼. 그리고 이 세상을 떠날 때는 손바닥을 보이며 죽는다. 마치 "나는 아무것도 안 가지고 빈손으로 떠난다"라고 말하는 것처럼.

–탈무드

우리는 자기도 모르게 추락 지점을 향해 달려가고 있다. 누구도 앞날을 보지 못하기 때문이다. –파스칼

그대는 지금 곧 세상을 떠나야 할 운명이지만 얼마간 더 살게 된 것이라고 생각하라. 앞으로 남은 시간은 원래 내게 주어진 시간이 아니라 뜻밖의 선물로 받게 된 것이라고……. –아우렐리우스

살아가는 데 있어서 가장 큰 착오는 육체적 생활이 계속되리라고 믿는 것이다. 나이가 젊을수록 이런 착오는 몹시 심각한 수준까지 이른다.

13일

May

지혜가 깊은 사람은 모든 것에서 자기 자신에게 도움이 될 만한 선물을 발견한다. 선물은 모든 사람과 자기 자신에게서 선을 이끌어내는 마음속에 담겨 있기 때문이다. -러스킨

모든 사람들이 인생과 죽음의 의의에 관한 의문을 갖고 있다. 우리는 이 의문을 풀어야 한다.

정치적인 승리, 수입의 증가, 질병의 회복, 오래 만나지 못했던 친구와의 재회 등의 기쁨은 이루 말할 수 없이 크다. 사람들은 이럴 때 모든 게 잘 풀리리라 믿고 안도감에 젖는다. 그러나 그런 것을 믿지 말라. 자기 자신이 아니면 그 어떤 것도 평화를 가져다주지 못한다. -에머슨

삶과 죽음에 대한 의문의 해답을 선조들의 지혜로부터 얻는다고 해도 그 모든 해답의 선택과 깨우침은 자신에게 달려 있다.

동지를 찾아 헤매는 사람에게 슬픔 있으라. 남을 찾아 헤매는 사람은 자기 자신도 동지로 만들지 못한다. -소로

14일

May

아무도 그리고 어떤 것도 두려워하지 말라. 그대 안에 있는 가장 귀중한 것은 그 누구에 의해서도 또 그 무엇에 의해서도 고통받지 않는다.

영혼은 모든 것을 알고 있다. 그 어떤 새로운 사건도 영혼을 놀라게 할 수는 없다. 영혼보다 위대한 것은 이 세상에 없다. 영혼은 그 자체의 왕국에서 살고 있다. 그것은 모든 공간보다 넓고 모든 시간보다 오랜 것이다.

-에머슨

어떤 상황에서도 그대는 모든 악으로부터 안전하다고 생각하라. 아무리 못되고 사악한 인간도 그대의 영혼까지 해칠 수는 없다. 자, 이제 무엇을 고민하는가?

-에픽테토스

이 세상의 모든 물질은 나에게 속한 것이다. 그것을 만들어내거나 파괴하는 것은 내 마음에 달려 있다. 이 세상은 한낱 껍데기에 지나지 않는다. 나는 그 알맹이다. 신을 섬기며 살라. 이성은 '어떻게'나 '어째서'라고 묻는다. 그러나 사랑은 모든 것을 신 안에서 생각한다.

-페르시아 잠언

신은 모든 인간들 안에 살아 있다. 그러나 모든 인간이 신 안에 살아 있을 수는 없다. 램프가 불 없이는 켜질 수 없는 것처럼 인간은 철저히 신에게 종속된 존재이다.

-라마크리슈나

육체의 눈이 아니라 마음의 눈으로 참된 자기를 바라보라. 자기 자신을 알지 못하는 자가 어찌 신을 알 수 있을 것인가? 참된 자기 인식은 신을 아는 길이다.

-세네카

15일

May

진리에 반하는 모든 사상은 다만 진리를 어둡게 할 따름이다. 그것은 진리 앞에서 물거품이 되고 만다. 참된 진리는 모든 것을 뛰어넘어 자기만의 강한 힘을 발휘하게 한다. 모든 세계를 찬찬히, 빠짐없이 살펴보라. 그럴 때의 눈은 빛을 두려워하는 올빼미의 눈처럼 겁먹은 눈이 되어서는 안 된다. 진리만이 영원히 살아 있으며 번영하는 것임을 명심하라. -칼라일

어떤 조롱도 결코 진리를 손상시킬 수 없다. 그러나 조롱 때문에 진리의 성장이 멈출 수는 있다. -맬러리

이 세상에서 진리에 설복당하는 것을 두려워하는 사람보다 더 불행한 사람은 없다. -파스칼

착오로 인도하는 길은 수천 갈래나 된다. 그러나 진리로 인도하는 길은 단 하나밖에 없다. -루소

진리는 언제나 행복을 선사한다.

진실을 회피해도 좋은 경우가 있다는 생각은 아주 일반적인 착오이다.

외부로부터 주입된 진리는 다만 우리의 외면에 작용할 뿐이다. 그것은 인공 늑골이나 틀니, 성형수술과도 같은 것이다. 사색을 통해 얻은 진리는 우리 자신의 진짜 늑골이다. 오직 그것만이 우리에게 속하는 참된 자신이다. -쇼펜하우어

16일

May

나는 무엇 때문에 사는가? 무한한 우주와 나는 어떤 관계를 맺고 있는가? 모든 종교의 본질은 이런 의문에 대한 해답 속에서만 성립한다.

–마치니

인류는 어떤 경우에도 종교 없이는 생존하지 못한다.

종교를 갖지 않은 인간은 세계와 어떤 관계도 맺을 수 없다. 그것은 마치 심장이 없는 인간은 살 수 없는 것처럼 불가능한 일이다. 인간은 자신에게 종교가 있다는 것을 무의식중에 잊고 있을지도 모른다. 마치 자신에게 심장이 있다는 것을 의식하지 못할 때가 있듯이. 그러나 종교가 없는 인간은 심장이 없는 인간처럼 생존이 불가능하다. –에머슨

어떤 사람이 지금 불행하다면 그 원인은 다른 데 있는 것이 아니라 신념의 결핍에 있다. 그는 무언가 믿고 의지할 만한 대상을 갖지 못했으며 자기 자신한테서조차 그것을 찾지 못한 것이다.

우리는 간혹 그릇된 신념 때문에 생명까지 희생하는 사람을 볼 수 있다. 이를테면 결투라든지 자살 등이 그것이다. 그러나 참된 진리를 위하여 목숨을 버리는 사람은 극히 드물다. 발작적인 충동 때문에 목숨을 내놓기는 쉬워도 진리를 위해 목숨을 버릴 수 있을 만큼 확고한 신앙을 갖기란 매우 어려운 일이기 때문이다.

어떤 상황에 부딪쳤을 때 목숨을 걸고 그것을 해내겠다는 결심을 할 수 없다면 그로서는 최악의 상황을 맞이한 것이다.

17일

May

사람들과 이야기할 때 그들로부터 칭찬이나 달콤한 말을 기대하지 말라. 오히려 항상 자신에 대한 비난이나 경멸, 부정적인 충고를 기대하며 살아갈 수 있도록 스스로를 단련시켜라.

남들이 그대를 비방하고 욕할 때 기뻐하라. 반대로 남들이 칭찬할 때 슬퍼하라. –키케로

남에게 바보라고 멸시당했다면 선하게 살고 있다는 뜻이다. –붓다

어떤 행위를 미친 짓이라고 비난하고 공격하는 것은 옳지 못한 일이다. 나쁜 행위를 하는 사람도 그것이 나쁜 짓인지 모를 때가 있다. 그는 자신의 행위가 신과 인간에 대한 참된 사랑의 표현이라고 믿고, 또 그렇게 되기를 바라는 것이다. 그러므로 일반적으로 용납되지 않는 행위를 하는 사람에 대해서도 덮어놓고 비난하거나 공격해서는 안 된다.

착한 일을 하고도 오히려 사람들에게 비난받을 때가 가장 행복한 때임을 기억하라. –아우렐리우스

타인의 존경을 받을 목적으로 선을 베풀지 말라. 그런 선행은 신도 인정해주지 않는다. –성서

명예롭지도 않고 알아주지도 않는 선행을 하면서도 그것을 슬퍼하지 않는 사람이야말로 정말 덕이 높은 사람이다. –공자

완전한 기쁨이란 이치에 닿지 않는 비방을 견디는 것, 그 때문에 겪어야 할 육체적인 고통을 참고 견디는 것, 그리고 그 비방과 고통의 원인에 대적하지 않는 것이다. 그것은 그 어떤 악의적인 공격이나 육신의 고통으로도 파괴할 수 없는 참된 신앙과 사랑을 의식하는 기쁨이다.

사람은 강한 존재다. 자기 영혼의 힘을 알고, 자기 이외의 다른 힘에 의지하고자 하면 오히려 나약해진다는 것을 알며, 육체를 통제하고 정신의 참된 지배를 받기 원하는 사람은 진실하게 살아가는 사람이다. 또한 이런 사람은 자기 발로 굳게 땅을 딛고 서서 결코 넘어지지 않는 사람이다. –에머슨

자기의 영혼이 신에 예속되어 있음을 깨닫고 그런 깨달음 속에 살고 있는 사람은 행복한 사람이다. 그는 진실로 원하는 것을 무엇이든 다 이룰 수 있을 것이다.

인간의 정신과 양심은 다 신께 속한다는 것, 악을 부정하고 선을 인정할 때 인간 자신이 신의 구체화된 형상으로 나타난다는 것, 인간의 기쁨은 사랑에 있으며 인간의 고통은 분노에 있다는 것, 인간의 괴로움은 부정에서 비롯되며 인간의 행복은 자기희생에 있다는 것, 이러한 사실들은 인간이 신과 결합되어 있다는 것에 대한 영원하고 의심할 수 없는 증명이 된다. –러스킨

신의 본성에 대한 인식은 사람에게 강한 힘을 준다.

누군가 어떻게 해서 신을 알게 되었냐고 묻거든, 신이 내 마음속에 있기 때문이라고 대답하라. 만일 신이 인간의 마음속에 있지 않다면 우리는 참으로 나약한 존재가 되었을 것이다. –세네카

그대가 신과 함께한다면 누구도 그대에게 악한 일을 하지 못하리라. 또한 누구도 그대보다 힘이 세지 못하리라. 그리하여 그대는 신과 더불어 있다는 것을 깨닫게 되리라.

19일

May

신에 대한 의심할 수 없는 하나의 증명은 선의 법칙이다. 선은 이 세상에 존재하는 것이며, 인간 스스로가 자기 안에서 느낀다. 인간은 선을 알고 행하기 때문에 다른 사람들과 의식적으로나 무의식적으로 결합하는 것이다.

상업·계약·전쟁·과학·예술 등에 집착하거나 몰두하는 것은 진짜 인간의 모습이 아니다. 진짜 인간에게 중요한 것은 단 하나뿐이며, 오직 그 하나에만 집착하고 몰두해야 한다. 자기 자신이 지켜야 할 도덕적 임무에 철저하게 순종해야 하는 것이다.

-키케로

어떤 일을 하든 상호부조의 규칙을 생각하라. 남이 나에게 도움을 주듯 내가 원하는 것을 남에게 베풀 생각을 하라. 나중에는 그것이 습관이 될 것이다.

의지의 규범이 항상 사회 일반의 법칙에 복종하도록 힘써라.

-칸트

어떤 성인에게 사람들이 물었다.

"스스로의 행복을 위해 평생 지켜야 할 규범은 무엇입니까?"

성인이 대답했다.

"자기가 바라지 않는 것을 남에게 바라지 말라. 이것이 그대들의 행복을 위해 평생 지켜야 할 규범이다."

-공자

자기 자신의 의무를 다하라. 그리고 그 결과는 그대에게 의무를 부여한 신께 맡겨라.

-탈무드

20일

May

살면서 그대의 자유를 육욕의 도구로만 쓰지 않는다면 그대는 이지의 빛을 얻게 되며, 그 빛을 흐리게 하는 정욕에서 벗어난 영혼 또한 강해지리라. 그 이상으로 신뢰할 만하며 또한 악에서 벗어나는 길은 달리 없을 것이다. 이런 진리를 모르는 자는 장님이며, 알면서도 실행하지 않는 자는 불행한 인간이다. -아우렐리우스

자유가 없다고 말하는 사람은 이 세상에 색채가 없다고 말하는 장님과 같다. 그들은 자유라는 세계를 알지 못하기 때문에 없다고 하는 것이다.

악은 자연에 의해 존재하는 것은 아니다. 그것은 인간들에 의해 존재하는 것이다. 그리고 모든 사람들에게는 선과 악을 구별하고 선택할 수 있는 자유가 있다. -아우렐리우스

높은 덕성을 갖는다는 것은 자유로운 정신을 갖는 것을 의미한다. 끊임없이 화를 내고 늘 무언가를 두려워하며 정욕에 사로잡혀 있는 사람은 자유로운 정신을 가질 수 없다. 자기 자신에게 전념하지 못하는 사람, 무슨 일에나 골몰하지 못하는 사람은 보고도 보지 못하고 듣고도 듣지 못하며 먹어도 맛을 모르는 사람이다. -공자

동물적인 존재로서의 인간에게 자유란 있을 수 없다. 정신적인 실재로서의 자기 자신을 인식하고 있는 사람에게 억압이란 있을 수 없다. 억압을 느낀다는 것은 이성이나 양심이 없는 상태에서나 가능한 일이다.

21일

May

그대가 생활을 값지게 보내고 싶다면 매일 아침 눈을 뜨는 순간 이렇게 생각하라. '오늘은 단 한 사람을 위해서라도 좋으니 누군가 기뻐할 만한 일을 하고 싶다'라고.

–니체

'자신을 사랑하듯이 이웃을 사랑하라'는 말은 처음 그대가 그를 사랑하고 그런 다음에 그 사랑의 결과로써 선을 행해야 함을 의미한다. 그러한 사랑이 그대 마음속에 사람들에 대한 사랑을 심어줄 것이다. 그대가 먼저 사랑받고 나중에 그 사랑을 돌려주겠다는 것은 참된 사랑이 아니다. 사랑은 먼저 선을 행하려는 마음의 결과로 나타나는 것이다.

선을 믿기 위해서는 착한 일을 하지 않으면 안 된다.

지나가는 하루하루를 선한 행동으로 장식하라.

–키케로

사냥꾼이 짐승을 찾듯 늘 선을 행할 기회를 찾는 습관을 갖지는 못하더라도, 적어도 선을 행할 기회가 왔을 때 결코 그 기회를 놓치지 않도록 주의하라.

선한 의지는 그것이 원인이 되어 이루어진 결과 때문에 좋은 것이 아니다. 선한 의지는 오직 그 의지 자체로서 좋은 것이다.

–니체

선을 행하지 않는 동안은 아무도 선을 이해할 수 없다. 가끔 선을 행할 뿐이거나 그저 겉치레만 요란한 선은 참된 선이 아니다. 항상 선을 행하지 않는다면 누구도 선을 통해 평화를 찾을 수 없다.

–마르티노

22일
May

참된 덕성의 개선은 서서히 진행된다. 그러므로 오랜 시일이 지난 뒤가 아니면 누구도 자신의 진보를 확인할 수 없다. 만일 그대가 스스로 완성되었다고 믿는다면 그것은 잘못이다. 그대는 지금 완성을 향해 가던 중 멈춰 있거나 퇴보하는 중이다.

모든 참된 사상, 살아 있는 사상은 끊임없이 자양분을 섭취하며 변화하는 속성이 있다. 그러나 그 변화는 구름이 모습을 바꿀 때처럼 급격한 것이 아니라 수목이 자라는 것처럼 서서히 이루어진다. -러스킨

참으로 위대한 것은 눈에 보이지 않는 성장 속에서 서서히 성취된다.
-세네카

자연에서 일어나는 가장 큰 변화는 아무도 모르게 진행된다. 그것은 지속적이고 단계적으로 성장하는 것이지 순식간에 돌발적으로 이루어지는 것이 아니다. 정신생활도 이와 마찬가지이다.

현재 자신이 진보하고 있는지 어떤지를 걱정하는 것만큼 덕성의 완성을 위해서 해로운 것은 없다.

인생은 끊임없는 기적의 연속이다. 만물의 성장이 어떻게 이루어지는지 알게 된 것만으로도 우리는 자연의 비밀 중에서도 가장 깊은 비밀을 알게 된 것이다. -맬러리

23일

May

절제는 정력을 질식시키거나 그 발달을 저해하는 것을 의미하지 않는다. 또한 선의 정지 상태, 다시 말해 사랑은 신앙의 정지 상태를 의미하는 것도 아니다. 그것은 사람이 악이라고 생각하는 것을 물리칠 수 있는 힘과 정력을 의미한다. -러스킨

연기가 벌집에서 벌을 쫓아내듯이 탐욕은 정신적인 기쁨과 지(智)의 완성을 방해한다.

심각한 결핍 상태에 빠질수록 상실에 대한 근심은 그만큼 줄어든다. 더 이상 잃을 게 없을 때 우리는 더욱더 강해진다. 그것이 결핍의 미덕이다.

원하는 것을 소유할 수 있다면 커다란 행복이다. 그러나 그보다 더 큰 행복은 우리가 갖고 있지 않은 것은 원하지 않는다는 사실이다. -메네데모스

요구하는 것이 많다고 해서 자기완성을 이룰 수 있는 것은 아니다. 오히려 그 반대이다. 자신에 대한 요구를 최대한 억제할 줄 아는 사람은 그만큼 자유롭고 원기 왕성하게 목표를 향해 나아갈 수 있다.

어떤 사람을 현명한 사람이라 하는가? 모든 것에서 배움을 얻고자 하는 사람을 말한다. 어떤 사람을 굳센 사람이라 하는가? 자기 자신을 억제하는 사람을 말한다. 어떤 사람을 풍부한 사람이라 하는가? 자기 소득에 만족할 줄 아는 사람을 말한다. -탈무드

자연은 아주 적은 것을 요구한다. 그러나 공상은 아주 많은 것을 요구한다.

부나비는 죽는 줄도 모르고 불 속으로 날아든다. 물고기는 위험한 줄도 모르고 낚시꾼의 미끼를 문다. 우리는 불행의 그물이 쳐진 것을 알면서도 관능적인 향락에서 벗어나지 못한다. 한없는 인간의 어리석음이여! -인도 잠언

향락은 슬픔을 낳고 그 슬픔은 공포를 낳는다. -붓다

24일

May

마음을 어둡게 하는 모든 것을 깨끗이 쓸어버려라. 이제 그대 앞에 나타나는 것은 사랑 그 한 가지뿐일 것이다. 사랑은 대상을 찾는다. 사랑은 그대 한 사람만으로는 만족하지 못한다. 사랑은 생명을 가진 모든 것을 대상으로 한다.

덕성은 먼 곳에 있는 것이 아니다. 다만 우리가 사람을 사랑하기를 원할 때 나타난다. 그것은 우리가 원할 때 제 발로 다가온다.

인간의 의무를 일깨워주는 철학은 큰 기쁨을 가져다준다. 구원은 의무와 행복이 일치되었을 때 비로소 나타난다. 개인의 의지와 신의 의지가 결합되있을 때 구원은 찾아오리라. 그리고 그 높은 의지는 사랑이라는 신념 속에 내포되어 있다. -세네카

신을 사랑하며 신의 가르침을 지킬 때면 우리는 신의 아들마저 사랑하고 있음을 깨닫는다. 신의 아들을 사랑한다는 것은 신에 대한 사랑을 증명하는 동시에, 우리가 신의 가르침을 지키고 있음을 증명한다. 그리고 이때부터 신의 가르침은 더 이상 우리에게 고통이 되지 않는다. -에머슨

신은 사랑이 아니다. 사랑은 단지 신의 한 모습에 지나지 않는다. 그러나 인간은 사랑이다.

25일

May

사람을 비난하거나 해롭게 하는 말을 입에 담지 말라. 남의 결점에 대해서는 그 사실을 아는 사람에게도 모르는 사람에게도 말하지 말라. 남의 나쁜 행동을 목격하더라도 떠들고 다니지 말라. 다른 사람이 남을 욕하려고 하거든 그것을 막도록 힘써라. 그렇게 한다고 해서 그대가 위험에 처하게 되는 일은 결코 없을 것이다. -에머슨

인간의 덕성은 그가 쓰는 말을 통해서 나타난다.

하고 싶은 말이 있을 때는 그 말을 하기 전에 다시 한 번 생각해보라. 자신이 냉정하고 선량하며 사려 깊은 사람이라고 확신한다면 그렇게 하지 않아도 좋다. 그러나 냉정을 잃고 마음이 혼란스럽다면 말 때문에 죄를 범하는 일이 없도록 조심하라.

신앙이 돈독하고 훌륭한 정신을 가진 사람이라 할지라도 말에 조심성이 없다면 그 사람의 신앙은 공허한 것이다. -성서

어쩌다 타인의 결점을 보았더라도 결코 그것을 다른 사람에게 전하지 말라. -공자

타인의 결점을 모른 척하고 그 장점을 말해주는 것은 사랑의 표현인 동시에 사랑을 얻는 가장 좋은 방법이다. -붓다

타인의 결점이 눈에 보이는 것은 자기 자신을 망각했을 때 일어나는 현상이다. 가끔 우리는 그저 심심풀이로 남을 비난하는 가운데 그를 해치는 과오를 범한다. 남의 못된 일을 본받지 말고 자기 스스로를 유혹에서 건져 올려라. 바르게 살기 위해 노력하는 사람은 항상 자기 자신만을 관찰하기 때문에 남의 결점을 들여다볼 여유가 없다. -키케로

26일

May

죽음을 맞을 준비를 하자. 그 준비는 보통 생각하는 것처럼 장례식이나 이 세상의 여러 가지 번잡한 일들을 마무리한다는 의미가 아니다. 죽음의 순간은 승리의 순간이다. 죽는 사람의 마지막 모습은 살아남은 사람들에게 엄청나게 큰 영향력을 행사한다. 그 순간이 이롭도록 준비를 하자.

죽음이라는 말은 우리 생활의 파멸을 의미하는 동시에 마지막으로 평화를 얻는 순간을 의미한다. 죽음은 우리의 힘이 미치지 못하는 곳에 있다. 그러나 평화는 우리가 죽는 날까지 인생의 의무를 수행하는 가운데 몇 번이고 얻을 수 있다.

아직 몸이 온전하고 정력이 왕성한 동안 그대는 세상을 위해서 살아가고 있는 것이다. 그러나 병에 걸려 죽음을 기다리고 있는 동안 그대는 죽음 뒤의 세계를 위해 살아가야 한다. 이 세상을 위해 살아갈 때나 죽음 뒤의 세계를 위해서 살아갈 때나 그대에게는 똑같은 임무가 주어질 것이다.

동물은 죽음을 맞이했을 때 단지 숨을 거둘 뿐이지만, 인간은 자신의 영혼을 창조주에게 돌려보내야 한다.

–아미엘

27일

May

재판은 단지 사회가 현 상태로 유지되기를 바라는 목적에서 치러진다. 그 결과 일반적인 표준보다 높은 이상을 갖고 있거나, 일반의 표준을 더욱 향상시키기 위해 노력한 사람을 일반의 표준 이하로 살고 있는 사람과 똑같이 벌주게 되는 것이다.

인간이 세상 모든 것을 다 할 수는 없다. 그러나 무슨 일이든 해야만 한다. 인간이 모든 것을 다 할 수 없다는 말은 나쁜 일을 보고도 잠자코 있으라는 말은 아니기 때문이다. -소로

어떤 행위가 복잡한 논의를 일으킨다면 그것은 나쁜 행위라고 간주해도 좋다. 양심이 내리는 결정은 항상 바르고 단순하다.

인류는 이지적인 존재로 본디 선악을 구별할 줄 알았다. 또한 우리는 오래전부터 선인들이 세운 규범을 지켜왔다. 악과 싸우고 참된 길을 추구하며 천천히 끊임없이 이 길을 걸어온 것이다. 그런데 그 어떤 것이 인류의 앞길을 가로막았던 것일까? 그것은 여러 가지 기만이다. -러스킨

재판은 종종 죄악의 노예로 전락해버린다. 죄악을 바로잡아야 할 사람들이 그만 죄악에 이끌리기 때문이다.

28일

May

결과가 어떻게 될 것인지는 조금도 걱정하지 않고 오로지 신의 의지를 완수하려는 일념에서 하는 행위, 이것만이 인간이 할 수 있는 최선의 행위이다. -키케로

만일 자기가 하는 일의 결과를 남김없이 볼 수 있다면 그 일은 아무런 의의도 갖지 못할 것이다.

영혼이 고결한 사람은 내면적인 일로 마음을 괴롭히지만 외면적인 것에 대해서는 냉정하다. 외면적인 것은 하찮게 여기는 반면 내면적인 것은 소중히 여기기 때문이다. -노자

우리의 행위는 우리들의 것이다. 다만 그 결과는 신의 것이다. -세네카

신의 비밀스러운 영역으로 들어가기 위해 아무리 노력해도 그것은 소용없는 일이다. 인간이 할 일은 다만 신의 법칙을 지키는 것뿐이다. -에머슨

그대가 하는 일의 결과가 어떻든 그것은 둘째 문제이다. 무엇보다도 먼저 그대의 마음이 깨끗하고 바르게 되도록 힘써라. -러스킨

우리는 우리가 한 행위의 결과를 결코 알 수 없다. 왜냐하면 그것은 무한한 우주의 한없는 깊이로 우리 앞에 나타나는 것이기 때문이다.

인간의 노동에는 일정한 조건이 있다. 우리의 목적이 크고 원대하며, 자기 노동의 결과를 미리 확인해보고 싶은 조급함에서 벗어난다면 성공의 정도는 크고 위대하다는 것이다. -러스킨

그대는 이 세상에 사는 동안 날품팔이 일꾼이다. 하루하루 일하고 그날그날의 보수를 얻어라. -소로

29일

May

이 세상 그 누구도 단순히 어떤 일의 도구나 목적이 될 수는 없다. 또한 그 누구도 어떤 대가 때문에 자기 자신을 팔아버릴 수는 없다. 그것은 참으로 인간의 존엄에 배치되는 일이기 때문이다. 이처럼 인간은 모든 사람에게 평등하게 존경받을 의무가 있다. 모든 사람은 인간이라는 이름에 합당한 존엄성을 인정해야 할 의무가 있다. -칸트

남을 굴복시키거나, 뒤를 돌봐주거나, 은혜를 베풀거나 하는 것만으로는 자신이나 타인에게 스스로의 존엄성을 확인시킬 수 없다.

주로 대수롭지 않은 하찮은 일이 사람의 품성을 저해하는 요인이 되기도 한다. 사소한 일이라고 해서 함부로 처신해도 좋다는 생각은 떨쳐버려라. 도덕적인 사람은 항상 모든 사람들이 하찮게 여기는 일 속에도 소중한 의미가 숨어 있다는 것을 알고 있다.

타인에게 봉사하는 사람은 굴종적으로 행동해서도 안 되고 은혜를 받고 있다고 생각해서도 안 된다. 단지 자기의 의무를 실행하고 있을 따름이다.

인간은 비굴하다. 그리고 항상 애절하게 굴복당하고 싶어 한다.

"나는 생각한다. 고로 나는 존재한다." 이렇게 말할 수 있는 인간은 거의 없는 것 같다. -에머슨

30일

May

대지는 자연이 인간에게 준 위대한 선물이다. 이 대지 안에서 생명을 얻은 인간은 토지를 공유할 권리가 있다. 그것은 자식들이 어머니의 젖을 공유할 권리가 있는 것처럼 지극히 자연스러운 것이다.

지금 사람들은 무엇이든 세상을 복되게 하는 일이라고 생각하는 것을 목표삼아 노력하고 있는 것이 아니다. 오로지 가능한 한 많은 것을 자기 소유로 하기 위해서 노력하고 있는 것이다.

나는 대지를 위해 태어난 자이다. 그러므로 대지는 나의 일과 생활을 위해 필요한 것을 그 속에서 얻을 수 있도록 허락한 것이다. 나는 나의 몫을 요구할 권리가 있다.

–에머슨

토지는 매매의 대상이 될 수 없다. 그것은 인간의 개성을 사고팔 수 없는 것과도 같은 이치이다.

남자의 육체건 여자의 육체건 사람이 사람의 육체를 사고팔 수는 없다. 더욱이 그들의 영혼을 매매할 수는 없다. 마찬가지로 땅과 물과 공기를 매매할 수는 없다. 이러한 것들은 인간의 육체나 정신을 유지해나가는 데 없어서는 안 될 조건이기 때문이다.

–러스킨

31일

May

행복하게 살기 위해서는 스스로 행복하게 될 수 있다고 믿어야 한다. 인생의 법칙, 신의 법칙을 파괴하는 인간에게 그가 원하는 가장 큰 행복을 준다 해도 그는 곧 불행하게 될 것이다. 그런 인간에게서 세상 사람들이 행복이라고 생각하는 것을 제거해보라. 그는 곧 행복하게 될 것이다.

–헨리 조지

사람들이 대부분 착각하는 것이 있다. 대개 그것은 우리가 행복을 얻기 위해 이 세상에 왔다는 중대한 착각이다. –쇼펜하우어

훌륭한 신앙은 가장 넉넉한 기쁨이다. –레싱

우리는 인생에 대하여 불만을 품을 아무런 권리도 없다. 만일 우리가 인생에 대해 불만을 느낀다면 그것은 우리가 자기 자신에게 만족할 수 없는 어떤 잘못을 저지르고 있음을 의미하는 것이다.

정신의 기쁨은 그 사람의 힘에 대한 증명이다. –에머슨

이런 유형의 인간을 가끔 볼 수 있다. 남에게 자랑하기 위해 사치를 하고, 나는 이렇게 사치해도 괜찮다는 듯이 행동하며, 그러면서도 다른 사람들의 사치를 흉보는 인간들이다. 이와 똑같은 인간이 또 있다. 인생의 기쁨을 경멸하는 것이 훌륭한 인생관인 줄 착각하고, 인생 자체를 진지하게 살지도 않으면서 자기는 어떤 인생보다 더욱 훌륭한 삶을 살아가는 듯이 꾸미는 한심한 인간.

May

May

어떤 일이 일어나더라도 낙심하지 말라. 이미 묻어버린 과거의 일로 애태우지 말라. 반드시 해야 할 일을 하라. 할 일을 시작했다면 강력하게 추진하라. 별처럼 잠자지 말고 쉬는 일 없이.

반드시 해야만 하는 것을 알면서도 하지 않는 것, 그것이 바로 비겁이란 것이다.

논쟁을 하려면 말투는 얌전하게, 그러나 논지는 확실하게 전달하도록 노력하라. 또한 상대방을 노하게 하지 말라. 논쟁의 목적은 상대방을 화나게 하는 것이 아니라 설득하는 데 있음을 잊지 말라.

그대가 진리를 터득했거나 진리를 깨달아가고 있는 중이라면 그것을 가장 단순한 방법으로, 상대방의 의견을 공격하지 않는 범위 내에서 전달하라. 결코 그를 얕잡아보거나 굴복시키려는 분위기를 만들지 말라.

슬기로운 사람은 알기 위해서 배운다. 우매한 사람은 남에게 알려지기 위해서 배운다.

언어로 표현된 모든 사상은 그 힘이 세다. 그 영향력도 한계가 없다.

생명은 불멸이다. 그것은 시공을 초월한다. 죽음은 생의 형식을 바꾼 것에 지나지 않는다.

남을 아는 사람은 총명한 사람이다. 스스로를 아는 사람은 덕 있는 사람이다. 남을 이기는 사람은 강한 사람이다. 자기 자신을 이기는 사람은 마음이 강한 사람이다. 죽음으로써 모든 것이 소멸되는 것이 아니라는 진리를 깨달은 사람은 영원한 생명을 얻은 사람이다.

운명에 우연은 없다. 인간은 어떤 운명과 마주치기 전에 스스로 그 운명을 만들어낸다.

자기 자신을 판단하지 말라. 남과 비교하는 짓은 더더욱 하지 말라. 자기 자신을 판단하고 비교할 대상은 오직 '완성'뿐이다.

우리들 내부에는 자신의 존재를 환히 비춰주는 빛이 있다. 우리는 그 빛을 통해서 자신이 얼마나 옹졸하고 어리석었는지 알게 되고 몹시 놀라게 된다. 이어 마음 깊은 곳에서 부끄러움이 물밀듯 밀려오는 것을 느낀다. 자기 내부에 이런 모습이 숨어 있으리라고는 꿈에도 생각지 못했으리라. 그러나 놀랄 필요는 없다. 절망할 필요도 없다. 이미 그 이전보다 나아진 것이다.

평생 배움을 멈추지 말라. 지혜의 완성을 바라며 늙기만 기다릴 수는 없는 노릇 아닌가.

도덕은 언제나 앞으로 나아가는 것이다. 그것은 항상 새로운 출발선 위에 있다.

참으로 어리석은 사람들은 손으로 만져보고 느낄 수 있는 것만이 실재하는 것이라고 생각한다.

모든 현세적인 것은 하루아침에 소멸할 운명을 타고났다. 모든 것은 결국 죽어 없어지고 만다. 그러나 진리는 이 세상의 시작부터 마지막까지 존재할 것이다.

인간은 주먹을 쥐고 이 세상에 태어난다. 마치 "이 세계는 내 것이다"라고 말하는 것처럼. 그리고 이 세상을 떠날 때는 손바닥을 보이며 죽는다. 마치 "나는 아무것도 안 가지고 빈손으로 떠난다"라고 말하는 것처럼.

June

1일

June

참으로 자유로운 사람은 죽음보다도 인생에 대해 더 많은 것을 생각하는 사람이다.

—스피노자

죽음의 공포에서 벗어나고 싶다면 최선을 다해 살아가는 사람들의 행실을 눈여겨보고 본받도록 하라. 그 사람들은 죽음이 언제 닥쳐올지 모른다는 것을 알고 있다. 주변의 많은 죽음을 경험한 나이 든 사람들도 결국은 죽는다. 인생은 짧다. 그러나 인생에는 수많은 슬픔과 고통과 기쁨이 들어 있다. 그러므로 생명은 약하기 짝이 없는 것이다. 이처럼 짧은 시간을 살다 가는 인생에서 무엇이 진정 가치 있는 일일까? 그대의 시간 뒤에 존재하는 영원을 생각해보라. 그리고 그대 앞날에도 존재하는 영원을……. 이 무한한 영원의 틈바구니에서 사흘 동안 사는 것과 3세기 동안 사는 것이 과연 무슨 차이가 있겠는가?

—아우렐리우스

장벽은 자유를 방해한다. 그 장벽은 우리가 샛길을 택했기 때문에 생긴다. 무엇을 준비해야 할지 아는 사람은 그 일을 훌륭히 끝맺는 방법도 알고 있다. 하루하루를 바르고 맑게 지켜나가라. 최후의 날을 위해 마음의 준비를 하라. 마음의 준비를 할 줄 안다는 것은 죽음의 본질을 아는 것이다.

—아미엘

곧 죽게 될지도 모른다는 의식은 늘 반드시 해야 할 일을 할 수 있도록 우리를 긴장시키는 교훈 같은 것이다.

2일

June

남자든 여자든 그들에게 주어진 사명은 같다. 그 사명은 신에게 봉사하는 일이다. 그러나 그 봉사의 방법은 조금씩 다르다. 여자에게 주어진 가장 중요하고 특별한 일, 인류의 생활과 완성을 위해 결정적으로 필요한 하나의 일, 그것은 아이를 낳고 기르며 교육하는 일이다. 그러므로 그 일과 그 일에 관계되는 모든 일에 대해 여자는 온갖 정성과 노력을 기울여야 한다. 여자는 남자가 하는 일은 무엇이든 할 수 있지만, 남자는 여자가 하는 일을 다 할 수가 없다. 출산과 양육은 남자로서는 할 수 없는 일이다. 그러므로 여자는 여자만이 할 수 있는 이 일을 자신의 가장 중요한 사명으로 받아들여야 한다.

기묘하고 뿌리 깊은 착오가 있다. 그것은 요리며 바느질, 세탁, 육아는 모두 여자만이 하는 일이며 남자가 그런 일을 하는 것은 수치라고 여기는 것이다. 그러나 여자가 피로에 지친 무거운 몸으로 힘들게 음식을 만들고 빨래를 하고 아이를 돌보는 동안에, 쓸데없는 일에 시간을 낭비하거나 하는 일 없이 빈둥거리는 남자들이야말로 무익하고 수치스러운 존재들이다. -괴테

가정에 대한 사랑에 있어서는 선도 없고 악도 없다. 그것은 자기의 개성에 대한 사랑과 마찬가지로 그 한계를 넘었을 때만 죄악이 되는 것이다.

남자와 여자는 두 개의 악보이다. 그것 없이는 인류라는 악기는 아름답고 훌륭한 곡을 연주할 수 없다.

이 세상에 존재하는 모든 것은 아름답다. 그러나 이 세상에서 가장 아름다운 것은 덕 있는 여성이다.

인류에 대한 봉사는 두 부분으로 나누어 생각할 수 있다. 하나는 현존하는 인류의 행복을 더욱 크게 하는 것이요, 다른 하나는 인류의 종족 보존이다. 전자는 주로 남자의 사명이 있으며, 후자는 주로 여자의 사명이 있다.

좋은 가정환경을 만들지 못하는 여자는 절대로 행복할 수 없다. 가정에서 행복하지 못한 여자는 어디를 가도 행복할 수 없다. -리히텐베르크

3일

June

만약 인간의 영혼이 형상이 없다면 육체의 사후에도 생존할 것이다. 만약 인간의 영혼이 육체의 사후에도 생존한다면 신의 존재를 설명할 수 있을 것이다. 이 세상의 생활은 주어진 삶의 반을 사는 것이며, 그보다 높은 영혼의 생활은 죽음과 함께 시작되는 것이다. 그러나 나는 어떤 곳에 그 생활이 존재하는지 알지 못한다. 나의 두뇌는 제한되어 있으며, 무한한 사상을 이해할 수도 없다. -루소

생명은 탄생과 동시에 시작되는 것도 아니고 죽음과 동시에 끝나는 것도 아니라는 진리를 믿는 사람은, 그것을 믿지 않고 이해하지도 못하는 사람들보다 더욱 훌륭한 인생을 살 수 있다.

법칙에 반대되는 일을 하는 인간은 죽음과 동시에 자기의 생활도 완전히 끝난다고 생각한다. 이런 유형의 인간은 대개 악을 범하기 쉬운 속성을 갖고 있다. -붓다

불멸에 대한 믿음은 인간을 향상된 생활로 인도해준다.

만약 신이 존재하고 미래의 생활도 존재한다면 진실도 존재하고 도덕도 존재해야만 한다. 인간의 가장 높은 행복은 그런 것들을 획득하기 위해 노력하는 과정에 있다.

4일

June

이 세상에 널리 퍼져 있는 죄악을 바로잡기 위해서는 허위의 종교를 폭로하고, 그 대신 그 사람의 마음속에 참된 종교를 심어주는 방법 외에는 별 도리가 없다.

이 세상 죄악의 대부분은 '믿으라, 그렇지 않으면 저주하라'는 천박한 생각 때문에 일어난다. 무턱대고 신앙을 받아들이거나 상대방에게 강요하면서 신앙인 행세를 하는 것은 죄악이다. 아무런 판단이나 분석도 없이 맹목적으로 빠져든 신앙은 자기 자신에 대한 저주요, 남을 죄악의 구렁텅이로 몰아넣는 사악한 짓이다. 사람들을 구하고 자기 자신의 사상을 바로잡기 위해서는 먼저 자신에 대한 철저한 사색이 필요하다. -에머슨

우리는 명백히 신을 부정하고 있다. 게다가 더욱 나쁜 것은 신을 입으로만 말로만 알고 있으며, 생활에 있어서는 아무것도 모른다는 것이다. 그러므로 이 무신론의 세계는 위로는 전제군주에서부터 아래로는 굶주린 걸인에 이르기까지 실로 불결한 구경거리가 되어버렸다.

각종 물건, 습관, 법칙 등을 우러러보는 사람들이 많을수록 우리는 그런 것들이 존경할 가치가 있나 없나를 주의 깊게 살펴볼 필요가 있다.

5일

June

모든 물질은 실재적인 것이 아니라고 말해도 사람들은 믿지 않으려 한다. 책상을 예로 들어보자. 내가 그 방에서 나가더라도 책상은 존재한다고 사람들은 말한다. 그러나 책상은 나의 감각에 대해서만 하나의 존재일 수 있다. 그것은 반쪽만 있는 책상일 수도 있고, 백 개의 책상일 수도 있다. 또한 전혀 다른 물체일 수도 있다. –칸트

일체의 물질적인 것은 중요하지 않다. 그러면 무엇이 중요한 것인가? 시간과 공간에 관계없이 믿을 만한 가치가 있고, 모든 존재에게 항상 동일한 것, 즉 선이 가장 중요하다.

두 가지 방법으로 물체가 실재함을 알 수 있다. 그 하나는 장소와 시간의 상호 관계 속에서 그 물체를 성찰해보는 방법이다. 또 하나는 물체가 필연적으로 신의 본질에 의해 생겨났다고 생각하는 방법이다. –스피노자

외부 세계의 모든 것은 오직 우리가 보고 있는 형태로 우리들에게만 존재한다. 즉 이 세계는 우리의 외부적 감각에 의해서만 존재한다.

나는 어떤 선(線)을 보면, 그것을 나의 뇌리에 존재하는 형식 속에 몰아넣는 습성이 있다. 수평선 위의 흰 것을 보면 무심코 교회의 형상을 떠올리게 된다. 어쩌면 우리가 이 세상에서 보는 모든 것은 우리가 살기 이전의 생활에서 온 관념이며 우리의 의식 속에 존재하는 형식을 띠는 것이 아닐까?

6일

June

악은 곧 열매를 맺지는 않는다. 그러나 대지처럼 서서히 그리고 정확하게 악을 행한 그 자신을 멸망시킨다. -인도 잠언

성인은 악을 범할까 항상 두려워한다. 악에서 악이 생겨난다는 것을 알고 있기 때문이다. 악을 멀리하라. 그 어떤 불행도 악을 행할 구실은 되지 못한다. -인도 잠언

악행은 야수와 희롱하는 것처럼 위험하다. 이 세상에서 악행의 보편적이고 가장 지독한 결과는 바로 인과응보이다.

악인도 자신의 악행이 탄로 나지 않을 때까지는 행복할 수 있다. 사람들이여, 아무리 사소한 악행일지라도 저지르지 말라. 한 방울 한 방울의 물이 모여 물통을 가득 채우는 법이다. 마찬가지로 사소한 악행이 쌓이고 쌓이면 악의 구렁텅이에 빠지고 만다. 악은 바람을 타고 날아가는 먼지와 같이 그 악을 범한 자에게 되돌아간다. 하늘, 바다, 깊은 산속, 그 어느 곳이든 이 세상에서 인간이 악에서 벗어날 장소는 없다. -불교 경전

한 사람이 범한 죄악은 마음을 상하게 하며 그로부터 참된 행복을 앗아간다. 그뿐 아니라 그것은 언제나 악을 행한 자에게 되돌아와 갚음하는 것이다.

복수를 생각하는 자는 일부러 자기의 상처를 그대로 내버려둔다. 그렇게만 하지 않는다면 그 상처는 이미 말끔히 나았을 것이다. -베이컨

7일

June

자기 자신에게 엄격하라. 친구들에게는 겸손하라. 이제 그대의 적은 사라질 것이다.

–중국 잠언

늘 그대의 모든 것을 희생하라. 겸양을 아는 인간에게는 평화가 있다. 평화를 유지하는 데 가장 큰 방해물은 교만한 마음이다.

과거에 그대가 성인을 존경하지 않았고 성인과 같은 생활을 하지 않았는데도 사람들이 그대를 성인처럼 대한다면 어떤 심정이겠는가? 만약 그대가 자기반성이나 자격지심에 빠져 괴로워한다면 결코 옳은 일이 아니다. 만약 그대가 지금이라도 양심에 따라 생활할 수만 있다면 그 이상 가는 만족은 없을 것이다.

–아우렐리우스

겸손하기 때문에 멸시를 당한다 해도 두려워하지 말라. 대개 그 뒤에 참된 행복이 찾아오기 마련이다. 우리는 겸손을 지불하고 행복을 사는 것이다.

온 세상이 그대를 비방할지라도 분노하지 말라. 그대는 그 비방이 아무런 근거가 없는 것인지 잘 생각해보라.

행복해지고 싶다면 무엇보다도 먼저 겸양의 미덕을 배워야만 한다. 교만이나 권력, 허영 따위는 친절하고 겸손한 마음으로 바꾸어야 한다. 교만한 사람은 아무것도 얻지 못한다. 자신은 이미 모든 것을 알고 있어서 노력할 필요도 없다고 생각하기 때문이다.

오직 자기만족만을 생각하며 마음이 교만한 인간은 결코 겸양의 미덕이나 기쁨을 맛보지 못한다.

교만은 자기 자신이 아니라 모든 사람의 모든 죄를 옹호한다. 교만은 비난받기 싫어하며 죄를 뉘우치기도 싫어하기 때문이다. 교만은 죄를 감추며 죄를 변호한다. 자신의 죄를 캐낼 줄 아는 사람은 늘 겸허하고 도덕적이다.

8일

June

선과 진실은 같은 것이다. –주스티

선을 가장하는 것보다 더 나쁜 일은 없다. 선을 가장하는 것은 노골적으로 악을 드러내는 것보다 더욱 가증스러운 일이다.

이 세상에서 가장 곤란한 일은 아직 그것이 사소한 문제일지라도 조짐이 싹트고 있다는 것이다. 이 세상에서 가장 위대한 일도 아주 작은 상황으로부터 커지는 것처럼. –노자

완전한 덕성으로 통하는 길은 두 가지가 있다. 올바르게 할 것과 모든 것에 대하여 악을 행하지 않는 것이다. –마누

정의가 없는 곳에 선이 있을 수 없다. 선이 없이는 진실도 얻을 수 없다.

그대들은 나를 "주여, 주여!"라고 부르면서도 왜 내가 말한 바를 행하지 않는가? 내 가까이 와서 나의 말을 들으며, 그것을 행하는 사람은 어떤 사람인지 깨우치도록 하라. 그는 집을 세울 때 먼저 땅을 깊이 파고 바위 위에 터를 닦는 사람이다. 그러나 내 말을 듣고 행하지 않는 자는 터를 닦지도 않고 모래 위에 집을 세우는 자와 같다. 흐르는 물이 그 집에 부딪치면 그 집은 당장 무너져버릴 것이며, 그 손해는 클 것이다. –성서

9일

June

우리는 도덕적으로나 생리적으로 인간의 본성에 반하는 생활을 영위하고 있다. 우리가 문화라고 이름 짓는 모든 것, 과학이나 예술, 그리고 생활을 향상시키기 위한 여러 설비들은 모두가 인간의 도덕적 욕구를 속이기 위한 잔꾀에 불과하다. 그리고 우리가 위생학이나 생리학이라는 이름으로 만들어낸 것들도 실은 인간의 생리적 욕구를 기만하기 위한 속임수인 것이다.

문명 제국이 처한 현실, 즉 굶주림, 죄악, 타락, 수치를 볼 때 그대는 아무리 부정하고 싶어도 이런 결론에 도달할 수밖에 없을 것이다. '인육 시대가 오늘날보다 더 잔인했다고는 말하지 못하리라'고. —맬러리

이 세상에 존재하는 제도는 완전하지 못하다 그것은 대개 어리석기 짝이 없는 것들뿐이다.

어른이 아이에게 지배당하고 성인이 광인에게 지배당한다면 자연법칙에 어긋나는 일이다. 마찬가지로 한 사람은 배가 터지도록 먹고 마시는데 수많은 다른 사람들은 굶주리며 생활에 꼭 필요한 것조차도 갖지 못한다는 사실 역시 자연법칙에 어긋나는 일이다. —루소

현존의 법칙에 따라 자기의 행위를 시인할 수는 없다. 현존의 법칙은 영구불변하지 않는다.

현대의 모든 자선 제도, 형법 그리고 우리들의 죄악을 미연에 방지하거나 소멸시키기 위해 애써 만든 여러 가지 규제나 법규는, 가장 정당하게 이용되는 경우일지라도 다음과 같은 어리석은 생각과 공통점이 있지 않을까? 즉 짐을 가득 담은 광주리를 나귀 등에 싣고 가다가 그 불쌍한 동물에게 균형을 잡아준답시고 다른 한편에다 똑같은 무게의 돌을 담은 광주리를 매다는 바보의 한심한 생각과 같은……. —러스킨

10일

June

신을 두려워하라. 동물을 괴롭히지 말라. 동물이 자발적으로 일을 할 때는 이용하라. 그러나 지쳤을 때는 풀어주고 자유롭게 물이나 먹이를 먹이며 쉬게 하라. —마호메트

동물에 대한 연민이나 동정은 사람에게 기쁨을 가져다준다. 그리고 그 기쁨은 사냥과 육식을 끊은 사람에게 잃어버린 만족을 백배나 더 보태서 돌려준다.

육식은 동물을 죽이지 않고는 할 수 없는 것이다. 동물에 대한 살생은 행복으로 가는 길을 곤란하게 한다. 그러므로 육식을 금하라. —마누

동물을 동정할 수 있는 사람은 대개 선량한 사람이다. 반면 동물을 잔인하게 대하는 사람은 대개 선량하지 못한 사람이다. —쇼펜하우어

동물에 대한 연민은 우리들이 가질 수 있는 극히 자연스러운 감정이다.

동물을 괴롭히는 것은 한없이 무자비한 짓이다. 그것은 사람이 만물의 영장이라서가 아니라, 사람은 모든 생명 있는 것들과 괴로움을 함께 나누지 않으면 안 되기 때문이다. —붓다

11일

June

죄악을 피하거나 극복하기 위해서는 무엇보다 먼저 모든 죄의 뿌리가 나쁜 사상 속에 있다는 점을 알아야 한다. –붓다

우리는 대개 돈이 잔뜩 든 지갑을 잃어버렸을 때 슬퍼한다. 그러나 생각하고, 남으로부터 배우고, 책에서 읽은 귀중한 사상은 잃어버려도 아무렇지도 않게 여긴다.

사람의 운명은 스스로를 어떻게 이해하고 있는가에 달려 있다. –소로

말로 표현하든 그렇지 않든 그 사람의 생활을 파괴하기도 하고 돕기도 하는 것은 바로 그 사람이 갖고 있는 사상이다. –맬러리

우리들은 물질적인 생활의 영역에서 이루어진 변화를 분명히 볼 수 있다. 수레가 자동차로 변하고 촛불이 전등으로 바뀌었다. 그러나 나는 정신적인 영역의 진보는 보지 못했다.

질서 없는 사상은 우리들의 두뇌를 혼란스럽게 한다. –에머슨

우리들 생활의 외면적인 변화를 우리들의 사상 속에서 일어나는 변화와 비교하면 하등의 가치도 느끼지 못할 것이다.

한 개인으로서의 생활 또는 인류 구성원으로서의 생활에서 모든 위대한 변화는 오직 사상 속에서만 시작되고 성취되는 것이다. 감정이나 행위의 변화를 만들어내기 위해서는 무엇보다도 먼저 사상의 변화를 만들어내지 않으면 안 된다.

12일

June

대서양의 한복판에 사람을 던져놓고 "저쪽 언덕까지 헤엄쳐 가라"고 한다면 더없는 모욕감을 느낄 것이다. 마찬가지로 사유지 표시 말뚝이 박혀 있는 평야 한복판에 사람을 세워놓고 "여기서 자유롭게 일하고 살림을 일으켜라"고 한다면 이 또한 지독한 조롱일 것이다. –헨리 조지

자기와 자기 가족을 부양하기 위해 필요 이상의 토지를 사유하고 있는 사람들은 인류의 대다수가 그 때문에 고통받고 있다는 사실을 외면한 뻔뻔한 족속들이다.

우리는 모두 이 세상의 순례자들이다. 동서남북 어디로 가든 그대는 "여기는 내 땅이오" 하면서 그대를 쫓아내는 사람과 만나게 되리라. 결국 온 세계를 구석구석 헤매던 끝에 그대는 마침내 처음 떠난 곳으로 되돌아오리라. 그때가 되면 그대의 아내가 아이를 낳고 그대의 가족은 자리를 잡고 농사지으며 살아도, 그대가 죽은 뒤 편히 잠들 땅 한 평도 마련하지 못했다는 사실을 알게 되리라. –라메네

빠져나갈 수 없는 섬에 백 명의 사람을 살게 한 다음, 그중 한 사람을 나머지 아흔아홉 명에 대한 절대 권력자로 만드는 것과, 그 한 사람에게 그 섬의 토지 전부에 대한 절대 권력을 주는 것은 결과적으로 똑같은 짓이다. 이 두 가지는 조금도 다르지 않다. –헨리 조지

토지의 사유는 지구상에 사는 대다수의 인류로부터 자연의 혜택으로 받은 상속권을 앗아간다. –토머스 페인

13일

June

이성은 모든 사람들의 마음속에 똑같이 존재한다. 모든 사람들의 관계는 이성의 기초 위에 서 있는 것이다.

이성은 모든 사람에게 동일하며 공통적인 재산이다.

마음속에서 우러나오는 탐색만큼 신성하고도 좋은 열매를 맺는 것은 없다. 무엇보다도 먼저 진실하고 참된 태도를 가져야 한다. 그리고 나서 일체의 문제를 스스로 해결하라. -에머슨

나는 그 사람에게 내재된 선의 나머지 부분에 의해서만 그 사람을 착한 사람이라고 단정할 것이다. 또 그 사람에게 내재된 이성의 나머지 부분에 의해서만 그 사람을 성인이라고 단정할 것이다. -칸트

이성과 덕성은 항상 일치한다.

우리는 인간이란 이름에 대해 어떤 존엄함을 느낀다. 이런 이유로 우리는 다른 사람을 존중해야 한다는 의무감을 갖게 되는 것이다. 특히 이성적인 판단이 정확하고 타인에 대해 정당한 평가를 할 줄 아는 사람을 만나면 저절로 존경심이 생긴다. 적어도 인간인 이상 어떤 경우에도 단지 반대를 하기 위한 반대를 해서는 안 된다. 덕성을 회복하는 것이 불가능하다고 생각해서도 안 된다. 이런 생각은 인간을 이해하는 데 방해가 된다. 인간은 도덕적인 존재이며, 그의 선한 의지는 어떤 경우에도 잃어버릴 수 없는 것이기 때문이다. -칸트

14일

June

다른 사람을 심판하는 사람은 용서받을 수 없으리라. 재판이 열리면 먼저 그 자신부터 처벌받아야 마땅하리라. 다른 사람을 심판하는 자는 그 자신도 심판받으리라는 것을 기억하라.

남의 행위를 비방하지 말라. 남을 비방하는 것은 쓸데없이 자기 자신을 피곤하게 하며, 커다란 과실을 범하는 것이다. 자기 자신을 성찰하라. 그때 비로소 그대가 하는 일이 정당해지리라. –에머슨

어떤 노인이 다 죽어가는 승려가 극락에서 살고 있는 꿈을 꾸었다.

"이렇게 기진맥진한 중은 아무런 가치도 없을 텐데 어째서 이토록 굉장한 행복을 누리게 되었습니까?"

노인이 지나가던 신선에게 이렇게 물었다. 그 신선의 대답은 이러했다.

"이 중은 살아 있는 동안 어느 한 사람도 비방한 일이 없기 때문이라네."

남을 모함하고 자신의 영예를 구하지 말라. 마음이 거북한 사람은 자기를 중상한 사람의 부끄러움까지도 감추어주려고 한다. 뉘우쳐 고치는 자에게는 이전의 죄를 들춰내지 말라. –탈무드

타인을 욕하지 말라. 그리하면 그대의 마음속에 사랑의 힘이 커져감을 느낄 것이며 삶의 행복을 맛보게 될 것이다.

남의 잘못을 찾아내기는 쉬우나 자기의 잘못을 찾아내기는 어렵다. 남의 잘못을 들추기 좋아하고 자기의 잘못을 감추려는 자는 속임수를 감추려고 애쓰는 사기꾼과 다를 바 없다. 사람은 항상 남의 죄를 비난하려는 경향이 있다. 다만 남의 잘못에만 눈을 밝힌다. 이런 사람은 자신의 좋지 못한 정념만을 더욱더 키워갈 뿐 참되고 착한 사람이 되는 길에서 점점 멀어져간다. –붓다

15일

June

충분하고 가치 있는 사랑은 오직 완전한 사랑 그것뿐이다. 우리는 완전한 사랑을 경험하기 위해 사랑하는 대상의 불완전성에다 완전성을 부여하거나 혹은 완전한 것, 즉 신을 사랑하거나 해야 할 것이다.

신에 대한 참된 사랑은 완성을 향한 높은 이성을 명확하게 이해하는 데 기초를 둔 도덕적 감정이다. 그리하여 신에 대한 사랑은 도덕, 정의, 선에 대한 사랑과 완전히 일치한다. -채닝

나는 가끔 신에 대한 사랑이 어떤 것인지 알 수 없다는 사람들을 본다. 그들에게는 이렇게 말해주는 것이 옳으리라. "나는 신에 대한 사랑 없이는 어떤 사람도 이해할 수 없다"라고.

신의 가르침을 사랑으로 느껴라. 사랑을 갖고 그 가르침을 지키는 것과 두려움을 갖고 그 가르침을 지키는 것은 엄연히 결과가 다르다. -탈무드

사람이 마음속에서 자기 자신을 어떻게 느끼고 있느냐에 따라 신은 존재하기도 하고 존재하지 않기도 한다. -맬러리

전심전력으로 신을 사랑하라. 그리고 신이 그대의 마음을 맞아들일 때, 그대는 신의 성스러운 이름을 축복하기 위해 온 생명을 희생시키기를 주저하지 말라. -탈무드

16일

June

이 세상의 악과 싸우기 위한 수단은 단 하나밖에 없다. 그것은 자기 자신을 도덕적으로 완성하는 길이다.

국가의 목적은 올바른 사상에서 우러나온 완전한 정의를 구현하는 것이다. 그러나 국가의 목적은 진정한 사상에서 우러나온 정의와는 다르며, 그 내면적 본질과 결과는 전혀 다르다. 아무리 흉악한 야수도 굴레를 씌워놓으면 풀을 먹이는 가축처럼 온순해질 수 있기 때문이다. -쇼펜하우어

이 세상에서 행해지는 모든 제도를 발전시키는 것은 오직 사람들의 도덕적 완성에 달려 있다.

악한 조직에 폭력으로 대항할 수는 없다. 선한 조직으로도 대항할 수 없다. 노동을 조직할 수는 없을까? 그것은 할 수 있다. 그러나 그것은 노동 자체의 능률과 생산을 높일 뿐 인류의 행복에 기여할 수는 없다는 것을 알아야 한다. -스트라호프

17일

June

때로는 한 사람의 권력자가 다른 권력자의 공격을 막기 위해 그에게 선제공격을 한다. 전쟁은 적이 너무 강하기 때문에 일어나기도 하고 약하기 때문에 일어나기도 한다. 때로는 이웃나라에 없는 것을 우리가 갖고 있을 수 있고, 우리에게 없는 것을 이웃나라가 갖고 있을 수도 있다. 전쟁은 여기서 싹튼다. 전쟁은 그들이 원하는 것을 소유하든가, 우리가 그것을 내던져주든가 할 때까지 계속된다. –스위프트

대개 전쟁 당사국의 정부에서는 전쟁의 이유나 군비 문제에 대해 장황한 설명을 늘어놓는다. 그 때문에 사실상의 사악한 동기는 은폐되기 마련이다.

"문명이 발달한 나라 사이에도 아직 전쟁은 필요한가?"

이렇게 묻는 사람이 있다면 나는 이렇게 대답하겠다.

"전쟁 같은 건 지금도 필요 없고 과거에도 필요 없었다. 전쟁은 언제나 인류의 발달을 파괴하고 정의를 짓밟고 평화를 방해해왔다. 간혹 전쟁의 결과가 일반 문명에 대하여 이익을 가져온 때가 있었다 해도 그 해독은 그 몇 배보다 더 컸다." –갈스턴 모크

전쟁의 명분을 내세우거나 막대한 군비 확장을 변명하기 위해 종종 온갖 이유가 나열된다. 그러나 그런 이유는 모두 부적당할 뿐만 아니라 그 대부분은 반박할 가치조차 없는 것이다. 그것은 전쟁 때문에 하나뿐인 생명을 잃어야만 하는 사람들로서는 도무지 이해가 안 되는 일인 까닭이다.

18일

June

인간의 가치는 이성이라 이름 짓고 양심이라 불리는 정신적 본원 속에 존재한다. 그 본원은 시공을 초월하고 영원히 진리와 불변의 진실을 내포한다. 그것은 모든 불완전 속에서 무언가를 발견한다. 그것은 항상 공평하며, 인간에게 내재한 일체의 정욕과 이기심에 반대한다. 그 본원은 힘찬 목소리로 우리에게 외친다. 우리의 이웃은 우리와 똑같이 가치 있는 존재이며, 그 권리는 우리의 권리와 똑같이 신성한 것이라고. 또한 진리를 받아들이라고 외친다. 비록 올바른 것이 우리에게 이익이 되지 못하는 경우에도 그 모든 본원은 인간 속에 존재하는 신의 빛이다. –채닝

우리의 영혼 속에는 놀랄 만큼 위대한 무언가가 존재하고 있다. 그것은 우리의 정신에 깃들어 있는 근원적인 도덕성이다. –칸트

인간의 마음이 덕성에 눈뜰 때 새롭고 신비롭고 즐겁고 초자연적인 아름다움이 눈앞에 펼쳐진다. 그때 인간은 자기 안에 자신보다 더욱 높은 존재가 있다는 것을 깨닫게 된다. 그리고 그때 그 존재는 무한하다는 것도 깨닫게 된다. 또 지금은 아무리 미천한 신분일지라도 자신은 선을 위해 태어났다는 것을 깨닫게 된다. –에머슨

양심의 소리는 신의 소리이다.

의무를 의식하다 보면 우리 영혼 속에 있는 신의 본성을 의식하게 된다. 그리고 신의 본성을 의식하게 되면 다시 우리의 의무를 의식하게 된다.

19일

June

양심은 자신의 정신적 본원에 대한 의식이다. 또한 인간 생활의 가장 믿음직한 스승이다.

그대는 젊다. 즉 정념과 욕망의 시기에 있는 것이다. 이때는 무엇보다도 먼저 자기 자신의 양심의 소리를 들어라. 그리고 그것을 무엇보다 가장 존경하라. 정념 때문에, 욕망 때문에 양심에서 벗어나는 일이 없도록 하라. 다른 사람들의 꾐 때문에, 또는 법률이라고 불리는 습관 때문에 양심에서 멀리 떨어지는 일이 없도록 하라. 항상 자기의 행동이 자기의 양심과 일치하고 있는지 자문하라. -시어도어 파커

그대의 내면적인 의식으로 확인하지 않은 외부로부터 들어오는 모든 것을 조심하라. 자신의 양심 따위는 믿지 말라고 남들이 말할 때 그 사람들은 그대를 기만하고 있는 것이다. 절대로 그 말을 따르지 말라.

눈에 보이는 정신적 본질을 우리는 흔히 양심이라고 부른다. 양심은 나침반과 비교할 수 있다. 그 한쪽 끝은 항상 옳은 것을 가리키고, 다른 한 끝은 항상 잘못된 것을 가리키는……. -마치니

사람들은 도덕상의 가르침이나 종교상의 전통과 양심을 전혀 색다른 인생의 지도자인 것처럼 말하고 있다. 그러나 사실 지도자는 단 하나, 양심뿐이다. 다만 양심이 전통과 도덕상의 가르침이나 종교를 승인하느냐, 승인하지 않느냐 하는 문제가 남아 있을 따름이다.

20일

June

"나는 생각한다. 고로 나는 존재한다."

참으로 좋은 말이다. 인간은 총명하게 생각하지 않으면 안 된다. 총명하게 생각하는 사람은 무엇보다도 먼저 자기가 어떤 목적 때문에 살아야 하는지를 생각한다. 그리고 자기 정신에 대하여, 또 신에 대하여 생각한다. 그러나 우리 모두는 과연 무엇을 생각하고 있는가? 그저 자기에게 이로운 것만을 생각하고 있다. 우리는 춤에 대하여, 음악에 대하여, 노래에 대하여, 또는 그와 비슷한 만족을 생각하며 부자나 왕자의 호사를 부러워한다. 그러나 인간다운 삶에 대해서는 결코 생각하려고도 하지 않는다.

–파스칼

이성은 사람들을 결합하는 원인이다. 사랑은 사람들을 결합하도록 만든다. 이성은 그 결합을 완성시킨다.

인간의 가장 중요한 의무 가운데 하나는 하늘이 우리에게 부여한 이성을 어느 정도까지 빛나게 하는가에 있다.

–중국 잠언

우리는 모든 것을 다만 이성을 통해서만 알 수 있다. 그러므로 이성에 따를 필요가 없다고 말하는 사람의 말을 믿어서는 안 된다. 그런 말을 하는 사람은 하나밖에 없는 등불을 끄라고 권한 다음, 우리를 어둠 속으로 끌어넣으려는 사람들이다.

그것 자체만으로 모든 것을 포함하고 하늘과 땅에 앞서 존재하는 것이 있다. 그 속성을 이성이라고 부른다. 그것은 조용하다. 형태도 없다. 만약 거기에 이름을 붙여야 한다면 나는 그것을 위대한, 이룰 수 없는 무한의 그리고 두루 존재하는 진리라고 말하리라.

–노자

21일

June

이 세계는 오입쟁이 자식과 허영의 아들딸로 구성되어 있다고 할 수 있다. 그들은 아무 소용도 없는 일에 삶을 모두 낭비한다. 그러면서 차츰 아버지의 집에서 멀어지고 만다. 그러다가 가난이 엄습하면 그때서야 아버지의 집으로 기어들어간다. 정신적인 굶주림을 더 이상 견딜 힘이 없기 때문이다.

–맬러리

어리석은 생활 때문에 겪는 고생은 지혜로운 생활의 필요성을 느끼게 한다.

이제껏 나는 저 도둑놈들처럼 처참한 생활을 해왔다. 또 지금도 그렇게 살고 있다. 그리고 내 주위의 많은 사람들도 나와 같은 처지에 있을 것이라고 생각했다. 이 세상은 무의미한 고생과 악으로 가득 차 있으며, 무서운 죽음의 암흑만이 우리를 기다리고 있으리라고 생각했다. 그런 점에서 나는 그 도둑놈들과 똑같았다. 그러나 한 가지 다른 점은 찾아볼 수 있다. 그들은 벌써 죽어버렸지만 나는 아직 살아 있다는 것이다.

그들은 자기의 구원이 무덤 저쪽에 있는 것이라고 믿고 있었다. 그러나 나는 그렇게 믿을 수가 없었다. 왜냐하면 나는 아직 이 세상의 생활에 미련을 버리지 못했기 때문이다. 그러나 나는 아직 이 세상의 생활을 이해하지 못했다. 그것을 깨닫고 나는 커다란 공포를 느꼈지만 그리스도의 가르침으로 비로소 그 생활을 이해하게 되었다. 그 후부터는 생활도 죽음도 나에게는 악이 되지 못했다. 나는 절망 대신에 죽음으로도 파괴되지 않는 생활의 기쁨과 행복을 경험하게 되었다.

모든 인류와 모든 개인의 불행은 무익한 것이 아니다. 그것은 가까운 길은 아니지만 인류와 개인을 언제나 하나의 목적으로 이끈다. 그 하나의 목적은 우리에게 주어진 인생의 완성, 그 자체이다.

우리는 세 가지 길로써 신의 뜻을 알 수 있다. 그 하나는 사색이다. 그것은 가장 고귀한 길이다. 다른 하나는 모방이다. 그것은 가장 용이한 길이다. 마지막 하나는 경험이다. 그것은 가장 괴로운 길이다.

–공자

22일

June

그대는 허위 속에 있으나 나는 진실 속에 있다고 단언하는 것은 사람이 타인에게 할 수 있는 가장 잔인한 말이다.

종교의 차이라는 말은 얼마나 괴상한 말인가? 역사상 존재한 여러 종교 사이에는 신앙의 차이가 존재할 수도 있다. 그러나 그것은 종교 자체가 아니라 역사적인 차이에서 비롯된 것이다. 또한 학구적 방법에 따른 차이이기도 하다. 확실히 종교서의 차이는 있을 수 있다. 예컨대 조로아스터 경전, 베다 경전, 코란 등과 같이……. 그러나 참된 종교는 모든 시대를 통해 단 하나뿐이다. 모든 신앙의 차이는 종교에 대한 보조적 수단의 의미밖에 없다.

-칸트

의혹을 두려워하지 말라. 이성으로써 용감하게 신앙 상태를 검토하라.

믿음은 그 존재가 틀림없는 것에 대해서만 가능한 것이다. 아울러 이지의 힘으로 잡을 수 없는 것에 대해서만 믿을 수 있다.

신을 모르는 것은 악이다. 그러나 가장 큰 악은 사람들이 신이 존재하지 않는다는 것을 하나의 종교로 인정한다는 것이다.

-락탄티우스

참된 종교는 오직 하나뿐이다.

23일

June

자신의 처지에 만족하는 노예는 이중으로 예속되어 있다. 그럴 때 그는 육체뿐만 아니라 정신마저 예속되어 있는 것이다. –시어도어 파커

자유를 잃은 인간은 자신의 본성을 배반하고 신의 명령도 거역한 인간이다. –마치니

신앙은 사람들 앞에서 그대를 자유롭게 한다.

평화는 어떤 식으로 나타나든 아름다운 것이다. 그러나 평화와 예속과의 사이에는 큰 차이가 있다. 평화는 그 무엇으로도 파괴할 수 없는 자유이다. 그러나 예속은 악 중에서도 가장 해로운 것이다. 우리는 자유와 평화를 잃지 않기 위해서 최선을 다해 싸워야 한다. –키케로

나는 자유로이 받아들일 수 있는, 그러나 보이지 않는 본질의 내면적 동기에 따라서만 행동하는 사람을 자유인이라고 부르고 싶다. 또한 습관에 예속되지 않고, 낡은 세대의 도덕에 안주하지 않으며, 일정한 법칙에 갇히지 않으며, 양심의 소리에 귀 기울이며, 보다 새롭고 높은 문제로 나아가는 것에 즐거움을 느끼는 사람을 자유인이라고 부르고 싶다. –채닝

기억하라. 그대의 의견을 바꾸게 하고 그대의 과실을 바로잡아주는 사람을 따르는 것은 맹목적인 고집보다 훨씬 신에 가까운 행동이라는 것을.

–아우렐리우스

24일

June

부지런함을 자랑하는 사람들은 흔히 독선적이고 거친 성격이 되기 쉽다.

일이 너무 바쁘다는 이유로 노는 일은 무엇이든 거절하는 것을 자랑삼는 사람들을 가끔 본다. 그러나 유익하고 즐거운 휴식은 때로 많은 일을 하는 것보다 중요하다. 그리고 지나치게 서둘러서 하는 일은 하지 않았을 때보다 훨씬 나쁜 결과를 가져오는 수가 있다.

일과 만족이 번갈아 오는 생활만이 기쁨을 줄 수 있다. 일이 없으면 만족도 없다.

많은 사람들이 만족을 잃는 것을 매우 슬퍼한다. 그러나 항상 기쁘게 살면서 동시에 그 기쁨의 이유가 없어져도 슬퍼하지 않는 사람만이 옳은 사람이다.

–파스칼

회교도나 청교도처럼 만족과 휴식을 죄악시하는 것은 잘못이다. 휴식은 노동만큼 중요하다. 그것은 일에 대한 정당한 보수이다. 끊임없이 노동을 할 수는 없다. 꼭 필요할 때의 휴식은 가장 아름답고 가장 자연스러운 만족이다.

–세네카

마차를 끄는 말이 앞으로 나가지 않을 수 없듯 사람도 늘 무슨 일인가 하지 않으면 안 된다. 그러므로 일을 한다는 그 자체에 보수가 있다. 인간이 호흡을 한다는 그 자체에 보수가 있는 것이다. 중요한 것은 인간은 일을 해야 한다는 사실이다.

–채닝

25일

June

부끄러움은 사람들이 가지고 있는 자랑거리 가운데 하나이다. 부끄러워할 줄 아는 사람은 여간해선 죄를 범하지 않는다. -탈무드

남에게 훌륭하다는 말을 듣기 위해서 살지 말라. 스스로를 훌륭하다고 인정할 수 있도록 하라. 남이 헐뜯을까봐 두려워하는 것은 허영에 지나지 않는다. -맬러리

사람의 영예는 자신의 양심 속에 있는 것이지 남의 입에 있는 것이 아니다.

남의 결점에 대해서는 공연히 마음을 졸이고 뭔가 참견을 하려는 사람들이 많다. 그러나 자기 자신이 저지른 똑같은 결점에 대해서는 아무런 주의도 기울이지 않는다. 사람들은 남의 잘못을 말하면서 그것이 무서운 것이라고 생각은 하지만, 그것이 자신의 그림자가 된다는 것은 깨닫지 못한다. 만약 우리가 남을 통해서 자기 자신을 돌아볼 용기가 있다면 자신의 결점을 고치기가 얼마나 쉬울 것인가. -라브뤼예르

그대를 칭찬하는 사람의 수보다 그 말의 질을 중요하게 생각하라. 나쁜 사람에게 호감을 사지 않는 것도 그대의 자랑거리가 된다. -세네카

아첨하는 자는 자기나 남에 대해서 그보다 더 고귀한 생각을 하지 못하기 때문에 아첨을 하게 된다. -라브뤼예르

남들의 비평을 마음에 두는 사람은 늘 불안하게 살아갈 수밖에 없다.

절대로 자기를 변명하지 말라.

진리를 존중하지 않는 친구보다 진리를 사랑하는 미지의 빛을 택하라.

정당하다고 생각하는 것을 실천하라. 그리고 아무런 명예도 기대하지 말라. 어리석은 사람들은 선한 행위에 대해서도 나쁘게 판결하는 법이다.

가장 선한 행위에도 허영과 속세의 칭찬을 바라는 마음이 섞여 있다.

26일

June

태양은 끊임없이 그 빛을 온 세상 구석구석까지 비춘다. 이 세상의 빛처럼 그대의 이성도 그 빛을 모든 방법을 통해 비춰나가야 한다. 방해물을 만난다 해도 겁내지 말고 조용하게 실천하라. 그리하면 그 빛을 받은 모든 것은 그 빛에 싸이고, 그 빛을 거절하는 자만이 홀로 어둠 속에 남게 되리라.

–아우렐리우스

이성은 우리 모두에게 인생의 의의와 사명을 밝혀준다.

만일 인간에게 이성이 없다면 인간은 인생의 참뜻을 이해하지 못할 것이다. 인생의 참뜻을 이해하지 못하면 선과 악도 구별하지 못할 것이다.

인간은 약한 갈대에 지나지 않는다. 그러나 이성을 혜택으로 받은 갈대이다. 인생의 보물은 이성에 포함되어 있다. 이성만이 우리를 높여줄 수 있는 것이다.

–파스칼

대부분의 사람들이 이성을 멸시하는 태도를 보인다. 그것은 가축보다 자기를 더 높여주려는 것을 거부하는 것과 같다.

–공자

27일

June

우리는 항상 자신의 마음속에서 어떤 일이 벌어지고 있는지 환하게 들여다볼 수 있다고 생각하며 살아야 한다. -세네카

숨김없이 다 드러내놓고 살아라. 나쁜 행동을 숨기는 것은 좋지 않다. 그러나 그것을 자랑처럼 펼쳐놓는 것은 더욱더 좋지 않다. -키케로

신의 가르침을 이해하기 위해 사는 사람은 다른 사람이 무슨 말을 하든 마음을 흐트러뜨리는 법이 없다.

그 무엇도 숨길 필요가 없는 삶을 살아야 한다. 또 남에게 자랑하거나 보이기 위해 살아가지 않도록 해야 한다.

사람들 앞에서 부끄러워하는 것은 선한 감정이다. 그러나 자기 자신 앞에서 부끄러워하는 것은 한층 더 아름다운 감정이다.

다른 사람들 앞에서는 숨길 수도 있다. 그러나 신 앞에서는 아무것도 숨길 수가 없다.

수치스럽게 여겨야 할 일을 말하고, 말하지 않아도 될 일에 대해 회한을 늘어놓는 것은 부끄러운 일을 변명하는 데 지나지 않는다. 질문을 받았을 때는 숨김없이 대답하라. 그러나 아무 필요도 없을 경우에는 굳이 자신의 잘못을 내놓고 탓하지 말라. -러스킨

아무리 작은 것이라도 다 밝혀지기 마련이다. 다만 조금 늦거나 빠르게 알려질 뿐이다. -공자

죄는 반드시 그 주인을 찾는다.

남이 갖지 못하는 부끄러움을 갖고 있는 것만큼 그 사람의 도덕적 완성의 단계를 확실하게 나타내는 것은 없다. -러스킨

28일

June

가정적인 결합은 가족이 신과 신의 가르침을 믿을 때에만 확고하게 되며, 그럴 때에만 가족들도 행복해질 수 있다. 그렇지 못하다면 가정은 기쁨의 원인이 되기는커녕 고생과 걱정의 원천이 된다.

가정의 이기주의는 개인의 이기주의보다 훨씬 더 잔인할 때가 있다. 자기 한 사람 때문에 남의 행복을 희생시키는 것을 부끄러워하는 사람도 가정의 행복을 위해서는 남의 행복이나 결핍을 이용하는 것을 거의 의무인 듯 생각한다.

–세네카

가문도 가정도 인간의 영혼을 제한할 수는 없다. 또 그렇게 해서도 안 된다. 인간은 탄생하는 순간부터 일정한 소수의 사람들과 관계를 맺는다. 사람들의 보살핌을 받는 가운데 인간에 대한 애정이 싹트는 것이다. 그러나 가정적인 그리고 민족적인 결합을 핑계로 전 인류의 요구를 묵살하는 결과가 된다면 그것은 우리의 영혼을 기르는 요람이 아니라 우리의 무덤이 되고 만다.

–채닝

협박, 착취, 학대, 불의 등 그 모든 것이 가정에 대한 사랑이라는 핑계로 자행되고 있다.

사람들이 자신의 악행을 변명하기 위해 가장 흔히 하는 말은 '가정의 행복을 위해서'라는 말이다.

가정에 대한 애정은 자기애와 같은 감정이다. 그러므로 가정은 옳지 않은 사악한 행위의 원인은 되지만 그 변명은 될 수 없다.

29일

June

우울함이나 그 밖의 삶의 의욕을 떨어뜨리는 정신 상태는 주위 사람들까지 쉽사리 전염시키는 못된 질병이다. -루소

주위의 모든 것이나 자기 자신에게 불만족스러울 때는 달팽이가 껍데기 속으로 들어가듯 움츠리고 들어앉는 게 제일이다. 그리고 그대를 그런 기분으로 떨어뜨린 상태가 지나갈 때까지 기다리는 것이다. 사람은 행복해야 할 의무가 있다. 만일 그대가 행복하지 않다면 순전히 그대의 잘못이다.

모든 것이 추잡하고 죄악으로 가득 차 있는 것처럼 여겨지고 아무에게나 욕을 하고 싶거나 분풀이를 하고 싶은 마음이 들 때는 결코 그대 자신을 신뢰하지 말라. 이런 상태에 빠졌을 때는 차라리 자기 자신을 철저하게 외면해버려라. 그리고 그런 상태가 완전히 지나갈 때까지 조용히 기다려라. 그럴 때에는 꾹 참고 가만히 있어야 정신이 빨리 회복된다. 그런 상황은 술 취했을 때의 꿈과도 같은 것이다. -소로

우울증은 인간이 자기 자신의 생활이나 이 세상의 생활에서 의의를 발견하지 못했을 때의 심리적 상태이다.

온 세계가 불결해 보이고 사람들 대하기가 짜증스러우며 모든 것이 어리석고 못나게 보이는 심리 상태를 잘 이용하지 않으면 안 된다. 이럴 때는 자기 자신을 주의해서 보라. 그대에게서 그전에는 보지 못했던 것을 볼 것이다. 그리고 그대가 자신 속에서 발견한 불결하고 짜증스러운 모습은 그대에게 결코 쓸모없는 것은 아닐 것이다.

30일

June

인생을 향상시키기 원하면서 바깥세상의 외면적인 것에 치중하려고 애쓰는 것은 문제 해결을 더욱 곤란하게 만들 뿐이다.

많은 사람들이 이 세계보다도 자기 자신이 구원받기를, 인류보다도 자기 자신이 구제되기를, 인류보다도 자기 자신이 해방되기를 바란다. 그럼에도 세계를 구원하기 위하여, 인류를 해방시키기 위하여 얼마나 많은 노력이 이루어지고 있는가?

-게르첸

우리는 모든 사람의 행복이 어떤 것인지 모른다. 그것은 도저히 알 수 없다. 그러나 이것 하나는 확실히 알고 있다. 모든 사람이 행복에 도달하는 길은 오직 인간에게 주어진 선의 가르침을 지킴으로써만 가능하다는 점이다.

참된 생활은 오직 눈에 보이지 않는 어떤 변화가 일어났을 때에만 시작된다. 그 어떤 정치적 연금술도 납덩이같은 인간의 본능을 황금으로 가장할 수는 없다.

-스펜서

만약 사람이 외면적 세계에서 생긴 문제를 해결하는 데만 마음을 쓰지 않고 인간으로서 내면적 세계의 유일한 문제에 골몰할 수 있다면 그 사람의 생활은 얼마나 향상될 것인가?

June

나는 대지를 위해 태어난 자이다. 그러므로 대지는 나의 일과 생활을 위해 필요한 것을 그 속에서 얻을 수 있도록 허락한 것이다. 나는 나의 몫을 요구할 권리가 있다.

곧 죽게 될지도 모른다는 의식은 늘 반드시 해야 할 일을 할 수 있도록 우리를 긴장시키는 교훈 같은 것이다.

기묘하고 뿌리 깊은 착오가 있다. 그것은 요리며 바느질, 세탁, 육아는 모두 여자만이 하는 일이며 남자가 그런 일을 하는 것은 수치라고 여기는 것이다. 그러나 여자가 피로에 지친 무거운 몸으로 힘들게 음식을 만들고 빨래를 하고 아이를 돌보는 동안에, 쓸데없는 일에 시간을 낭비하거나 하는 일 없이 빈둥거리는 남자들이야말로 무익하고 수치스러운 존재들이다.

남자와 여자는 두 개의 악보이다. 그것 없이는 인류라는 악기는 아름답고 훌륭한 곡을 연주할 수 없다.

생명은 탄생과 동시에 시작되는 것도 아니고 죽음과 동시에 끝나는 것도 아니라는 진리를 믿는 사람은, 그것을 믿지 않고 이해하지도 못하는 사람들보다 더욱 훌륭한 인생을 살 수 있다.

각종 물건, 습관, 법칙 등을 우러러보는 사람들이 많을수록 우리는 그런 것들이 존경할 가치가 있나 없나를 주의 깊게 살펴볼 필요가 있다.

악은 곧 열매를 맺지는 않는다. 그러나 대지처럼 서서히 그리고 정확하게 악을 행한 그 자신을 멸망시킨다.

성인은 악을 범할까 항상 두려워한다. 악에서 악이 생겨난다는 것을 알고 있기 때문이다. 악을 멀리하라. 그 어떤 불행도 악을 행할 구실은 되지 못한다.

자기 자신에게 엄격하라. 친구들에게는 겸손하라. 이제 그대의 적은 사라질 것이다.

늘 그대의 모든 것을 희생하라. 겸양을 아는 인간에게는 평화가 있다. 평화를 유지하는 데 가장 큰 방해물은 교만한 마음이다.

행복해지고 싶다면 무엇보다도 먼저 겸양의 미덕을 배워야만 한다. 교만이나 권력, 허영 따위는 친절과 겸손한 마음으로 바꾸어야 한다. 교만한 사람은 아무것도 얻지 못한다. 자신은 이미 모든 것을 알고 있어서 노력할 필요도 없다고 생각하기 때문이다.

동물에 대한 연민은 우리들이 가질 수 있는 극히 자연스러운 감정이다.

말로 표현하든 그렇지 않든 그 사람의 생활을 파괴하기도 하고 돕기도 하는 것은 바로 그 사람이 갖고 있는 사상이다.

자기와 자기 가족을 부양하기 위해 필요 이상의 토지를 사유하고 있는 사람들은 인류의 대다수가 그 때문에 고통받고 있다는 사실을 외면한 뻔뻔한 족속들이다.

남의 행위를 비방하지 말라. 남을 비방하는 것은 쓸데없이 자기 자신을 피곤하게 하며, 커다란 과실을 범하는 것이다. 자기 자신을 성찰하라. 그때 비로소 그대가 하는 일이 정당해지리라.

타인을 욕하지 말라. 그리하면 그대의 마음속에 사랑의 힘이 커져감을 느낄 것이며 삶의 행복을 맛보게 될 것이다.

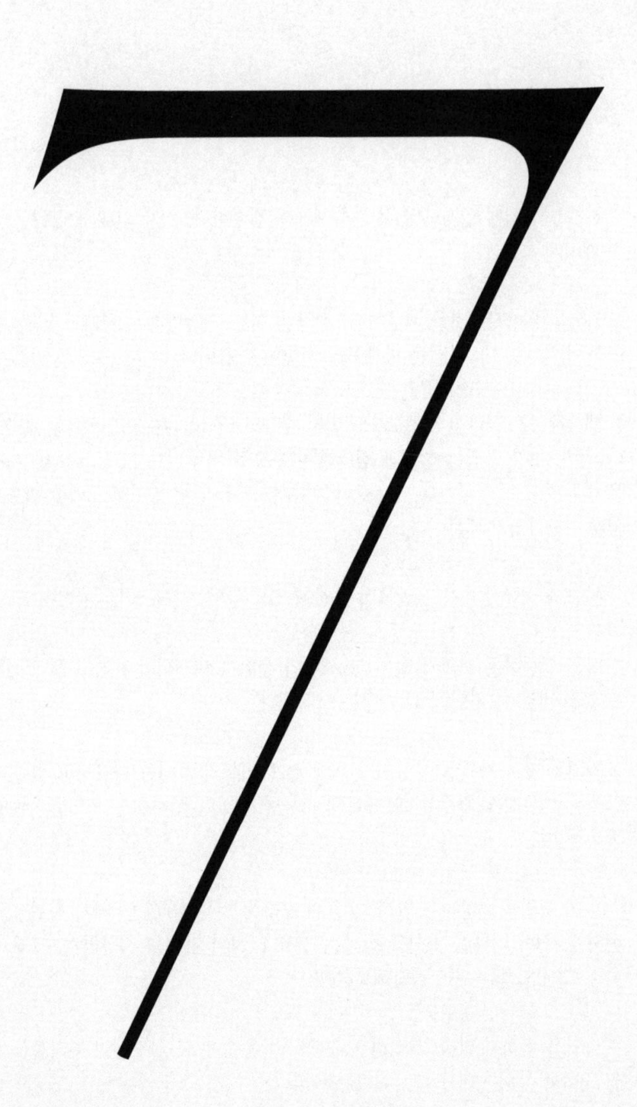

July

1일

July

한순간이라도 좋다. 우리가 최소한의 이기심만 버릴 수 있다면 그 누구에게도 악한 일은 하지 않으리라. 빛은 있다. 단지 함부로 그것을 반사하지 않을 따름이다. 만일 우리가 반사하기만 한다면 온갖 사물과 현상이 찬란하게 열릴 것이다.

–소로

모든 진리는 그 바탕에 신을 의지하고 있다. 진리가 인간 속에 태어날 때도 그것은 인간 속에서 생겨난 것이 아니다. 다만 인간이 진리를 나타낼 만한 투명한 존재임을 증명할 따름이다.

–파스칼

신의 힘으로부터 독립하여 자기 자신의 정신세계를 구축하려는 것은, 공기를 통과시킬 따름인 풀무가 그 자신은 단순한 도구에 불과하다는 사실을 망각하고 오히려 공기의 원천이라고 믿는 것과 같다. 또한 풀무가 진공 상태에서 공기를 뿜어낼 수 있다고 믿는 어리석음과 같다.

–러스킨

빗물이 물통에서 넘쳐흐르는 것을 보고 우리는 빗물이 물통에서 솟아나온다고 생각한다. 사실은 하늘에서 떨어지는 것이다. 이와 똑같은 일을 성스럽다는 종교에서도 볼 수 있다. 우리는 자칫 독실한 신도들에게서 훌륭한 가르침이 나온다고 생각하지만, 그 가르침은 엄연히 신으로부터 계시된 것이다.

신의 힘이 그대의 영혼을 통과할 수 있도록 깨끗하고 투명하게 생활하라. 신의 힘이 통과한다는 것은 가장 큰 행복이다.

2일

July

만일 세계가 눈에 보이는 것만의 현상이라면, 예술은 그 보이는 것만의 설명이며, 사물을 한층 더 선명하게 보여주고 한층 더 충분히 관찰하게 하며 파악하게 하는 '블랙박스'이다.

예술작품을 감상하면서 이해할 수 없는 그 무엇을 느낄 때, 우리는 그것이 주는 흐뭇한 인상(印象)을 맛보게 된다. -쇼펜하우어

예술과 과학은 심장과 허파처럼 밀접한 관계에 있다. 그러므로 한쪽 기관이 부서지면 남은 한 기관도 그 기능을 발휘하지 못한다. 진정한 과학은 연구하는 것이며, 그 시대 사람들에게 가장 중요하다고 생각되는 진리를 사람들의 의식에 도입하는 것이다. 또한 예술은 이들 진리를 지식의 영역에서 감정의 영역으로 옮겨놓는 것이다.

예술은 그 일에 종사하고 있는 사람들이 생각하는 것만큼 가치 있는 일은 아니다. 그러나 만약 예술이 사람들을 결합하고 그들의 마음속에 착한 감정을 불러일으킬 수만 있다면 더없이 유익한 것이다.

과학이나 예술이 민중에게 이익이 되는 것은, 대중 속에서 살며 대중과 같이 생활하는 사람들이 아무 권리도 요구하지 않고 대중에게 봉사를 약속할 때에만 가능하다. 그리고 그것을 받아들이고 받아들이지 않고는 대중들의 마음에 달려 있다.

3일

July

허영심이 많은 인간은 남에게 칭찬받기를 좋아한다. 그러나 칭찬을 받기 위해서는 남이 인정하도록 해야 한다. 세상 사람들은 자기 마음에 드는 것을 좋다고 생각한다. 그러니 남에게 좋게 보이려면 그 사람의 마음에 들도록 해야 한다. 결국 허영심을 만족시키려는 것만큼 어리석은 일은 없다.

어떤 사람이 다른 사람에게 물었다.

"왜 마음에도 없는 일을 하고 있지요?"

"다른 사람들이 모두 하니까요."

대답이 끝나자 먼저 질문했던 사람이 고개를 저으며 말했다.

"남들이 다 하고 있는 것은 아니오. 일례로 나는 지금 그런 일을 하고 있지 않소. 나 이말고도 그런 일을 하지 않는 사람들을 더 찾아낼 수도 있소."

"물론 전부 다는 아니겠지만 아주 많은 사람들이 그렇게 하고 있지요."

맨 처음 물었던 사람이 다시 물었다.

"그렇다면 이 세상에는 못난 사람이 많은가요, 똑똑한 사람이 많은가요?"

"그거야 뭐, 못난 사람들이 더 많겠죠."

"그렇다면 당신은 많은 사람들의 흉내를 내고 있다니까 결국 못난 사람들의 흉내를 내고 있는 꼴이군요."

좁은 견해를 가진 자일수록 그 자만심은 강하다. –포프

명성을 얻거나 칭송을 받기 위해 애쓰는 것은 어리석은 일이다. 세상 사람들이 규정하는 선과 악의 개념은 서로 다르기 때문이다.

4일

July

교육을 위해, 사회질서를 위해, 혹은 종교상의 이유로 존재해왔던 형벌은 일찍이 아이들이나 사회, 종교인을 이끄는 데 아무런 도움도 주지 못했다. 오히려 아이에게는 냉혹함을 가르치고, 사람들을 타락시키며 지옥이라는 거짓 약속으로 사람들에게서 덕을 빼앗는 등 헤아릴 수조차 없는 불행을 자아냈다. 아니, 지금도 숱한 불행을 조성하고 있다.

어떤 사람을 처벌한다는 것은 흔히 공정한 심판에 의한 것도 아니고 정의감에 의한 것도 아니다. 그것은 다른 사람들에게 보복하고 싶은 악에서 비롯된 감정에 의한 경우가 대부분이다.

모든 사람들이 깊은 잠에 빠져 있을 때, 어떤 사람의 원수가 몰래 숨어들어와 봄보리 속에 가을보리 씨를 뿌리고 달아나버렸다.

마침내 싹이 트고 자라 보리가 여물었을 때, 결실을 맺지 못한 가을보리를 발견한 일꾼이 주인에게 물었다.

"주인님, 어떻게 해서 가을보리가 났는지 모르겠습니다. 가서 뽑아버릴까요?"

그러자 주인이 대답했다.

"그건 원수가 한 짓이다. 가을보리를 뽑으려다가 봄보리까지 못쓰게 만들 수가 있으니 뽑지 말아라."

–성서

다른 사람에게 벌을 주고자 하는 욕망은 가장 저급하고 동물적인 감정이라는 점을 잘 기억하라. 인간의 감정대로 움직인다는 것은 슬기로운 행동이 아니다. 그것은 스스로의 파멸을 의미하는 것이다.

5일

July

죄악을 범할 수 있는 것은 오직 인간뿐이다. 인간의 의지에 의하지 않는 행위는 무엇이든지 선이다.

그대는 언제쯤이면 육체적인 것을 벗어나서 정신적인 인간이 될 수 있겠는가? 그대는 언제쯤이면 만인이 사랑하는 행복을 깨달을 수 있겠는가? 그대는 언제쯤이면 자기 행복을 위해 타인이 그대에게 봉사하기를 요구하지 않고, 자신을 비애나 육욕에서 해방할 수 있겠는가? 그대는 언제쯤이면 참다운 행복이 항상 그대 힘 속에 있으며, 그것이 자연의 아름다움이나 타인과의 관계 속에 있지 않음을 깨달을 수 있겠는가. -아우렐리우스

솔로몬과 욥은 인간의 지혜와 어리석음의 전형이었다. 즉 한 사람은 행복의 절정에 있었지만, 다른 한 사람은 불행 속에서 허덕여야 했고, 한 사람은 향락에 진절머리가 날 때, 다른 한 사람은 비참한 환경에서 울고 있다는 것을 누구보다도 잘 알았으며, 누구보다도 잘 보여주었다. -파스칼

생생하고 무한한 정신력을 추구하는 것이 인간의 본성이다. 물질적인 행복만을 추구한다면, 우리는 인간 자신에게 또는 단순하고 우연한 일에 노예처럼 종사하지 않으면 안 될 것이다. -에머슨

악이 다만 자기 자신의 행위 속에만 있다고 생각하는 것은 잘못이다. 모든 외면적인 불행은 그가 경험하는 평화와 자유의 행복에 비한다면 참으로 하찮은 것이다.

6일

July

전쟁의 참상을 담은 그 어떤 기록도 인간을 전쟁에서 벗어나게 하지는 못한다. 모든 사람에게 그런 무서운 일이 벌어지고 있으며 또 그것이 허용되고 있는 이상, 거기에는 어떤 불가항력적인 이유가 있을 거라는 상상에 빠지게 되기 때문이다. 그리고 그런 상상은 선량한 사람들에게 전쟁이란 이 세상의 필연적인 현상인 것처럼 생각하게 하며, 그 순진성을 이용해서 전쟁을 변호하는 결과를 만들고 있다.

세기의 종말과 함께 우리에게 다가오고 있는 불가피한 재난이 있다. 그리고 그 커다란 재앙으로 인해서 인류 최후의 보루인 사상마저 그 전진을 멈추어버렸다. 우리는 다가오는 이 위협에 맞설 준비가 되어 있어야 한다.

최근 50여 년 동안 많은 과학적인 노력이 살상 무기의 발명을 위해 바쳐졌다. 얼마 뒤면 지금까지 발명해낸 모든 무기를 순식간에 무용지물로 만들어버릴 위력을 가진 새 무기가 만들어질 것이다. 그리고 사람들은 그들이 평화를 원하기만 한다면, 교활하고 잔혹한 정책 대신 건전한 사상으로 튼튼한 무장을 이룰 수 있음에도 불구하고, 아무런 망설임도 없이 전쟁터로 향하는 것이다.

자기 몸으로 포탄을 막지 않으면 안 될 불행한 사람들은 전쟁을 반대할 권리가 있다. 그러나 안타깝게도 그들은 신념을 주장할 용기도, 문제를 이해할 만한 힘도 갖지 못했다. 오랜 옛날부터 그들은 단지 자신을 죽음의 함정으로 떨어뜨리는 일에만 길들었고 끝내는 그가 그리는 평화로운 세상을 보지 못한 채 흐르는 별처럼 사라져갔다.

그 누구도 전쟁의 필연성을 증명할 수는 없다. 전쟁 자체가 전혀 필연적이지 않기 때문이다.

7일

July

나는 말로써 정의하는 방법에 의해서가 아니라, 전혀 다른 방법에 의해서 신과 영혼의 존재를 인식한다. 정의는 이 인식을 파괴하는 것이다. 나는 아무런 의심 없이 신과 영혼의 존재를 인식한다. 이 인식은 나로서도 어쩔 수 없는 믿음이다.

신을 부정하는 것은 정신적이며 이지적인 존재로서의 자기 자신을 부정하는 것과 같다.

이 세상을 주관하는 어떤 뜻을 우리는 신이라고 부른다. -러스킨

신은 존재한다. 그러나 우리는 그것을 증명할 수 없으며, 또 증명해서도 안 된다. 신의 존재를 증명하기 위한 모든 방법은 신을 모독하는 것이 된다. 신은 우리의 마음속에, 인류의 의식 속에, 그리고 우리 주변 어디에나 골고루 존재하고 있다. 우리의 양심은 비애와 희열의 가장 엄숙한 순간에 신을 향해 기도한다. 별들이 반짝이는 밤하늘 아래에서, 외로운 나그네의 무덤가에서, 혹은 한 순교자의 처형을 지켜봐야 하는 그 순간에 끝까지 신을 부정할 수 있는 사람은 진정 불행한 자가 아니면 죄 많은 자뿐이다. -마치니

신을 믿지 않는 것은 신의 법칙에 배반된 허위를 신봉하기 때문이다.

8일

July

선을 알지 못하는 인간에게서 무슨 가치를 발견할 수 있을 것인가? 선은 진정한 재산이다. 선인이 되느냐 악인이 되느냐 하는 것은 그 사람의 마음 하나에 달린 것이다. 마음을 성실하게 가져라. 그리고 선을 행하도록 하라.

그대가 비록 온갖 종교의 교의를 터득했다 할지라도 예전과 같이 그대에게 행복을 가져다주는 것은 오직 선한 마음뿐이다. 또한 마음이 선한 자는 결코 슬픔의 나라로 떨어지지 않으리라. 어떤 악도, 선량하며 모든 사람에게 이로운 사람을 범하지는 못한다. -붓다

인간 생활의 모든 모순을 해결하고, 인간에게 가장 큰 행복을 가져다주는 감정을 우리는 모두 알고 있다. 그 감정은 바로 사랑이다.

어째서 그대는 타인의 악의에 대해서, 배신에 대해서, 질투와 교활함에 대해서 그토록 성급해지는가. 사람을 욕하고 멸시하고 벌주려면 한이 없는 것이다. 그보다는 차라리 모든 것을 씻은 듯이 잊어버리는 것이 낫다. 모멸, 비난, 분노는 마음을 소란하게 할 따름이다. -아미엘

사랑은 인간에게 몰아(沒我)를 가르친다. 그 결과 인간을 고통에서 구해낸다. 생활이 고통스럽고 사람 대하기가 꺼려지며 어떤 일에 대한 판단이 서지 않아 망설여질 때, 그대 자신을 향해 이렇게 다짐하라.

'나와 같이 살고 있는 사람들을 사랑하자.'

그리고 그렇게 행동하도록 노력하라. 비로소 모든 괴로움이 사라지고 그대는 가벼워진 마음의 상태를 유지할 수 있게 될 것이다. 그대는 아무것도 두려워하지 않으며, 당당하게 절실한 욕망에서 벗어나게 되리라.

9일

July

사색은 불필요한 독서로부터 우리를 벗어나게 해준다.

'독서'와 '배움'은 같은 것일까? 어떤 사람이 이 문제에 대해서 다음과 같이 말했는데, 근거 없는 말은 아니다.

"서적의 출판이 함부로 증가할 때, 그 질과 내용은 저하된다. 지나친 독서의 결과로 오는 것은 사색의 둔화이다. 나는 많은 학자에게 가르침을 받았으나, 그 가운데서 위대하다고 생각되는 사상가들은 예외 없이 누구보다도 책을 적게 읽는 사람들이었다."

만일 사람들이 진지한 사색의 목적과 방법을 아울러 배운다면 모든 허위의 지식은 소멸하고 말 것이다. -리히텐베르크

박식함이 가치 있다고 생각하는 것은 잘못이다. 중요한 것은 지식의 많고 적음이 아니라 그 질에 있다.

소크라테스는 우둔이 슬기와 맞서는 것은 어렵다고 했으나, 무지가 곧 우둔이라고는 하지 않았다. 그러나 자기 자신을 모르는 자, 자신이 알지 못하는 것을 알고 있는 것처럼 착각하는 자들을 그는 '미친 자'라고 하였다.

무기를 두려워하지 말고 허위의 지식을 두려워하라. 세상의 모든 악은 허위의 지식으로부터 온다.

도덕적인 완성의 길에 이르려거든 먼저 마음을 정결하게 하도록 힘써라. 마음의 순결은 마음이 바른 것을 희구하고 의지가 선으로 향할 때만 나타난다. 그것은 모두 참된 지식에 의해서 이루어질 수 있다. -공자

10일

July

신은 우리에게 진리와 안일 가운데 어느 것이나 자유로이 선택할 권리를 허락하였다. 둘 가운데 어느 것을 택하든 상관없지만, 둘 다 동시에 취할 수는 없다. 그러므로 사람들은 이 둘 사이를 방황하고 있다. 안일을 택한 자는 그가 처음으로 접한 신앙이나 철학, 정당, 즉 그의 아버지로부터 배운 것으로 기울어진다. 그는 이득과 사회적인 존경을 얻을 것이나, 진리에 대해서는 아무것도 얻지 못할 것이다. –에머슨

무슨 일이든 그렇다. 가령 괴상망측한 소리를 지르고 다니는 귀신일지라도 한두 번 보고 나면 점차 무섭게 느껴지지도 않는 법이다. '신은 존재하지 않는다'라는 관념도 마찬가지다. 이러한 관념을 토대로 하는 사회는 예기치 못한 결과에 봉착하게 된다. 그런 사회에서의 질서는 끝없는 우연의 연속으로밖에 인식되지 않는다. 그런데 이 엄청난 오류에 너무나 익숙해진 사람들은 누구도 문제를 제기하지 않게 된다. –칼라일

교회나 사회, 국가에는 전형적인 어떤 형식이 있기 마련이고, 청년의 사상은 그에 따라 이루어지고 있다. 그러나 새로운 시대의 특질이 나타나야 할 때가 가까워지면, 이미 청년의 사상은 그 형식 속에 완고하게 굳어버리고 새로운 어떤 것도 받아들일 수 없게 되어버린다. –맬러리

신앙은 많은 사람들의 믿음으로써 이루어지는 것이 아니다. 믿는 사람의 많고 적음으로 신앙의 진실 여부를 판단하려는 사람은 신앙이 무엇인지 전혀 모르는 사람이다.

11일

July

참된 의미의 자비란 약한 자에 대한 강한 자의 직접적인 봉사를 뜻한다. 자비가 덕이 되는 것은 노고의 소산일 경우뿐이다.

인간에게 힘이 있게 된 것은 약한 자를 학대하기 위해서가 아니라, 강자로서 약자를 도와주기 위해서다. -러스킨

모든 선한 일은 자선이다. 목마른 자에게 물을 주는 일, 길 가운데 있는 돌을 치우는 일, 남을 좋은 길로 이끌어주는 일, 나그네에게 길을 가르쳐주는 일, 남에게 미소를 보내는 일, 이 모든 것이 자선이다. -마호메트

"땀 흘리지 않은 손은 물건을 더럽힌다. 땀을 흘린 손은 물건을 더럽히지 않는다." 이 속담은 자선의 엄격함을 정의한 것이다. 다만 동전 몇 닢 던져주고 마는 것은 참된 자선이 아니다.

그대에게 도움을 구하는 모든 자에게 봉사하라. 그리고 그대의 것을 빼앗아간 자에게 다시 돌려줄 것을 요구하지 말라. 그대가 다른 사람들에게 바라는 일을 온전히 그들에게 베풀라. -성서

부유한 자가 진실로 자비로운 사람이 되고 싶다면 그는 곧 부자이기를 포기해야 할 것이다.

12일

July

인간의 삶은 바퀴와 같다. 바퀴는 한없이 작게 회전함으로서 모든 방향으로, 그리고 무한히 큰 바퀴 속으로 기어든다.

–에머슨

마치 부모를 떠난 자식과 같이 우리의 삶은 종종 우리의 의지를 벗어나려고 한다.

–러스킨

그 어떤 죄악도 어느 한 사람의 죄를 탓해야 할 이유는 없다. 우리는 서로서로 결합하여 생활하고 있기 때문에 우리 내부에 숨어 있는 악은 서로 전염된다.

–조지 엘리엇

산이 무너진 것도 아니고 전염병에 걸린 것도 아닌데 나를 미워하고 괴롭히는 동포들 때문에 내가 하루하루 죽어가야 한다는 것은 얼마나 무서운 고통인가. 이것은 자살을 강요당하는 것이나 마찬가지이다. 나는 이런 고통을 도저히 견뎌낼 수 없다. 나는 자진해서 목숨을 끊어버리고 말 것이다.

–고골리

우리는 외부에서는 각각 따로 떨어져 있지만, 안에서는 모든 존재와 결합하고 있다. 아울러 정신적인 세계에서 오는 어떤 움직임을 느끼고 있다. 그것은 아직 우리에게 직접적인 영향을 미치지는 않는다. 그러나 먼 별에서 빛이 흘러오듯이 결국 우리가 있는 곳까지 닥쳐오고 말 것이다.

누구나 혼자 힘만으로 진리에 도달할 수는 없다. 태곳적부터 현대에 이르기까지 진리란 모든 사람과 더불어 한 걸음 한 걸음 신의 언덕으로 올라가지 않으면 안 된다.

13일

July

인생의 법칙은 지혜로운 사람도 잘 이해하지 못한다. 하지만 그는 그 법칙을 따라가는 과정에서 차츰 확실히 알게 될 것이다. 평범한 사람도 인생의 법칙을 이해할 수는 있다. 그러나 그는 그 법칙을 따라가지도 않는 바람에 점점 알 수 없게 되어버린다. -공자

그리스도교의 교리 속에서 설명되는 신의 법칙을 이행하기는 무척이나 쉬워 보인다. 그러나 우리는 그 쉬운 일조차 실행하지 못할 때가 많다.

종교 운동이 쉼 없이 계속되는 것은 종교를 도덕에 가깝게 접근시키려는 목적 때문이다. 신학에 관한 학설에는 변동이 일어나더라도 인간이 해야 할 일에 대한 신념에는 변화가 있을 수 없다. -에머슨

모든 시대를 통하여 만인을 지배하는 영구불변의 법칙은 단 하나밖에 없다. 그 법칙에 따르지 않는 자는 자기 자신을 거부하며, 인간의 본성을 멸시하는 자이다. 그 사람은 그 때문에 현실적인 형벌은 받지 않겠지만 스스로 내린 가장 무거운 벌을 어깨에 짊어지고 있다. -키케로

신의 법칙을 실현하기 위해서는 노력이 필요하다. 비록 걸음이 느리더라도 계속 노력한다면 우리는 언젠가 그것을 실현할 수 있을 것이다.

14일

July

천국이 우리에게서 까마득하게 멀리 떨어져 있다고 해도 확실히 그 원리 속에는 싹이 트고 무수히 번식해가는 씨앗과 같이 세계를 정화하며 지배하는 그 무엇이 내포돼 있다. 우주의 운행에 있어서는 천 년도 하루에 지나지 않는다. 우리는 천국을 실현하기 위하여 끈기 있게 노력하고 기다릴 줄 알아야 한다.

–칸트

모든 사람이 무엇보다도 먼저 신의 정의를 찾는다면 빈곤은 사라지고 말 것이다. 다시 말하자면 모든 사람이 기꺼이 신의 계율을 따르고 그 계율에 의하여 설정된 의무를 성실하게 지켜나간다면 우리는 빈곤에서 구출될 것이다.

우리는 시처럼 달콤한 언어와 세련된 의식만으로 우리의 마음을 현혹하려는 사이비 종교를 없어서는 안 될 것처럼 생각하고 있다. 그러나 그런 모든 것이 생활에 대한 참된 의지에 의하여 쫓겨날 때가 있을 것이다.

천국, 즉 신의 나라가 지상에 나타날 때 우리의 생활은 자의식적인 신앙으로 가득 차며, 신의 가르침을 실천하고 서로 돕는 가운데 성스러운 사랑의 맹세를 지켜나갈 수 있으리라. 그리하여 양심으로 이루어지는 참된 종교적 시정(詩情)을 우리 모두가 되찾게 될 날이 가까워지고 있다.

신의 왕국은 그대 마음속에 있다. 신의 왕국은 자기 자신 속에서만 찾아라. 그때 그 밖의 모든 일은 자기 뜻대로 될 것이다.

15일

July

도덕적인 고뇌란 무엇인가. 모든 것은 재빨리 지나가 버리는 것이 아닌가. 우리는 무엇을, 어떤 이유로 느껴야 할 것인가?

시간은 헛된 것이다. 그러나 그대가 오늘이란 시간에 신을 발견한다면, 그대의 삶은 만족으로 가득 차게 되고 오늘 하루는 백 년의 가치를 지닐 것이다.

육체적인 삶에는 고통과 죽음이 함께한다. 어떤 노력으로도 이 육체의 고통과 죽음에서 벗어날 수는 없다. 그러나 정신생활에는 고통도 죽음도 없다. 그러므로 정신적인 자아 속에 사상을 옮겨놓을 것, 자기의 의지를 신의 의지와 결합시킬 것, 이러한 과정을 통해서 우리는 고통과 죽음에서 스스로를 구해낼 수 있다.

우주적인 자아를 인식하는 데 도달하고 싶다면 먼저 자기 자신을 알아야 한다. 그러기 위해서는 자신을 우주적인 자아에 바쳐야만 한다. 정신적인 삶을 영위하고 싶다면 먼저 현세에서 벗어나라. 외부 세계에 관한 관심을 멀리하라. 정신에 검은 그림자를 던지는 모든 물상을 멀리하라. 그대의 존재는 그림자 같아서 잠깐 살다가 곧 사라져버린다. 그러나 그대에게는 영원히 존재하는 무언가가 있다.

–브라만 잠언

동물적인 자아의 행복 또는 불행이라 부르는 것은 우리의 의지 밖에 있다. 오로지 그것은 신의 의지에 달렸다. 그러나 정신적인 자아의 선과 악은 우리가 신의 의지를 따르고 있는가, 그렇지 않은가에 달려 있다.

16일

July

먼저 다시 한번 생각하라. 그다음에 말하라. 말은 사람들이 싫증을 내기 전에 끝내야 하는 법이다. 인간은 말을 할 수 있다는 것 때문에 동물보다 나은 존재이다. 그러나 만약 그 말에 득이 되는 점이 없다면 동물보다 나을 것이 없는 존재가 되어버리고 만다.

말이 많은 자는 실행이 적다. 성인은 언제나 그 말에 실행이 따르지 않을까 하여 염려한다. 그는 행동과 말이 일치되지 않을까 두려워하기 때문에 결코 헛소리를 하지 않는다.

–공자

언제나 침묵을 지키는 자는 신에게 가까이 가기가 쉽다. 그러나 입이 가벼운 자는 입을 쓸데없이 놀리고, 그 뒤에 저 혼자 고독과 초조를 느낀다.

잡담만큼 태만을 화려하게 장식하는 것은 없다. 사람들은 그저 조용히 살지를 못한다. 태만으로 인해 생긴 답답증을 풀기 위해서는 잡담이라도 지껄여야 한다.

어리석은 자를 닮고 싶지 않다면 어리석은 자의 말에 대답하지 말라.

말로 천 번을 참회해도 침묵 속에 이루어지는 한 번의 참회에는 미치지 못하는 법이다.

–에머슨

사람들에게 말하는 것이 적으면 적을수록 기쁨은 더 많아진다.

17일

July

남의 이익을 도모하는 자는 항상 공손하다. 그것은 이른바 무저항주의이며 하늘과의 화합이다. —노자

그 어떤 폭압적인 시도도 악을 바로잡을 수는 없다. 그러므로 폭력을 예지로써 대신하라. —에머슨

사회 제도는 항상 변화하기 마련이다. 그것은 불완전에서 완전으로 이행되어가는 과정이다. 그리고 그 이행은 현세의 사회 제도에 대한 우리 자신의 불만과 저항에 의해서만 완성될 수 있다. —러스킨

고대 사회의 근저를 이루고 있는 것은 폭압과 상호부조에 대한 모멸이었다. 현대 사회의 근저는 현명한 협동과 폭압에 대한 부정으로써 이룩되어야 한다.

다른 사람의 지능을 무시하고 폭력 이외의 수단으로는 사람들을 지도할 수 없다고 생각하는 사람은, 마치 말의 눈을 가리고 마차를 끌게 하려는 것과 같이 사람들을 취급한다. —에머슨

사람들이 억압에 의해서만 움직인다면 이성은 아무 소용도 없게 된다. 세계는 죄악, 비애, 투쟁의 난장판이 될 것이다.

18일

July

나는 결코 나 하나만의 구원을 바라거나 또는 받거나 하지 않을 것이다. 또한 나 혼자만의 안일을 얻고자 하지도 않을 것이다. 언제 어디서나 이 세상 만물의 구원을 희망하며 살고, 또 그것을 위해 노력할 것이다. 만물이 진실로 참된 자유를 얻을 때까지 나는 이곳에 머물러 있으면서 죄악과 비애, 투쟁으로 얼룩진 이 세계와 함께하리라. -에머슨

아담의 후예인 우리는 모두 한 몸을 이루며 살고 있다. 한쪽 팔이 괴로울 때 남은 수족들도 괴로울 것이다. 만약 그대가 타인의 고뇌에 냉담하다면 사람이라 할 수 없다. -사디

모든 사람은 의지에 의한 단 하나의 같은 일을 하기 위해서 만들어졌다. 자기는 위대한 정신적 조직의 일부, 즉 사회라는 한 몸을 지탱하는 팔다리와 같다는 의식에는 자기도 모르게 마음을 북돋워 주고 위로해 주는 무엇인가가 있다. -아우렐리우스

지금에야 비로소 인류는 모든 것들이 다 같이 흥하거나 다 같이 멸망하지 않으면 안 된다는 사실을 확실히 깨닫기 시작했다. 내부에서 들려오는 맑고 그윽한 소리에 귀 기울여보라. 사람들에게서 떨어져 나와 고립을 자처한 자에게 행복이 있다고 생각지 말라. 고립된 자의 악은 전 세계의 악이 되지 못하고, 더더욱 그 악이 그대와는 전혀 무관한 것이라고도 생각지 말라.

이 세상의 모든 존재는 서로 긴밀하게 결합되어 있다.

19일

July

인생에 있어서 진정 위대한 것은 거의 언제나 사람들 눈에 잘 띄지 않는 법이다. 우리 눈앞에서 무언중에, 아무도 모르게 위대한 행위나 관대한 희생이 치러지고, 고귀한 사랑이 무르익고 있다. 그러나 우리는 항상 그런 것에 무관심하다. 나는 그런 위대한 일이 잘 알려지지도 않고, 이름도 없는 사람들에 의해 행해지고 있다는 것을 확신하고 있다. 이른바 서민층이라는 계열에 속한 사람들이 훌륭하게 고난을 참고 견디는 것을 보았다. 그들은 꾸밈없는 성실, 굳은 신앙, 관대한 마음을 가지고 있다. 게다가 그들은 부유한 계급의 사람들보다도 죽음과 삶에 대해 올바르게 이해하고 있다. –채닝

진실로 유익하고, 그리고 유익하기 때문에 위대한 것은 언제나 단순하다.

소박하고 무지하며 교양 없는 사람들이 그리스도의 참된 교리를 명확하게 자의적으로, 그리고 단순하게 받아들이는 경우는 흔히 볼 수 있다. 이와 반대로 교양 있는 사람들이 미신을 버리지 못해 갈팡질팡하는 경우도 흔히 볼 수 있는 현상이다. –칼라일

진리를 설명하는 말은 항상 간단명료하다. –노자

먹고 입고 잠자기 위해서는 그리 많은 것이 필요하지 않다. 남은 것은 이웃의 끼니를 위해서 써야 할 것이다. –동양 격언

본받기 좋은 모범을 찾으려거든 민중 속에서 찾아라. 그들 속에서만 참되고 소박한 그 무엇, 자기 자신도 의식하지 못했던 위대한 행실을 찾을 수 있다.

20일

July

항상 놀고 있는 사람이 있는 반면, 지나치게 일만 하는 사람들이 있다. 배탈이 나도록 포식하는 자가 있는가 하면, 굶주림에 허덕이는 자가 있다.

자신이 할 수 있는 일은 자신이 하라. 자기 집 문 앞은 자기가 쓸어야 한다. 모든 사람이 그리하면 온 마을과 온 세계가 깨끗해질 것이다. -세네카

노동은 도덕이 아니다. 그러나 도덕적 생활을 하는 데 없어서는 안 될 조건이다.

일을 하는 것은 좋다. 그러나 무엇을 목적으로 일하고 있는가? -소로

별로 중요하지 않은 일을 하면서 곧잘 짜증 내고 다른 사람들까지 방해하면서 주의를 산만하게 만드는 사람이 있다. 이런 노동 자세는 태만보다 훨씬 나쁘다. 참된 노동은 조용히, 항상 일정한 성취를 이루는 것, 그리고 남의 눈에 잘 띄지 않는 것이다.

그대 자신이 얻은 것은 다른 누구도 가질 수 없다는 것을 기억하라. 그러나 그대가 이용하고 있는, 혹은 사용물에 불과한 그 어떤 물체의 모든 부분은 모든 사람의 생활의 일부분이라는 것을 더욱 명심하라. -러스킨

대개 한량들이 일이라고 생각하는 것은 대부분이 오락이다. 그것은 신성한 노동을 욕되게 하는 것이며, 오히려 새로운 노고를 만들어내는 행동이다. 물론 자기들 스스로 일하지 않는 족속들의 오락이란 대부분 이따위 것들이다.

21일

July

사랑은 신의 본성의 발로이다. 사랑에는 시간이 없다. 사랑은 오직 지금 이 순간에만 나타난다.

우리는 사랑하는 사람들에게 늘 공정하며 자애롭고 언제나 주의 깊게 대하기를 망설일 필요가 없다. 우리는 그들이, 또한 우리 자신이 병에 걸리거나 죽음의 위협을 받는 때를 기다릴 필요는 없다. 인생은 짧다. 그러므로 이 길을 함께 가는 사람의 마음을 즐겁게 하기 위해서는 조금도 낭비할 시간이 없다.

–아미엘

일반적으로 사랑한다는 것은 착한 일을 한다는 것을 의미한다. 즉 사랑은 다른 사람을 행복하게 하는 말이요, 실천이다. 그런데 만약 어떤 사람이 장래에 큰 사랑을 베풀겠다는 명목으로 현재의 작은 사랑을 외면한다면, 그 사람은 자기 자신과 타인을 함께 속이고 있음이 분명하다. 자기 이외에는 그 누구도 사랑하고 있지 않은 것이다. 장래의 사랑이란 있을 수 없다. 사랑은 어디서나 현재의 행위일 따름이다. 지금 사랑을 실행하지 않는 사람은 사랑이 없는 사람이다.

가끔 우리는 어째서 그런 일을 했을까. 왜 도움을 베풀지 않았을까. 어째서 나에게 청해온 원조를 거절해서 내 의무를 다했을 때의 즐거움을 놓쳐버리는 짓을 했을까, 하는 번민에 사로잡힐 때가 있다.

온 세상 사람들이 그대를 비난한다 할지라도 그대는 선하게 처신하라. 그것은 그들이 그대를 칭송하거나, 그대가 나쁜 인간으로서 살아가는 것보다 훌륭한 가치가 있다.

–괴테

22일

July

러시아어로 벌이란 말은 가르친다는 말과 그 뜻이 같다. 가르친다는 것은 오직 범례를 통해서만 할 수 있다. 악을 악으로써 대하는 것은 가르치는 것이 아니라 오히려 멸망시키는 것이다.

인간에게 이웃을 벌할 권리를 부여한다면 그 권리를 받을 만한 자는 과연 누구이겠는가? 스스로의 죄를 뉘우치기는커녕 자신이 저지른 죄를 알지도 못하는 자는 타락한 죄인이다. 그런데 그와 같이 타락한 자들이 어찌 남의 죄를 벌할 수 있겠는가?

-에머슨

형벌은 언제나 참혹하고 비참하다. 만일 형벌이 참혹하지 않고 고통스럽지 않다면 만들어지지도 않았을 것이다. 오늘날의 형무소는 백 년 전의 태형과 똑같이 참혹하다.

학문이라는 명목 아래 때로는 혐오할 만한 것이 선택되고 있다. 그중에서도 벌이라는 것을 대상으로 한 학문이 있다. 이는 미개인들이나 해당할 법한 가장 무지한 학문이라고 할 수 있다.

23일

July

성인의 생활 법칙은 그다지 정확한 것이 아니다. 그러나 그 뒤를 따라가는 사람들은 차츰 밝아진다. 평범한 사람의 생활 법칙은 누구나 다 알 수 있다. 그러나 그 길을 따라가면 혼미해진다. –공자

선이란 의무를 수행함에 있어서의 도덕적이며 확고한 목표이다. 그러나 그 확고함이 결코 습관이 되어서는 안 된다. 언제나 새롭게, 그리고 본질적으로 인간의 영혼에서 우러나오는 선이어야만 한다. –칸트

순찰병이 요새를 경호하고 성벽의 주위와 그 안을 감시하듯, 사람도 매순간 부지런하고 용감하게 자기 자신을 감시해야만 한다. –붓다

우리는 자기의 처지에 화를 내며 슬퍼하고, 그것을 조금이라도 빨리 바꿔보려고 애쓴다.

이 지상에서 벌어지고 있는 상황은 어떤 경우에라도 그 사람이 해야 할 일이 있다는 것을 가르치고 있다.

그대가 건강하다면 그 힘을 남을 위해 쓰도록 하라. 그대가 병들어 있다면 그 병 때문에 남에게 방해가 되지 않도록 하라. 그대가 가난하다면 남에게 동정 받지 않도록 노력하라. 그대가 모욕을 당했다면 그 모욕을 준 자를 사랑할 수 있도록 노력하라. 그대가 남을 모욕했다면 그대가 저지른 악이 그대로 남아 있지 않도록 힘써라.

24일

July

의무를 가장 순수한 의미로 이해하는 것은 간단명료하며 자연스럽다. 사실 어떻게 하면 행복할 수 있느냐 하는 것과 어떻게 하면 손실에서 벗어날 수 있느냐 하는 것이 신의 진실은 아니다. 신의 진실은 어떤 것도 속박하지 않는다. 그러므로 저마다 스스로에게 주어진 일을 참고 견뎌낼 수만 있다면 자신에게 이로운 것을 자유롭게 선택할 수 있게 된다. –칸트

도덕이란 공통되는 전체의 목적을 향하여 나아가는 의지의 진행이다. 부분적인 목적을 위해 움직이는 자에게는 도덕이 있을 수 없다. 어느 누구의 목적이나 또 그를 각성시키는 동기가 모든 사람들의 목적에 합치될 수 있다면, 그는 도덕적인 사람이다. 우리는 이 위대한 이해 또는 가르침이 모든 사람들의 마음속에 들어 있다는 것을 확신한다. 그리고 이것이야말로 인간의 내부에 존재하는 영원불멸의 지혜이다. –에머슨

선에 대한 신의 법칙을 지키는 것은 물질적·세속적 행복과는 조금도 합치되는 점이 없다. 그 법칙을 다했을 때 얻을 수 있는 물질적인 행복은 도리어 인간의 정신을 해치는 것이다. 도덕적인 선은 물질적인 선과 상반한다. 그것 때문에 우리는 고통과 염려 속에서 살게 된다. 그러나 이런 상태에 있는 덕분에 정신은 아주 강하게 단련되는 것이다.

25일

July

고뇌의 원인을 자신의 과오 속에서 발견하고 그 과오를 없애려고 할 때, 인간은 도리어 자유로워지고 그것을 참아나갈 수 있게 된다. 그러나 과오에 대한 관계가 확실하지 않은 고뇌에 부딪혔을 때는, 그는 오지 말았어야 할 것이 왔다고 생각한다. 그리하여 '무엇 때문에'라고 자문한다. 그는 자기의 행위를 바로잡을 대상을 발견하지 못하고 고뇌에 반항하는 것이다. -칼라일

사람은 자기가 그 원인이 되어 있다는 사실도 모르고 남의 고뇌를 동정하는 법이다.

"나는 착하게 대했는데도 그들은 나에게 악하게 대했다"고 말한다. 그러나 그대가 그를 사랑한다면, 그가 그대로 인해 얻은 그 행복 속에 그대 자신을 위한 선물도 들어 있다. 그대는 보답을 얻고 있는 셈이다. 그러므로 그에게 베풀었던 선을 그대 자신에게도 베푸는 것이 된다.

아무리 노력해도 그대가 자유를 얻을 수 없다면, 아직도 가난하고 슬픈 일만 닥쳐온다면 그대 자신을 탓할 수밖에 없다. -라메네

그대가 괴로워하고 힘겨워하는 악업의 근원을 자기 속에서 찾아라. 어떤 때는 그 악업이 그대의 행위의 직접적인 결과일 수도 있으리라. 또 어떤 때는 그것이 돌고 돌아서 그대 자신에게로 되돌아오는 수도 있을 것이다. 그러나 악업의 근원은 늘 그대 자신 속에 있다.

도덕에 대한 보답은 좋은 행위를 했다는 의식 자체에 있다. -키케로

26일

July

신전은 물론 신전에서 행하는 의식도 중요한 것은 아니다. 갈릴리도 아니고 예루살렘도 아닌 그 어느 곳에서라도 사람들이 자발적이고 성실한 마음으로 신에게 예배를 드릴 때가 온 것이다.

신은 그와 같은 신앙을 가진 사람을 찾고 있다. 이스라엘 시대에도 찾았었고, 지금도 여전히 찾고 있다. 사람들은 언제쯤 넘쳐나지 않는 샘물을 긷기에 지쳐 그리스도를 향해 이렇게 외칠 것인가?

"주님이시여, 저희가 갈증을 풀기 위해 여기까지 오지 않아도 좋도록 물을 주소서."라고.

언제쯤이면 갈증에 지친 사람들이 지상의 구석구석으로부터 모여와서 그리스도에게 생명수를 청할 것인가? -라메네

모든 신앙 가운데 영적인 것만이 진실한 신앙이다. 신은 심령이다. 신은 종교의 내부적인 존재로서 지역이나 외적 형식과는 아무런 관계도 없다.

아무리 위대한 인간일지라도 그를 신으로 섬길 수 없는 까닭은 광명의 빛과 지혜, 용기, 그러한 것의 숭고한 본원으로서의 신에 대한 우리의 이해가 한없이 깊기 때문이지, 우리와 같은 인간 속에서 발견되는 천부적 재능에 대한 우리의 평가가 너무 낮기 때문은 아니다. -칼라일

자기의 신앙 속에서 모든 육체적인 것, 눈에 보이는 것, 감각적인 것들을 미련 없이 떨쳐버려라. 그대가 신앙의 정신적인 중심을 깨끗이 하면 할수록 그대의 신앙은 더욱더 굳건하고 튼튼하게 된다.

27일

July

한쪽 발에 찔린 가시를 뽑기 위해서는 다른 발에 의지하여야만 뽑아낼 수 있다. 그러나 그 일이 끝나면 우리는 발에 대해서 까맣게 잊어버릴 것이다. 이처럼 지식은 나를 어리석게 만드는 장애물을 제거하기 위해서만 필요한 것이다. 지식 그 자체가 독립된 가치를 갖는 것은 결코 아니다. 그것은 하나의 수단에 불과하다. –브라만 잠언

인생에 있어서 중요한 일이 지식만을 얻는 것이라고 믿는 사람은, 빛을 가리는 줄도 모르고 불에 덤벼들다 죽는 하루살이와도 같다. –괴테

지식은 수단은 될 수 있을지언정 목적은 될 수 없다.

학자라는 말은 어떤 사람의 지식 정도를 의미할 뿐이지 그 사람이 무엇을 참되게 알고 있다는 것을 의미하는 것은 아니다. –리히텐베르크

인생의 목적은 신의 가르침을 지켜나가는 데 있는 것이지 지식을 얻는 데 있는 것은 아니다.

28일

July

소란하던 그 날이 잠잠해지고, 벙어리가 된 거리의 벽 위에 밤의 어둠이 퍼진다. 낮 노동의 보상으로 꿈이 찾아올 때, 나는 정적 속에서 혼자 눈뜨고 고민하노라. 할 일도 없는 밤, 뉘우침의 그림자 뱀처럼 꿈틀거리고 모든 환영의 무리 쓸쓸하고 무겁게 짓누르는 마음속에서 부질없는 공상이 아우성친다. 혹은 추억이 나의 앞에 묵묵히 두꺼운 화첩을 펴고, 나는 시들한 마음으로 그 속에 과거의 그림자를 비춰보며, 무서움에 떨며 저주하노라. 끝내는 비탄에 잠겨 눈물을 짓는가. 그러나 나의 슬픔은 가실 줄을 모르네.

–푸슈킨

지금 그의 단계가 어느 정도 높은 것이라 할지라도, 인간이 완성을 지향하는 것은 빠를수록 좋다.

그대가 저지른 악의 근원을 마음 밖에서 찾는 것은 위험한 일이다. 그렇게 되면 참회할 수가 없기 때문이다.

–로버트슨

완성에 다다르려면 먼저 참회하지 않으면 안 된다.

그대 마음속의 모든 악을 만인에게 공개하면서 살도록 하라. –세네카

자기 자신의 과실을 의식하지 않는다는 것은 그 과실을 더욱더 크게 만드는 것이다.

–에머슨

29일

July

신이 인간에게 정신과 지식을 준 뜻은 인간으로 하여금 신에 대하여 봉사하게 하는 데 있다. 그러나 우리는 그것을 자기 자신에게 봉사하기 위해서만 사용하고 있다.

만약 지능이 악에 종속되고 정욕의 수단이 되며 거짓을 두둔하게 된다면 정의와 허위, 선과 악, 공정과 편파를 구분할 능력을 잃게 되고 만다. 결과적으로 사악하고 병적인 것이 되고 마는 것이다. -채닝

지력은 이 세상에서 가장 위대한 힘이다. 가장 큰 죄악은 지력을 악용함으로써 이루어진다. 즉 진리를 은폐하고 변질시키기 위해 지력을 사용하는 경우에 가장 큰 죄악이 나타나는 것이다.

잠들지 못하는 자에게는 밤이 길다. 피로한 자에게는 한 걸음도 천릿길처럼 멀다. 무지한 자에게는 인생이 지루하다. -에머슨

지혜를 하찮은 목적에 이용하는 사람들은 어둠 속에서는 볼 수 있으나 대낮에는 장님인 밤새와 같다. 그들의 지식이 과학적인 무기 발명 따위에나 쓰일 때는 몹시 날카로우나, 진리의 빛 가운데에서는 눈먼 장님이나 마찬가지이다. -피타고라스

그것이 꼭 필요하면 필요할수록 그 악용은 더욱더 유쾌한 게 된다. 대부분의 불행은 지혜의 악용에서 비롯된다.

30일

July

이 세상은 유일한 하나의 법칙을 따르고 있다. 존재 속에 있는 단 하나의 이성 그것이다. 진리는 하나뿐이며, 따라서 이성적인 사람들에게는 완전에 대한 이해도 오로지 하나뿐이다. -아우렐리우스

도덕적인 계율이란 명백하다. 지금 와서 우리가 그것을 모른 척하고 지낼 수는 없다. 그런데 아직까지도 그것을 모르고 있는 사람들은 자신의 이성을 부정하고 있는 것이다.

도덕적인 계율은 이제껏 참된 성자와 참된 종교에 의해 명확하게 표현되어 왔다.

선한 의지를 가지려면 어떻게 해야 하느냐를 이해하자면, 특별히 깊은 사상이 필요한 것은 아니다. 나는 이 세상의 모든 것을 알 능력도 없고, 이 세상에서 싹트는 모든 사상을 샅샅이 뒤져 밝힐 수도 없다. 다만 자신의 행위 주체로서 그 행위가 모든 사람이 행하여도 그릇됨이 없겠는가 하는 것이 중요할 뿐이다. 내 이성은 이 계율을 지킬 것을 나에게 강요한다. 비록 어떤 기틀 위에서 그것을 존중해야 하는지를 내가 이해하지 못할지라도 나는 그 계율 속에 있는 무언가를 증진하고 있음을 안다. 그것은 내가 나타내는 모든 행위보다도 훨씬 가치 있는 것이며, 내가 도덕적인 계율을 존중하면서 행동하는 것은 다른 모든 동기에 앞서는 의무임을 알고 있기 때문이다. -칸트

31일

July

진정한 사랑이란 어느 특정인의 사랑이 아니라 만인을 사랑하고자 하는 정신 상태이다. 그러한 경험을 통해서 우리는 우리의 마음이 신적인 것에 근원을 두고 있다는 것을 알 수 있다. 남에게 사랑받기 위해 애쓰지 말라. 다만 사랑하라. 그러면 비로소 그대도 사랑을 얻으리라.

사랑은 사랑을 베푸는 자에게 정신적이며 내면적인 기쁨을 안겨준다. 그뿐만 아니라 현세의 삶을 무상의 기쁨으로 가득 채워주는 데 필수적인 조건이다.

그대가 느끼고 있는 마음의 즐거운 상태, 그것이 그대가 남을 위해 노력함으로써 얻은 그 사람의 선물이다. –동양 잠언

성인은 자기 자신의 감정을 갖고 있지 않다. 타인의 감정이 곧 그의 감정인 것이다. 그는 선행에는 선으로 대하며, 악행에도 선으로 대한다. 그는 믿음이 있는 자에게는 믿음으로 대하고, 믿음이 없는 자에게도 믿음으로 대한다.

성인은 이 세상에 살며, 사람들과의 관계에 마음을 쓴다. 그는 모든 사람을 위해 생각한다. 그런 이유로 모든 사람의 마음과 눈은 그에게 집중되는 것이다. –노자

사랑은 우리에게 비밀스러운 행복 하나를 알게 한다. 그것은 자기 자신과 모든 사람이 융합해 살아가는 기쁨이다.

July

July

한순간이라도 좋다. 우리가 최소한의 이기심만 버릴 수 있다면 그 누구에게도 악한 일은 하지 않으리라. 빛은 있다. 단지 함부로 그것을 반사하지 않을 따름이다. 만일 우리가 반사하기만 한다면 온갖 사물과 현상이 찬란하게 열릴 것이다.

죄악을 범할 수 있는 것은 오직 인간뿐이다. 인간의 의지에 의하지 않는 행위는 무엇이든지 선이다.

자기 몸으로 포탄을 막지 않으면 안 될 불행한 사람들은 전쟁을 반대할 권리가 있다. 그러나 안타깝게도 그들은 신념을 주장할 용기도, 문제를 이해할 만한 힘도 갖지 못했다. 오랜 옛날부터 그들은 단지 자신을 죽음의 함정으로 떨어뜨리는 일에만 길들었고 끝내는 그가 그리는 평화로운 세상을 보지 못한 채 흐르는 별처럼 사라져갔다.

그 누구도 전쟁의 필연성을 증명할 수는 없다. 전쟁 자체가 전혀 필연적이지 않기 때문이다.

소크라테스는 우둔이 슬기와 맞서는 것은 어렵다고 했으나, 무지가 곧 우둔이라고는 하지 않았다. 그러나 자기 자신을 모르는 자, 자신이 알지 못하는 것을 알고 있는 것처럼 착각하는 자들을 그는 '미친 자'라고 하였다.

부유한 자가 진실로 자비로운 사람이 되고 싶다면 그는 곧 부자이기를 포기해야 할 것이다.

인간의 삶은 바퀴와 같다. 바퀴는 한없이 작게 회전함으로서 모든 방향으로, 그리고 무한히 큰 바퀴 속으로 기어든다.

산이 무너진 것도 아니고 전염병에 걸린 것도 아닌데 나를 미워하고 괴롭히는 동포들 때문에 내가 하루하루 죽어가야 한다는 것은 얼마나 무서운 고통인가. 이것은 자살을 강요당하는 것이나 마찬가지이다. 나는 이런 고통을 도저히 견뎌낼 수 없다. 나는 자진해서 목숨을 끊어버리고 말 것이다.

모든 시대를 통하여 만인을 지배하는 영구불변의 법칙은 단 하나밖에 없다. 그 법칙에 따르지 않는 자는 자기 자신을 거부하며, 인간의 본성을 멸시하는 자이다. 그 사람은 그 때문에 현실적인 형벌은 받지 않겠지만 자기 자신으로부터 내려진 가장 무거운 벌을 어깨에 짊어지고 있다.

우주적인 자아의 인식에 도달하고 싶다면 먼저 자기 자신을 알아야 한다. 그러기 위해서는 자기 자신을 우주적인 자아에 바치지 않으면 안 된다. 정신적인 삶을 영위하고 싶다면 먼저 현세에서 벗어나라. 외부 세계에 관한 관심을 멀리하라. 정신에 검은 그림자를 던지는 모든 물상으로부터 자신을 멀리하라. 그대의 존재는 그림자 같아서 잠깐 살고 있다가 곧 사라져버린다. 그러나 그대에게는 영원히 존재하는 무언가가 있다.

그 어떤 폭압적인 시도도 악을 바로잡을 수는 없다. 그러므로 폭력을 예지로써 대신하라.

고대 사회의 근저를 이루고 있는 것은 폭압과 상호부조에 대한 모멸이었다. 현대 사회의 근저는 현명한 협동과 폭압에 대한 부정으로써 이룩되어야 한다.

나는 결코 나 하나만의 구원을 바라거나 또는 받거나 하지 않을 것이다. 또한 나 혼자만의 안일을 얻고자 하지도 않을 것이다. 언제 어디서나 이 세상 만물의 구원을 희망하며 살고, 또 그것을 위해 노력할 것이다. 만물이 진실로 참된 자유를 얻을 때까지 나는 이곳에 머물러 있으면서 죄악과 비애, 투쟁으로 얼룩진 이 세계와 함께하리라.

August

1일

August

자기의 의무를 수행하는 가운데 기쁨을 발견하는 사람, 두려움 때문에 복종하는 게 아니라 스스로의 판단으로 계율에 복종하며, 오직 자기 자신만을 의지해서 인생을 살아가는 사람. 이런 사람들만이 자유롭게 살 수 있다.

–키케로

자유를 얻으려면 속론을 따를 것이 아니라, 그대 자신의 힘으로 선과 악을 구별할 수 있게 되도록 노력함이 필요하다.

운명이 그대를 어디에 던져버린다 해도 그대의 본질과 정신생활은 그대와 함께 있을 것이다. 또한 자신의 존재 이유에 대해 확고한 신념을 갖는다면 언제나 자유와 힘을 얻게 될 것이다. 어떤 외면적 행복이나 호화로운 생활도 그로 말미암아 타인과의 정신적 융합에 방해를 받으며, 자신의 정신적 존엄을 파괴당한다면 과연 무슨 가치가 있겠는가? 그렇게 지대한 희생을 지불하고 그대가 얻은 것은 무엇인가? 나는 그것을 보고 싶은 것이다.

–아우렐리우스

그대가 어떤 공명심 때문에 나쁜 일을 해야겠다는 생각을 하지 않는다면, 그대는 그 어떤 착한 일이라도 다 할 수 있을 것이다.

–중국 잠언

자유는 어떤 사람이 다른 어떤 사람에게 줄 수 있는 것이 아니다. 오로지 자기 자신에 의해서만 자유를 얻을 수 있다.

2일

August

만일 인간이 육체적인 존재에 불과하다면 죽음은 모든 것의 종말을 의미한다. 만일 인간이 정신적인 존재이며 다만 정신의 껍데기에 불과하다면 죽음은 어떤 변화일 따름이다. 나는 이러한 변화를 남들처럼 공포로 인식하지는 않는다. 내 생각에 의하면, 죽음이란 좋은 것으로의 변화를 의미한다. 죽음에 대해서 이러쿵저러쿵 떠드는 것은 어리석은 짓이 아닐까. 우리가 할 일은 그저 살아가는 것이다. 잘 사는 방법을 아는 사람은 죽음도 훌륭하게 맞이할 수 있다. —시오도어 파커

만일 죽음이 완전히 소멸하는 것이라면 나는 이의를 제기하지 않을 것이다. 그것은 정당하다. 그러나 그렇다면 죽음은 조금도 놀라운 것이 아니다. '나는 존재한다. 그러나 그는 없다. 또는 그는 존재한다. 그러나 나는 이미 존재하지 않는다'라는 상황이 곧 죽음이다. 그러나 죽음이 우리에게 공포를 느끼게 하면서 생활을 남기고 가는 것이라면, 묘지 저쪽에서도 우리는 지상에 있어서와 똑같은 모습으로 살아간다는 것인가?

그것은 우리를 위협하는 관념이다. 그러한 관념은 우리가 가진 지옥과 천국이라는 사상을 파괴해버린다. 우리들의 가장 중요한 희망은, 사후에는 현재의 모습과 완전히 다른 그 무엇이 되겠다는 염원이기 때문이다. 그러나 그러한 희망은 사라져버리고 마는 것인가? —아나톨 프랑스

최후의 날은 우리 자신의 멸망을 의미하는 게 아니다. 다만 변화를 가지고 오는 것일 뿐.

3일

August

비록 작은 일일지라도 선한 일을 하도록 힘써라. 그리하여 모든 죄에서 벗어나라. 하나의 선행은 그 배후에 또 다른 선행을 이끌어오는 것이며, 하나의 죄는 또 다른 하나의 죄를 낳는 것이다. 덕행의 보수는 덕행이다. 그러나 죄에 대한 보수는 오직 벌이다. –탈무드

우리는 자신이 행한 선이나 악의 보답이 일정한 시간 안에 있길 바란다. 그러나 번번이 그것을 찾아내지 못한다. 선과 악은 정신적인 영역에서 행해지며, 그 영역은 시간이라는 것의 바깥에 있다. 그리고 그 영역에 있어서 우리가 보답의 확실한 표시를 보지 못하더라도, 우리의 양심은 그 보답을 확실하게 의식하고 있다.

씨는 뿌리는 대로 거두는 법이다. 남을 때리는 그대는 괴로울 것이다. 남에게 봉사하라. 그러면 그대가 봉사를 받게 될 것이다. 만일 그대가 한 평생을 걸고 타인에게 봉사한다면, 아무리 교활한 사람이라도 그대에게 보답하지 않을 수 없을 것이다. –에머슨

악한 일을 한 사람은 자기 스스로 괴로워한다. 죄를 이긴 사람만이 모든 죄에서 몸을 깨끗하게 할 수 있다. 깨끗한 사람이 되는 것도 부정한 사람이 되는 것도 그대에게 달렸다. 어느 누구도 그대를 구원할 수는 없다. –붓다

선을 베풀고 눈에 보이는 보수를 바라지 말라. 선행에 대한 보수는 그 선행과 동시에 그대가 받고 있다. 악행을 저지르고도 눈에 보이는 보복이 없다고 해서 신기하게 여기지 말라. 그 보복도 이미 그대의 마음속에 존재하고 있다.

오직 자기 자신만을 생각하고, 모든 일에 있어 자기 이익만을 탐내는 사람은 행복할 수가 없다. 자기를 버리고 남을 위해서 생활하라. -세네카

인간은 누구나 자기의 내부에 전 인류의 생활 의식을 가지고 있다. 그것은 우리의 마음속 깊이 확실히 존재하고 있다. 자기의 내부에서 성취되는 개인적인 목적을 부정하는 것은, 그가 발길을 돌려놓은 힘찬 생활에 의해서 곧 보답을 받게 되는 것이다. 오직 자기 자신의 특별한 개성을 부정함으로써만 우리는 진정한 개성을 살릴 수가 있는 것이다. 자기 자신의 생활 속에 타인의 생활을 의식함으로써 우리는 무한한 불변의 세계를 경험하게 될 것이다. -카펜터

광명이 사라질 때 그대의 마음속에서 검은 그림자가 그대 위에 떨어진다. 이 무서운 그림자를 조심하라. 그대의 마음속에 모든 이기적인 생각을 추방하지 않는 한, 어떤 이지의 빛도 그대의 마음 자체에서 일어나는 그 검은 그림자를 없애버릴 수는 없을 것이다. -브라만 잠언

자기 부정이란 글자 그대로 자기 자신을 부정해버리는 것은 아니다. 그것은 자아를 동물적인 영역에서 정신적인 영역으로 옮겨놓는 것을 의미한다.

정신적 행복을 위해서 육체적 행복을 부정하는 것은 의식이 변화한 결과이다. 만약 이 의식의 변화가 성취된다면, 이전에는 부정이라 생각되던 것이 단순한 부정이 아니라, 불필요한 것에서 자연히 떨어진 것임을 알게 된다.

5일

August

우리는 함께 살고 있는 사람들의 기준으로 기울어지기 쉽다. 우리의 성격이나 생활이 대단한 것이 못 되는 까닭이 바로 그것이다. 가장 중대한 위험은 우리를 타락하게 하는 악한 사람들에게 있는 것이 아니다. 흐르는 물처럼 남의 사상을 다른 사람에게 퍼뜨려 우리를 우리 자신으로부터 멀리 떼어놓는 몰지각한 사람에게 있다.

신앙이 없는 사람의 마음을 자신이 가지지 않고 죄 있는 자의 길에 서지 않으며, 신을 모독하는 자리에 앉지 않는 사람은 행복하다. 다른 사람의 악습만큼 전염되기 쉬운 것은 없다. 남의 악습을 보면 그것이 곧 자신의 마음에 깊은 인상을 남긴다. 그리고 그러한 악습의 영향이 없었더라면 결코 하지 않았을 행위를 우리는 번번이 저지르고 만다. -러스킨

전염이란 것은 사회생활에 있어서 흔히 있을 수 있는 일이다. 그러나 자기에게 전해져오는 것을 받아들일 때는 충분히 조심하도록 해야 한다. 전염이란 아주 힘이 세다. 그러므로 덕이 있는 사람은 언행에 대하여 엄격하지 않으면 안 된다. 전염의 매개체는 말과 행위이기 때문이다.

사람은 어떤 일에도 익숙해진다. 특히 주위 사람들이 하는 일에는 금세 물들어버린다. 나도 가끔 그런 것을 생각한다. 얼마나 자기 자신의 신념을 희생시키며, 또 얼마나 손쉽게 제도나 습관에 굴복했었던가를. 그럴 때마다 나는 더없이 부끄러워진다. -에머슨

허위적인 사상의 대부분은 한 사람이 다른 사람에게 유해한 것을 불어넣음으로써 더욱 퍼지며, 더욱 뿌리를 박게 된다.

사회 일반의 통념을 좇아 생활한다는 것은 매우 쉬운 일이다. 그러나 혼자서 있을 때는 오직 자기 생각대로 할 수밖에 없다. 사람들 사이에 있으면서 혼자 있을 때와 같이 자주성과 겸허한 마음을 지속해나갈 수 있는 사람은 참으로 굳센 사람이다. -에머슨

6일

August

등불을 든 사람은 결코 길의 끝까지 이를 수 없다. 등불이 비치는 장소는 언제나 그 사람의 앞이기 때문이다. 인생에서의 이지는 그런 등불 같은 것이다. 이지의 생활에서 죽음은 존재할 수가 없다. 왜냐하면 그 등불은 끊임없이 최후의 시간까지도 비추어지고, 그대는 그 뒤를 따라서 언제까지나 걸어가야 하기 때문이다.

때로 혼자서만 생활하는 사람이 있다. 벌레 중에서도 홀로 사는 것들이 있다. 이렇게 홀로 살고 있는 것들은 이 세상에 자기만이 있는 줄 알고 생활 전부를 오직 자기만을 위해서 요구한다. 이러한 모순은 고쳐지기가 매우 어렵다.

어찌 보면 인간의 삶이란 식물과도 같다. 여러 가지 양분을 흡수해야만 성장할 수 있고, 그렇게 살다가 이 세상에 같은 씨를 남기고 얼마 후에는 시들어버린다. 여기에 순응하여 사는 인간은 다른 어떤 동물보다도 저급한 존재 목적밖에 이루지 못한다. 자기에게 주어진 높은 능력을 다른 생물이 훨씬 확실하고 훌륭하게 이루어놓은 목적만큼도 활용하지 못하기 때문이다. 이렇게 사는 사람은 모멸의 대상이 된다. 참으로 슬기로운 사람의 눈으로 본다면, 가련한 인생에 불과할 것이다. 만일 인간이 향상된 미래에 대한 희망도 없이 다만 현재의 틀 속에 갇혀 있다가 완성의 시기를 놓쳐버린다면, 누구라도 비웃음을 면치 못한다. –칸트

개인에게 있어서나 인류 전체에 있어서나, 이성은 생활에 대한 유일한 안내자이다.

육체의 등불은 눈이다. 만일 그대의 눈이 깨끗하다면 육체의 모든 부분도 깨끗해지리라. 만일 그대의 눈이 병들었다면 육체는 어두울 것이다. 보라! 그대의 육체 안에 있는 빛이 꺼지지 않았는가를.

모든 사람은 인류가 축적해온 지혜의 성과물을 이용할 수 있으며, 또 이용하지 않으면 안 된다. 그러나 그와 동시에 자기 자신의 이지로써 남들이 이룩해놓은 것을 검토할 수 있는 것이며, 또 검토하지 않으면 안 된다.

7일

August

내면성을 갖지 않는 외면적 자유란 무가치하다. 비록 외부적 폭압에 의한 굴복에서 벗어났다 해도 무지·죄악·이기주의·공포 등 때문에 나 자신의 마음을 지배할 수가 없다면, 그것이 무슨 소용이 있겠는가. 나는 다음과 같은 사람만을 자유인이라고 생각한다. 즉 자기 자신이나 자기 주위에 사로잡힘이 없이 인류의 행복을 위하여 자신을 희생할 용의가 있는 사람, 그 같은 사람만이 진정한 자유인이다.

만일 그대가 참으로 자유로워지고자 한다면, 신에게서 받은 것을 신께 보답할 각오가 항상 되어 있어야 한다. 그대는 죽음뿐 아니라 고뇌나 시련에 대해서도 준비하지 않으면 안 된다. 사람들이 진리를 위해서가 아니라 허위나 현재의 자유를 위하여 목숨을 던지는 일이 얼마나 흔하게 일어나는가. 그리고 인생의 무거운 압력에서 벗어나기 위해 자신을 말살시켜버리는 경우도 많다. 만일 그대가 참된 자유에 대한 대가를 지불하는 데 인색하다면, 그대는 노예일 수밖에 없다. 그대 자신이 제왕이 되었다 해도 말이다.

–에픽테토스

만일 자유롭게 살고 있지 못하다는 생각이 들거든 그 원인을 자기 자신 속에서 찾아라.

한 사람의 혹은 몇몇 사람의 노예가 되지 않도록 경계하라. 그대가 해야 할 일, 그리고 그대가 스스로 할 수 있는 일에 있어서만 모든 사람들에게 종속될 필요가 있다.

–키케로

인간의 존엄성을 무시당했을 때만큼 괴로운 일은 없다. 남에게 예속되는 것만큼이나 몸을 천하게 하는 일은 없다. 인간의 존엄성, 그리고 인간의 자유는 당연한 권리이다. 존엄성과 자유를 지켜라. 그것을 위해 목숨을 버릴 수 있어야 한다.

–키케로

8일

August

『성서』나 『코란』, 『우파니샤드』 속에 쓰여 있는 사상은 그것이 신성해 보이는 책 속에 쓰여 있어서 진리인 것은 아니다. 신성시되는 책에 쓰여져 있다는 이유만으로 모든 것이 진리라고 생각하는 것은 책에 대한 우상숭배이다. 그것은 다른 어떤 우상숭배보다 해로운 것이다.

그것이 누구에게서 나온 사상이건, 모든 사상은 한 번쯤 검토와 주의를 할 필요가 있다.

우리에게 아직 남아 있는 과거의 낡은 법칙을 고취하려는 것은, 현대인에게 몇 세기 전에 살았던 조상들의 집이나 그들이 썼던 무기를 주는 것과 마찬가지이다.

–맬러리

위대한 작가라고 칭송받는 사람이 쓴, 특히 중요하고 깊은 뜻을 담았다는 책들은 대개 참된 진리를 알기 위해서는 방해가 된다. 신의 진리는 도리어 아이들의 외마디소리나 바보들의 헛소리, 또는 광인의 꿈에서 찾을 수 있다. 또는 단순한 사람의 이야기나 편지를 통해서도 찾을 수 있다. 위대하고 신성한 책이라는 말을 듣는 작품에서는 오히려 빈약하고 허위의 사상밖에는 찾지 못하는 수가 있다.

우리가 전통적이고 명백한 진리라고 생각하는 것들은 많다. 그러나 그런 생각은 우리가 그것에 대해 진지하게 따져보지 않았다는 사실에 지나지 않는다.

–로드

9일

August

죄악의 대부분은 사람들의 나쁜 의지에서가 아니라, 일반에 전염병처럼 퍼진, 사람들이 진리라고 믿는 거짓 사상 때문에 일어나는 것이다.

만일 그대에게 불행이 닥쳐오거든, 그 원인을 그대의 행위가 아닌 그 행위를 하도록 한 사상에서 찾아보라. 또 만일 어떤 사건이 그대를 슬프게 하며 고통에 빠뜨릴 때, 그 원인을 사람들의 행위에서보다도 그 사건을 일으킨 사람들의 사상에서 찾아보라.

어떤 악행보다도 더욱 악한 것은 그 행위의 근본이 되는 사상이다. 악한 행위는 두 번 다시 하지 않을 수도, 후회할 수도 있다. 그러나 악한 사상은 모든 나쁜 행위를 만들어내는 것이다. 악한 행위는 그저 나쁜 방향으로 굴러갈 뿐이지만, 악한 사상은 저항할 수 없는 힘을 발휘해서 사람들을 그 길로 이끌어가는 법이다.

악한 사상·간음·살생·도둑질·비방 등의 죄악은 인간의 마음속에서 생겨난다.

–성서

말은 행위의 씨앗이다. 기억하라. 말속에 사상의 열매가 맺힌다. 그러나 누구든지 말이 얼마나 큰 뜻을 갖게 되는지를 생각하려고 하지 않는다.

모든 것은 사상 속에 있다. 사상은 만물의 근원이다. 그러나 사상은 사람의 의지로 지배할 수 있다. 완성에 이르는 가장 중요한 길은 사상을 잘 지배하는 능력이다.

10일

August

인생에 대한 가장 고귀한 사상은 가장 평범한 상태에서 무엇보다도 명백하게 나타난다. 언제나 자기 주변에 신을 인식하며 미래의 삶을 기다리는 사람만이 가정에 평안을, 정신의 평화를, 마음에는 자비를 보전할 수 있다. 우리 자신의 영원성을 믿을 때에만 우리는 언제나 행복을 느낄 수 있는 사람이 된다. -에머슨

사람들이 성인에게 물었다.

"인생에서 어느 때가 가장 중요합니까? 그리고 어떤 인간이 가장 중요하고, 어떤 일이 가장 중요한 겁니까?"

성인이 대답했다.

"가장 중요한 때는 현재이다. 현재에 있어서만 인간은 자기 자신을 통제할 수 있기 때문이다. 가장 중요한 인간은 현재 그대가 관계를 맺고 있는 인간이다. 이후 그대가 또 다른 사람과 관계를 맺게 될지 어떨지는 확실하지 않기 때문이다. 가장 중요한 일은 그 사람들과 사랑하며 화합하는 일이다. 모든 사람은 서로 사랑하기 위해서 이 세상에 태어난 것이기 때문이다."

지나가버린 때는 아무리 기다려도 다시 돌아오지 않는다. 한번 범해버린 죄악은 아무리 애를 써도 지워버릴 수가 없다. -러스킨

신에게 속하는 우리의 본질은 현재에 있어서만 그 모습을 나타낼 수 있다.

오늘이란 무엇인가. 우리가 미래에 살고, 또한 지금 살고 있는 영원성의 모델에 불과할 것이다. -마르티노

흔히 이런 말들을 한다. "인간은 자유롭지 못하다. 왜냐하면 인간은 정해진 운명이라는 것을 가지고 있기 때문이다"라고. 그러나 인간은 오직 현재에 있어서만 행위하곤 한다. 그리고 현재는 시간이라는 것의 밖에 있다. 현재는 과거와 미래라는 두 시간이 접촉하는 한 점에 지나지 않는다. 그러므로 현재라는 시간 속에서 인간은 늘 자유 그 자체다.

11일

August

약간의 세금만을 필요로 하는 나라, 또는 전혀 필요로 하지 않는 나라는 지상낙원이다. 그와 같이 사람이 생활하는 데 있어서도 외부의 것을 약간만 필요로 하는 사람, 혹은 그것을 전혀 필요로 하지 않는 사람은 행복한 사람이다. 밖에서 오는 것은 언제나 높은 대가를 치러야 하므로 빚을 지게 되고, 슬픔과 위험을 느끼게 된다. 그러므로 외부로부터 얻어진 것은 결국 자신의 땅에서 나오는 산물의 대용이 될 수는 없다. 남에게서 또는 외부에서 오는 것에 대해서는 어떤 경우에도 많은 것을 기대해서는 안 된다. 결국 사람은 다른 누구도 아닌 자기 자신의 힘으로 살아가야 한다. 그리고 남과 함께 있지 않으면 안 될 상황에서도, 문제는 그것이 대체 누구냐 하는 점에 있다. –쇼펜하우어

인간은 모두 혼자 죽는다. 고독할 때 인간은 참다운 자신을 느낀다.

만일 어떤 불쾌한 일에 부딪히거나 곤란한 상태에 빠지면, 우리는 그로 인하여 자신 이외의 다른 사람들을 저주하거나 또는 자신의 운명을 저주하는 경향이 있다. 그러나 우리와 관계없는 그 어떤 외부적인 사정이 불쾌한 것이 되고 곤란한 것이 된다는 사실은, 우리 자신 속에 무엇인가 왜곡된 것이 있음을 의미한다. –에픽테토스

육체가 정신을 괴롭히지 않으며, 또 육체가 생활을 지배하지 못하도록 그대의 육체를 정신과 일치시켜라. 그때 그대는 모든 진실을 완수하여 신의 힘 속에서 평화를 얻을 수 있을 것이다.

12일

August

외면적인 영예에서 행복을 구하는 인간은 모래 위에 집을 짓는 인간이다. 기초가 튼튼한 행복은 내면적 조화에서만 얻을 수 있다. –맬러리

운명은 두 가지 형태로 우리를 파멸하게 한다. 우리가 원하는 것을 거절함으로써 파멸하게 하는 것과 우리가 원하는 것을 허용함으로써 파멸하게 하는 것이 바로 그것이다. 그러나 신이 원하는 바를 똑같이 원하는 자는 그 어느 파멸에서도 구원을 받으며, 모든 것이 그의 행복이 되는 것이다. –아미엘

사람들 속에는 선과 악이 함께 존재한다. 그러나 나아갈 길은 모두 선이거나 모두 악이거나 둘 중의 하나이다.

신에게 바치는 정신은 위대하다. 그러나 그 반대로 신을 배반하거나 신의 가르침을 비난하거나, 그것을 고친답시고 자기 자신이 만든 법칙을 내세우는 자는 약하고 타락하기 십상이다. –세네카

신을 우주의 법칙에 조화시키며, 신의 의지를 받들고, 주어진 생명을 믿음으로써 살도록 하라. 그리고 스스로에게 외쳐라. 나는 내가 지금 처한 환경에 만족하는 법을 알았다고. –아미엘

신을 알고 그의 불멸을 믿는 것은 오로지 자기 자신의 의지와 신의 의지를 일치시킴으로써만 가능하다.

13일

August

자기를 칭찬해주는 사람의 수가 많고 적은 것보다는 칭찬해주는 사람이 선하냐 악하냐가 더 중요하다. 악한 사람에게 칭찬받지 않는 것이야말로 진정한 칭찬이다.

-세네카

움직이는 배 위에 서서 갑판을 내려다보고 있으면 배가 움직이고 있는 것을 느끼지 못한다. 그러나 멀리 있는 나무나 언덕을 바라보고 있으면 배가 움직이고 있음을 느낄 수 있다. 그와 같이 인생에서도 모든 사람이 같은 길을 걷고 있을 때는 서로 아무것도 볼 수 없지만, 그중 한 사람이 신의 길을 걷고 있으면 다른 사람들이 얼마나 사악한 생활을 하고 있는가를 깨닫게 된다. 그리고 그 때문에 사람들은 그 한 사람을 무리에서 추방하려고 한다.

-파스칼

속세의 지혜는 모든 사람이 매일매일 되풀이하는 생활 속에 있다. 그러나 참된 지혜는 이지에 일치하는 생활 속에 있는 것이다. 가령 그 생활이 일반 사람들의 비방을 사는 한이 있더라도.

인간의 이성은 신의 등불이다. 그 등불은 세상의 가장 깊은 곳까지 스며들어 간다.

-공자

만약 신의 뜻에 어긋나는 이 현재의 광적인 상태를 바로 인식하지 못한다면 그것은 예지라고 할 수 없다. 또한, 인간이 그 미친 듯한 상태를 깨달으면서도 자기의 생활을 바꾸지 않는다면 그는 인간이라 할 수 없다.

14일

August

폭력은 무기이다. 즉 우매한 인간이 자기를 따르는 사람들에게 그 사람들의 천성을 배반하도록 강요하기 위해 쓰는 무기이다. 그것은 개천을 가로막아 물을 거꾸로 흐르게 하는 것과 같다. 그리고 그 무기가 기능을 잃어버리면 동시에 그것이 수행한 일의 결과도 파괴되고 만다. 그러나 반대로 사람을 말로써 이해시키는 것은 개천에 경사를 만드는 것과 같다. 그것은 지키는 사람이 없어도 개천물이 저절로 흐를 수 있도록 해준다. 타인에게 일을 시키는 방법에도 이 두 가지밖에는 없다. 그 하나는 그 사람의 천성에 따라서 일을 맡기는 것이고, 다른 하나는 천성과 판단을 무시하고 강제로 일을 시키는 것이다.

폭력은 다만 정의인 듯 보이는 것을 낳을 따름이다. 폭력은 폭력 없이는 바르게 생활할 수 없도록 사람들을 무기력하게 만든다.

참과 거짓의 길을 알고 있는 사람, 사람들을 설교하되 폭력이 아니라 율법과 정의로써 인도하는 사람, 사람의 진실과 이지를 신뢰하는 사람, 이런 사람만이 참으로 바른 사람이다. 말이 아름답고 유창하다고 해서 지혜로운 것은 아니다. 끈기 있게 사람들에 대한 혐오나 공포에서 벗어나 있는 사람, 이런 사람만이 참으로 지혜로운 사람이다. —붓다

폭력으로 이룬 정의는 정의가 아니다. 그것은 다만 항의나 반역이 일어나지 않는 동안에만 존재하는 정의이다. —아미엘

15일

August

인간이 자기 자신의 힘으로써, 자기 자신의 인식으로써 얻은 지식이야말로 유일하고도 의심 없는 지식이다. 그것이 가장 중요하다.

사람이 자기의 존재에 대해 자연을 향해 물어보더라도 그 해답을 얻을 수는 없을 것이다. 왜냐하면 그 사람 자신이 그 질문에 대한 해답이기 때문이다. 그대 자신을 알라.

–맬러리

유능한 목수는 나무를 조금도 다룰 줄 모르는 사람이 그의 재주를 칭찬해주지 않는다고 해서 슬퍼하지는 않는다. 악한 사람의 중상을 두려워하지 말라. 그대의 마음마저 상처 입힐 수 있는 자가 과연 누구이겠는가. 나는 나를 중상하고 내 마음에 못을 박으려는 자들을 초연하게 대한다. 그들은 내가 어떤 사람인지, 또 내가 무엇을 선으로 생각하며 무엇을 악으로 생각하는지 알지도 못한다. 그들은 참으로 내가 나의 것으로 생각하고 있는 것, 내가 의지 삼아 사는 유일한 것에 대해서 생각조차 하지 못할 것이다.

–에픽테토스

대부분의 경우 사람들은 자신의 내면적 세계가 너무나 광대한 바다인 것처럼 믿고 있다. 그렇기 때문에 그 세계를 탐험할 결심이 서지 않는 것이다. 그러나 한 번은 그 사람들도 그 세계로 들어가야 한다. 그래야만 그 속에서 그동안 세상 밖에서 열심히 찾았음에도 불구하고 발견하지 못한 신의 항구를 찾을 수 있다.

많은 사람들이 신을 이해해보려고 애쓰고 있다. 그러나 자기 자신을 이해해보려는 사람은 드물다. 자기 자신을 올바르게 이해하게 되는 찰나에 그들은 신을 이해할 것이다. 신을 이해하는 길은 그것밖에는 없는 까닭이다.

–맬러리

사람은 오직 자기 자신 속에서만 이 세상에 있어서의 참된 사명을 다할 수 있는 힘을 발견할 수 있다.

16일

August

우리는 모든 사람과 정신적으로 결합하여 있을 뿐만 아니라 살아 있는 모든 생명체와 밀접한 결합 속에 있다.

하루는 어떤 사람이 내게 말했다. 인간 중에는 아주 좋은 성질을 가진 인간이 있고, 몹시 나쁜 성질을 가진 인간이 있다고. 그리고 좋은 성질은 애정을, 나쁜 성질은 사악한 품성을 나타내는 것이며, 이 두 가지는 사람의 마음속에 공존하는 것이라고. 이 말은 조금도 틀림이 없는 말이다. 남이 고생하는 모습을 보면 때로는 무한한 동정심이 샘솟고, 또 때로는 기쁨을 느끼는 때도 있다.

이것은 우리에게 두 가지 상반되는 인식 능력이 있다는 것을 증명해준다. 그 하나는 이기주의와 개인주의 경향을 띠고 모든 존재를 낯설며 자기와 관계없는 것으로 보고, 그때 우리는 다른 존재에 대해 무관심·혐오·원한 등을 느낀다는 것. 그리고 또 다른 하나는 우리가 모든 존재와 한 덩어리라고 느끼는 것. 이 인식 능력을 갖추고만 있다면 모든 다른 존재도 자기의 자아와 같이 여길 수 있다. 그러므로 우리는 모든 사물을 대할 때 연민과 애정을 갖게 된다. –쇼펜하우어

아프리카 흑인은 우리의 동포가 아니라고 말할 수 없다. 또한 원숭이나 개, 말, 새도 우리의 동포가 아니라고 말할 수는 없다. 원숭이나 개, 말, 새가 우리와 관계없는 것이라면 아프리카 흑인도 관계가 없다고 해도 좋다. 하지만 그렇다면 피부색이 다른 사람은 전부 우리와 관계가 없게 될 것이다. 그렇게 되면 누가 우리의 이웃이 될까? 모든 생명 있는 것에 관한 이 질문에 대해 사마리아교도의 말이 유일한 대답이 될 것 같다.

"모든 생명 있는 것에 선을 베풀고 동정하라."

우리는 두 가지 상반되는 인식 능력을 갖추고 있다. 그 하나는 모든 존재를 자신 이외의 것이라고 보는 것이고, 다른 하나는 자기 자신은 모든 존재와 일치되어 있다고 보는 것이다. 전자는 우리를 부서뜨리기 어려운 벽으로 분리한다. 후자의 경우에는 그 벽을 부서뜨리고 우리가 하나로 융합할 수 있게 한다. 후자의 인식 능력은 모든 다른 존재를 자기 자신이라고 느낄 것을 가르친다. 그러나 전자의 인식 능력은 모든 다른 존재는 자기 자신과 무관하다는 것을 가르치고 있다. –쇼펜하우어

17일

August

선이란 인간 정신의 근원이다. 만일 사람이 선하지 못하다면 그는 기만·매혹·정욕 등의 사악한 그물에 걸려 있기 때문이다. 그런 것들이 그의 참된 천성을 파괴하고 있다.

외부적이고 육체적인 원인에서 비롯된 선, 이를테면 물려받은 재산이나 깨끗하게 나은 위장병 등 성공적인 일 때문에 생기는 선이 있다. 이 같은 선은 그것을 경험하는 사람에게나 다른 사람에게나 다 같은 청량제가 된다.

내면적·정신적인 활동에서 생기는 선이 있다. 이것은 앞에서 말한 선보다 훨씬 매력적이다. 이 선은 지나면 지날수록 점점 커진다. 그러나 외부적인 원인에서 비롯된 선은 시간의 흐름과 함께 사라져버리며 때로는 악으로 바뀌기도 한다. 그러므로 절대로 사라지지 않고 끊임없이 번성해 가는 것은 바로 내면적인 선이다. -칼라일

선이란 모든 것에 대해서 꼭 필요한 양념이 된다. 아무리 좋은 성질을 가진 것도 선 없이는 아무 소용이 없다. 가장 큰 죄악도 선에 의하여 용서받는다.

성인은 융통성 있는 마음을 가지고 있다. 그는 모든 사람의 마음에 자신의 마음을 적용한다. 덕 있는 사람은 덕으로 대하고, 죄 많은 사람은 미래에 높은 덕성을 가질 수 있는 사람으로 대한다. -동양 잠언

사람 속에 숨어 있는 선을 눈뜨게 하는 것이 인생에 있어 가장 중대한 임무이다. -존슨

선행을 실천하지 않는 사람일수록 오히려 쓸데없이 커다란 선만 생각하는 법이다. -공자

선을 성취한 뒤에 오는 것은 기쁨이다. 그러나 만족은 아니다. 선이란 그 이상의 것으로 발전시켜야만 한다는 필요성을 느끼게 한다.

18일

August

그리스도의 사명은 무엇이었던가? 그것은 고뇌와 폭압으로 고통받는 사람들의 마음을 치료하는 것, 장님을 눈뜨게 하고 쇠사슬에 묶인 사람들을 해방하는 것, 정의를 세움으로써 이 세상 권력자들에게는 커다란 공포가 닥치고 약자에게는 커다란 기쁨이 온다는 것을 고하는 것, 이것이 그리스도의 사명이었다. 그런데 이 모든 사명은 이루어졌는가? 가난한 사람들에게는 좋은 일이 생겼는가? 고통받는 사람들의 마음은 치료가 되었는가? 장님들은 앞을 볼 수 있게 되었는가? 쇠사슬은 풀어졌는가? 멸시받는 사람들은 자유로워졌는가? 이루어진 것은 아직 한 가지도 없다. 그리스도는 아직도 십자가 위에서 사도를 기다리고 있다. 그 사도들을 빨리 오게 하라. –아미엘

종교는 사람들의 설교 때문에 진리가 된 것은 아니다. 사도들은 그것이 진리이기 때문에 설교하고 전파한 것이다.

스스로 기독교도라고 말하는 사람에게 기독교란 무엇이냐고 물어보라. 아마도 기독교란 어떤 가르침과 결합하여 있는 것을 의미한다고 대답할 것이다. 그러나 그 가르침을 말하는 사람들은 서로 다른 말을 하고 있다. 어떤 사람은 이렇게 믿으라 하고, 또 어떤 사람은 그것과 반대되는 말을 한다. 그런 차이로 인해 성도들끼리도 비방과 혐오가 생긴다. –아미엘

가장 단순하고 실재적이며, 또한 모든 사람의 행복을 실현할 것을 목적으로 하는 가르침은 믿지 않으려고 해도 믿지 않을 수 없게 된다. 그것이 바로 오직 하나의 참된 가르침이다.

19일

August

일한다는 것은 육체의 생활을 위해서 없어서는 안 될 필연적인 조건이다. 이것은 누구나 다 알고 있는 일이다. 그러나 그것이 정신적 생활을 위해서도 필요한 조건이라는 점을 누구나 다 알고 있는 것은 아니다.

사람들은 직접 노동을 하는 가운데 세상의 이치를 경험하게 된다. 부의 진정한 이익은 스스로 그 부를 만들어낸 사람에게만 남겨지는 것이다. 삽이나 괭이를 들고 뜰을 거닐 때, 나는 항상 공상으로만 알고 있던 넘치는 건강을 느낀다. 이전까지는 내가 내 손으로 할 수 있는 일을 다른 사람에게 맡겨버렸기 때문에 거기서 우러나오는 행복을 모르고 지냈었다. 몸소 일한다는 것은 만족과 건강을 선사할 뿐만 아니라 귀중한 교훈을 깨닫게 해준다. 왜냐하면 노동의 기쁨을 느껴본 사람들은 남의 힘을 빌리지 않고도 생활할 수 있다는 확신을 갖게 되기 때문이다. –에머슨

육체노동을 게을리하면 예언자라 해도 힘을 잃고 진리를 잃을 것이다. 나는 믿는다. 현대철학이나 문학이 빠져 있는 과오나 죄악, 그것이 지나치게 섬세하고 음탕하며 우울한 것은 작가들이나 철학자들의 생활이 너무 약하고 병적인 습관에 빠져 있기 때문이다. 훌륭한 책은 많이 나오지 않아도 좋다. 다만 책을 쓰는 사람들이 오늘날과 같은 상태에서 벗어날 수만 있다면 얼마나 좋아질 것인가. –에머슨

부정한 일에 종사하는 것은 수치스러운 일이다. 그러나 도덕적으로 가장 부정한 일은 육체노동을 게을리하는 것이다.

그대의 환경과 신분이 어떻든 노동을 사랑하라. 일하는 것은 인간에게 주어진 운명이다.

자연은 끊임없이 움직이고 있다. 그리고 일하지 않는 모든 자에게 사형을 선고한다. –괴테

사람을 낚으려는 악마는 여러 가지 맛있는 미끼로 유혹한다. 그러나 게으른 사람에게는 그것마저도 필요하지 않다. 그들은 미끼 없는 낚시에도 걸려들기 때문이다. –에머슨

20일

August

욕구를 많이 가질수록 사람은 많은 것에 예속되고 만다. 많은 것에 욕구를 느끼면 느낄수록 점점 더 자신의 자유를 잃어버리는 것이 되기 때문이다. 완전한 자유는 전혀 아무것도 바라지 않을 때 얻을 수 있다. 욕구를 적게 가지면 가질수록 사람은 한층 더 자유롭다. -조로아스터

오직 소박한 생활을 할 때만 사람들은 결핍을 느끼는 일 없이, 그리고 남에게 의지하는 일 없이 생활할 수 있다.

큰일을 하는 사람은 누구나 항상 단순하다. 쓸데없는 일을 생각할 틈이 없기 때문이다.

자연과 조화된 생활을 하라. 그때에 그대는 결코 불행을 느끼지 않을 것이다. 세상 사람들의 사고방식만을 따라서 산다면 결코 참된 재산을 얻지 못하리라. -세네카

향락과 사치, 이것을 그대는 행복이라 부르고 있다. 그러나 나는 아무것도 바라지 않으며 원하지 않는 곳에 최고의 행복이 있다고 생각한다. 또한 최소한의 요구는 최고의 행복으로 접근하는 길이다. -소크라테스

새로운 욕망이란 새로운 결핍의 시초이며, 또한 새로운 파멸의 시초이다.

식물을 풍요롭게 튼튼하게 기르려면 가지치기를 해야 한다.

21일

August

신은 기도를 요구하는 것이 아니다. 신이 요구하는 것은 착한 생활이다. 사람들은 기도를 하기 전에 그 기도의 의의나 목적에 부합되는 행위를 먼저 해야만 한다. 비록 선한 행위가 앞서지 않을 경우에라도 기도를 하기 전에 회개할 수 있어야 한다.

기도는 언제나 할 수 있다. 가장 필요한 기도는 일상생활 속에서 신과 그 가르침에 대한 자기 자신의 의무를 생각해보는 것이다. 마음이 혼란스럽거나 분노·격정이 일 때마다 나는 무엇이며, 또 무엇을 해야 하는가를 생각해보라. 기도는 그 안에 있는 것이다. 처음에는 어려운 일일는지도 모르나 습관이 되면 곧 익숙해지기 마련이다.

죄를 회개한 뒤에 사람들은 신 앞에 나아갈 수 있는 용기를 얻는다. 자신의 더러운 의복에 관해서 신께 호소하고 염원할 수 있는 것이다. 또한 만일 사람들이 언제나 욕설과 비방, 부질없는 저주의 말을 하는 입으로 신께 기도한다면, 그것은 더러운 상자에 선물을 넣는 것과 같다. 그러므로 먼저 자신의 입과 혀를 깨끗이 해야 한다.

기도할 때는 부질없는 군말을 하지 말라. 군말은 이교도들이나 하는 것이다. 그들은 말을 많이 할수록 신이 그 소원을 들어준다고 생각한다. 그러니 이교도의 흉내를 내지 말라. 신은 그대가 무엇을 원하기 전부터 이미 그대의 소망을 알고 있다.

–성서

22일

August

노력은 적게 하면서 이른 시일 내에 다양한 지식을 얻으려는 것은 무익한 짓이다. 그런 지식은 잎만 무성하게 할 뿐 정작 필요한 열매를 맺게 하지는 못한다. 방대한 지식을 자랑하면서도 그 지식이 수박 겉핥기에 불과한 사람을 흔히 본다. 반면 자기의 힘으로 얻은 지식은 사람의 두뇌 속에 자취를 남긴다. 그 지식의 덕으로 그는 자신의 갈 길을 알 수 있다.

-리히텐베르크

우리 생활은 물질적인 능력의 생산이며, 그 근거가 언제나 그 능력 위에 있다는 관념이 사람들을 지배하고 있다. 이만큼 해로운 관념이 또 있을까? 이 허위의 관념이 과학이라는 이름으로 이 세상에 퍼진다면, 거기서 생기는 해독은 무서우리만큼 커다랗다. 과학의 사명은 인류에 봉사하는 것이어야 한다.

허위의 과학, 허위의 종교에 한해서 그 독단은 항상 그럴듯한 웅변으로 설득력을 갖게 되는 법이다. 그리고 그 그럴듯한 말솜씨가 신앙이 깊지 않은 자들을 현혹시킨다.

물질계의 질서를 탐구한다는 면에서는 대단한 성공을 거두고 있으면서도, 정작 인생에 있어서는 불필요하고 해로운 결과를 나타내고 있는 것은 현대과학이 가진 무엇보다도 큰 불행이다.

-괴테

소위 학문을 하는 사람들이 논의하고 있는 것은 보통 사람들에게 이해되지 않을 뿐만 아니라, 본인 자신도 이해하지 못하는 경우가 흔하다. 학문의 진정한 목적은 모든 사람에게 행복을 가져다주는 진리를 인식하는 것이 아닐까?

23일

August

신분이 높은 사람이든 낮은 사람이든, 부유하든 가난하든 모든 사람을 두려워하지도 말고 업신여기지도 말라. 다만 그들을 똑같이 존경하라. 자의식으로 진리를 가려 잡으며, 모든 것에 신념을 가져라. 사람들의 반응을 기다리지 말라. 진리의 편을 드는 소리가 미약해질수록 더욱더 강하게 자기의 소리를 높여라. 진리는 착오나 편견, 그리고 공포보다도 굳세다는 것을 믿어라. 그리고 항상 고뇌에 대비하라. –채닝

만약 사람이 완전한 덕성을 갖추고 있다면 진리의 길을 잘못 찾아가는 일은 결코 없다.

진리는 서로 떠들며 토론하는 가운데 얻어지는 것이 아니다. 오직 진지한 성찰에 의해서만 얻어질 수 있는 것이다. 그대가 어떤 진리를 얻었을 때, 잇달아 또 하나의 진리가 그대 앞에서 쌍떡잎식물의 나뭇잎같이 싹터 오른다. –러스킨

악행을 저지르는 사람들은 빛을 싫어하고 빛 가까이 다가가지 않는다. 악행이 밝은 곳에 노출되는 것을 두려워하기 때문이다. 그러나 진리에 맞는 행위를 하는 사람들은 빛을 두려워하지 않기 때문에 빛 앞으로 나아간다. 그들은 신과 동체이기 때문이다. –성서

진리를 곰팡이 핀 책 속에서 찾으려 하지 말고 사색 속에서 찾아내라. 달을 보고 싶거든 연못을 보지 말고 하늘을 보라.

24일

August

개인에 있어서나 인류에게 있어서나 인간의 생활이란 끊임없는 영혼과 육체의 투쟁이다. 이 투쟁에 있어서는 항상 영혼이 승리를 거두었다. 그러나 이 승리는 결코 결정적인 것은 못 된다. 이 투쟁은 영원히 계속된다. 투쟁이 인생의 본질을 형성하고 있다. –칼라일

인간의 내면에서는 이성과 정욕의 끊임없는 싸움이 벌어지고 있다. 만약 인간이 이성과 정욕 중 어느 하나만 가졌다면 어느 정도 편하게 될 것이다. 그러나 인간의 내면에는 이 두 가지가 동시에 존재하기 때문에 투쟁을 피할 수 없으며, 이 두 가지가 서로 싸우고 있는 한 평화는 불가능하다. 인간은 항상 자기의 일부와 또 다른 자기의 일부가 대립하고 모순되는 속에서 살고 있다. –파스칼

신은 영원한 시간의 흐름 속에서 한층 더 많은 것을 창조할 것이다. 인간의 힘은 그것을 모두 이해하기에는 충분하지 못하다. 지나간 세기는 다만 신의 창조의 일부를 확실하게 한 데 지나지 않는다. 시간의 흐름에 따라서 우리의 사명은, 우리가 그중 몇 가지만을 알고 있을 뿐인 그 완전한 법칙을 탐구하면서 아득히 먼 곳까지 뻗어 나가는 것이다.

· 인간의 세계는 쉴 새 없이 완성을 향해 가고 있다. 그리고 그 의식은 인간의 가장 큰 기쁨 가운데 하나이다. 항상 전진하라. 결코 물러서거나 샛길로 빠지지 말라. 멈추는 것은 움직이지 않는 것이다.

25일

August

인생은 행진이다. 그러므로 인생의 행복은 어떤 상태가 아니라 어떤 방향인 것이다.

어떤 사람들은 행복이 권력 속에 있다고 한다. 또 어떤 사람들은 학문 속에, 혹은 쾌락 속에 있다고 한다. 그러나 참으로 행복과 이웃하여 사는 사람들은, 행복이 한정된 소수의 전유물이 아니라는 것을 알고 있다. 그들은 인간의 참된 행복은 모든 인류가 언제나 아무 차별 없이 가질 수 있다는 것을 알고 있다. 또한 그들은 인간의 참된 행복이란, 사람들이 만약 그것을 잃어버리기를 원치 않는다면 결코 버릴 수 없다는 사실을 인식하고 있다.

–파스칼

어떤 것을 자기 혼자만 갖고 싶다는 소원은 악한 인간만이 가질 수 있는 소원이다. 사람이 행하고 경험하는 일이 참된 행복에 가까우면 가까울수록, 그 행복을 남에게도 나누어주고 싶다는 소원이 더욱 간절해지는 법이다.

인간의 마음이 높은 덕성을 향해 열릴 때, 형언할 수 없는 아름다운 감정이 그를 사로잡는다. 그때 그는 자기보다도 한층 높은 그 무엇을 느낀다. 자신의 본질은 무한하다는 것, 현재는 아무리 약하고 낮은 위치에 있다 해도 자신은 높은 선의 완성을 위하여 태어난 것이라고 느끼게 된다. 이제 그는 그 자신이 꿈꾸어왔던 가장 높은 완성의 단계에 속해 있다. 해야 할 일은 반드시 하라. 그때 비로소 우리는 이 위대한 말뜻을 이해하게 된다.

–에머슨

26일

August

화살을 과녁에 명중시키려면 그보다 먼 곳을 겨냥해야 하는 것처럼 진실한 정의를 얻기 위해서는 자기 자신을 일단 부정해보는 것이 필요하다. 만일 자신만이 의로운 사람이 되기를 원한다면, 자기 자신에 대해서는 불공평하고 타인에 대해서는 정의롭지 못하게 된다. -키케로

절대적인 정의라는 것은 절대적인 진리와 같이 도달하기 어려운 곳에 있다. 그러나 올바른 사람은 정의를 향한 의지와 희망으로 바르지 못한 사람과 구별할 수 있다. 진리에 대한 갈망과 신념에 의해서 진실한 사람을 위선자와 구별할 수 있듯이.

정의라는 것은 정의 자체를 지키기 위한 노력보다는 사랑에 의해서 얻어지는 것이다. -공자

타인의 정의롭지 못한 행동 때문에 고통받는 일이 있더라도 슬퍼하지 말라. 진정한 불행은 정의롭지 못한 사람 자신의 것이다. -에머슨

인생에 있어서 보배로운 것은 다만 하나뿐이다. 즉 사람들의 허위와 부단히 싸워가면서 자기 자신은 다른 사람들에게 친절하게 행동하는 것이다.

절대적인 정의라는 것은 없다. 자신이 완성되었다고 생각하지 말라. 단지 완성되어가고 있는 것이라 생각하라. 정의에 배반되는 죄를 범하지 않기 위한 수단은 단 하나밖에 없다. 항상 자기 자신이 완성되어가고 있다고 생각하는 것이다.

어떤 행위가 끝났을 때, 정의는 그것을 재는 척도가 된다. 그러나 정의가 선한 생활의 유일한 목적은 아니다. 선한 생활의 목적은 다른 데 있다.

재판을 정의로 이끌어나갈 수는 있다. 그러나 그것은 문제를 다만 하나의 측면에서만 보는 것이다. 이 세상의 모든 문제는 여러 가지 해결점을 가지고 있다. 그 문제에 대한 관점에 따라서 결과 또한 여러 가지 다른 모습으로 나타난다. -리히텐베르크

27일

August

자기를 미워하는 사람을 미워하지 않는다는 것은 무어라 말할 수 없는 행복이다. 미움이 없는 세상에서 살 수 있다면 얼마나 행복할 것인가? 탐욕의 세상에서 탐욕을 모르고 산다는 것은 참으로 행복한 일이다. 탐욕 때문에 고통받는 사람들 속에서, 우리는 탐욕을 벗어 던지자. 어느 것도 내 것이라고 주장하지 않는 사람은 참으로 행복한 사람이다. 그때 우리는 비로소 성인의 삶을 살게 될 것이다. —붓다

동물에게도 아이들에게도, 그리고 성인에게도 다 같은 생활의 기쁨이 있다.
동물에게 생활의 기쁨이 있는 것은 이성이 없기 때문이다. 아이들에게 생활의 기쁨이 있는 것은 이성이 아직 사악으로 떨어지는 힘을 가지고 있지 않기 때문이다. —스미스

지나가 버린 슬픔은 과거나 미래, 또는 현재의 만족과 더불어 떠올리다 보면 오히려 즐거워지기도 한다. 그러므로 우리를 괴롭히는 것은 미래와 현재의 슬픔뿐이다. 현대인들은 너무 자기만족에만 치우치기 때문에 더욱더 우리 앞에 가로놓인 슬픔에 무관심하게 되곤 한다. —리히텐베르크

만일 인생이 그대를 거룩한 기쁨의 세계로 이끌어가지 않는다면, 그것은 다만 그대의 이지가 잘못된 방향을 가리키고 있기 때문이다.

28일

August

선량하고 정직한 농부에게 어느 날 한 목사가 물었다.

"당신은 신을 믿습니까?"

그러자 농부가 대답했다.

"아니오, 믿지 않습니다."

"어째서 믿지 않습니까?"

"왜 믿지 않느냐고요? 목사님, 만약 내가 신을 믿을 것 같으면 이런 생활을 유지해나갈 수 있을 것 같습니까? 목사님들은 그저 먹고 마시고 하는 자기 일에 관해서만 설교할 뿐, 신이나 형제 같은 것은 잊어버리고 있지 않습니까?"

만약 모든 사람들이 이 농부처럼 신앙을 이해하고 신의 참된 가르침을 지킨다면 얼마나 좋겠는가?

신앙은 인간 정신의 불가피한 특질이다. 인간은 불가피하게 그 무엇인가를 믿고 있다. 왜냐하면 인간은 자기가 알고 있는 것과 함께, 아직 자기가 알 수 없는 것의 관계 속으로 들어가려고 노력하기 때문이다. 그렇게 함으로써 그 알지 못하던 것을 알게 된다. 신앙이란 이 알 수 없는 것과의 관계를 말하는 것이다.

모든 인식은 종교적 인식을 기초로 세워진다. 종교적 인식은 다른 모든 인식에 앞서 존재한다. 그러므로 우리는 그것을 정의할 수 없다. –괴테

모든 것은 신앙의 척도로 가늠해야 한다. 신앙에 배반되는 것은 피하라. 그리고 신앙과 조화되는 것에 전력을 다하라.

29일

August

마음속으로 신을 깨닫고 신을 느낀다면, 자기와 이 세상의 모든 사람은 결합하여 있다는 것을 알게 된다.

모든 인간은 정신적인 존재이다. 그리고 서로 가장 가까운 가족이며 형제다. 모든 인간은 한 아버지의 아들이다. 그러므로 남을 사랑하지 않는다는 것은 오히려 이상한 일이다.

그대 속에도 내 속에도, 그리고 우리 이웃의 모든 사람 속에도 신은 존재한다. 그대가 나를 꾸짖어도, 내가 그대 가까이 갈 수 없도록 담을 쌓아도 그것은 부질없는 일이다. 우리 모두가 같은 인간이라는 것을 알라. 아무리 지위가 높다 하더라도 그대가 교만해질 수는 없다. –붓다

하나의 위대한 사상이 내 마음속에 자리 잡고 있다. 그 사상이란 내 마음이 위대하다는 것, 그리고 그것이 신과의 결합이라는 의식이다. 그러나 그것은 내 마음이 신에 예속되어 있다는 수동적 관계 때문이 아니라, 내 마음이 신을 받아들일 능력을 갖췄으며, 또한 파괴할 수 없는 위대함을 향해 운명 지어진 것이라는 능동적 원인에서 일어난다. 그 가장 큰 원인은 내 마음이 불멸의 존재라는 것이다. –아미엘

인간의 마음은 신의 이지적 모습을 비추는 거울이다. –러스킨

그대 자신 속에 선의 샘물이 있다. 그것은 아무리 퍼 올려도 마르지 않는 샘물이다. –에머슨

모든 인간은 하나의 가족이다. 즉 하나의 근원에, 하나의 자연에 속한다. 모든 인간은 하나의 빛 속에서 태어나 하나의 중심, 하나의 행복을 추구한다. 이 위대한 진리는 우리 천성의 가장 깊은 본능이다. –채닝

30일

August

이전에 존재했던 것보다 더욱 높은 이상이 사람들 앞에 나타나면 그 이전의 모든 이상은 태양 앞의 별처럼 모습을 감춰버린다. 그리고 사람들은 태양을 보지 않고 살 수 없듯 그 높은 이상을 외면할 수가 없다.

다른 사람을 위해 죽는다는 것이 생각보다 쉽다는 사실을 발견한 몇몇 선각자가 있었다. 그처럼 다른 사람을 위해 사는 것도 생각보다 쉽다는 것을 사람들이 깨달을 날이 오리라는 것도 바랄 수 있지 않겠는가? 그런 날이 오게 하려면 순교자가 죽음으로써 보여준 희생과 봉사의 정신을 우리 모두의 생활에서 찾아볼 수 있도록 사람들의 마음을 높이고 빛나게 하는 방법밖에 없다. 이 마음이 오랫동안 메마른 사람들의 투철한 정신으로 키워질 수만 있다면 모든 일이 가능해질 것이다. –브라운

강한 힘이 세상을 움직이고 있다. 그러나 아무도 그 힘을 막을 수는 없다. 이 힘의 증거는 그리스도교에 대한 새로운 이해이며, 인간에 대한 새로운 존경이고, 모든 사람이 오직 하나인 아버지 밑에서 사는 형제라는 새로운 의식이다. 우리는 그것을 보고 또 느끼고 있다. 그리고 그 앞에 있으면 모든 괴로움이 사라져버린다. 온 세계는 고요히 그 거대한 정신 속으로 스며들어 영원의 전쟁을 평화로 바꿔놓고 있다.

"지상에 평화가 있고 사람에게 행복이 있다."

이제 이 말은 단순한 환상이 아니다. –채닝

그날이 오는 것은 하나의 필연이다. 불쌍한 사람들의 희망은 헛되이 끝나버리지 않을 것이다. 신은 강한 자, 권력 있는 자가 아니라 마음이 선한 자를 심판의 날에 불러내어, 이 길을 가르칠 것이다. –러스킨

인류의 전부가 조화된 선량한 생활을 한다는 이상은 누구나 다 알고 있지만, 그 이상은 여간해서는 실현되지 않는다.

31일
August

비평가들이 칭찬하는 사이비 예술 작품들은, 모두 다 하나의 문짝이라고 할 수 있다. 그 문짝을 밀어젖히면 가면 예술의 무리가 쏟아져 들어올 것이다.

끔찍한 일이지만, 현대예술은 여성으로서의 가장 아름다운 사명, 즉 모성으로서의 사명을 헐값으로 팔아버리고 값싼 매혹의 만족을 사려는 여인들과 같은 경향을 보인다. 현대예술은 매춘부와도 같다. 이 비유는 아주 사소한 점에까지 들어맞는다. 현대의 예술과 창부는 언제나 값싼 화장품으로 치장하고 교태를 부리며, 해독으로 가득 찬 자신의 몸뚱이를 팔기 위해 손님을 기다리고 있다.

참된 예술 작품은 어머니가 자식을 낳는 것처럼 예술가의 정신 속에서 창조되는 것이다. 참된 예술은 진실한 사랑으로 충만한 남편의 아내처럼 화장을 필요로 하지 않는다. 그러나 사이비 예술은 매춘부와 같이 천박한 화장법으로 고객을 끌어들이려 한다. 참된 예술의 동기는 가슴 속에 쌓인 감정을 표현하려는 내면적 욕구이다.

제단에서 그 장사치들을 몰아내기 전에는 예술의 제단은 한낱 장터의 좌판에 불과하다.

사악하고 음탕한 현대예술의 탁류를 막기 위해서는, 먼저 진정한 예술이란 인생에 관한 선한 감정을 끌어들이는 것이라는 사실을 모든 사람이 이해해야 한다.

어떤 시대에 있어서나 그 말이나 작품에 주의를 기울일 만한 가치가 있는 예술가들은 있기 마련이다. 이 소수의 예술가는 현실 문제의 밖에 앉아서 쓰고 노래하며 또한 그린다.

이들은 노래 부르기를 멈추기보다는 차라리 굶어 죽는 길을 택할 것이다. 그리고 비록 그대가 그들의 노래에 귀 기울이고 싶지 않다고 해도 결국은 자비로운 마음에 흔들려 두서너 개의 선물을 보내지 않을 수 없게 되리라. 그들의 생활을 유지하도록 해주기 위해서.

생활을 위해 무엇인가를 쓰고 그리는 사람들은 자신을 거리의 부랑자들보다 훨씬 고귀하고 행복한 인간이라고 생각한다. 그러나 본질적으로는 그들도 다만 심한 해독을 흘리고 다니는 거리의 부랑자에 지나지 않는다.

나는 노동가의 부랑자들에게는 돈을 준다. 그러나 시끄러운 악기 소리로 내 귀를 아프게 하거나 서푼짜리 그림으로 내 눈을 탁하게 하거나, 또는 하찮은 이야기로 소녀들을 유혹하며 차라리 한 조각의 빵이 필요한 사람들에게 어려운 사설이나 늘어놓는 한심한 예술가들에게는 단 한 푼도 주고 싶지 않다.

August

운명이 그대를 어디에 던져버린다 해도 그대의 본질과 정신생활은 그대와 함께 있을 것이다. 또한 자신의 존재 이유에 대해 확고한 신념을 갖는다면 언제나 자유와 힘을 얻게 될 것이다. 어떤 외면적 행복이나 호화로운 생활도 그로 말미암아 타인과의 정신적 융합에 방해를 받으며, 자신의 정신적 존엄을 파괴당한다면 과연 무슨 가치가 있겠는가? 그렇게 지대한 희생을 지불하고 그대가 얻은 것은 무엇인가? 나는 그것을 보고 싶은 것이다.

만일 인간이 육체적인 존재에 불과하다면 죽음은 모든 것의 종말을 의미한다. 만일 인간이 정신적인 존재이며 다만 정신의 껍데기에 불과하다면 죽음은 어떤 변화일 따름이다. 나는 이러한 변화를 남들처럼 공포로 인식하지는 않는다. 내 생각에 의하면, 죽음이란 좋은 것으로의 변화를 의미한다. 죽음에 대해서 이러쿵저러쿵 떠드는 것은 어리석은 짓이 아닐까. 우리가 할 일은 그저 살아가는 것이다. 잘 사는 방법을 아는 사람은 죽음도 훌륭하게 맞이할 수 있다.

우리는 자신이 행한 선이나 악의 보답이 일정한 시간 안에 있길 바란다. 그러나 번번이 그것을 찾아내지 못한다. 선과 악은 정신적인 영역에서 행해지며, 그 영역은 시간이라는 것의 바깥에 있다. 그리고 그 영역에 있어서 우리가 보답의 확실한 표시를 보지 못하더라도, 우리의 양심은 그 보답을 확실하게 의식하고 있다.

악한 일을 한 사람은 자기 스스로 괴로워한다. 죄를 이긴 사람만이 모든 죄에서 몸을 깨끗하게 할 수 있다. 깨끗한 사람이 되는 것도 부정한 사람이 되는 것도 그대에게 달렸다. 어느 누구도 그대를 구원할 수는 없다.

광명이 사라질 때 그대의 마음속에서 검은 그림자가 그대 위에 떨어진다. 이 무서운 그림자를 조심하라. 그대의 마음속에 모든 이기적인 생각을 추방하지 않는 한, 어떤 이지의 빛도 그대의 마음 자체에서 일어나는 그 검은 그림자를 없애버릴 수는 없을 것이다.

사람은 어떤 일에도 익숙해진다. 특히 주위 사람들이 하는 일에는 금세 물들어버린다. 나도 가끔 그런 것을 생각한다. 얼마나 자기 자신의 신념을 희생시키며, 또 얼마나 손쉽게 제도나 습관에 굴복했었던가를. 그럴 때마다 나는 더없이 부끄러워진다.

등불을 든 사람은 결코 길의 끝까지 이를 수 없다. 등불이 비치는 장소는 언제나 그 사람의 앞이기 때문이다. 인생에서의 이지는 그런 등불 같은 것이다. 이지의 생활에서 죽음은 존재할 수가 없다. 왜냐하면 그 등불은 끊임없이 최후의 시간까지도 비추어지고, 그대는 그 뒤를 따라서 언제까지나 걸어가야 하기 때문이다.

육체의 등불은 눈이다. 만일 그대의 눈이 깨끗하다면 육체의 모든 부분도 깨끗해지리라. 만일 그대의 눈이 병들었다면 육체는 어두울 것이다. 보라! 그대의 육체 안에 있는 빛이 꺼지지 않았는가를.

위대한 작가라고 칭송받는 사람이 쓴, 특히 중요하고 깊은 뜻을 담았다는 책들은 대개 참된 진리를 알기 위해서는 방해가 된다. 신의 진리는 도리어 아이들의 외마디소리나 바보들의 헛소리, 또는 광인의 꿈에서 찾을 수 있다. 또는 단순한 사람의 이야기나 편지를 통해서도 찾을 수 있다. 위대하고 신성한 책이라는 말을 듣는 작품에서는 오히려 빈약하고 허위의 사상밖에는 찾지 못하는 수가 있다.

지나가버린 때는 아무리 기다려도 다시 돌아오지 않는다. 한번 범해버린 죄악은 아무리 애를 써도 지워버릴 수가 없다.

인간은 모두 혼자 죽는다. 고독할 때 인간은 참다운 자신을 느낀다.

September

1일

September

인생의 법칙에서 벗어났을 때, 이성은 그것을 일깨워주는 역할을 한다. 그러나 대개의 경우 사람은 그 일깨움을 외면한 채로 살아간다. 그 법칙을 벗어나면 차라리 홀가분하다는 것을 아는 탓이다.

수비 명령을 받고도 실제로 포탄이 쏟아지는 전쟁터에서 아무 할 일 없이 있는 병사는 그 위험의 공포를 잊어버리기 위해서 무엇이든지 할 일을 열심히 찾아다닌다. 가끔 많은 사람이 이 병사와 같은 생각을 한다. 그들은 생명의 가책에서 벗어나기 위해 명예·도박·정치·사냥·술 등에 정신을 판다.

현대의 가련하고 광적인 상황 대부분은 만취 상태에서 저질러진 것들이다. 취하지 않은 사람들이 조용히 이 세상에서 자기가 해야 할 일을 하는 날은 과연 영영 오지 않는 것일까? 술을 먹든 안 먹든, 담배를 피우든 안 피우든, 그것은 그다지 대수로운 문제는 아니라고 생각할 수 있다. 그러나 만일 그대가 술이나 담배를 남에게 권함으로써 나타나는 해독을 알게 된다면, 대수로운 문제가 아니라고 말할 수 없을 뿐만 아니라 중지시켜야 한다는 것을 깨닫게 될 것이다. –카펜터

무엇에 취하는 것을 죄악이라고 말할 수는 없을 것이다. 그러나 그것은 모든 죄악을 범하기 쉬운 상태를 만든다는 점에서 유해하다.

쾌락을 한껏 즐기기 위한 술이나 담배, 마약 등은 이성의 등불을 흐리게 한다. –러스킨

2일
September

진리를 가까이 할수록 우리는 참을성이 많아진다. 그 반대로 참을성이 많으면 많을수록 또한 우리는 진리에 가까워질 수 있다.

이성적 인간임을 자부하는 우리가 선조들이 진리라고 했던 것이 허위로 판명되었다고 해서 조롱하는 것만큼 민망한 일은 없다. 우리가 선조들의 시대와는 다른 새로운 조화의 기초를 찾아낸다면 좋은 일 아닌가.

–마르티노

참된 신앙은 권력도 승리도 필요로 하지 않는다. 또 신앙을 선전하기 위한 노력도 필요로 하지 않는다. 신은 무한한 시간을 갖고 있다. 신에게는 천 년도 일 년이나 마찬가지이다. 권력과 우월감으로 자신의 신앙을 강요하려는 사람, 또는 한시라도 빨리 자신의 신앙을 전파하려고 하는 사람은 그 신앙이 두텁지 못하거나 혹은 전혀 신앙이 없는 사람이다.

신은 인간의 마음속에 있는 양심과 이지의 힘을 빌려 신앙을 불어넣는다. 폭력이나 위협의 힘으로 신앙심을 갖게 할 수는 없다. 폭력이나 위협으로 생기는 것은 신앙이 아니라 공포다.

무신론자 또는 영혼의 혼란에 빠진 사람들을 비방하고 질책하는 것은 좋은 방법이 아니다. 그런 사람들은 일부러 비방하고 질책하지 않아도 스스로 큰 불행을 맛보고 있는 사람들이다. 비방하고 질책하는 것은 그 사람들에게 이익이 될 경우에만 설득력이 있다. 그렇지 않으면 오히려 역효과를 낼 뿐이다.

–파스칼

신앙은 사랑과 마찬가지로 강요한다고 해서 생기는 것은 아니다. 그러므로 국가적인 시설로써 양성하고 유지하려는 노력은 위험한 일이다.

사랑을 강요하면 도리어 미움을 초래하듯이 신앙을 강요하면 도리어 신앙하지 않음을 조장하게 된다.

–쇼펜하우어

3일

September

신을 확실히 이해하지 못한다고 해서 곤혹스러워할 이유는 없다. 신을 간단명료한 존재로 생각할수록 우리는 더욱더 진실로부터 멀어지게 된다.

이전에 나는 인생의 여러 가지 현상을, 그것이 어디서 생겨났는지 또는 어째서 그것이 우리 눈에 비치는지를 무심코 보아 넘겼다. 그리고 그 후 나는 나의 눈에 비치는 모든 것이 이지의 빛에서 생겨났다는 것을 이해하게 되었다. 나는 모든 것을 하나로 합치시키며 기뻐했고, 그것이 모든 것의 근원이라고 생각했다. 그러나 그 후 나는 다시 또 그 이지가 어떤 거울을 통해서 비쳐오는 빛이라는 것을 알았다. 나는 빛을 보고 있다. 그 빛을 보내는 존재가 있다는 것은 알 수 있지만, 나를 비추어주는 빛의 근원이 무엇인지 나로서는 알 수가 없다. 그러나 그것이 존재한다는 것은 틀림없이 깨닫고 있다. 그것은 신이다.

신을 믿고 섬겨라. 그러나 신의 본질을 캐려고 하지는 말라. 신이 존재하는 것인지 존재하지 않는 것인지 그것조차 알려고 애쓰지 말라. 다만 신은 어디든지 존재하는 것으로 알고 섬겨라. —필레몬

갓난아이는 누가 자기를 따뜻하게 안아주며 먹을 것을 주는지 알지 못한다. 그러나 그 누군가가 있다는 것은 알고 있다. 갓난아이는 그것밖에 모르면서도 자기를 위하는 그 누구를 사랑하고 있는 것이다.

신은 인간의 두뇌로써는 이해하기 어려운 것이다. 우리는 오직 신의 존재를 알고 있을 뿐이다.

4일

September

노력은 수단이 아니다. 노력은 그 자체가 목적이다. 노력, 그 속에 보수가 있는 것이다.

처음 학교에 들어가면 읽는 법과 쓰는 법을 가르쳐준다. 그러나 친구에게 편지를 쓰는 것이 필요한 일인지 아닌지에 대해서는 가르쳐주지 않는다. 음악 시간에는 또 우리에게 노래하는 법, 혹은 악기 연주에 맞추어 춤을 추는 법을 가르쳐준다. 그러나 어느 때 노래를 하며 춤을 출 것인지에 대해서는 가르쳐주지 않는다. 오직 이성만이 우리에게 할 일과 해서는 안 되는 일을 가르쳐준다. 이성을 부여함으로써 신은 우리에게 무엇보다 필요한 것, 모든 것을 통제할 힘을 우리의 정신 속에 불어넣어 준다.

신은 나를 현재의 모습으로 만들어놓은 다음, 이렇게 말했을 것이다.

"에픽테토스, 나는 너에게 지금의 보잘것없는 육체나 하찮은 지위보다는 훨씬 좋은 것을 줄 수 있다. 그러나 그렇게 하지 않았다고 해서 나를 책망하지는 말아라. 나는 너에게 하고 싶은 것은 무엇이나 다 할 수 있는 완전한 자유를 주고 싶지는 않았다. 그러나 나는 너에게 나의 일부분을 주었다. 자유로운 이지를 주었다. 만약 네가 경험하는 모든 것에 그 이성을 맞추어 나아간다면, 이 세상을 살아가는 데 있어서 무엇 하나 장애가 될 것은 없으리라. 너는 모든 사람에 대해서나 모든 운명에 관해서나 무엇 하나 울며 슬퍼할 것을 갖게 되지는 않을 것이다. 일평생 평화롭고 안락하게 보내는 것이 너는 불행이라고 생각하느냐?" —에픽테토스

어느 임금의 목욕탕에 다음과 같은 말이 새겨져 있었다.

'매일 새로운 기분으로 일을 하라. 새롭게 새롭게, 그리고 또 새롭게 다시 시작하라.' —중국 격언

성인의 덕성은 먼 나라로 여행하는 것, 혹은 높은 산에 오르는 것과 같이 이루어진다. 먼 나라에 도착하게 되는 것도 최초의 한 걸음에서 시작된다. 높은 산에 오르는 것도 산기슭의 한 걸음부터 시작된다. —공자

참다운 덕성은 자기 뒤의 그림자나 영예 속에서 저절로 얻어지는 것이 아니다. —괴테

5일

September

죽음은 생명을 가진 모든 존재의 피할 수 없는 현실이다. 탄생 그 자체가 죽음을 전제로 하기 때문이다. 그러므로 피하지 못할 일에 대해서 슬퍼할 필요는 없다. 우리는 탄생 이전의 존재 상태를 알 수 없다. 사회의 상태에 대해서도 알 수 없다. 그러나 현재의 상태만은 명백하다. 그렇다면 무엇을 망설이는가? 하늘의 문은 그대가 필요한 때 들어갈 수 있도록 충분히 열려 있다.

방황과 번뇌로부터 자유를 얻어 영혼을 신께 향하도록 하라. 그대의 행위는 그대 자신에 의하여 인도할 것이며, 사건에 의하여 인도되지 않도록 하라. 그 행위의 목적이 보수에 있는 사람들과 똑같이 처신하지 말라. 주의 깊게 그대의 의무를 수행하라. 그러나 그 결과는 염두에 두지 말라. 그것이 그대에게 이롭든 이롭지 않든, 결과는 마찬가지라고 생각하라.

–인도 잠언

나의 모든 말을 듣고 그것을 행하는 자는 바위 위에다 집을 짓는 현명한 사람이다. 비 오고 바람 불어도 그 집은 무너지지 않는다. 나의 말을 듣고도 그대로 행하지 않는 자는 모래 위에 집을 짓는 자와 같다. 그 집은 하찮은 가랑비나 약한 바람에도 곧 무너져버린다.

–성서

만약 생활과 일치되지 못한다면 그것은 진실한 신앙이 아니다.

사람이 오랫동안 집을 비웠다가 돌아오면 집안사람이나 동네 사람이나 친구들이 따뜻이 환영해주듯, 이곳에서 착한 일을 하면 다른 곳에서도 오래 환영을 받으며 마치 친한 친구를 대하듯 반가운 대접을 받을 것이다.

–붓다

6일
September

많은 사람이 수긍한다고 해서 착각을 진실이라고 할 수는 없다.

교양이 없어서 방탕한 사람은 학식이 있는데도 방종한 사람보다는 그래도 낫다. 전자는 맹목적이기 때문에 길을 헛디딜 수도 있지만, 후자는 멀쩡한 눈을 갖고도 우물에 빠지는 것과 같기 때문이다. 과거에는 존재하지도 않았던 교육이나 문명의 혜택을 받은 현대인들이 범하는 죄악은 후자의 경우에 속하는 최대의 죄악이다.

사람들은 자기가 아무것도 보고 있지 않으면 남들도 보지 못하리라고 생각하는 경향이 있다. 그것은 마치 어린애들이 제 잘못을 감춘답시고 제 손으로 눈을 가리는 것과 같은 착각이다. –리히텐베르크

우리가 하는 행동은 위험에 처한 타조가 머리만 숨기고 그 큰 엉덩이를 드러내놓고 있는 것보다 더 우스꽝스럽다. 우리는 보이지 않는 미래의 보장을 위해서 믿을 수 있는 현재 생활을 당당하게 파괴하고 있다. –러스킨

사람들은 만족을 찾아서 이리저리 방황하고 있다. 그것은 그저 생활에 공허를 느끼기 때문이다. 그러나 자기 자신을 함부로 끌고 다니는 새로운 정욕의 공허는 느끼지 못하고 있다. –파스칼

착오라는 것은 사람인 이상 흔히 있을 수 있는 일이다. 그런데 어느 시대, 어느 사회에 있어서는 특히 착오가 일반적인 경우가 있다. 현대에 이르러 착오는 더욱 널리 퍼져 있다.

7일

September

이렇게 늙기 전에는 나도 잘살기 위해서 노력하였다. 그러나 이제 나는 잘 죽기 위해서 노력하고 있다. 잘 죽기 위해서는 죽음을 두려워하지 않아야 한다. –세네카

만약 죽는 게 무섭다고 생각된다면, 그 원인은 죽음 속에 있는 것이 아니라 우리에게 있는 것이다. 인간은 옳은 생활을 하면 할수록 죽음에 대한 공포가 줄어든다. 완성된 인간에게 죽음은 존재하지 않는다.

진실로 인생을 이해하지 못하는 사람들은 죽음을 겁낼 수밖에 없다.

육체의 사멸과 동시에 육체가 유지하고 있던 모든 것들도 사라지리라. 죽음은 시간관념을 가진 모든 삶의 의식을 멸망시킨다. 그러나 이것은 우리에게 내일이 오는 것과 같은 현상이 아닐까? 자고 일어나면 또 다른 하루가 밝아오듯이 죽음 또한 새로운 시작은 아닐까?

문제는 다음과 같은 점에 있다. 즉 육체의 사멸은 그 이외의 모든 것을 결합하고 있는 것, 다시 말해서 이 세계에 대한 나의 특별한 관계까지도 멸망시키는 것인가? 만약 육체의 사멸과 동시에 다른 것까지도 멸망되고 마는 것이라면 먼저 한 가지를 증명해야만 한다. 즉 나의 세계에 대한 모든 의식을 결합하는 특별한 매개체가 나의 육체적 실체 속에 발생하는 것이라는 점을 해명해야 한다. 만약 그렇다면 그것은 죽음에 의하여 멸망하는 것이다. 그러나 결코 그런 것은 아니지 않은가! –칸트

죽음에 의해 인간은 가장 본원적이며 영원한 생활로 돌아가게 된다.

8일

September

어린아이들은 가끔 그 가녀린 손가락 사이로 어른의 손으로는 잡지 못할 진리를 잡고 있다. -러스킨

어린아이는 자기의 영혼을 알고 있다. 그 영혼은 소중하고 귀한 것이다. 어린아이는 눈썹이 눈을 보호하듯이 그 영혼을 지키고 있다. 그리하여 사랑이라는 열쇠가 없으면 아무도 그 영혼 속으로 들어오지 못하게 한다. -에머슨

그 천진난만한 동심과 완전한 것에 도달할 수 있는 모든 가능성을 지닌 어린아이들의 끊임없는 탄생, 이런 일이 없다면 이 세상은 얼마나 살벌한 곳이 되었을 것인가! -러스킨

그리스도는 말했다.

"진실로 너희에게 이르노니, 만약 너희가 다시 어린아이같이 되지 아니하면 천국에 들어갈 수 없으리라. 누구나 이 어린아이같이 자기 자신을 낮추는 자는 위대하게 될 것이다. 그러나 나를 믿고 있는 이 작은 한 사람이라도 발을 잘못 디디게 하는 자는 연자맷돌을 목에 걸고 깊은 바다에 가라앉게 하는 편이 나으리라." -성서

아이들은 진리를 알고 있으나 그것을 말할 줄은 모른다. 우리가 외국말을 알고는 있으나 말할 줄은 모르는 것과 같다. 또한 아이들은 선이란 무엇인가 설명할 줄은 모른다. 그러나 온갖 악으로부터 반드시 스스로를 지킨다. 모든 사람을 존경하라. 그리고 그 이상으로 어린아이를 존중하고 대접하라.

9일

September

아무리 완전한 지식이라 할지라도 인생의 중요한 목적, 즉 도덕적인 완성에 이르는 데는 도움이 되지 못하는 경우가 많다.

과학이라 불리고 있는 지식은 오늘날 인간 생활의 형식을 바꾸기는 했으나 행복을 가져왔다고 말할 수는 없다.

지식은 위대한 자를 겸손하게 하고 평범한 자를 놀라게 하고 지극히 유치한 자에게는 부질없는 자랑을 안겨준다. -세네카

소크라테스는 말했다.

"성숙한 인간으로서의 희망을 품지 않는 인간은 학문을 버리는 것에도 고통을 느끼지 않는다." -키케로

천문학·기계학·생리학·화학, 기타 모든 과학은 각자가 속하는 생활의 측면을 연구하는 것이다. 그러나 인생의 결론을 총체적으로 얻어내지는 못한다. 다만 아직 모든 게 불명확하고 막연하던 시기에는 과학의 일부에서나마 나름대로 인생의 모든 현상을 파악하고 있었다. 그러나 자기 손으로 새로운 개념과 술어를 만들어내기 시작하면서 과학은 그만 혼란에 빠지고 말았다. 천문학이 연금술이었던 시절은 그래도 무난했다. 그러나 오늘날 인생의 어떤 한정된 측면만을 대상으로 하는 실험과학은 총체로서의 인생을 파악하기는커녕 괴상한 이론만을 내놓는다.

학문의 진정한 사명은 태양 속에 있는 흑점의 원인을 조사하기보다는 우리 자신의 법칙을 해명하고, 그 법칙을 지키지 않았을 때의 결과를 해명하는 데 있다. -러스킨

내가 해야 할 일에 대한 규칙을 내가 실천한 일 가운데서 끄집어내거나, 성취한 일의 범위 안에서 한정시킨다는 것은 매우 부당한 일이다. -칸트

10일

September

자신의 동물적인 본질을 거부하고 그 희생을 요구하는 양심의 지시는 바른 것이다.

인생의 총체적인 의의를 구하려면 양심의 소리에 귀를 기울여야 한다. 양심의 소리는 진리의 길에서 벗어났거나 혹은 벗어나려는 조짐을 느낄 수 있는 사람에게는 항상 명백하고도 또렷하게 들린다. —스트라호프

양심의 소리는 언제나 미묘한 상황에서 이해를 초월한 선택을 요구한다. 이 점에 있어서 양심의 소리는 명예욕과 구별된다. 명예욕은 때때로 양심의 소리와 혼합되어 나타나기도 한다.

헤라클레이토스는 말했다.

"똑같이 흐르는 물에서 두 번 목욕할 수는 없다."

나는 말하고 싶다.

"똑같은 경치를 두 번 구경할 수는 없다. 왜냐하면 경치는 하나의 만화경이며, 보는 사람의 마음도 그때그때 변하기 때문에."

양심만이 최면 상태나 무의식으로부터 우리를 눈 뜨게 해준다. 그리고 양심은 인간적인 번민, 인간적인 의무의 거친 물결 속으로 우리를 밀어 넣는 것이다. 양심은 우리 자신의 꿈을 쫓아내는 자명종이며 새벽닭의 울음소리다. —아미엘

정욕이 양심보다 강할 때가 있다. 정욕의 소리가 양심의 소리보다 더 크게 들릴 때도 있다. 그러나 정욕의 하소연은 양심의 명령과는 전혀 다른 것이다. 정욕은 양심의 소리가 지닌 범접하기 어려운 위엄을 가지고 있지 않다. 정욕이 기승을 부릴 경우에도 우리는 양심의 고요하고 깊은 소리에 잔뜩 위축되어버린다. —채닝

이기주의자는 늘 생면부지의 적의를 가진 형상 속에 자기 자신이 있음을 느낀다. 그러나 자기 자신의 이익에만 정신을 쏟는다. 반면 선한 인간은 늘 반갑고 다정하게 맞아주는 친구로 가득 찬 세상에 살고 있다. 그리고 모든 사람의 이익이나 행복을 자기 자신의 행복으로 생각한다. —쇼펜하우어

11일

September

참된 신앙은 믿는 자에게 행복을 약속해준다기보다는 모든 불행이나 죽음에서 구원받을 수 있는 유일한 길을 예시해준다는 점에서 매력적이다.

오직 자기에게 이로운 것만을 염두에 두고 있는 사람에게는 이해관계를 떠난 도덕이란 있을 수 없다. 또한 그들은 물질적인 행복을 신봉하기 때문에 종교도 있을 수 없다. 물질이 곧 그들의 종교다. 그들은 불구가 되거나, 또는 심한 병에 걸려서도 어리석은 노력을 포기하지 않는 가운데 이렇게 외친다.

"아, 이 육체를 고쳐다오. 이 육체가 힘을 되찾고 원기 왕성해졌을 때, 정신과 양심도 내 육체 안으로 돌아올 것이다."

그러나 먼저 정신의 병을 치료하지 않으면 육체의 병도 고칠 수 없는 법이다. 병의 뿌리는 정신 속에 박혀 있다. 육체의 병은 정신의 병이 표면적으로 나타나는 것에 지나지 않는다.

오늘날 우리는 공통된 신앙과 공통되는 관념을 잃고 있다. 그 때문에 멸망하고 있는 것이다. 정신적인 참된 종교는 없어지고 오직 공허한 형식과 죽은 의례만이 남아 있어, 의무의 관념이나 자기를 희생하는 능력이 없어지고 말았다. 그 때문에 인간은 미개인으로 퇴행하고, 먼지나 쓰레기같이 무의미한 존재로 전락해버려 욕망의 우상을 모셔놓고 있다.

구원이란 사람들에게 제사의식이나 신앙을 강조하기 위해 있는 것이 아니다. 구원은 항상 자기 인생의 의미를 명확하게 이해하는 데 있다.

12일

September

신과 황금을 함께 섬길 수는 없다. 속세의 행복을 위해서 마음을 괴롭히는 사람은 도덕적인 가르침을 따르고 싶어도 따를 수가 없다.

파우엘은 황금에 대한 욕망을 우상숭배라고 이름 붙였다. 어째서 우상숭배라고 한 것일까? 그것은 황금을 가지고 있는 많은 사람이 정작 그 황금을 이용할 줄은 모르기 때문이다. 일단 황금을 손에 쥔 사람은 마치 그것이 신을 위한 제물이라도 되는 것처럼 벌벌 떨며 그대로 자손에게 전한다. 만약 필요에 의해서 그 황금을 써야 할 경우가 생기면 무슨 용서받지 못할 죄라도 범하는 것처럼 생각한다. 이교도가 우상 자체를 숭배하는 것이 아니라 우상 속에 악마를 두려고 하는 것과 마찬가지로, 그들 또한 황금에 대한 집착과 욕심 때문에 마음속에 악마를 모셔두고 있다.

우상은 그 대부분의 사람 속에 이미 존재하지 않는다. 그러나 거의 모든 사람들이 황금을 숭배하고 그것을 좇기 위해 그것이 명하는 모든 유혹에 쉽사리 굴복해버리고 만다. 황금의 신은 정말 무슨 괴상한 제단을 가진 것일까?

—조로아스터

많은 사람이 부를 좇고 있다. 그러나 그들이 돈 때문에 잃어버린 모든 것을 똑똑히 볼 수 있다면, 그때부터는 황금을 얻기 위해서 허비한 노력을 황금으로부터 해방되기 위해서 기울이게 될 것이다.

13일

September

성인은 현재 자신의 환경을 바꾸겠다는 생각은 전혀 하지 않는다. 지금 있는 환경에 늘 만족을 느끼기 때문이다.

성인은 자기 자신 속에 있는 모든 것을 구한다. 어리석은 사람은 남의 손에 있는 것은 무엇이든지 탐낸다. -공자

나는 운명을 슬퍼하거나 그것에 대해 불평하지는 않는다. 딱 한 번 구두를 잃어버리고 다시 살 수 없었을 때 불평을 한 적은 있었다. 그때 나는 무거운 마음을 안고 교회 안으로 들어갔다. 거기서 발이 없는 사람을 보았다. 비로소 나는 완전한 두 발을 주신 신에게 감사를 드렸다. 구두쯤은 문제도 되지 않았다. -사디

성인은 문밖으로 나가보지도 않으며 창문 밖을 쳐다보지 않고도 장차 일어날 일들을 알고 있다. 이미 하늘의 뜻을 알고 있기 때문이다. 바깥세상을 많이 쏘다닐수록 하늘의 뜻을 알기는 어렵다. -노자

만약 자신의 처지가 만족스럽지 못하다고 생각된다면 다음의 두 가지 방법으로 극복해보라. 그 하나는 생활 상태를 좋게 하는 일이고, 또 하나는 자기 영혼의 상태를 좋게 하는 일이다. 전자는 항상 가능한 것이 아니고, 후자는 언제든 가능하다. -에머슨

누군가 다른 사람에 대하여 또는 자기가 처한 환경에 대하여 불만을 느낄 때는 진리에서 멀리 떨어진 곳에 있는 것이다.

그대의 영혼이 눈뜨기 전에는 그대의 눈도 닫혀 있어서 바로 앞에서 일어나는 일을 보지 못한다. 또한 그대가 그것을 보게 되었을 때, 그것을 볼 수 없었던 과거의 일이 꿈같이 느껴지리라. -에머슨

다음 두 가지 일에 대해서는 화내지 말라. 그 첫째는 자기 힘으로 할 수 있는 일이요, 둘째는 자기 힘으로도 어쩔 수 없는 일이다.

14일

September

인간은 강요당하기 위해서 존재하는 것이 아니다. 마찬가지로 굴종하기 위해서 존재하는 것도 아니다. 사람들은 이 두 가지 때문에 서로 해를 끼치고 점점 더 황폐해져 가고 있다. –콩시데랑

모든 폭력은 이성과 사랑에 배반된다.

권력을 가진 사람들은 오직 폭력에 의해서만 통솔이 가능하다고 믿는다. 그러므로 그들은 질서를 유지한다는 명목으로 항상 폭력을 필요로 한다. 질서는 폭력에 의해서가 아니라 일반적인 합의에 따라 유지된다. 그러나 일반의 의견과 행동은 폭력에 의하여 파괴되고 있다. 그리하여 폭력의 발동은 자기가 유지하고 싶어 하는 것을 도리어 약하게 하고 파괴할 뿐이다.

폭력으로 우리를 강요하는 것은, 우리의 권리를 빼앗는 것이다. 그래서 우리는 폭력을 싫어하고, 우리를 이끌고 일깨워줄 줄 아는 사람을 존경하고 사랑한다. 폭력을 택하는 자는 무지한 인간뿐이다. 지혜로운 사람은 결코 폭력의 편을 들지 않는다. 폭력을 사용하려면 동조자가 필요하다. 그러나 타이르고 가르치는 일에는 단 한 사람이면 족하다. 지혜롭고 충분한 힘을 가진 사람은 폭력을 쓰지 않는다. 자기와 다른 견해를 가지고 있는 사람을 자기 쪽으로 끌어들이려면 따뜻하고 친절한 설득만큼 효과적인 방법이 없다. –소크라테스

15일

September

진리를 인식하는 데 있어서 방해되는 것은 허위가 아니다. 진리를 가장하는 태도, 그것이 가장 중대한 방해가 된다.

불신 가운데 가장 무서운 것은 자기 자신을 믿지 않는 것이다. -칼라일

성인은 가장 좋은 상황에서도 나름대로 회의를 한다. 의심의 방해물이 없을 때, 신앙의 기초가 형성된다. 참다운 신앙은 항상 회의 뒤에 생긴다. 만약 스스로 회의할 수 없다면 신앙도 가질 수 없다. -소로

해가 뜨면 부엉이나 올빼미가 모습을 감춰버리듯, 진리에 대한 오류가 진리를 압박하고 그 자리를 대신 차지하고 있더라도 결국 진리는 밝혀질 것이다. -쇼펜하우어

허위에서 해방된다는 것은 진리를 설교하는 것과도 같다. 진리라고 믿었던 것이 가짜였음을 아는 것 역시 진리라고 할 수 있다. 착오는 항상 해롭다. 착오는 그것을 진리라고 믿고 있는 사람에게 언젠가는 반드시 해를 끼치고 만다. -켐피스

진리를 덮고 있는 장막을 벗겨버리는 것만이 인류 지식의 발전을 가능하게 했다.

16일
September

회의는 믿음을 약하게 하는 것이 아니라 도리어 강하게 만든다.

신은 끊임없이 인간을 각성시킨다. 그리고 끊임없이 인간을 통해서 작용한다. 우리는 그저 신이 시키는 대로 선을 추구하고 행할 수 있도록 마음을 합치면 그만이다. 사람들이 신의 존재를 알지 못하는 것은 안타까운 일이다. 그러나 그보다 더욱 좋지 못한 일은 무신론을 신봉하는 것이다.

신은 우리의 도덕적인 노력과 함께 있으며 우리를 진리로써 지지하고, 악과의 투쟁에서 승리하도록 돕는 가운데 말로는 표현할 수 없을 만큼 많은 기적을 행사한다. 사람이 입으로만 신의 존재를 믿는다고 하는 것은 실상 그 존재를 믿지 않는 것이나 마찬가지다. 또한 남의 말을 조금도 의심하지 않고 받아들이는 사람은 신을 멀리하는 자이다.

우리는 신과 우리 사이에 금을 그어놓을 수는 없다. 의지를 결정하는 것은 어디까지나 우리 자신이다. 그러나 가장 높고 가장 자유로운 사상과 감정의 영역에서는 신의 존재를 인식하지 않을 수 없다. 우리의 내면세계는 신의 반영에 지나지 않는다.

17일

September

얼마 안 되는 땅덩어리에 울타리를 둘러치고 그곳을 자신의 영토라고 선포하거나 그런 선포를 고지식하게 믿는 단순한 사람들을 이용해왔던 자들, 이런 사람들이 지주들로 이 사회를 건설한 최초의 족속들이다. 담의 말뚝을 뽑아서 담 대신이던 운하를 메우고 "주의하라. 기만자를 믿지 말라. 만약 그대들이 토지는 어떤 한 사람의 사유로도 안 된다는 것, 토지의 수확은 모든 사람에게 속한다는 것을 잊어버린다면, 멸망해버릴 것이다"라고 부르짖는 사람이 있었다면, 인류는 얼마나 많은 죄악을 피할 수 있었을 것인가?

–루소

토지를 소유하지 못한 사람, 토지를 이용할 자격과 능력이 있으면서도 토지에 대한 권리를 빼앗긴 사람은 자연과학적인 입장에서 몹시 불합리한 상황에 처해 있다. 그것은 마치 공기 없이 새가 존재할 수 없고 물 없이 고기가 존재할 수 없듯이, 자연과학적으로 부자연스럽다.

–헨리 조지

토지는 결코 어느 한 개인의 소유물이 될 수 없다.

토지를 사유하는 사람은 다른 재산으로 부를 축적한 사람들을 비방하거나 심판할 자격이 없다. 돈을 주고 권력을 얻었거나 상속으로 많은 땅을 갖게 되었거나 도덕적인 가치가 없는 것은 마찬가지이기 때문이다.

다른 모든 병폐와 마찬가지로, 토지를 사유한다는 것도 그런 의롭지 못한 상태를 유지하기 위해 필요한 모든 악, 부정과 필연적으로 연결되어 있다.

18일

September

육체란 언젠가는 소멸된다는 것을 깨달음으로써, 그대는 영원불변의 진리를 볼 수 있게 될 것이다. -붓다

사람들이여, 인생의 본질을 육체적 생활에 두지 말라. 육체란 정신을 담고 있는 그릇에 불과하다. 삶을 지탱시키는 것은 정신의 힘이다. 우리는 정신적인 힘으로 살아가고 있다. 정신을 배제한 육체는 움직이지 않는 자동차나 렌즈 없는 카메라와 같다. -아우렐리우스

만약 내 육체가 온전하지 못했다면 나는 좋은 일을 하지 못했을 수도 있다. 그러나 내가 좋은 일을 하는 것이 튼튼한 뼈와 건강한 근육 때문이라는 어리석은 생각은 하지 않는다. 그것은 사물의 원인과 그 원인에 결부된 것을 구별하지 못했을 때나 할 수 있는 생각이다. 많은 사람이 어둠 속을 걸을 때는 손으로 앞을 더듬어 나간다. 원인의 부속물에 불과한 것을 원인이라고 믿고 있는 까닭에. -소크라테스

신에게 속하는 그 무엇인가가 우리 내부에 살고 있다. 그리하여 우리는 그 본원으로 쉴 새 없이 마음을 몰아가려 한다. -세네카

신은 모든 것을 본다. 그러나 우리는 신을 보지 못한다. 마찬가지로 정신은 눈에 보이지 않는다. 그러나 모든 것을 보고 있다. 정신이 육체를 지배한다. 그러나 육체는 결코 정신을 지배하지 못한다. 자신을 변화시키기 위해서는 정신적인 개선이 이루어져야 한다. 육체적인 변화만으로는 결코 자기 자신을 바꿀 수 없다.

19일

September

허위의 신앙이 인간의 삶에 미치는 해독은 이루 말할 수 없을 만큼 크다.

진리를 입으로 말하기는 쉽다. 그러나 진리를 얻기 위해서는 얼마나 많은 내면적인 노력이 필요한 것인가! 정의의 단계는 도덕적 완성의 단계와 같은 위치에 있다. -공자

참된 구원은 마음속에 있는 악에서 자유로워지는 것이다. -채닝

정의란 사방에 떨어져 있는 유일한 보물이다. -공자

대개 올바른 것 속에 웅변과 선의 비밀이 있다. 예술과 생활의 높은 법칙이 있다. -아미엘

미신을 버리는 것만으로는 충분치 않다. 또한 허위의 장벽을 무너뜨리는 것만으로도 충분치는 않다. 우리 모두 참된 신앙을 수립해야만 한다.

오늘날의 교회는 신의 이름을 빙자하여 어떤 특별한 자리에 있으려고 한다. 교회는 철학과도 담을 쌓아버렸다. 마치 종교와 철학이 아무런 연관성도 없이 각각의 길을 가도록 하려는 듯이. 이제 철학자들은 어떻게 해야 할 것인가. 일단 그 벽을 부숴버려야 할 것이다. 교회에 속한 사람들은 어떻게 하고 있는가? 그들은 우리를 훌륭한 신앙인으로 만들어주겠다는 구실 아래 가장 어리석은 철학자로 만들고 있다. -레싱

20일

September

사람이 일에 열중하면 몸이 아픈 줄도 모르게 된다. 그러나 일하지 않는 사람은 조금만 아파도 엄살을 부린다. 마찬가지로 덕성의 완성을 인생의 중요한 목적으로 삼고 있는 사람들은 예사로 견디는 역경이라도, 정신적인 수양을 쌓지 못한 사람들에게는 치명적인 불운으로 여겨진다.

모든 훌륭한 것은 오로지 노력을 통해서만 얻을 수 있다.

좁은 문으로 들어가라. 파멸에 이르는 문은 크고 그 길은 넓다. 그리하여 그 문 안으로 들어가는 자가 많다. 그러나 진정한 생명에 이르는 문은 작고 그 길은 좁다. 그러므로 그 길을 찾아내는 자는 적다. –성서

진리를 탐구하는 일에는 항상 번뇌와 불안이 따른다. 그러나 탐구하지 않으면 안 된다. 사람이 진리를 사랑하지 않는다면 결과는 파멸뿐일 것이다.

"만약 진리가 나에게 사랑받기를 바란다면 미리 내 앞에 모습을 보여야만 할 것이다."

그대는 이런 생각을 할지도 모른다. 그러나 진리는 지금도 그대 앞에 모습을 나타내고 있다. 다만 그대가 보지 못할 뿐이다. –파스칼

사물에 대한 탐구 정신이 부족하거나, 연구해도 실패만 거듭하는 사람을 보더라도 실망하지 말라. 모르는 일, 의심스러운 일이 있어도 남에게 물어보지 않거나, 듣고도 이해하지 못하는 사람들이 있더라도 낙심하지 말라. 사색하지 않는 사람, 사색해도 생각의 열매를 거두지 못하는 사람들이 있더라도 절망하지 말라. 선과 악을 구별하지 못하는 사람들, 구별해도 확실한 판단을 갖지 못하는 사람들이 있더라도 절망하지 말라. 선을 행하지 않는 사람들, 선을 행해도 흉내뿐인 사람들이 있다고 해도 절망하지 말라. 그런 사람들에게는 남이 한 번 해서 되는 일을 천 번을 시켜라. 끈기 있게 자신의 맹세를 지키는 사람은 설사 무식한 사람이라 하더라도 반드시 교양 있는 사람이 될 것이다. 그는 아무리 나약한 사람이라 하더라도 반드시 굳센 힘을 갖게 된다. –공자

21일

September

조금 더 복잡하고 차원 높은 선택의 자유는 감정에 따르느냐 감정을 누르느냐, 다시 말하면 노여움을 폭발시키느냐 혹은 참느냐 하는 문제를 결정하는 일이다. 가장 곤란하고 중대한 선택은 자기 사상의 방향을 결정짓는다. 그대의 사상을 깨끗이 하기에 노력하라. 그대가 만약 악한 사상을 가지고 있지 않다면 악한 행위도 하지 않을 것이다. –공자

좋지 않은 일이라고 판단되는 일은 처음부터 하지 말라. –에픽테토스

선택은 우리 자신의 몫이다. 우리는 머리 위로 날아다니는 새들을 물리치지는 못한다. 그러나 내 머리 위에 집을 짓는 것은 막을 수 있다. 뇌리를 스치는 나쁜 생각도 마찬가지이다. 우리는 악한 사상을 중지시킬 수는 없다. 그러나 악한 사상이 머릿속에다 집을 지어놓고 제멋대로 악한 행위를 불러들이는 것을 막을 수는 있다. –루터

감정이란 인간의 의지와 관계없이 생겨난다. 그러나 사상은 감정의 편을 들 수도 있고 들지 않을 수도 있다. 또한 사상은 감정을 높일 수도 있고 억누를 수도 있다.

악한 일을 행하는 것만이 죄는 아니다. 악한 일을 생각하는 것만으로도 죄가 성립된다. –조로아스터

평온하게 살아가는 가운데 유익한 지식을 얻고 모든 일을 성공시키기 위해서는 올바른 의지가 그 사람의 사상을 지배해야 한다. –로크

22일

September

우리는 자기 자신이 순간적인 어떤 선택의 강요로 인생으로 끌려나온 것에 불과하다고 생각해서는 안 된다. 또한 죽음이 자기 생활의 종결일지언정 자기 존재의 종결은 아니라는 신념을 가져야 한다. –쇼펜하우어

정신은 육체를 영구히 거주할 집으로 삼지 않는다. 우리 육체는 정신이 잠깐 머물러 있는 객줏집에 불과하다. –인도 잠언

우리는 죽는다. 영원히 살 수 있는 존재가 아니다. 우리에게는 오직 얼마 안 되는 순간만이 주어졌을 따름이다. 그러나 우리의 영혼은 그 때문에 공포를 느끼지는 않는다. 우리의 영혼은 영원히 죽지 않기 때문이다.

무한한 공간, 끝없는 침묵은 우리에게 공포심을 불러일으킨다. 나 이전에도 존재했고 이후에도 존재할 영원 속의 짧은 인생을 생각할 때, 그리고 내가 차지하고 있는 한정된 공간과 시야의 협소함에 대해서 생각할 때, 또한 내가 알지 못하고 경험하지 못한 저 우주의 무한한 공간에 대해서 생각할 때 나는 공포를 느낀다. 왜 나는 여기에 있는 것일까? 다른 곳에 있을 수도 있지 않았을까? 이런 문제를 생각할 때도 나는 공포를 느낀다.

과거나 미래의 일은 제쳐놓고라도 현재 내가 여기 있고, 다른 곳에 있지 않다는 것은 무슨 근거가 있단 말인가? 누가 나를 여기에 있도록 했는가. 누구의 뜻에 의해서, 그리고 어떤 형편에 의해서 지금의 장소와 시간이 주어진 것일까?

23일

September

인간은 결코 참된 지식을 완전히 얻을 수는 없다. 다만 그것에 가까이 갈 수 있을 뿐이다.

소크라테스는 특히 우주의 생성원리에 대한 궤변론자들의 이론을 반격할 때면 매우 엄격했다. 그는 인간의 두뇌로는 그 신비를 깨우칠 수 없다는 것을 알지 못하는 사이비학자들의 어리석음에 종종 탄식을 금치 못했다. 그래서 이렇게 말했다.

"그 사람들은 자기들이 신비에 대하여 무엇이나 알고 있다고 생각하고 있다. 그러나 근본적인 진실로부터는 멀리 떨어져 있다. 만일 그대가 그 사람들이 말하는 것에 귀를 기울인다면 미치광이들 속에 끼어 있는 것처럼 느껴질 것이다. 그리고 참으로 딱한 것은 그들이 조금도 겁낼 필요가 없는 것을 두려워하고 있다는 것이다. 그러면서도 정말로 위험한 일에 대해서는 겁내지 않는 것이다."

우리 인간보다 높은 곳에 있는 것, 그리고 낮은 곳에 있는 것, 과거에 속하거나 미래에 존재하는 것에 대한 모든 수수께끼를 단숨에 알아내기를 원하는 사람은 차라리 태어나지도 말았어야 했다. –탈무드

필요 이상으로 많이 아는 것보다는 가능한 한 적게 아는 편이 오히려 낫다. 무지를 두려워하지 말라. 그대가 진실로 두려워해야 할 것은 너무 무거워 짐이 되는, 지식이나 허영의 방패가 될 뿐인 지식이다.

과학이 종교의 적이 될 수도 있다고 생각하는 것은 무서운 가정이다. 과학이 단지 허영에 불과하다면 종교에 대해서뿐만 아니라 진리에 대해서도 적이 될 것이다. 그러나 참된 과학은 종교의 적이 아니라 종교의 길을 개척해준다. –러스킨

24일

September

동물이 고통받는 모습을 보고 마음이 괴롭다면 그 고통받는 모습을 보지 않으려고 도망치거나 눈을 감아버릴 것이 아니라, 고통받는 동물에게 가까이 다가가서 그 고통을 덜어줄 방법을 찾도록 하라.

피치 못할 상황에서 꼭 필요하고 정당한 일이라고 생각된다면 육식도 죄가 되지는 않을 것이다. 가령 육식을 하지 않으면 생명을 보존하기 어려웠던 원시시대였다면, 그나마 육식에 대해서도 동정할 만한 이유가 있다. 왜냐하면 그들에게는 생활을 유지하는 데 필요한 다른 수단이 없었거나 혹은 결핍되어 있었기 때문이다.

사실 원시시대의 민족은 정욕을 즐기기 위해서 피를 흘리는 관습을 갖게 된 것은 아니다. 또 모든 욕망을 만족시키기 위하여 다른 희생물을 필요로 했던 것도 아니다.

육식이 인간의 본성에 배반된 것이라는 증거로 하나의 예를 들 수 있다. 즉 어린아이들이 육식에는 냉담하다는 것이다. 어린아이들은 대개 젖이나 과실 같은 것을 즐긴다. 그러면서도 때묻지 않은 인간 본성을 그대로 지닌 채 살아가는 것이다. –루소

인간은 호랑이의 밥이 되기 위해서 태어난 것은 아니다. 양들도 사람에게 잡아먹히기 위해서 태어난 것은 아니다.

25일

September

모든 생물에 대한 동정심은 우리에게 육체적인 고통과 흡사한 감정을 불러일으킨다. 그리고 육체적 고통에 곧 길들어버리는 것과 마찬가지로 동정심 때문에 생기는 고통에 대해서도 곧 익숙해지고 만다.

무릇 살생이라는 것은 혐오해야 할 일이다. 더구나 먹기 위해서 살생하는 것처럼 혐오스러운 일은 없다. 그리고 사람이 살생의 방법에 대해 연구하거나 살생한 동물을 가장 맛있는 요리로 만들어 먹기 위해 노력하는 모습은, 그 살생을 더욱더 혐오스럽게 한다.

신선한 우유, 다디단 꿀, 향기로운 열매, 대지는 이토록 풍부한 혜택을 그대에게 제공하고 있다. 참혹한 살생을 하지 않더라도 대지는 훌륭한 식탁을 준비해놓고 있다. 살아 있는 고기로 배고픔을 면하는 것은 오직 야수뿐이다. 말이나 소나 양은 초원의 풀만 뜯어 먹고도 평화롭게 살아간다. 다만 사나운 호랑이, 흉포한 사자, 피를 보고 흥분하는 늑대 같은 야수들만이 광적으로 육식을 즐긴다.

무엇 때문에 우리는 이러한 죄악의 습관을 갖는 것인가? 우리들 자신과 다름없이 생명을 가진 것들의 피와 살로써 굶주림을 면한다는 것은 용서할 수 없는 일이다. 우리는 야수가 아니다. 우리는 인간이다.

동정심이 몸에 배어 있는 사람은 아무에게도 해를 입히지 않으며 비방하지도 않는다. 또한 아무에게도 고통을 주지 않으며 무거운 짐을 떠안기지도 않는다. 될 수 있는 한 모든 사람을 관대하게 용서하고 사랑으로 감싸준다.

생활 속에 종교를 이끌어 내기 위한 가장 필요한 조건은 모든 살아 있는 것에 대한 사랑과 동정이다.

살아 있는 모든 것은 고통을 두려워한다. 그대 자신도 살아 있는 모든 것 중의 하나임을 알라. 결코 살생하지 마라. 생명 있는 모든 것은 생명을 중히 여긴다.

–붓다

동물을 괴롭히는 것은 무자비한 일이다. 사람이 만물의 영장이라 하더라도 동물을 학대하거나, 더더욱 살생할 권리 같은 것은 없다.

26일

September

도덕적으로 향상된 인간이 되기 위한 노력은 끊임없이 계속되어야 한다. 육욕이란 끊임없이 성장해가는 것이기 때문이다.

그대에게 선행을 일깨워주는 것이라면 그것이 무슨 일이든 가볍게 생각해서는 안 된다. 또한 그것이 그대에게 악한 짓을 하지 않도록 가르쳐주는 것이라면 더더욱 가볍게 여기지 말아야 할 것이다.

인간이 정신에 대한 수양을 포기하면 육체가 그를 정복하고 마는 법이다. 인생의 중대한 과오를 범한 사람들은 진리를 얻기 어렵다. 그 과오로 인한 모든 악영향이 그의 온 정신을 사로잡고 말기 때문이다. 그러나 우리가 쉬지 않고 진리를 추구한다면 반드시 최후의 승리를 얻게 되리라. 진리는 힘이 세기 때문이다. –맬러리

우리가 악과 싸우기 위하여 노력한다 해도 그 모든 결과를 눈으로 확인할 수는 없다. 그 노력에 의하여 실현된 선의 일부만을 볼 수 있다.

악의 뿌리가 깊을수록 악과의 투쟁에서 경험하는 고뇌 또한 큰 것이다. 우리는 이 불가피한 투쟁을 신의 책임으로 돌릴 수는 없다. 우리들 자신 속에 죄가 없었더라면 투쟁도 있을 수 없기 때문이다. 투쟁의 원인은 우리 자신의 내부에 있는 것이다. 우리가 구원받을 수 있는 길은 오직 신앙뿐이다. 만약 신이 우리에게 이 투쟁을 부과하지 않았더라면 우리들 불쌍한 인간은 언제까지나 그 죄악을 벗어나지 못할 것이다. –파스칼

27일

September

어떤 사람의 말만을 듣고 그 사람이 하는 일과 행위를 판단할 수는 없다. 반대로 그 사람의 하는 태도나 행위만으로는 무엇 때문에 그 사람이 그런 일을 하며 그 사람의 머리에 어떤 생각이 들어 있는지, 감정 또한 어떤 것인지 헤아릴 수가 없다. 비록 내가 어떤 사람이 아침부터 밤까지 쉬지 않고 책을 읽고 글을 쓰고 또는 밤새도록 자지 않고 일하는 모습을 보게 되더라도, 그 사람이 현재 마지못해 그 일을 하고 있는지 혹은 즐거운 마음으로 기꺼이 그 일에 매달려 있는지 단정 지어 말할 수는 없는 것이다. 그가 무엇 때문에 그런 일을 하고 있는지를 내가 알지 못하는 이상 함부로 말할 수는 없다.

어떤 사람이 밤새도록 창녀와 음탕한 짓을 했다면 아무도 그가 다른 사람들을 위해서 일했다고는 말할 수 없을 것이다. 의롭지 못한 목적을 위하여, 예컨대 돈과 명예를 얻기 위해서 하는 일만이 더러운 것은 아니다. 아름답게 보이는 행위도 때로는 더러운 목적을 숨기고 있는 경우가 있다. 그리고 더러운 목적을 위한 것이라면 사람이 아무리 쉬지 않고 일하기를 즐겨도 다른 사람들에게 이익을 주기 위해서 일한다고는 할 수 없다. 만약 어떤 사람이 자신의 영혼을 위해서 일하고 또한 다른 사람을 해롭게 하지 않으면서 일하기를 즐긴다면 그는 존경받아 마땅하다. 그러나 사람의 마음은 어둠과 같다. 그 사람만이 알고 있는 그 사람의 내부적 각성을 우리가 어떻게 알 수 있을 것인가. 결국 우리는 다른 사람을 판단할 능력이 없다. 누구나 다른 사람을 비방하거나 자기 마음대로 평가할 수는 없다.

–에픽테토스

선한 사람이 남의 악을 생각하는 것은 어려운 일이다. 악한 사람이 남의 좋은 점을 생각해내기 어려운 것처럼.

남을 비방하는 것은 확실히 재미있는 일이다. 이 재미있는 일이 당사자에게는 얼마나 해로운 것인지를 이해하지 못하는 사람은 좀처럼 타인에 대한 비방을 그치지 않는다. 비방이 남을 해롭게 한다는 것을 알고 있으면서도 재미로 계속하는 것은 무서운 죄악이다.

타인의 과실을 쉽게 용서할 수 있는 사람, 동시에 자기 자신에 대해서는 아무것도 용서하지 않을 만큼 행실을 신중히 하는 사람은 진실로 고귀한 사람이다.

28일

September

인간의 모든 행위가 이성적인 판단으로 이루어지는 것은 아니다. 그렇다고 해서 감정에 의한 것만도 아니다. 다만 무의식적인 모방 때문에, 혹은 맹목적으로 이루어진다.

자신의 이성적 판단에 의한 것이 아니라 외부로부터의 영향에 의해 충동적으로 행동하게 될 때는 멈추어 서라. 그리고 그대를 움직이려는 그 영향이 선한 것인가, 악한 것인가를 생각하라.

남의 장단에 춤추는 행위에도 선과 악이 있을 수 있다. 남의 장단에 춤추는 행위는 어리석기 짝이 없다. 양심의 요구 때문에 자발적으로 하는 행위만이 악이 되지 않는다.

사람이 치졸한 존재라는 건 이해력이 불충분하다는 데 원인이 있는 것이 아니라, 다른 사람의 지도 없이는 자신의 이성을 살필 수 없을 만큼 결단과 용기가 부족하다는 데 있다.
-칸트

인간은 남의 경험을 이용하는 특이한 동물이다.

참된 교화는 다만 도덕적인 생활의 범례에 의해서만 퍼져나간다. 학교나 책, 잡지, 극장 등은 참된 교화와 일치되는 그 어떠한 것도 가지고 있지 않다. 도리어 번번이 교화에 배반되고 있다.
-에머슨

29일

September

전쟁 때문에 생기는 모든 불행 가운데 가장 저주스러운 결과는 인간의 두뇌가 사악한 일에 쓰인다는 것이다.

남이 나를 죽여도 좋다는 권리를 갖고 있다는 것만큼 어리석은 일이 또 있을까? 그런데 그 이유라는 것이, 그가 강물 저쪽에 살고 있으며 그의 조국이 나의 조국과 싸우고 있기 때문이라 한다. 결국 그와 나 사이에는 싸워야 할 까닭이 하나도 없다. –파스칼

주민들 사이의 증오는 하늘을 찌를 듯했고, 사람들이 전쟁의 어리석음을 이해할 때가 올 것이다.

지금부터 4세기쯤 전에 피사와 루카의 주민들은 서로를 원수 대하듯 했었다. 그 감정은 영원히 풀어지지 않을 것 같았다. 피사의 가장 미천한 종들조차 루카의 주민들로부터 하찮은 선물이라도 받는 것을 대단한 치욕이라고 믿고 있었다. 그러나 오늘날에 와서는 그와 같은 증오를 어디에서도 찾아볼 수 없게 되었다. 사람들은 서로 공격하는 것보다는 한결 더 필요한 일이 있다는 사실을 이해하게 되리라.

모든 사람에게 공통된 증오의 대상은 가난과 질병이다. 우리는 이런 무서운 재앙을 극복하기 위해 노력해야 한다. 또한 서로를 구렁텅이 속에 빠뜨리는 일이 없도록 힘을 합쳐야 한다. –샤를 리셰

전쟁은 수천 명의 미치광이들이 다른 수천 명의 동물들을 상대로 죽음의 게임을 하는 것이다. –볼테르

가령 여행하는 사람이 어떤 외딴 섬에서 집 한 채를 발견했는데 그 집 주위를 밤낮없이 감시인이 지키고 있는 것을 보게 된다면, 그는 섬 곳곳에 도둑이 사는 것으로 생각하게 될 것이다. 오늘날 유럽 여러 나라에 대해서도 이와 마찬가지 말을 할 수 있지 않을까. 우리는 진정한 종교로부터 얼마나 멀어지고 있는 것일까. –리히텐베르크

30일

September

사람이 고독하면 고독할수록 자기를 부르고 있는 신의 목소리가 잘 들리는 법이다.

침묵, 침묵 속에 가만히 숨어 있어라.
그리고 마음속 깊이 파고들어라.
그대의 가슴속 아련한 공상이 밤하늘의 샛별처럼 그 자태를 나타낼 것이다.
그것을 그립게 여겨라. 그리고 침묵하라. 영혼은 무엇이라 속삭이는가.
그대 자신의 영혼을 어떻게 다른 사람들이 이해할 수 있을까.
그대가 무엇 때문에 살고 있는지를 남들이 어떻게 이해할 수 있을까.
말로 나타난 사상은 허위이다.
열쇠로 열어도 흐트러짐이 없이 침묵 속에서 사랑을 길러라.
오직 자기 자신에 의해서만 산다는 것을 알라.
모든 세계는 그대의 영혼 속에만 있다.
신비한 마력과 같은 지혜를 바깥세계의 소음이 누르고 있다.
속세의 생활은 빛을 어둡게 한다.
그 노래에 주의하라. 그리고 침묵하라.

인생에 대한 중요한 문제에 봉착할 때마다 우리는 늘 고독하다. 그리고 우리들의 참된 역사는 다른 사람들에게는 거의 이해될 수 없다. 인생이라는 희곡에 있어서 가장 성스러운 장면은 신과 우리들의 내면적인 교섭을 그린 장면이다. —아미엘

타인에게는 필요한 사람이지만, 자기 자신은 타인을 필요로 하지 않는 사람이 훌륭한 사람이다.

때때로 일체의 외부적인 관계를 끊고 자기 자신의 본질 속에 잠기는 것은 육체에 필요한 음식물과 같이 영혼의 활력소가 된다.

죄 많은 사람은 언제나 다른 사람과 연락을 취하며 생활하고 있다. 그러나 죄를 더하면 더할수록 내면적으로는 점점 외로움을 느끼게 된다. 반대로 선량하고 총명한 사람은 다른 사람과의 관계를 통해서는 가끔 외로움을 느끼지만, 오히려 세계와의 끊임없는 결합을 의식한다.

September

신을 확실히 이해하지 못한다고 해서 곤혹스러워할 이유는 없다. 신을 간단명료한 존재로 생각할수록 우리는 더욱더 진실로부터 멀어지게 된다.

이전에 나는 인생의 여러 가지 현상을, 그것이 어디서 생겨났는지 또는 어째서 그것이 우리 눈에 비치는지를 무심코 보아 넘겼다. 그리고 그 후 나는 나의 눈에 비치는 모든 것이 이지의 빛에서 생겨났다는 것을 이해하게 되었다. 나는 모든 것을 하나로 합치시키며 기뻐했고, 그것이 모든 것의 근원이라고 생각했다. 그러나 그 후 나는 다시 또 그 이지가 어떤 거울을 통해서 비쳐오는 빛이라는 것을 알았다. 나는 빛을 보고 있다. 그 빛을 보내는 존재가 있다는 것은 알 수 있지만, 나를 비추어주는 빛의 근원이 무엇인지 나로서는 알 수가 없다. 그러나 그것이 존재한다는 것은 틀림없이 깨닫고 있다. 그것은 신이다.

갓난아이는 누가 자기를 따뜻하게 안아주며 먹을 것을 주는지 알지 못한다. 그러나 그 누군가가 있다는 것은 알고 있다. 갓난아이는 그것밖에 모르면서도 자기를 위하는 그 누구를 사랑하고 있는 것이다.

처음 학교에 들어가면 읽는 법과 쓰는 법을 가르쳐준다. 그러나 친구에게 편지를 쓰는 것이 필요한 일인지 아닌지에 대해서는 가르쳐주지 않는다. 음악 시간에는 또 우리에게 노래하는 법, 혹은 악기 연주에 맞추어 춤을 추는 법을 가르쳐준다. 그러나 어느 때 노래를 하며 춤을 출 것인지에 대해서는 가르쳐주지 않는다. 오직 이성만이 우리에게 할 일과 해서는 안 되는 일을 가르쳐준다. 이성을 부여함으로써 신은 우리에게 무엇보다 필요한 것, 모든 것을 통제할 힘을 우리의 정신 속에 불어넣어 준다.

신은 나를 현재의 모습으로 만들어놓은 다음, 이렇게 말했을 것이다.

"에픽테토스, 나는 너에게 지금의 보잘것없는 육체나 하찮은 지위보다는 훨씬 좋은 것을 줄 수 있다. 그러나 그렇게 하지 않았다고 해서 나를 책망하지는 말아라. 나는 너에게 하고 싶은 것은 무엇이나 다 할 수 있는 완전한 자유를 주고 싶지는 않았다. 그러나 나는 너에게 나의 일부분을 주었다. 자유로운 이지를 주었다. 만약 네가 경험하는 모든 것에 그 이성을 맞추어 나아간다면, 이 세상을 살아가는 데 있어서 무엇 하나 장애가 될 것은 없으리라. 너는 모든 사람에 대해서나 모든 운명에 관해서나 무엇 하나 울며 슬퍼할 것을 갖게 되지는 않을 것이다. 일평생 평화롭고 안락하게 보내는 것이 너는 불행이라고 생각하느냐?"

많은 사람이 수긍한다고 해서 착각을 진실이라고 할 수는 없다.

이렇게 늙기 전에는 나도 잘살기 위해서 노력하였다. 그러나 이제 나는 잘 죽기 위해서 노력하고 있다. 잘 죽기 위해서는 죽음을 두려워하지 않아야 한다.

만약 죽는 게 무섭다고 생각된다면, 그 원인은 죽음 속에 있는 것이 아니라 우리에게 있는 것이다. 인간은 옳은 생활을 하면 할수록 죽음에 대한 공포가 줄어든다. 완성된 인간에게 죽음은 존재하지 않는다.

어린아이들은 가끔 그 가녀린 손가락 사이로 어른의 손으로는 잡지 못할 진리를 잡고 있다.

지식은 위대한 자를 겸손하게 하고 평범한 자를 놀라게 하고 지극히 유치한 자에게는 부질없는 자랑을 안겨준다.

양심의 소리는 언제나 미묘한 상황에서 이해를 초월한 선택을 요구한다. 이 점에 있어서 양심의 소리는 명예욕과 구별된다. 명예욕은 때때로 양심의 소리와 혼합되어 나타나기도 한다.

신과 황금을 함께 섬길 수는 없다. 속세의 행복을 위해서 마음을 괴롭히는 사람은 도덕적인 가르침을 따르고 싶어도 따를 수가 없다.

10

October

1일

October

성인은 무지를 부끄러워하지 않는다. 그는 회의를 두려워하지 않으며 곤경에 처해서도 자아에 대한 성찰을 게을리하지 않는다. 그러나 단 하나 두려워하는 것이 있다. 바로 무지를 의식하지 못하는 것이다.

자기가 알고 있는 것이 많지 않다는 것을 깨닫기 위해서는 부지런히 배우고 깨우쳐야 한다. –몽테뉴

인간의 정신력에는 아무런 결함도 없다. 부족한 것이 있다면 정신력을 받아들이는 능력뿐이다. 사람은 공기의 부족으로 죽는 것이 아니라, 공기를 호흡하는 힘이 없어졌을 때 죽는다. 사람이 신의 뜻에 이른다는 것은 과거·현재·미래 그 어느 때나 존재하는 요소, 즉 육체적이고 이성적이며 정신적인 요소를 제어할 줄 아느냐 모르느냐에 달려 있다. –맬러리

신의 뜻은 적극적인 것이 아니라 언제나 거의 소극적이다. 즉 불합리한 것, 법칙에 어그러진 것, 있어서는 안 되는 것이 무엇인가를 아는 데에 신의 뜻이 있다.

모르는 것을 남에게 묻기를 주저하지 말라. 자제는 만족의 뿌리에 평화의 열매를 달고 있는 나무와 같다. 언제나 진실만을 말하라. 그것이 남에게 불쾌감을 준다는 것을 알고 있더라도……. 배움이 있어도 그것을 응용할 줄 모르는 사람은 음식의 냄새만 맡고 먹지 못하는 사람과 같다.
–아라비아 격언

도덕적인 가르침과 종교는 논의하는 방법에 있어서 다소의 차이점이 나타난다. 그러나 그 소임에 있어서는 동일하다.

이 순간을 영원처럼 살아가라. 그리고 지금 곧 죽어버릴지도 모른다는 마음가짐으로 일하라. 다른 사람들과 교제할 때에도 그대가 곧 죽어버릴지도 모른다는 생각으로 최선을 다하라.

바구니 속에 먹을 것을 가득 넣어 가지고 있는 사람이 내일은 무엇을 먹을까 걱정하는 것만큼 어리석은 일은 없다. –탈무드

붓다는 이 세상에서 가장 범접하기 어려운 사람을 이렇게 평했다. 가난하면서도 동정심이 많은 사람, 부귀공명을 온전히 누리면서도 신앙이 깊은 사람, 운명에 굴복하지 않는 사람, 정욕을 억제하고 소멸시키는 사람, 매혹적인 것을 보고도 마음이 움직이지 않는 사람, 성공하지 못하고도 오히려 굳센 사람, 악으로써 보복하려 하지 않고 모욕을 감내할 줄 아는 사람, 사물의 근본까지를 알려고 하는 사람, 무지한 사람을 비방하지 않는 사람, 자아로부터 완전히 벗어날 줄 아는 사람, 선함과 동시에 학문이 깊으며 또한 현명한 사람, 종교 속에 숨겨진 심오한 진리를 파악할 줄 아는 사람, 싸움을 피하는 사람, 대개 이런 사람들을 우리는 존경하게 되는 것이다. –중국 격언

사람들은 신의 뜻을 지키지도 않으면서 신을 섬기고 있다. 차라리 신을 섬기지 않더라도 신의 뜻을 지키는 편이 낫다. –에머슨

가장 바람직한 신앙은 따로 계산된 목적을 염두에 두지 않는 것이다. 가장 일정한 목적을 추구하기 위하여 신앙을 갖는 것만큼 큰 죄악은 없다. 진실로 신을 사랑하는 자는 모든 존재 속에서 신을 생각하며, 자기 자신 속에서 모든 존재를 생각한다. –와바나 푸라나

종교의 본성은 신에 의하여 계시도니 모든 인간의 의무를 깨닫는 데 있는 것이다. –칸트

3일

October

지금 스스로 원하는 만큼 소유하지 못했다 하더라도 자기 자신의 값어치보다는 나은 것을 갖고 있다는 것을 명심하라.

빈곤이 곧 불행의 원인은 아니다. 자기가 가진 것 이상을 바라기 때문에 사람들은 불행한 것이다. —세네카

도둑이 훔쳐갈 수도 없고 폭군이 약탈해갈 수도 없으며, 그대의 죽음 뒤에도 결코 썩지 않고 남아 있을 보물을 간직하라. —인도 잠언

자기를 위해 지상에 부를 축적해서는 안 된다. 벌레와 녹이 그 재물을 해치고 도둑이 그것을 범할 것이다. 자기를 위해 부를 하늘에 쌓아라. 거기는 재물을 해칠 벌레도 녹도 없으며, 도둑이 범할 수도 없는 곳이다. 부가 있는 곳에 그대의 마음도 따라가기 때문이다. —성서

적게 바라고 스스로 노력해 만족을 얻는 것, 어떤 것을 얻기 위해서 수단 방법을 가리지 않는 대신 언제나 남에게 베풀 수 있는 마음을 갖는 것, 이 이상 확실한 행복의 비결은 없다. 모든 면에서 많은 혜택을 받는 것보다 자기에게 필요한 것을 만족시키는 편이 훨씬 확실한 태도이다. 물론 어느 소수의 사람에게는 반감을 사게 될지도 모르겠지만 그것이 항상 모든 사람에게 있어서 가장 확실한 행복의 비결로 통한다. —에머슨

재산 때문에 일어나는 욕심에 한계를 정하기가 불가능한 것은 아니지만 곤란한 일인 것만은 분명하다. 실제 인간의 만족이란 절대적인 내용을 가진 것이 아니라 비교적인 관계에 있다. 즉 만족이란 그 사람의 욕심과 그 재산의 관계에 있어서, 재산은 분모 없는 분수처럼 의미가 없다.

갖고 싶지 않은 것, 자기에게 불필요한 것을 갖고자 하지 않는 사람은 그런대로 충분한 만족을 맛볼 수 있다. 그러나 아무리 많은 재산을 소유하고 있어도 아직 욕심을 채우지 못했다고 생각하는 사람은 끝까지 불행한 사람이다. 언제나 상대방의 손에 있는 것을 자기가 가장 원하는 것이라고 믿고 있기 때문이다. —쇼펜하우어

4일

October

만일 누군가가 그대를 비방하거든 쓸데없이 마음 쓰지 말고 너그럽게 받아넘겨라. 그러나 그대가 남의 비난을 입에 올렸을 때는 어떤 경우에도 그 말이 대수롭지 않다고 해서 스스로 관대해지는 일이 없도록 하라. 그대가 비난한 당사자에게 진심으로 사과를 하고, 진실한 우정을 회복할 수 있을 때까지 결코 자신을 먼저 용서하지 말라. –탈무드

가끔 상대방의 입장에 서서 생각해보면 그때까지 그 사람에게 품어왔던 혐오의 감정이 사라지는 경우도 있다. 그뿐만 아니라 자기 자신의 교만한 마음가짐이 없어지기도 한다.

남을 용서할 줄 모르는 사람은 자기가 건너가야 할 다리를 스스로 무너뜨리는 사람이다. 용서와 관용은 모든 사람에게 필요한 미덕이다.

어리석고 무지한 인간에게 대응하는 가장 좋은 방법은 침묵이다. 그런 사람에게 말대답하면 그 말은 곧 그대에게 되돌아온다. 비난을 비난으로 갚는 것은 타오르는 불 속에 장작을 넣는 것과 같다. 비난하는 자에게 온화한 미소를 보낼 줄 아는 사람은 이미 상대방을 이긴 것이다. –러스킨

자기의 결점을 잘 아는 사람만이 남의 결점에 대해서도 올바른 행동을 취할 수 있다.

큰물은 돌을 던져도 그 흐름이 흐트러지지 않는다. 남의 비난에 마음이 흔들리는 사람은 큰물은커녕 물웅덩이보다도 옹졸한 인간이다. 다른 사람 때문에 불행해졌다면 스스로 그 불행의 구렁텅이를 헤쳐나와라. 어쩌면 그대도 용서받아야만 할 인간이다. 우리는 누구나 결국 흙으로 돌아갈 인간이라는 사실을 기억하라. 살아 있는 동안만이라도 부디 평화롭게 살기를. –사디

잠깐만 생각해봐도, 우리는 저마다 인류 전체에 대해서 무언가 죄를 범하고 있음을 알게 될 것이다. 설령 그것이 제도적 불공평 때문에 일어난 일이라 해도 결국 우리는 알게 모르게 다른 사람들에게 빚을 지고 살아가고 있다.

5일

October

자로 열 번 측정해본 다음에 잘라라. 내 이웃의 부족한 점이나 단점을 말하려면 백 번쯤 생각하라. 그러고 나서 말해도 늦지 않다.

남이 잘못을 저지르는 것을 목격해도 결코 책망하지 말라. 고의로 잘못을 저지르는 사람은 없다고 생각하라. 장님이 되기를 원하는 사람은 아무도 없다. 잘못을 저지르는 사람은 허위를 진실로 믿고 있다.

살면서 한 번도 잘못을 한 적이 없다고 큰소리칠 수 있는 사람은 아무도 없다. 진실이 명료하게 눈앞에 보이는데도 그것을 받아들이지 않는 사람도 없다. 사람들은 이해하지 못하기 때문에 진실을 받아들이지 못한다. 진실이 악인 것처럼 생각되기 때문에 받아들이지 못하는 것이다. 이런 사람들은 잘못을 책망할 것이 아니라 오히려 동정해야 한다. 유감스럽게도 그들의 양심은 병들어 있는 것이나 다름없기 때문이다. –에픽테토스

인간의 모순은 자기 자신을 올바르게 하는 것을 잊고 남을 바르게 이끌려고 하는 데 있다. –맬러리

부주의가 인간의 욕정을 부채질한다. 그러므로 말을 삼간다는 것은 커다란 미덕이다. –세네카

남을 비난해야만 한다면 뒤에 숨어서 헐뜯지 말고 그 사람 앞에서 당당하게 말하라. 그리고 그 말을 듣고 그 사람이 악한 감정을 품지 않도록 주의하라.

시간은 흐른다. 그러나 입에 담았던 말은 언제까지라도 사라지지 않는다. 사람들이 누군가를 비난할 때는 덩달아 맞장구를 치기 전에 주의 깊게 그 이유를 따져볼 필요가 있다. 누군가를 칭송할 때도 무작정 동조하기 전에 주의 깊게 그 이유를 살펴볼 필요가 있다. –공자

6일
October

건강은 하나의 보배일 것이나 때로는 건강하지 않더라도 행복할 수 있다. 그러나 사랑 없이는 어떤 사람이라도 행복할 수 없다.

"건강한 신체에 건강한 정신이 깃든다"라는 말은 진리이다. 그러나 현대에 와서는 그 반대가 옳은 말이 되었다. 즉 건강한 정신만이 육체를 건강하게 만든다. 도덕적 생활, 노동, 검소한 식사, 절제, 금욕은 건강을 위한 필요충분조건이다. 육체의 건강을 대수롭지 않게 여기는 것은 타인에게서 봉사의 가능성을 빼앗는다. 그러나 육체에 대해 지나치게 마음을 쓰는 것도 좋다고만 할 수는 없다. 그 중용을 취하기 위한 방법은 하나밖에 없다. 사람들에 대한 봉사를 방해하지 않는 범위 안에서 자신의 육체에 대해 마음을 쓰는 것이다. –러스킨

히포크라테스는 "치료의 근본 조건은 육체에 직접 해를 끼치지 않는 것이다"라고 말했다. 이 말은 육체적인 치료에 있어서 가끔 타당하지 않을 때가 있다. 더구나 정신적인 치료에 대해서는 결코 타당할 수 없다.
육체에 직접 해를 끼치지 않는다는 법칙은 오늘날의 수술·약물요법 등 그 밖의 여러 경우에 타당하지 않은 것이다. 그리고 정신에 해를 끼친다는 것은 사람이 병을 앓을 때마다 필연적으로 일어나는 현상인데도 아무도 그것을 생각한 적이 없고 이해한 적도 없다.

병든 사상은 병든 육신보다 처치하기가 곤란하다. 게다가 그 종류도 훨씬 많다. –키케로

무슨 병이든 인간으로서의 의무를 다하는 데 방해가 되는 병은 없다. 노동으로써 타인에게 봉사할 수 없다면, 사랑이 가득 찬 인내로써 봉사하도록 노력하라.

아무리 가벼운 증상이라도 사람이 병을 앓게 되어 일상적인 활동을 중지하고 전심전력으로 치료에 몰두할 때면 예전에는 무심코 흘려보냈던 평범한 일상생활이 무척 소중하게 여겨질 것이다. 그 내용과 관계없이 그것은 하나의 생활이었으며, 적어도 그 상황에서는 자기 신변을 싸고도는 끊임없는 공포나 근심은 없었기 때문이다.

7일

October

공기를 들이쉼으로써 살고 있다는 것을 깨닫지 못하는 사람일지라도 질식하게 될 때는 그 무엇인가를 빼앗겼다는 것을 깨닫게 될 것이다. 신을 빼앗긴 사람도 역시 마찬가지이다.

언제나 신을 잊지 않는다는 것은 거룩한 일이다. 그것은 말로써 신을 이해하는 것이 아니다. 신은 우리의 모든 움직임을 지켜보고 있다. 우리는 신이 어떤 때는 자신을 추궁하고 어떤 때는 칭찬을 하기도 한다는 사실을 믿고 살아야 한다.

우리가 신을 잊어버리고 배척했을 때 가장 명확하게 느껴지는 것은 신을 알고자 하는 욕구이다.

신은 맹목적인 기도나 아첨을 바라는 우상이 아니다. 신은 사람이 일상생활에서 표현해야만 하는 이상이다. –맬러리

무리해서 신에게 가까이 갈 필요는 없다.

"나를 신에게 보내 달라. 신의 뜻대로 살도록 해달라. 난 지금까지 악마의 손에서 살아왔다. 이제부터는 신의 뜻에 따라 살아가도록 해보리라. 그러면 반드시 불행은 사라지리라."

이렇게 생각하는 것은 엄청난 불행이다. 신에게 가는 것은 결혼하는 것과 같다. 마음이 내키지 않을 때는 가까이 갈 수 없다. 거짓된 마음으로 신에게 가까이 가느니 차라리 불에 타 죽는 편이 훨씬 낫다. –키케로

내가 신에 관해 얘기할 때 금이나 은으로 만든 그 어떤 물체에 관해서 얘기하는 것으로 착각하지 말라. 내가 얘기하는 신이란 그대가 마음속으로 깨닫고 있는 신이다. 신은 우리 각자의 마음속에 있는 것이다. 그런데 우리는 스스로의 부정한 생각이나 행위로 인해 마음속에 있는 신의 모습을 더럽히고 있다.

그대들이 신이라고 받드는 그 황금으로 만든 우상 앞에서 그대들은 격에 맞지도 않게 고상하게 처신하려고 애쓴다. 하지만 그대들 자신 속에 있으며 모든 일을 알고 있는 신 앞에서는, 부정한 생각에 사로잡혀 사악한 행동을 하면서도 조금도 얼굴을 붉히지 않는다. 만약 언제나 신이 우리 안에 있다는 것을 잊지만 않는다면 우리는 결코 죄를 범하지 않으리라. 될 수 있는 대로 자주 신에 관해 얘기하라. –에픽테토스

8일

October

기독교도가 그 가르침을 정직하게 지킨다면 이 세상에는 부자도 가난한 자도 없게 될 것이다.

어떤 사람이 그리스도에게 말했다.
"주여, 영생을 얻기 위해서 저는 어떤 일을 해야 합니까?"
그리스도가 대답했다.
"그대가 만약 완전한 삶을 얻으려거든, 먼저 그대의 재산을 가난한 사람들에게 나누어주도록 하라. 그대는 하늘나라에서 재보를 얻으리라. 그런 연후에 나의 뒤를 따르라." –성서

물욕이란 진실로 무서운 것이다. 그것은 마음과 눈을 가려버린다. 물욕은 인간을 야수보다 더 잔인하게 만들고 양심과 정의, 사회적인 구제 등에 대해서는 생각도 하지 못하게 한다. 무지한 폭군처럼 우리를 노예로 만들어버린다. –조로아스터

부자와 가난한 사람으로 이루어진 이 사회에서 사람들은 권력자의 포로가 될 수밖에 없다. 가난한 사람에게는 반항할 만한 힘이 없다. 그럴수록 부자들의 곳간은 더는 빈자리가 없을 정도로 수많은 재물이 쌓여간다. –헨리 조지

재산은 거름과 같다. 모으기만 하면 악취를 풍기지만 사방에 뿌리면 대지를 기름지게 한다.

부자와 가난한 사람은 서로 밀접한 관계에 있다. 유산계급이 존재한다는 것은 당연히 무산계급이 존재한다는 것을 전제로 한다. 그리고 부자의 어리석은 사치는 결과적으로 피치 못할 빈곤을 낳고 있다. 부자는 가난한 사람을 약탈하고 있다. 그들은 부를 축적하기 위한 어떤 노력도 하지 않았는데 부자가 된 경우가 허다하다. 그러므로 가난한 사람은 부자들에게 약탈당하고 있다.

부자는 항상 남의 슬픔에 대해 냉정하며 무관심하다. –탈무드

9일

October

자의식을 자기의 정신적인 자아 속으로 끌어들일 줄 아는 사람은 생활에 있어서나 죽음에 있어서나 불행을 경험하지 않는다.

인간은 자신 속에 존재하는 무한하고 전능한 그 무엇과 자기가 그 속에 존재하는 지극히 미약한 그 무엇과의 사이에 있는 모순을 분명히 의식한다. 그래서 때로는 즐거워하고 때로는 슬퍼한다. -리히텐베르크

나는 선량한 사람들의 영혼이 상상하는 일은 신과 영원에 속한 것이라고 생각한다. 그러나 중요한 것은, 가장 선량하고 가장 슬기로운 사람들의 영혼은 미래의 영원성에 대해 그의 모든 사상을 기울이고 있는 것처럼 생각된다는 일이다. -키케로

운명이 그대를 어느 곳으로 팽개치든 그대의 본질, 그대의 정신, 인생의 중심, 자유, 힘은 그대와 함께 있을 것이다. 그대가 자기 존재의 법칙을 확신하고 있다면 말이다. 이 세상에 그 어떤 표면적인 행복이나 위대함이 있다 하더라도, 그 때문에 자기 정신과의 결합을 끊을 만한 가치를 지니고 있는 것은 결코 존재하지 않는다. -아우렐리우스

모든 것에서 구원받기 위해서는 자신의 정신력을 인식하지 않으면 안 된다. 그럴 수 있는 사람은 어떠한 일이 생긴다 하더라도 결코 불행에 빠지는 일이 없다.

오직 활발하고 도덕적이며 정신적이고 또한 종교적인 의식만이 인생에 대해 그 모든 존엄과 정력을 준다. 이와 같은 의식은 고갈되지도 않으며, 어떤 상대에게도 패배하지 않는다. 다만 신에게만 지는 것이다. 이기심을 버린 뒤에나 그대는 무엇보다 강한 힘을 얻을 수 있을 것이다. 그때 현실은 그대의 발밑에 있을 것이며 그 어떤 유혹도 그대를 굴복시킬 수는 없을 것이다. 정신은 언제나 물질을 초월하는 것이기 때문이다.

"용기를 가져라. 그대는 현실을 정복했다."

하늘의 소리는 이렇게 말한다. -칼라일

10일

October

이 세상을 하찮게 생각하는 것은 동시에 자기 자신도 경시하는 것이다. 그보다 더 도덕적인 완성에서 멀어지는 길은 없다.

도덕적인 생활에 있어서 모든 것의 중요성은 결코 그 물질적인 의의에 따라서 결정되는 것이 아니다. 그것은 오직 도덕적인 노력의 정도 여하에 따라서만 결정된다.

그 일이 보잘것없다는 이유로 자기가 해야 할 일을 외면하는 사람이 있다면 그는 자신을 속이고 있는 것이다. 그 사람은 그 일이 보잘것없기 때문에 안 하는 것이 아니라, 자신의 능력에 벅차기 때문에 하지 못한다.

인간은 사고의 능력에 의해서가 아니라 행함으로써 자기 자신을 알게 된다. 할 일을 하려고 노력하는 과정을 통해서만 인간은 자기의 가치를 깨닫게 된다.

–괴테

일을 끝까지 하지 못해도 좋다. 다만 처음부터 포기할 생각만은 하지 말라. 그대에게 그 일을 맡긴 사람은 언제나 희망을 버리지 않는다.

–탈무드

삶을 올바르게 이끌어가고 싶어 하는 사람 대부분은 어떤 비범하고 어려운 일을 수행하려고 한다. 무엇보다도 먼저 욕망을 제거하고, 자기에게 주어진 평범한 의무를 소홀히 하지 않을 것을 망각한 채.

–페늘롱

11일
October

대부분의 사람은 참된 존경의 대상이 될 만한 것을 자랑으로 생각지 않는다. 반대로 다소 비천하게 여겨질 수도 있는 것, 가령 권력이나 부, 명예를 자랑으로 생각한다.

교만한 사람은 자기 자신을 존경하는 것이 아니라 자기 자신에 대한 세상 사람들의 평가를 중요하게 여긴다. 자신의 진정한 존엄성을 자각하는 사람은 다만 자기 자신만을 존경한다. 그리고 세상 사람들의 평판은 가볍게 여긴다.

훌륭한 가르침을 완전히 이해하기도 전에 남을 가르치려는 사람이 있다. 이런 사람은 금방 먹은 것을 그대로 토해버리는 이와 같다. 최초의 가르침을 자기 속에서 충분히 익히지 않으면 안 된다. 그 전에는 결코 밖에 내놓지 말라. 그렇게 하지 않으면 결국 어떠한 음식도 받아들일 수 없는 소화불량에 빠지고 만다. –에픽테토스

교만한 것과 인간의 존엄성을 자각하는 것은 전혀 다른 것이다. 교만은 외부적인 성공이 클수록 덩달아서 커진다. 인간의 존엄성에 대한 자각은 그 반대이다. 즉 외면적인 지위가 낮아질수록 인간을 존중하는 마음은 더욱 커진다.

어리석은 자에게도 자기의 부족한 점을 알 수 있는 지혜는 있다. 그러나 자신이 슬기로운 사람이라고 생각하는 사람은 결코 지혜로운 사람이 아니다. 오히려 어리석은 사람보다 더 어리석은 사람이다. 어리석은 자는 성인의 곁에 살고 있을지라도 진리를 조금도 깨닫지 못한다. 마치 숟가락이 산해진미의 맛을 모르는 것처럼. –붓다

자존심이 강한 사람은 대개 너그럽지 못하다. 자존심과 관용은 인과관계에 있다. 그는 자존심이 강하기 때문에 도량이 좁은 것이다. 그리고 도량이 좁기 때문에 자존심이 강하기 마련이다. 그는 누구도 자신보다 좋은 것을 만들어낼 수 없다고 생각한다. 그리고 자기가 만들어내는 모든 것은 다 훌륭한 것뿐이라고 착각하는 것이다. 한 사람의 교만은 다른 사람들을 혼란에 빠뜨린다. 그러나 그러한 교만이 모든 사람들에게 허용되었던 혼란의 시기가 지나면 그는 하나의 웃음거리가 되고 만다.

12일

October

관습의 테두리에서 벗어나려면 대단한 노력이 필요하다. 그러나 완성에 가까워지는 첫걸음은 언제나 관습을 떠난 곳에서 시작된다.

자기가 생각하는 대로 행동하라. 다른 사람이 생각하는 대로 행동해서는 안 된다. 이것은 현명한 사람이건 평범한 사람이건 가릴 것 없이 다 같이 필요한 생활의 계율이다. 또한 모든 위대한 것과 비천한 것의 구별에도 필요한 계율이다. 이 계율을 따르는 것은 어렵다. 그대들의 주위에는 그대들 자신보다 그대들의 할 일에 대해서 더 잘 알고 있다고 믿는 사람들이 많기 때문이다. 이 세상의 관습을 따르면서 살기란 쉬운 일이다. 또한 고독 속에 있으면서 자기 자신을 따라가는 것도 쉬운 일이다. 그러나 진실로 위대한 사람은 사람들 사이에 섞여 살면서도 자기 자신의 독립성을 지켜나갈 수 있는 사람이다. –에머슨

하찮은 것에 있어서 관습을 따른다는 것은 그대 자신의 귀중한 시간과 정력을 허비하는 일이다. 낡은 제도를 지지하고 남의 비위를 맞추기 위해 노예처럼 굽실거린다면, 그대 자신의 정체는 점점 희미해지게 될 것이다. 그대의 능력을 쓸데없는 곳에 소모하지 말라. 이런 생활은 육체와 정신을 다 같이 멸망시킨다. –에머슨

이 세상의 관습을 초월한 사람들에게 화를 내는 것은 죄악이다. 그러나 세상의 관습에 젖어 자기의 양심을 돌보지 않는 사람은 그 이상으로 악하다.

세속적인 것에서 탈피해서 자기의 양심에 따라 살아가려면 자기 자신에 대해 엄격히 할 필요가 있다. 자신의 하찮은 과실이나 약점으로 인해 커다란 죄악으로 내몰릴 수도 있으며, 무엇보다 중요한 것은 그 자신의 모처럼의 결심을 배반할 우려가 있다는 것이다.

도덕적인 생활을 하려면 악한 사람들의 비난이나 조롱도 감당해야 한다. 그러나 그 때문에 슬퍼하거나 모욕당했다고 생각할 필요는 없다. 도덕적인 사람들이 악한 사람들의 증오를 불러일으키는 것은 당연한 일이기 때문이다. 그렇다고 해서 중단해서는 안 된다. 악한 사람들에게 미움을 받는다는 것은 그만큼 도덕적이라는 증거이기 때문이다. –조로아스터

13일

October

위대한 성인이 영향력을 갖고 있는 곳에서는 사람들이 그 영향을 받고 살아가면서도 성인의 존재를 깨닫지 못한다. 그 다음 가는 성인이 지배하는 곳에서는 사람들이 그를 두려워한다. 그리고 가장 위대하지 못한 성인이 사는 곳에서는 사람들이 그를 경멸한다. -노자

인간은 자유로운 존재로 태어났지만 눈에 보이지 않는 쇠사슬에 묶여 있다. 누구에겐가 '주인'으로 불리는 사람도 실은 그 이상의 노예이다.

아무리 황금을 좋아하는 사람일지라도 황금으로 된 족쇄를 좋아하지는 않는다.

인생의 무의미와 속박은 사람들을 극한적인 절망 상태에까지 몰아가기도 한다. 이런 절망적인 상태를 벗어날 수 있는 유일한 길은, 그 방법을 인식하는 것과 그 상태 속에 빠져 들어가는 것이다.

인간은 배고픔도 참지 못하지만 그에 못지않게 남에게 얽매이는 것도 싫어한다. 굶는 한이 있어도 감옥에서 배불리 먹기를 원하는 자는 없다. 배가 무척 고픈 순간에는 제 자유를 팔아서라도 목숨을 부지하려 하지만, 한 끼 밥을 먹고 나면 다시 자유를 원한다.

14일

October

예술이란 사람들로 하여금 도달할 수 있는 가장 고결한 감정을 가지게 함을 목적으로 하는 인간의 소업(所業)이다.

모든 시대에 있어서, 그리고 모든 사회에 있어서 그 시대와 사회의 모든 사람들에게 공통되는 종교 의식이라는 것이 있다. 그것은 선한 경우도 있고 악한 경우도 있다. 이 종교 의식은 예술에 의해 주어진 감정의 가치를 결정한다.

사랑을 낳는다는 것은 이제까지 알려진 사실을 되풀이하는 것이 아니라 새로운 상상과 사색을 줄 수 있는 그 무엇을 찾아내는 것이다. 예술 작품의 경우에도 마찬가지이다. 즉 예술 창조라는 것은 그것이 인생에 도움이 되는 새로운 감정을 가져올 때만 그 가치를 말할 수 있다.

지식이 완성되어간다는 말이 있다. 즉 보다 더 진실하고 필요한 지식이 거짓과 모순을 몰아내고 그 자리를 차지한다는 뜻이다. 다시 말하면 인간의 행복에 도움이 되지 않는 불필요하고 비열한 감정이 보다 좋고 보다 필요한 감정에 쫓겨난다는 말이다. 여기에 예술의 의의가 있다. -괴테

인간의 진화를 위한 두 개의 기관 중 하나가 예술이다. 사람들은 언어로써 자기의 사상을 정한다. 그리고 예술적 형상화를 통해 현재뿐만 아니라 과거와 미래의 모든 사람들과 감정을 나눌 수 있게 된다. -러스킨

참다운 예술 작품은 그 작품을 애호하는 사람들의 의식 속에 녹아 들어간다. 그것은 일반 대중과 예술가 사이의 구별을 없앨 뿐 아니라 그 작품을 감상하는 모든 사람 사이의 구별도 없애버린다.

현대에 있어서 예술의 사명은 사람들의 행복이 상호 결합에 있다는 것을 판단의 영역에서 감정의 영역으로 인도하는 데 있다. 그리하여 폭압이 지배하고 있는 곳에 모든 인생의 최고 목적이라고 여겨지는 사랑을 심어준다.

15일

October

완성한다는 것은 언제나 끊임없이 자아를 육체적인 생활에서 정신적인 생활로 옮겨놓는다는 것을 의미한다. 완성을 위해서는 시간도 죽음도 존재하지 않는다. 또한 그 과정에서는 모든 것이 행복한 것이다.

힘은 자랄수록 커진다. 그것은 육체적인 면에서나 정신적인 면에서나 같은 뜻으로 해석할 수 있다. 만약 그대의 정신이 성장하지 않는다면, 그대는 정신적인 세계에서는 언제나 약한 인간이다. 이 말은 그대가 언제까지나 어린아이로 있다면, 물질적인 세계에 있어서도 언제까지나 약한 인간으로 남아 있을 것이란 뜻이다.

인생의 의미는 인간으로서의 완성에 있다. 그리고 사회생활의 의무를 완성하는 데 있다. 우리는 살아 있는 동안 인격적 완성을 이룰 수 있고 사회에 봉사할 수도 있다. 그러나 사회에 봉사하는 것은 그 사람이 인간으로서 완성되었을 때만 가능하다. 그리고 인간으로서의 완성은 사회에 봉사함으로써만 이룰 수 있다.

-칼라일

정의는 가끔 역사의 토양 속에 오랫동안 움직이지 않고 파묻혀 있는 씨앗이 되기도 한다. 그러나 적당한 온도와 습도를 받으면 새롭고 건강한 액체, 신선한 힘을 길러내어 힘차게 성장한다. 그리하여 꽃을 피우고 열매를 맺는다. 그러나 폭력과 부정의 힘에 뿌려진 씨앗은 썩고 말라서 자취도 없이 사라져버린다.

-탈무드

인간의 의무는 자기의 영혼을 성찰하는 일이다. 이를테면 자기의 영혼을 되찾아 더욱더 위대하게 만드는 일이라고도 할 수 있다.

인간은 인간에 의해 저질러진 모순을 개선하기 위해 태어났다. 기만을 폭로하고 진리와 선을 다시 찾기 위해서 태어난 것이다. 그러므로 우리는 단 일 초 동안이라도 과거 속에 머물러 있지 말아야 할 것이며, 항상 자신을 바르게 하고 매일 아침 새로운 생활을 꿈꾸며 대자연으로부터 많은 것을 배워야 한다.

-에머슨

16일

October

자기 존중은 인간 속에 있는 신에 대한 의식이 인생에 표현된 것이다. 그것은 깊은 근원을 종교 속에 가지고 있다. 그 가장 좋은 예는 겸손함의 위대함이다. 어떠한 귀족도, 왕후도 성인의 자기 존중과 비교될 수는 없다. 성인이 겸손한 것은 자신이 느끼고 있는 신의 위대성에 따라 그렇게 되고 싶다고 원했기 때문이다.

-에머슨

아직 신의 존재를 각성하지 못한 영혼은 거의 없다. 이러한 각성을 성서에서는 축복이라 부르고 있다.

열매가 차츰 커지면 꽃은 떨어지기 마련이다. 마찬가지로 그대의 마음 속에 신의 의식이 성장할 때 그대의 약한 마음은 사라진다. 가령 몇천 년 동안 어둠이 공간을 가득 채우고 있다 하더라도 광명이 그 속으로 뚫고 들어가기만 하면 세상은 밝게 빛나기 시작한다. 그대의 영혼에 대해서도 이렇게 말할 수 있다. 아무리 오랫동안 어둠 속에 있다 하더라도 그 속에서 신에 대한 각성을 할 수 있다면 그대의 영혼은 광명을 얻게 될 것이다.

-브라만 잠언

사람이 자기 자신 속에서 신의 힘을 느끼지 못한다고 해서 신이 그 사람 속에 존재하지 않는다고 볼 수는 없다. 단지 그 사람이 자기 안에 있는 신을 깨닫지 못하고 있을 따름이다.

17일
October

사실상 우리는 창조주라는 신을 생각해야 할 어떠한 근거도, 또 어떠한 필요성도 느끼지 않는다. 그리고 또 조물주인 신은 기독교적인 아버지로서의 신, 정신으로서의 신과는 아무런 공통점을 갖지 않는다. 또한 그 일부가 우리 자신 속에 살며, 우리의 생활을 조성하고 우리 생활의 의미를 명백히 하며 가르치는 사랑의 신과는 아무런 공통점을 갖고 있지 않다. 창조주로서의 신은 고뇌와 악에 대해 무관심하며 태연하다. 정신적인 신은 고뇌와 악으로부터 우리를 피하게 하며, 언제나 완전한 행복으로 우리를 이끌어준다.

우리는 자신에게 주어진 감정에 의해 세계를 인식하고, 자기 자신 속에서 자신의 아버지인 신을 깨닫는다. 그러나 창조주로서의 신은 알 수도 없고 알 필요도 없다. 『우파니샤드』나 『성서』 혹은 『코란』이나 공자의 가르침 속에도 훌륭한 말이 많이 쓰여 있다. 그러나 무엇보다도 중요하고 우리에게 가까운 것은 자기 자신의 종교적인 사색, 바로 그것이다.

인류의 종교 의식은 고정되어 있는 것이 아니라 끊임없이 변한다. 차츰 명백하게, 그리고 순수하게.

비록 그것이 믿을 만한 것일지라도 어떤 사람이 어느 한 사상에 빠져버리면 기둥에 몸을 결박당한 것 같은 상태가 된다. 어느 정도 정신의 발달 상태에서는 알맞은 진리였던 것도 새로운 정신으로 발전하기에는 방해가 되고, 그와 다른 보다 높은 단계를 위해서는 오류가 되기도 한다.

–맬러리

사람이 있고 신이 있는 이상, 사람과 신 사이에 아무런 관련이 없다고 말할 수는 없다.

오늘날 인류가 고귀한 진리에 대한 계시 가운데 가장 오래되고 가장 시대에 뒤떨어진 것만을 받아들이고 있다는 것은 얼마나 놀라운 일인가. 그리고 가장 바르고 적절한 계시, 가장 자립적인 사상을 전혀 가치 없는 것으로 생각하고, 때로는 그것에 대해서 혐오의 감정조차 나타내는 것은 참으로 놀라운 일이다.

–소로

18일

October

인간 생활의 모든 모순을 해결하고 가장 큰 행복을 가져다주는 감정을 우리 모두 알고 있다. 그 감정은 사랑이다.

사랑은 죽음을 소멸시키며 죽음을 공허한 환영으로 바꾸어버린다. 또한 사랑은 무의미한 삶을 의미 있게 바꾸어놓으며 불행에서 행복을 만들어낸다. 그대가 누구든 사랑으로 대할 수 있고 선행을 베풀 수 있거든 지금 당장 실천하라. 기회는 두 번 다시 오지 않는다. –리히텐베르크

사랑의 길에 서라. 그리고 사랑을 행하도록 하라. 그대 비록 모든 삶의 진리를 터득했다 할지라도 사랑만이 그대에게 행복을 가져다줄 것이다. 마음속에 사랑이 살고 있는 자는 결코 어둠이나 슬픔의 나라로 떨어지지 않을 것이다. 어떠한 악도 사랑에 빠져 있는 선량한 사람을 범하지 못한다. 사랑에 빠진 가난한 사람은 기회가 닿으면 부자가 될 수 있으리라. 그러나 마음이 악한 자에게는 그런 변화조차도 있을 수 없다. 그들은 영원히 가난하다.

사랑은 인간에게 몰아(沒我)를 가르친다. 사랑은 인간을 고통에서 구출해준다. 사랑을 모르는 인간에게 우리는 아무런 기대도 할 수 없다.

19일

October

종교에 있어서는 신성한 것만이 진실이다. 그러나 철학에 있어서는 진실한 것만이 진실이다.

나는 무엇인가, 나는 무엇을 할 것인가, 나는 무엇을 믿을 수 있으며, 무엇을 희망할 수 있는가. 이 모든 질문에 의하여 우리는 철학의 세계로 들어간다. –리히텐베르크

모든 새들은 어디에 집을 지으면 좋을지 알고 있다. 새들은 맡은 바 사명을 알고 있다. 하물며 만물의 영장인 인간이 새들도 알고 있는 것을 알지 못한다는 것은 이해할 수 없는 일이다. –중국 격언

어떤 사람이 감옥에 갇혔다고 가정해보자. 어떠한 판결이 자기에게 내려질는지 그는 모르고 있다. 그러나 그 결과를 알게 될 시간도 앞으로 한 시간밖에 남지 않았다. 만약 그 사람이 한 시간 후에 사형 선고를 받게 되리라는 것을 안다면 그가 트럼프 놀이나 하면서 시간을 보내겠는가. 그건 상상도 할 수 없는 일이다. 그러나 많은 사람은 신과 영원에 관하여 생각함이 없이, 그 죄수와 같은 마음으로 세월을 보내고 있는지도 모른다. –파스칼

자신의 일을 발견한 사람은 행복한 사람이다. 그로 하여금 그 이외의 행복을 찾게 하지 말라. 그에게는 인생의 목적이 있다. 그는 그 일을 찾아냈다. 이제 그는 그 일을 수행하기만 하면 된다. –칼라일

어떻게 하여 의복이 좀먹는 것을 막을 수 있으며, 쇠가 녹스는 것과 감자가 썩는 것을 막을 수 있겠는가. 이 문제에 대한 우리의 생각은 끊임없이 변할 것이다. 그러나 어떻게 하여 영혼의 부패를 막겠는가 하는 문제에 대해서는 어디서도 답을 구할 수가 없다. 다만 자신이 알고 있는 것을 수행함이 필요할 따름이다. –소로

그것이 무엇인지도 모르고 그저 보고만 있는 사람에게 슬픔이 있으랴. 자기가 어디에 있는지도 모르고 다만 서 있기만 한 사람에게도 또한 슬픔이 있으랴. –탈무드

20일

October

재능이 무엇인지 알 수는 없다. 우리는 다만 재능의 온실을 만들어주고 그것이 잘 자라는지 못 자라는지 지켜볼 뿐이다.

이 세상의 가장 미세한 것 속에서도 신의 빛을 보는 사람은 가장 힘든 노력을 하는 사람이다. 그와 같은 사람은 자신과 다른 모든 사람을 존중한다. 그리고 아무리 작은 일일지라도 가볍게 여기지 않는다. -페르시아 잠언

도덕이란 사람들이 행하지 않으면 안 될 봉사이다. 비록 이 세상을 다스리는 신이 없다고 해도 도덕은 인생의 의무적인 계율로서 지켜야 한다. 정의를 알고 그것을 이루는 곳에 인간의 존엄성이 있다.

그대의 모든 재능과 지식은 남을 돕기 위한 수단이라고 생각하라. 힘이 센 자, 현명한 자에게 부여된 힘과 지혜는 약한 자를 지도하고 돕기 위해 부여된 것이지 약한 자를 압박하기 위해 부여된 것은 아니다. -러스킨

사람과 사귈 때, 그 사람이 그대에게 어떠한 도움이 될 수 있는가를 생각하지 말라. 다만 그대가 그 사람을 위해 어떤 봉사를 할 수 있는가를 생각하라.

자기 자신의 힘으로 좋은 생활을 찾도록 하라. 그것은 그대에게 부과된 봉사의 의무를 완전히 수행하는 방법이다.

21일
October

폭풍이 강을 뒤흔들어 흐르게 하는 것과 같이, 정욕·불안·공포는 인간이 자기의 본질을 인식하는 것을 방해한다.

완벽한 행복이나 완벽한 평안은 불가능하다. 또 반드시 필요하지도 않다. 다만 편안한 때가 오면 그것을 귀중하게 생각하고 오래 계속되도록 노력하라.

너그럽고 아름다운 마음을 가진 사람은 언제나 평화롭고 만족스럽다. 마음이 옹졸한 사람들이 불평불만을 일삼는다.

–중국 격언

생활을 이지의 빛 속에 두는 사람, 무슨 일을 겪건 절망하지 않는 사람, 양심의 괴로움을 모르는 사람, 고독을 겁내지 않고 소란한 모임을 가까이하지 않는 사람, 이와 같은 사람은 평화로운 생활을 하는 사람이다. 그는 사람들에게서 멀어지지도 않으며 사람들에게 쫓기지도 않는 사람이다. 자신이 처한 자리를 확실히 깨닫고 있을 때 마음에 두려움이 없어진다. 정신의 초조가 없어지면 비로소 완전한 평화가 온다. 이 평안을 가진 사람은 사색적인 인간이다. 그는 죽음을 앞에 두고도 평상시와 조금도 다름없이 행동한다. 이런 사람은 모든 진리를 받아들일 수 있는 사람이다.

–아우렐리우스

인간의 참된 힘은 격정 속에 있는 것이 아니라 파괴되지 않는 평안 속에 있다.

22일

October

자존심은 교만의 시작이다. 교만은 자존심이 억제되지 못할 때 나타난다.

자존심을 유난히 내세우는 사람, 이 세상에서 누구보다도 자기를 높은 곳에 두고 싶은 본능에 매달리는 사람은 어쩔 수 없는 장님이다. 그만큼 정의와 진리에서 떨어져 있는 일은 달리 또 없다. 자존심은 그 자체로 위험하다. 왜냐하면 자신을 누구보다도 높은 곳에 두고 싶어 하는 마음은 모든 사람이 공통으로 원하는 것이기 때문이다. 그러니 충돌이 생기는 건 당연하다. –파스칼

우리는 사람들 앞에서 자기의 비열함을 감추려는 부질없는 노력을 하고 있다. 심지어는 자기 자신에 대해서도 감추려고 애쓰고 있다. 인생에 있어서 가장 중요한 것은 자기완성이다. 그러나 자기가 다른 사람보다 잘났다고 생각할 때에는 자기완성을 도저히 기대할 수 없는 것이다.

많은 사람이 공통의 약점을 가지고 있다. 그것은 아직도 자신이 배우는 처지에 있음에도 불구하고 남을 가르치려 한다는 것이다. –동양 잠언

인간에는 두 가지 유형이 있다. 그 하나는 자기는 바른 사람이지만 죄가 있다고 생각하는 사람이고, 또 다른 하나는 자기는 죄가 있는 사람이지만 바르다고 생각하는 사람이다. –파스칼

물체가 퍼지면 퍼질수록 그 내용은 엷어지기 마련이다. 인간의 자기 자랑도 이와 같다.

23일

October

외부에서 들려오는 수천수만 마디의 외침도 그대를 다만 인생의 샛길로 인도할 따름이다. 그러니 그대는 오직 내부에서 들려오는 양심의 나직한 소리에 귀 기울여라. -맬러리

양심이란 이 세상의 모든 가치 판단의 기준이 된다.

양심에 가책되는 일을 하지 말라. 진리에 어긋나는 말을 하지 말라. 이것을 가장 중요한 것으로 생각하고 지켜라. 그때 그대는 모든 인생의 문제를 해결할 수 있으리라. 그대의 의지를 도둑질할 강도는 존재하지 않는다. 이성이 용납하지 않는 일을 탐내지 말라. 모든 사람의 행복을 기도하라. 그리고 개인적인 것을 탐내는 이기심을 버려라. -아우렐리우스

대부분의 사람은 죄를 범하기 쉬운 성질을 가지고 있다. 다만 그 차이는 죄를 범한 다음에 양심의 가책을 느끼는 정도의 차이에 있는 것이다.

양심의 명령과 싸울 수는 없다. 그것은 진실의 명령이다.

24일

October

만약 인간의 정신적 근원이 동일하지 않다면 우리 모두가 경험하는 동정과 연민의 감정은 어떻게 설명할 수 있을 것인가?

그대는 자기 자신이 불행하다고 생각하며 탄식하고 있다. 하지만 만약 다른 사람이 경험하고 있는 불행을 알게 된다면 자기의 소통은 사소한 것이라는 생각을 하게 될 것이다.

화를 내는 것이 당연하다 하더라도 자기를 노엽게 한 상대방을 '그 역시 불행한 인간'이라고 생각한다면 그 노여움은 곧 사라질 것이다. 이보다 빨리 노여움을 풀게 하는 길은 없다. 노여움에 대하여 동정은 불에 대한 물과 같은 것이기 때문이다. 타인에 대해 분노한 나머지 그에게 고통으로 갚아주려고 하는 것은 부질없는 일이다. —쇼펜하우어

사람이 걸어야 할 올바른 길, 지켜야 할 도덕은 먼 곳에 있는 것이 아니다. 만약 멀리 있는 것, 자기들의 본질과 일치하지 않는 것을 도덕이라고 한다면 그것은 잘못된 생각이다. 자기 자신을 대하듯 다른 사람을 대하는 것이 가장 믿을 만한 도덕이다. 자기가 바라지 않는 것은 남에게도 행하지 않아야 한다. —공자

고뇌하고 있는 사람의 위치에 자기를 놓고 생각해보라. 상대방의 고뇌를 이해할 수 있어야 진정한 동정이 생긴다.

도낏자루를 자르는 목수는 별도의 모형을 가지고 있다. 새로운 도낏자루를 만들기 위해서 자른 자루를 모형과 잘 비교해본다. 그와 같이 성인은 자기 자신을 아끼는 감정과 똑같은 감정으로 남을 대한다. —공자

그대보다도 더욱 불행한 인간은 얼마든지 있다. 그와 같은 생각이 그 밑에서 편히 쉴 지붕이 되지는 못할지라도 적어도 소나기를 피하기에는 충분할 것이다. —리히텐베르크

25일

October

자기 스스로를 대단한 존재라고 생각하는 사람은 자기 가치를 제대로 알지 못하는 사람이다.

자기 자신이 정신적인 실체임을 깨달은 사람들만이 자기와 이웃을 인간으로서 가치 있다고 판단한다.

우리는 자기 자신의 생활과 모든 이웃의 생활을 마음속에 깊이 느낄 때마다 비로소 인생의 본분을 떠올리게 된다. —마치니

어리석은 자를 대하는 태도만큼 그 사람의 특성을 잘 나타내는 것은 없다.

드디어 사람들이 자기의 가치를 깨달을 때가 온 것이다. 참으로 인간은 아무런 목적도 없이 태어난 것인가? 인간은 몰래 숨어서 주춤거리며 망설이는 존재였던가? 그렇지 않다. 그대 자신이 바르게, 그리고 확고히 머리를 들게 하라. 인생은 구경거리로 주어진 것이 아니다. 그대가 그 인생을 살게 하려고 주어진 것이다.

나는 어떤 갈림길에 서 있더라도 깨끗한 진실을 말하는 것이 나의 의무라는 것을 알고 있다. 나는 나에게 향한 사람들의 비난에 마음을 쓸 필요가 없다. 그보다는 참된 인생의 의의에 대하여 마음을 써야 할 것이다.

—에머슨

왕이 성인을 향해 물었다.
"그대는 나를 생각하는 일이 있느냐?"
성인은 이렇게 대답했다.
"신을 잊어버렸을 때 생각합니다." —사디

26일

October

인생은 시시각각으로 이어지는 고뇌의 연속이다. 스스로 남에게 가장 어리석은 조소의 대상이 되지 않기 위해서는 다음과 같은 점을 생각하지 않으면 안 된다. 즉 인생의 의의는 그 시간의 길고 짧음에 의해 결정되는 것이 아니라는 점이다. 나그네는 어쩌다 들른 여관방을 더럽히고 훼손한다. 그러고는 죄 없는 여관 주인만 탓한다. 마찬가지로 사람들은 이 세상의 악에 대하여 반성하기는커녕 오히려 신을 비방한다. -에머슨

"무엇 때문에 나는 이 세상에 왔는가?"
스스로 이렇게 반문하는 것은 어리석은 일이다. 대개 인생의 문제는 자기 자신에게 "무엇을 할 것인가?"하고 물을 때 간단히 풀린다.

영혼의 완성, 그것이야말로 인생의 진정한 목적이다. 그 외의 온갖 다른 목적이 죽음을 앞에 두고는 무의미해지는 것만 보아도 그것이 진리임에는 틀림이 없다. 인생의 의의를 생각할 때, 당황스럽고 이해하지 못한다 해서 낙심하지 말라. 인생의 의의를 앞에 놓고 쓸데없이 당황하는 사람은 좋은 책을 읽고 있는 사람들 사이에 섞여서 쩔쩔매는 사람과 같다. 그 사람은 다른 사람이 읽고 얘기하는 것을 읽을 수도, 이해할 수도 없다. 그런 까닭으로 그들 틈에서 어쩔 줄 몰라 하는 것이다. 이런 사람의 곤혹은 어떤 비장함도 느끼게 하지 않는다. 오히려 우습고 불쌍하게 여겨질 따름이다.

27일

October

인생에 있어서 믿음보다 더 소중한 것은 없다. 그것은 저울에 달아볼 수도 없고 도가니에 넣어 시험해볼 수도 없다.

인간관계에 있어 신념이란 불가결한 특질이다. 남을 신뢰한다는 것은 자신의 기본적인 태도와 자신의 인격의 핵심과 자신의 사랑의 핵심에 대하여 성실과 불변성을 확인하고 있음을 의미한다.

자신을 신뢰할 수 있는 사람만이 타인을 신뢰할 수 있다. 왜냐하면 오직 그러한 사람이라야만 미래의 자신을 현재의 자신과 마찬가지로 믿을 수 있으며, 또한 자신이 현재 바라고 있는 대로 느끼고 행동할 것이기 때문이다. 자기 자신을 신뢰할 때 어떤 약속에도 당당하게 임할 수 있다.

서로의 신뢰와 부조로써 위대한 발견이 이루어진다.

빛은 빛대로 남는다. 장님이 그것을 보지 못한다 해도 마찬가지이다.

광명이 너희와 함께 있는 한 믿어라. 그러면 비로소 너희는 빛의 아들이 되리라.

–성서

거짓말을 하는 사람이 무어라 떠들어도 이성의 소리를 죽여서는 안 된다. 그것은 참된 진리를 인식하는 데 필요한 것이다. 이성을 깨끗이 하고 넓히며, 항상 검토하는 마음가짐이 필요하다.

28일
October

항해의 묘미는 폭풍 속에서만 나타난다. 군대의 용감성은 전쟁을 통해서만 발휘된다. 인간의 용기는 그 사람이 곤란하고 위험한 상황에 처했을 때에만 알 수 있다. —다니엘

고뇌는 할 일에 대한 각성이다. 고뇌 속에서만 우리는 비로소 우리의 생활을 느낀다. —칸트

불행은 인생의 시금석이다. —프리체

모든 존재는 신이 주는 모든 것을 이롭게 사용할 수가 있다. 그뿐 아니라 그것이 주어지는 그때를 잘 이용할 수도 있다. —아우렐리우스

우리는 누구나 어떤 면에서 병들어 있다. 다만 특별한 병의 증세를 찾지 못했을 때 우리는 그것을 건강이라 부른다.

영혼의 힘이란 불행·고통·질병 속에서도 한층 확고해지고 또한 안정되어가는 것이다. 그러므로 우리는 자신에게 주어지는 시련을 두려워해서는 안 되며, 굳건하게 그것들을 견뎌내야 한다. 모든 시련은 한 발자국 한 발자국 인간을 완성에 이르게 한다.

죽음이 없는 인생은 형벌이나 다름없다. 그와 마찬가지로 고뇌가 없는 생활 또한 형벌이 될 수도 있다.

29일

October

사색하지 않는 사람은 언제나 다른 누군가의 사색의 결과를 따르려고 한다. 자기 자신의 사색을 다른 누군가에게 공물로 바치는 것은, 자기 자신의 육체를 누군가에게 공물로 바치는 것보다도 더 천한 일이다. -칼라일

이웃의 흉내를 내고 싶거든 그 자리에 서서 생각하라. 이 세상의 관례를 따른다는 것이 올바른 일인가 아닌가를. 개인적이나 사회적인 견지에서 커다란 죄악은 언제나 외부를 향한 맹종에서 비롯된다.

-에머슨

과실을 부끄러워하라. 그러나 회개하는 것은 부끄러워하지 말라.

그다지 무섭지도 않은 것은 두려워하고 정작으로 가공할 만한 일은 두려워하지 않는 사람은, 허위의 관념에 의지하여 파멸의 길로 들어선 것이다. -붓다

남에게서 받은 악은 오직 덕으로 감싸 안을 때만 지워버릴 수 있다.

30일

October

자기부정은 자유를 파괴하는 것이라고 사람들은 잘못 생각하고 있다. 이와 같은 사람들은 자기부정만이 사욕의 노예가 되는 길에서 우리를 해방하고, 참된 자유를 얻게 한다는 점을 알지 못한다. 우리들의 정념은 가장 잔악한 폭군이다. 정념에 패배하는 것은 그대의 자유를 잃는다는 사실을 의미한다. 그와 같은 예속에서 자기를 해방해라. -페늘롱

자기 자신을 부정하는 것은 신에 속하는 생활이다. 너무 교만한 자아는 위험하기 짝이 없는 것, 우리는 신에 속하는 생활에 한 걸음 가까이 가지 않으면 안 된다.

자아의 감정에서 벗어나는 것이 중요하다. 그 일이 어려운 것은 인간인 이상 어쩔 수 없는 감정이기 때문이다. 자아의 감정은 자연발생적이다. 어린아이들은 자아의 감정이 양심에 저촉되는 것이라는 사실을 알지 못한다. 그러나 이성이 발달해감에 따라 자아의 감정은 점차 약해지다가 죽음에 가까워질수록 완전히 없어지고 만다.

도(度)를 벗어난 자아는 일종의 정신병이다. 그것이 가장 지나친 정도에 달하면, 그때는 과대망상증이라는 병이 되고 만다.

31일

October

진리가 퍼져나가는 데 가장 큰 방해가 되는 것은 낡은 것과 오랜 전통을 믿는 완고함, 이 두 가지이다.

진리다운 가치가 없는 진리, 영혼의 침실에서 가장 어리석은 착오와 함께 잠자는 진리, 가장 경멸해야 할 진리, 이런 것이 흔히 가장 중요한 진리라고 불린다. –콜리지

인간의 역사를 살펴봄으로써 우리는 다음과 같은 사실을 알 수 있다. 가장 어리석은 것을 의심할 수 없는 진리라고 생각했다는 것, 전 국민이 터무니없는 미신에 의해 희생되고, 시체와 다름없는 우상을 섬기고 멋대로 신의 대표자라고 떠벌리는 사이비 교주 앞에 무릎을 꿇었다는 것, 대다수의 사람이 예속 가운데서 신음하고 굶주림 때문에 죽어갔다는 것, 사치하고 풍족한 생활을 했다는 것 등등. –헨리 조지

전통이란 우리가 습득할 수 있는 것이 아니다. 전통은 우리가 원한다고 잡아당겨 올 수 있는 실 같은 것이 아니다. 전통을 선택할 가능성은 우리가 자신의 조상을 선택할 가능성만큼 작다. 전통을 갖지 못한 자가 전통을 몸에 지녀보려고 하는 것은 이루지 못할 사랑을 하는 것과 마찬가지이다.

전통은 엄밀하게 말해서 어떤 지식의 전달이 아니라 어떤 종류의 인간적 특성의 전달이다.

October

October

이 순간을 영원처럼 살아가라. 그리고 지금 곧 죽어버릴지도 모른다는 마음가짐으로 일하라. 다른 사람들과 교제할 때에도 그대가 곧 죽어버릴지도 모른다는 생각으로 최선을 다하라.

사람들은 신의 뜻을 지키지도 않으면서 신을 섬기고 있다. 차라리 신을 섬기지 않더라도 신의 뜻을 지키는 편이 낫다.

도둑이 훔쳐갈 수도 없고 폭군이 약탈해갈 수도 없으며, 그대의 죽음 뒤에도 결코 썩지 않고 남아 있을 보물을 간직하라.

남을 용서할 줄 모르는 사람은 자기가 건너가야 할 다리를 스스로 무너뜨리는 사람이다. 용서와 관용은 모든 사람에게 필요한 미덕이다.

큰물은 돌을 던져도 그 흐름이 흐트러지지 않는다. 남의 비난에 마음이 흔들리는 사람은 큰물은커녕 물구덩이보다도 옹졸한 인간이다. 다른 사람 때문에 불행해졌다면 스스로 그 불행의 구렁텅이를 헤쳐 나와라. 어쩌면 그대도 용서받아야만 할 인간이다. 우리는 누구나 결국 흙으로 돌아갈 인간이라는 사실을 기억하라. 살아 있는 동안만이라도 부디 평화롭게 살기를.

자로 열 번 측정해본 다음에 잘라라. 내 이웃의 부족한 점이나 단점을 말하려면 백 번쯤 생각하라. 그러고 나서 말해도 늦지 않다.

인간의 모순은 자기 자신을 올바르게 하는 것을 잊고 남을 바르게 이끌려고 하는 데 있다.

공기를 호흡함으로써 살고 있다는 것을 깨닫지 못하는 사람일지라도 질식하게 될 때는 그 무엇인가를 빼앗겼다는 것을 깨닫게 될 것이다. 신을 빼앗긴 사람도 역시 마찬가지이다.

오직 활발하고 도덕적이며 정신적이고 또한 종교적인 의식만이 인생에 대해 그 모든 존엄과 정력을 준다. 이와 같은 의식은 고갈되지도 않으며, 어떤 상대에게도 패배하지 않는다. 다만 신에게만 지는 것이다. 이기심을 버린 뒤에나 그대는 무엇보다 강한 힘을 얻을 수 있을 것이다. 그때 현실은 그대의 발밑에 있을 것이며 그 어떤 유혹도 그대를 굴복시킬 수는 없을 것이다. 정신은 언제나 물질을 초월하기 때문이다.

"용기를 가져라. 그대는 현실을 정복했다."

하늘의 소리는 이렇게 말한다.

이 세상을 하찮게 생각하는 것은 동시에 자기 자신도 경시하는 것이다. 그보다 더 도덕적인 완성에서 멀어지는 길은 없다.

사회적 관습은 이렇게 말한다.

"우리의 생각대로 행동하라. 우리들이 믿는 것을 믿어라. 우리가 먹고 마시는 것을 그대로 먹고 마셔라. 우리가 입는 것을 그대로 입어라. 그렇게 하지 않으면 그대는 전체로부터 따돌림을 받게 될 것이다."

만약 어느 한 사람이 이 말을 따르지 않는다면, 그 사람은 조소와 비난·배척·증오에 부딪혀 지옥과 같은 삶을 살 것이다. 그러나 용기를 내라. 서광이 비치는 곳이라면 혼자서라도 가시밭길을 헤치고 나갈 수 있는 의지와 신념을 가져라.

인간은 자유로운 존재로 태어났지만 눈에 보이지 않는 쇠사슬에 묶여 있다. 누구에겐가 '주인'으로 불리는 사람도 실은 그 이상의 노예이다.

아무리 황금을 좋아하는 사람일지라도 황금으로 된 족쇄를 좋아하지는 않는다.

November

1일

November

사람이 겸손하다는 것은 사물에 대한 그의 성실성을 보면 알 수가 있다. 겸손한 이는 현재 자기가 하는 일에 온 정성을 바친다.

발끝으로는 오랫동안 서 있을 수 없다. 자기 자신을 과시하는 사람은 빛날 수가 없고, 자기만족에 취해버린 사람은 영광에 도달할 수가 없다. 자랑하는 자는 보상을 바랄 수가 없다. 교만한 자는 그 이상으로 자신을 높일 수가 없다. 이성이 판단 앞에 나서면 그것들은 무용지물에 지나지 않는다. 그리하여 모든 사람에게 혐오를 일으키게 한다. 그러므로 이성을 가진 사람은 자기 자신을 지나치게 신뢰하지 않는 법이다. –노자

자기 자신으로 깊이 파고들면 들수록, 자기 자신이 부질없는 것이라고 생각하면 할수록 그는 한층 더 높아지며 겸손해진다.

다음과 같은 것을 명심하라. 그대는 그 어떤 사물에 대해서나 권리를 가지고 있지 않다는 것, 그리고 생명의 어떤 본원에 예속되어 있다는 것을. 그대에게는 오직 의무가 있을 따름이다.

자기의 운명이 행복해야 한다고 생각하는 사람은 결코 겸손한 사람이 될 수 없다.

세속적인 영광이나 명예만을 얻기 위해서 하는 행동은 그 결과가 어떻든 불순하다.

마음 내키는 대로 행동하는 사람은 동시에 악마에게 자신을 바친 존재이다. 도덕의 세계에서 주인 없는 토지는 있을 수 없다. 그것은 악마에게 속하는 것이다.
–아미엘

우리는 자기에게 있지도 않은 것으로 자신을 꾸미려 하고, 현실을 멸시한다. 그리하여 만약 어떤 조그만 것이라도 얻게 되면 될 수 있는 대로 그것을 속히 공포하고, 그것이 자기 자신의 완성된 모습인 것처럼 착각하며 살며, 또한 그것을 과장하고 드러내길 좋아한다. 그것은 우리가 사람들의 시선을 너무 의식하고 살며, 용감하다는 평판을 얻기 위하여 노력하는 비겁자이기 때문이다.
–파스칼

선을 행하면서 칭찬을 얻고자 희망해도 좋다. 다만 그것이 인간적인 영예만을 얻기 위한 목적이었다면 선행이 아니라 죄악이다. 선을 행하려는 희망 속에 칭찬에 대한 희망이 더해져 있을 뿐이라면 선행이라고 할 수 있으리라.
–에픽테토스

그대가 세상 사람들의 평가나 흥미의 원천이 무엇이었는지 안다면 사람들이 칭찬하는 자리에 함께 어울려서 맞장구를 치는 따위의 행동은 결코 하지 않을 것이다.
–아우렐리우스

세상 사람들의 칭찬에 신경을 쓰고 있으면 결코 마음이 한결같을 수가 없다. 사람들의 마음이란 한없이 복잡하다. 그대들은 "선한 사람들의 칭찬을 원하는 게 무슨 잘못인가?"라고 반문할 것이다. 그러나 그대가 선한 사람이라고 하는 그 사람은 결국 그대가 한 일을 칭찬해주는 사람에 불과하다.

타인의 칭찬은 그대 행위의 결과에 따른 것이어야 한다. 결코 칭찬을 목적으로 삼아서는 안 된다. 그대가 정말 순수하다면 아무도 알아주지 않는 생활을 할지라도 행복하리라. 시험해보라. 말할 수 없는 환희를 맛보게 될 것이다.

3일

November

사회적 문제를 해결하기 위하여 필요한 이해력은 논리적 능력에 의해서만 얻어지는 것은 아니다. 그것을 위해서는 개인 또는 단체의 단독적인 이해를 초월해야만 한다. 그것은 먼저 정의를 찾지 않으면 안 된다. 모든 사회 문제의 근본에는 언제나 그 어떤 공통된 부정을 발견할 수 있기 때문이다. -러스킨

인생에서 가장 중요한 문제를 파악하기 위해서는 무엇보다도 먼저 해야 할 일이 있다. 오랜 시일에 걸쳐 쌓이고 모든 과정을 통해 얻은 허위의 지식을 타파해야 한다는 것이다. -에머슨

법을 만든다는 것은 오직 신만이 할 수 있는 일이다. 법을 지키는 사람이 할 일은 그것을 생활에 바르게 적용하는 것이다.

만약 그것이 신의 소리가 아니라면 의무를 속삭이는 소리는 누구의 소리인가? 그것은 그대 자신의 상상의 소리인가? 혹은 많은 사람의 생각의 방향에 지나지 않는 것인가? 아니면 사회 일반의 의견을 좇는 소리인가?

결코 그런 것들은 아니다. 만약 그것이 우리들 스스로 만든 계율이라면 없애버릴 수도 있으리라. 그러나 우리는 그 계율의 힘을 우리들 자신의 힘으로는 무너뜨릴 수 없으며, 또한 결코 소홀히 할 수 없음을 느끼게 된다. 우리는 그것을 사회 일반의 의견이라고 할 수도 없다. 왜냐하면 그 소리는 때때로 우리들 자신을 사회 일반의 의견보다 높여주기도 하고, 불의와 싸우는 힘을 주기도 하기 때문이다.

우리가 육체 밖에 있는 사물을 촉감을 통해 알 수 있듯이, 양심은 우리의 개인적인 감정 바깥에 있는 사물의 본질을 확인시켜준다. -마르티노

그리스도는 말했다.

"나의 가르침은 나 자신의 것이 아니다. 나를 보내주신 그분의 가르침이다. 신의 의지를 행하는 자는 이 가르침이 나의 것인지 신의 것인지 알 수 있으리라." -성서

4일

November

논쟁을 피하는 것은 때로 무척 어려운 일이다. 그러나 의견은 못(釘)과도 같아서, 머리를 때리면 때릴수록 더욱 깊이 안으로 파고든다. –유베날리스

누가 그대를 슬프게 하거나 기분을 상하게 하였을 때, 그대 마음이 진정될 때까지는 항의하기를 삼가라. 꼭 항의하려거든 흥분을 가라앉힌 다음에 하라. –에머슨

말은 마음의 열쇠이다. 아무짝에도 쓸모없는 말은 부질없는 낭비다. 홀로 있을 때는 자신의 죄를 생각하라. 사람들과 함께 있을 때는 다른 사람의 죄를 잊어라. –노자

노여움을 진정시킬 수 없을 때는 입을 다물고 있어라. 그러면 평온한 상태를 다시 찾을 수 있을 것이다.

논쟁은 반드시 진리를 밝히는 것이 아니라, 흔히 진리를 혼란에 끌어넣고 만다. 진리는 고독 속에서만 익어간다. 진리가 완전히 익으면 논쟁 없이도 얼마든지 받아들일 수 있다. 충분한 확신이 서지 않은 지식을 완강하게 주장해서는 안 된다. 남의 말을 경솔히 믿어서도 안 된다. –공자

말이 많을수록 옳지 않은 말을 하기가 쉽다.

5일

November

정신 속에 싹트는 악한 사상을 쫓아낼 수는 없다. 그러나 그 사상을 끝까지 생각하고 검토할 수는 있다. 그렇게 하는 동안 그 사상 속에 들어 있는 악을 제거하게 된다.

올바른 사상은 진리를 확실하게 한다. 그러므로 옳지 못한 사상은 충분한 사색과 연구를 거치지 못한 사상이다.

조용한 것은 조용한 대로 놓아둘 수가 있다. 아직 나타나지 않은 것은 억제하기가 쉽다. 약한 것은 깨뜨려버리기가 쉽다. 사물은 그것이 나타나기 전에 조심해야 한다. 무질서가 되기 전에 질서를 세워야 한다. 큰 나무도 가늘고 작은 가지가 자라서 크게 된 것이다. 높은 탑도 작은 벽돌들이 쌓여서 이루어졌다. 천리길도 한 걸음부터 시작되는 법. 최후까지 최초와 같이 주의 깊게 하라. 그때 비로소 어떠한 일이라도 완수할 수 있게 된다. –노자

그대는 불멸의 진리를 구하고 있는가? 만약 그 목적에 도달하고자 하거든 자신의 사상을 가져라. 정념으로부터 해방해주는 단 하나의 맑은 빛을 향해 영혼의 눈을 돌리자.

촛불이 흔들리지 않게 하려면 바람 없는 곳에 두어야 한다. 바람 앞에 촛대가 놓인다면 불꽃이 흔들리고 위태로울 것이다. 우리 영혼에 바람 앞의 촛불처럼 흔들리는 괴이한 그림자를 드리우지 말라. –브라만 잠언

이 세상의 번뇌와 갖가지 유혹 속에서 욕망을 억누르는 방법을 찾아내기란 무척 어렵다. 먼저 유혹 없는 곳에서 계율을 정하라. 그리고 목적을 세워라. 그런 뒤에야 비로소 우리는 어떤 유혹에 부딪히더라도 그것과 싸울 힘을 가지게 된다. –벤담

심려(深慮)는 불멸로 가는 길이다. 천려(淺慮)는 죽음으로 가는 길이다. 심려는 결코 죽지 않는다. 천려는 반드시 죽고 만다. 자기 자신을 불러일으켜라. 자기 자신을 지킬 때 그대는 불멸하리라. –붓다

다음과 같은 비난은 죄악이다. 남의 단점에 대한 비난이라도 본인에게 직접 하는 것은 유익하지만, 그 사람 앞에서는 침묵을 지키다가 그가 없을 때 다른 이들에게 그를 비난하는 것은 의롭지 못하다. –탈무드

어느 날 밤 파티가 있었다. 모임이 거의 끝날 무렵, 한 손님이 인사를 하고 먼저 돌아갔다. 그러자 뒤에 남은 사람들은 일제히 그를 비방하기 시작하였다. 두 번째 돌아간 사람에게도 같은 악담을 퍼부었다. 그렇게 해서 손님들이 차례로 떠나고 마지막으로 한 사람만 남게 되었다. 혼자 남은 그는 주인에게 말했다.

"미안하지만 여기서 재워주십시오. 먼저 돌아간 사람들처럼 될까 두려워서 저는 집에 갈 수가 없군요!"

자기 자신에 대해서는 엄격하라. 남에 대해서는 겸손하라. 그때 그대에게는 적이 없게 될 것이다. –중국 잠언

우리는 자기 자신을 완전히 극복하였을 때 비로소 타인을 비난하지 않게 된다. –칸트

말할 때 말과 말 사이를 일부러 2, 3초씩 시간을 두는 어떤 노인을 보았다. 그는 말로써 자신도 모르게 범할지도 모르는 죄악을 두려워한다고 했다. –파스칼

말은 사상의 표현이다. 그러므로 말은 그 표현과 조화되지 않으면 안 된다. 말이 악의 표현으로 이용되어서도 안 되고, 또 그런 경우는 있을 수도 없다.

남을 비난하는 것은 어리석은 일이다. 그것은 자기에게나 남에게나 다 같이 해로운 일이다.

7일

November

나는 다음과 같은 상념을 떨쳐버릴 수가 없다. 즉 우리는 태어나기 이전에는 죽음의 상태에 있었으며, 죽음으로써 다시 그 상태로 돌아간다는 것이다. 인간이 태어난다는 것, 그것은 죽음이 새롭게 구체화한 기관을 가지고 다시 잠에서 깨어나는 것이다. –리히텐베르크

인간이 영혼의 불멸을 믿는 것이 하나의 착오에 지나지 않는다고 하더라도 나는 나의 착오에 만족한다. 그리고 내가 살아 있는 동안은 그 어떤 사람도 이런 신념을 빼앗아갈 수 없다. 또한 이 신념은 불변의 평화와 완전한 만족으로 나를 기쁘게 한다. –키케로

나는 이 세상에 태어나 여기에 이렇게 살고 있다. 나는 그것을 결코 슬프게 생각하지 않는다. 나의 존재가 그 어떤 이익을 낳고 있다는 것을 생각할 수 있는 이유가 되기 때문이다. 죽음이 왔을 때 나는 응접실에서 나가듯이 인생과 이별하리라. 결코 집에서 나가듯이 이별하지는 않으리라. 이 세상에서의 존재 의미는 지나가 버리고 마는 것이며, 일시적인 것에 지나지 않는다는 것을 알기 때문이다. –키케로

'내가 죽은 다음에는 어떻게 될 것인가?' 하는 문제에 대해서, 미래는 오로지 눈에 보이지 않는 그 무엇으로 가로막혀 있을 따름이라고 생각할 수밖에 없다. 미래라는 것은 막혀 있다. 게다가 전혀 존재하지도 않는다. 왜냐하면 미래는 시간을 의미하는 것인데, 우리는 죽음을 통해서 시간 밖으로 나가 있기 때문이다.

8일
November

영웅은 보통사람보다 용기가 훨씬 많은 것이 아니라, 그저 딴사람보다 조금 더 오래 용기를 지속시킬 수 있을 뿐이다.

전쟁터의 영웅은 굴복하지 않는 모든 사람에게 무조건 도전한다. 그는 싸우고 승리하고 또 죽인다. 그는 자신의 승리를 모은다. -세네카

인간 사회의 참다운 영웅은 불결한 과시 없이 자신의 존재를 대중 속에 파묻는 사람이다. 가령 오케스트라는 각기 다른 악기를 가진 연주자들의 집합체이다. 그들은 각자가 자기가 택한 악기를 연주하면서도 그 재능을 전체 하모니를 위해 바치고 생명을 불어넣어, 마침내 감동적인 음악을 완성한다.

영웅적 행위의 특성은 그 일관성에 있다. 사람은 누구나 떠들고 싶으면 떠들고 놀고 싶으면 놀고 마음 내키는 대로 행동하고 싶어 한다. 그러나 한번 작정하였으면 그대 자신에게 충실하라. 마음을 약하게 먹고 바깥세상과 타협하지 말라. 영웅은 평범할 수 없고, 평범한 사람은 영웅이 될 수 없다.

황금은 불에 의해 단련되고, 용기는 역경을 통해 시험된다.

9일

November

영국의 왕 헨리 8세는 프랑스 왕 프랑수아 1세를 지독하게 미워하였다. 어느 날 헨리 8세는 한 신하에게 프랑스 궁정을 위협하는 전언을 주며 그를 칙사로 떠나도록 명했다. 그러자 명을 받은 신하가 부르르 떨면서 말했다.

"만약 폐하께서 전하라고 하신 말씀을 프랑스 왕에게 전했다가는 저는 살아서 돌아오지 못할 것입니다."

"그것은 걱정하지 마시오. 만약 프랑스 왕이 경을 사형에 처한다면 짐은 프랑스 사람을 모조리 잡아다 목을 자르겠소!"

그 말을 듣고 신하가 다시 왕에게 말했다.

"그 문제는 폐하의 자유입니다. 하지만 폐하, 영국의 어디를 가서 찾아도 제 목에 맞는 머리는 없을 것입니다."

신하의 말을 듣고 난 헨리 8세는 더는 명령을 강요하지 못했다.

생에 대한 외경에 접하면, 생명을 해친다든가 죽인다든가 하는 일은 피할 수 없는 필연성에서 이루어지는 일이지 결코 아무 생각 없이 행할 일이 아니라는 것을 알게 된다. 인간은 그 자신이 생을 아끼는 자유인인 이상, 다른 생명을 돕고 진정한 화해에 이르는 길을 꿈꾼다.

생활은 죽음과 유사한 그 어떤 것도 느끼게 하지 않는다. 그래서 우리 내면으로부터 끊임없이 이지를 어둡게 하는 기계적이고 본능적인 희망이 생긴다. 생활은 현실을 고수하려고 노력한다. 그렇기 때문에 동화 속의 앵무새처럼 목을 졸리는 마지막 순간까지도 "아무것도 아니야, 아무것도 아니야"라는 말을 되풀이한다.

-아미엘

최후의 때가 와서 죽음이 가까워지면 정신적인 본원은 육체에서 떠난다. 그리고 그것이 시간과 공간을 초월한 상태에서 모든 것의 본원과 하나가 되는지, 또는 또 다른 유기적인 형태 속으로 옮아가는 것인지에 대해서 우리는 알지 못한다. 다만 우리는 육체가 생명으로부터 버림을 받고 오로지 해부의 대상으로 전락하고 말았다는 사실을 알고 있을 따름이다.

-에머슨

잔인한 군중이 손가락을 거꾸로 겨누고 죽음의 신호를 보내고 있는 동안에도 쓰러진 투사는 생명을 희망한다.

10일

November

이 약하디약하며 부질없는 희망으로 가득 찬 왜소한 인간의 그림자를 보라. 그는 아무런 힘도 없으며 스스로 제 몸을 지킬 수도 없다. 이 약하고 힘없는 육체는 나이를 먹어감에 따라 점점 더 약해지고, 또 그 생명은 언제 죽음으로 옮겨갈는지도 알 수 없는 일이다.

두개골은 마치 그 모양이 가을에 딴 호박과도 같다. 그래도 만물의 영장이라고 기뻐할 수 있을까? 아직도 희망을 품을 수가 있을까? 뼈가 살로 뒤덮이고 피로 채워져 육체는 간신히 모양을 갖추고 있다. 그러나 그 속에는 이미 늙음이, 죽음이 자리 잡고 있다. –붓다

모든 것의 참된 의미를 알기 위해서는 눈에 보이는 모든 것을 보이지 않는 세계로, 육체적인 것을 정신적인 세계로 귀일시키는 마음의 자세가 필요하다. 인간은 자신을 단지 육체적인 존재로 인식한다. 그러므로 인간은 해명할 수 없는 수수께끼와 모순에 빠지고 마는 것이다.

–칼라일

죽음의 육체적 고통은 인간으로 하여금 반항심을 갖게 만든다. 그러나 고통이 있기 때문에 인간은 죽음을 원하기도 한다.

죽음이란 인식 대상의 변화이다. 혹은 그 대상의 소멸이기도 하다. 그러나 인식, 그것은 장면이 바뀌어도 구경꾼이 없어지지 않는 것과 같이 죽음으로 인해서 없어지는 것은 아니다. –쇼펜하우어

이 세상에서 우리가 보고 있는 모든 것, 우리가 생각하고 있는 모든 것은 그 근원이 우리들의 정신 속에 있다.

11일

November

인생의 법칙이란 완성에 가까워지는 것을 말한다. 만약 그것을 실행할 수 없다면 어떠한 도덕상의 법칙도 있을 수 없다. 그러나 의무라는 것이 우리를 이끌어간다. 사람들은 말한다.

"우리는 이기주의자로 태어났다. 그래서 어차피 자신의 이익이 모든 사람의 이익에 우선한다. 그 사실은 어쩔 수 없다."

그러나 결코 그렇지는 않다. 무엇보다도 우리에게 주어진 의무를 수행해야 한다. 그러면 그것이 우리에게 힘을 줄 것이다.

한 사람이 보석을 바다에 빠뜨렸다. 그러나 곧 그것을 후회하고는 보석을 되찾을 욕심으로 국자로 물을 퍼내기 시작했다. 한참 있으니 바다 신령이 나타나 그에게 물었다.

"언제쯤이면 네 보석을 찾을 수 있겠느냐?"

그러자 그는 이렇게 대답했다.

"이 바닷물을 전부 퍼내면 보석을 찾을 수 있다고 생각합니다."

바다 신령은 보석을 건져다가 그 사람에게 주었다.

표면적인 결과란 우리들의 의지가 상관할 바가 못 되는 것이다. 그러나 노력은 언제라도 할 수 있는 것이다. 그리고 내면적인 좋은 결과는 항상 착오 없이 그 노력에 대응하고 있다.

우리는 할 수 있는 데까지 자신의 양심을 도로 찾고, 차갑게 굳어버린 마음 대신 사랑으로 생기 넘치는 마음을 가져야 한다.

12일

November

이 세상에서 물같이 부드럽고 잘 순종하는 것은 없다. 그러나 한 방울의 물이 오랜 시간을 두고 떨어져 바위를 오목하게 만드는 것처럼, 강하고 단단한 것 위로 떨어질 때는 무엇보다도 힘세다. 약한 것은 강한 것을 이긴다. 그러나 아무도 그것을 믿으려 하지 않는다. -노자

현재에 만족하고 있는 사람은 매우 강한 사람이다. 그러나 그가 필요 이상의 욕심을 부리는 순간, 매우 약해지고 만다. -루소

가장 약한 것이 가장 강한 것을 이기는 법이다. 그러므로 공손의 덕은 위대하며, 침묵의 효과 또한 위대하다. 그러나 이 세상에서는 다만 소수의 사람들만이 공손할 수 있다. -세네카

공손의 덕을 쌓은 사람은 원뿔꼴의 꼭대기로부터 바닥 쪽을 향하여 내려오는 사람과 같다. 그가 내려오면 내려올수록 정신생활의 원둘레는 점점 더 넓어진다. -칸트

인간의 몸은 살아 있는 동안은 부드럽고 유연하다. 그러나 죽으면 곧 굳어버린다. 그러므로 굳는다는 것은 죽음을 의미한다. 부드럽다는 것은 생을 의미한다. 그러므로 너무 굳세고 메마른 것은 승리를 얻지 못한다. 수목이 굳어져버릴 때는 죽음이 다가온 때이다. 굳세고 큰 것은 언제나 아래에 있다. 부드러운 것은 언제나 그 위에 있다. -노자

사디는 말했다.

"어떤 나라에서 나는 호랑이를 타고 오는 사람을 보았다. 나는 너무 놀라서 도망치지도 못하고 그 자리에 못 박힌 듯 서 있었다."

그러나 그 사람은 말했다.

"사디여, 무슨 일이든 놀라지 말라. 다만 그대가 덕을 잃지만 않는다면 아무도 그대를 위협할 수 있는 힘을 갖지 못했으리라."

사람이 공손하면 공손할수록 더욱더 자유롭고 굳건해진다.

성자는 도덕상의 가르침을 지킬 때 남몰래 행한다. 그리고 그 행동을 아무도 알아주지 않아도 결코 섭섭하게 생각하지 않는다. -공자

13일

November

족함을 아는 사람은 맨땅 위에 누워 있어도 편하고 즐겁지만, 족함을 모르는 사람은 천당에 있어도 그 뜻에 맞지 않는다.

모든 악은 각기 연관성을 가지고 있다. 악은 또 하나의 다른 악으로 발전한다. 사소한 불만이 질투로 발전하고, 질투는 또한 남을 해치고 모함하는 것으로 발전한다. 남을 해치기 위해서 거짓말을 하게 되고 흥분하여 폭력 행위를 일삼게 된다. 그러므로 마음에 깃드는 사소한 불만을 잘라 없애는 것은 큰 악의 뿌리를 뽑는 것과 같다.

행복의 원리는 간단하다. 불만에 속지 않으면 된다. 불만 때문에 자신을 학대하지 않는다면 인생은 즐거운 것이다.

자기완성을 추구하는 사람은 오직 앞을 내다볼 따름이다. 자기가 한 일을 뒤돌아보는 것은 언제나 그 자리에 멈추어 있는 자에게만 있는 일이다.

증오는 적극적인 불만이며, 질투는 소극적인 불만이다. 따라서 질투가 곧 증오로 변해도 이상할 것이 하나도 없다.

많은 것을 탐내는 자는 큰 불만을 품는다. 신이 베푼 아주 작은 것에 충분히 만족하는 자는 행복하다. 자기가 가지고 있는 것에 불만을 느끼는 자라면 전 세계를 자기의 것으로 만든다고 하더라도 그는 불행할 것이다.

14일

November

모든 지식 중에서 인생을 밝게 비추며 삶의 지혜를 가르쳐주는 지식이 가장 올바른 지식이다.

자기만족 때문에 여러 가지 과학의 위대한 보고를 소유하기보다는 작더라도 겸허한 마음으로 건전한 사상을 소유하는 것이 낫다. 학문에 악한 것이 있을 리 없고 모든 지식은 각각의 입장에서 쓸모 있겠지만, 지식 이전에 먼저 선한 양심과 도덕적인 생활이 전제되어야 한다. -켐피스

생각하는 방향이 올바르지 않으면 의지도 올바르지 않다. 의지는 생각하는 방향의 결과로 나타나는 것이기 때문이다. 사상의 방향은 인생의 계율 위에 자리 잡고 정의의 관점에서 취급될 때에만 가장 선한 것이 된다. -세네카

비록 그 사람의 행위가 말에 따르지 않는다고 하더라도 학문이 있는 사람의 말에는 귀 기울여라. 인간은 비록 벽에 쓰여 있는 낙서 한 줄을 읽더라도 뭔가 배울 점을 찾지 않으면 안 된다. -사디

그 행위가 선한 사람만이 제대로 배운 사람이다. -인도 잠언

지식에 있어서 중요한 것은 양이 아니라 정당한 평가이다. 어떤 지식이 가장 중요한가? 그다음으로는 어떤 지식이 중요한가? 셋째로는? 그리고 최후로는? 이렇게 그 순서를 아는 것이 중요하다.

학문의 발달과 덕성의 정화는 일치하는 것이 아니다. 과거에는 학문의 발달이 그 만족의 발달과 일치했다고 말할 수 있다. 그러나 오늘날에는 그 반대라고 생각하지 않을 수 없다. 그 이유는 우리 자신이 공허하고 기만적인 지식을 참되고 높은 지식과 혼동하고 있기 때문이다. -칼라일

학문은 가장 빛나는 의미에 있어서 충분히 존경해야 할 가치가 있다. 그러나 오늘날의 학문은 그저 어리석은 사람들만이 추종하는 괴상하고 우스꽝스러운 것밖에는 못 된다. -루소

15일

November

사람들은 자기의 두뇌나 마음을 살지게 하기 위해서보다는 몇천 배나 더 많은 부를 얻기 위해서 마음을 쓴다. 그러나 우리의 행복은 외부에 있는 것이 아니라 내부에 있는 것임을 알아야 한다. –쇼펜하우어

그대의 재물이 있는 곳에 그대의 마음도 있다. 그 재물을 부라고만 생각하는 사람은 얼마나 무서운 진흙탕 속에 빠진 것일까?

가난한 자는 부자보다 잘 웃는다. 그리고 마음이 편하다. 왜 사람들에게 부가 필요한 것인가? 좋은 의복, 아름다운 집, 여러 가지 향락을 즐기려는 마음 때문이다. 이와 같은 사람에게 내면적인 사색의 시간을 갖게 하라. 그는 홀로 뜰로 나가거나 방으로 들어가거나 하며 생각에 잠길 것이다. 그때 그는 세상 그 어떤 부자보다도 행복해진다. –에머슨

정신적인 생활을 하는 사람은 부가 필요하지 않을 뿐 아니라 도리어 방해가 된다. 부는 참된 생활에 방해가 되는 것이다.

부가 주는 기쁨은 허영이다.

16일
November

크게 성공하여 이 세계를 쥐락펴락한 사람들은 그 재능이 비범한 것이었다기보다는 자신감이 강하고 뜻을 높은 데 두고 꾸준히 매진한 사람들이었다.

자신이 유익한 존재라는 자신감을 품는 것만큼 사람에게 유익한 것은 없다.

자신감을 가지면 타인의 신뢰도 얻는다.

숙련된 선장은 폭풍우를 만났을 때 쓸데없이 폭풍에 저항하거나 미리 절망해서 풍파에 배를 내맡기거나 하지 않는다. 자신감과 성실로써 최후의 순간까지 전력을 다하여 활로를 열기 위해 노력할 뿐이다. 그러한 자세가 바로 인생의 고난을 돌파하는 요체다.

자신감은 영웅적인 행위의 정수이다. 자신감이 지나치면 법관은 오판할 수 있고, 교육자는 교육의 역효과를 미처 계산하지 못할 수 있고, 행정가는 일부의 이익에 지나치게 집착할 수 있으며, 기업가는 국가의 이익보다는 사리사욕에 눈이 멀지도 모른다.

자신감이란 마음이 확신하는 희망을 품고 위대하고 영예로운 길로 나서는 감정이다.

17일

November

과거의 일 때문에 마음 아파하고 또 미래에 닥쳐올 일에 관한 생각으로 마음이 괴로울 때, 생활이란 오직 현재 속에서만 존재한다는 것을 생각하라. 그대가 현재 생활에 전력을 기울일 때, 과거의 괴로움도 미래의 불안도 다 사라져버릴 것이다. 그리하여 그대는 자유를 맛보며 기쁨을 느끼게 된다.

우리는 지나간 일을 생각하고는 괴로워한다. 그리고 장차 닥쳐올 일을 예상하고는 자기 자신에게 상처를 입힌다. 그것은 우리가 현재를 경시하는 까닭이다. 그러나 과거도 미래도 다 하나의 꿈이다. 현재만이 실재다.

현재는 그 자체로 영원성을 가지고 있다. 현재의 모든 상황, 모든 시간은 무한한 가치가 있다. 그러므로 항상 자신이 처한 현실을 주의 깊게 생각하라.

사람들이 가진 가장 일반적인 착오는, 지금은 결정적인 때가 아니라고 생각하는 것이다. 그날그날이 평생을 통해서 가장 좋은 날이라는 것을 마음속 깊이 새겨두어야 한다.

-에머슨

우리가 현재 하고 있는 일 이외의 것은 모두가 중요한 것이 못 된다.

오늘 자기의 육체를 최대한 이용하라. 내일이 오면 육체가 없어져버릴지도 모르는 일 아닌가.

-탈무드

18일

November

만약 그대가 이웃에게 악을 행하였을 때 그것이 아무리 사소한 것이었을지라도 큰 것으로 생각하라. 그리고 이웃에게 선을 행하였을 때는 그것이 아무리 큰 것이었을지라도 아주 작은 것으로 생각하라. 그리고 이웃이 그대에게 행한 선은 그것이 아무리 사소한 것일지라도 큰 것이라고 생각하라. –탈무드

생활의 하루하루를 남을 위해 배려하라.

생활이 항상 행복할 수는 없다. 그러나 선한 생활은 행복하다. –세네카

선한 행위보다는 비방이 한층 더 이해하기 쉬운 법이다. 선은 잊히지만 비방은 결코 기억에서 떠나지 않는다. –세네카

벗에게 선을 행하라. 그 사람이 한층 더 그대를 사랑하게 하기 위하여 적에게도 선을 행하라. 그 사람이 언젠가는 그대의 벗이 되도록…….

사람들이 보수를 위해서만 의무를 다하려고 할 때 그것은 도덕이 아니다. 그것은 기만적인 맹목에 지나지 않는다. –키케로

참된 선은 그것을 의식하지 못할 때에만 행해진다. 남의 마음속에 들어가려면 먼저 자기 자신으로부터 벗어나야 한다.

하나의 선을 행하고, 다시 그다음의 선을 행하도록 하라. 그동안 쉬어서는 안 된다. 이것을 바로 행복이라 이름 붙일 수 있다.

하루하루를 남의 행복을 배려하는 가운데 살아야 한다는 것, 될 수 있는 한 많은 일을 남을 위해서 해야 한다는 것을 마음속 깊이 기억하라. 불평하지 말라. 그리고 즉시 실행하라. –러스킨

19일

November

인간이 범하는 물질적인 악은 그 자신에게 다시 돌아오지 않을지도 모른다. 그러나 악행으로 인하여 생기는 모든 악의 감정은 반드시 그 사람의 마음속에 흔적을 남기고, 결국은 그 사람에게 고통을 안겨줄 것이다. 악인은 타인을 해치기 전에 자기 자신을 해친다. –성 아우구스티누스

자신의 운명으로 짊어진 불행을 피할 수는 있다. 그러나 자신이 스스로 짊어진 불행에는 구원의 길이 있을 수 없다. –공자

선을 행하지 않았던 사람은 다른 사람들의 위에 섰을 때 커다란 고뇌를 맛볼 것이다. –사디

현실을 회피하지 말라. 악이 우리의 생활을 완강하게 따라다니기 때문이다. 악은 우리가 무지하기 때문에 생기는 것이다. 그리고 우리는 그 무지를 자기와 함께 보이지 않는 세계로 이끌어가고 만다. 만약 그 이전에 그 무지에서 해방되지 않는다면 우리의 생활은 더욱더 불행해진다. 우선 그 무지를 쫓아버려야 한다. 그러면 불행도 자연히 사라질 것이다. –붓다

비방을 받은 자는 편히 잠잘 수 있지만, 비방을 퍼뜨린 자는 편히 잠들 수 없다. –세네카

항상 남의 모범이 되도록 최선을 다해 노력하라. 자기 자신을 극복하는 사람은 타인도 극복할 수 있을 것이다. 그러나 자기 자신을 극복한다는 것은 가장 어려운 일이다. –불교 경전

스스로 행한 악 때문에 입은 정신적 손해는, 그 어떠한 표면적인 행복으로도 보상할 수 없는 것이다.

20일

November

끝까지 참고 견디는 사람은 구원을 받는다. 그러나 사람들은 얼마나 쉽게 절망하고 포기해버리는가. 조금만 더 노력한다면 목적이 이루어질 상황인데도 그만 돌아서 버리고 마는 것이다. -키케로

사랑을 바라지 말라. 남의 사랑을 받지 못하더라도 탄식할 까닭은 없다. 사람들은 가끔 악인을 사랑하고 선인을 미워할 때가 있다. 사람의 마음이 아니라 진실을 따르도록 노력하라.

인간의 본성에는 싸움의 세 가지 원인이 있다. 첫째 경쟁, 둘째 불신, 셋째 명예이다. 경쟁이라는 원인에 의해서 인간은 자신의 먹이를 구하여 침략한다. 불신이 있어서 안전을 구하는 것이고, 명예를 지키는 것 때문에 평판을 구하여 침략한다.

전력을 다해 싸우는 사람에게는 언제나 승리가 있다. 그 승리는 죽음조차도 멸망시킬 수 없는 강한 것이다. 불굴의 정신이여, 싸워라, 전진하라! 행복과 불행에 혼미해지지 말고 정의는 반드시 승리를 얻으리라는 믿음을 가져라. 멸망하는 것은 언제나 부정뿐이다. 모든 정의는 영원한 법칙 속에 있으며 세계의 목적을 실현하는 것이다. 패배의 원인은 늘 자기 자신에게 있다. 결코 다른 원인 때문에 패배하는 것이 아니다. -칼라일

승리는 목표가 아니라 목표에 도달하는 하나의 단계이며, 방해물을 제거하는 일에 지나지 않는다. 목표를 잃으면 승리도 공허한 것이다.

21일

November

마음을 다하여 영원의 신을 섬겨라. 그대 마음의 전부를 신에게 바쳐라. 평화를 그대의 내면세계로 이끌어 들여라. 감정의 방향을 다만 인식의 흐름으로만 향하게 하라. –탈무드

매일 아침 눈을 뜰 때마다 자문하라. '오늘은 어떤 좋은 일을 할까?'라고. 그리고 생각하라. '오늘 해가 질 때까지 생활의 한 조각은 해와 함께 지나가고 만다'라고. –인도 잠언

인간의 덕성이란 그 사람의 어떤 뛰어난 노력으로 이루어지는 것이 아니다. 매일매일 그 사람의 행위에 의해서 이루어지는 것이다. –파스칼

매일 아침의 여명은 생활의 시작이며, 매일 저녁의 석양은 생활의 끝이라고 생각할 수 있다. 이 짧은 일생의 매일을 남을 위해서 바치는 사랑, 그리고 자기 자신을 향해서 기울이는 노력의 흔적으로 훗날에 남기도록 하라. –러스킨

신에게 봉사하는 것은 사람들에게 봉사하는 것보다 한결 쉬운 일이다. 사람들 앞에서는 그대가 싫든 좋든 훌륭한 집안의 아들인 체 꾸며야 할 필요가 있고, 사람들이 그대를 천하게 취급할 때는 마음의 상처를 입게 될 것이다. 그러나 신 앞에서는 전혀 그럴 필요가 없다. 신은 그대가 어떤 인간인지를 알고 있다. 그리고 신 앞에서는 누구나 평등하다. 그대는 없는 것을 있는 척 꾸밀 필요가 없다. 지금보다 선한 인간이 되기 위하여 힘쓰면 그만이다.

어떤 일이든 우리가 그것을 이 세상에서 완수한다고는 할 수 없다. 다만 우리 생활의 모든 것을 그 일을 완수하는 데 바쳐야 한다.

신 앞에서는 중요한 일이라고 생각되는 일이든 무의미하게 생각되는 일이든 다 같이 중요한 일이며, 또 다 같이 사소한 일이기도 하다. 우리는 어떤 요구 때문에 그것이 구분되는 것인지 알지 못한다. 그러나 그것을 행하지 않으면 안 된다는 것만은 알고 있다.

22일

November

건설하지 말라. 그보다는 무엇이든 심어라. 자연은 온갖 방법으로 건설물의 파괴를 가져올 뿐이지만 심은 것에 대해서는 결코 파괴하지 못한다. 오히려 성장을 가져오고 그대의 일을 돕는 것이다. 정신적 영역에서도 마찬가지이다. 세계와 일치되는 일을 하라. 그러나 그대 자신의 욕망에만 일치시키지 않도록 하라.

자기의 내면생활에 대해서 만족감이 적으면 적을수록 그 사람의 불만은 표면적인 사회생활에서 그 자태를 나타내게 된다.

만약 늙은이(경험이 많은 사람)가 그대에게 어떠한 것을 부서뜨리라고 하고, 젊은이에게 세우라고 하면 차라리 부서뜨리는 것이 낫다. 늙은이의 파괴는 건설이지만, 젊은이의 건설은 파괴이기 때문이다. -탈무드

한 사람이 많은 사람을 지배할 권리가 없을 뿐만 아니라, 많은 사람이 한 사람을 지배할 권리 따위도 없는 것이다. -체르트코프

정의의 척도가 되는 것은 다수의 소리가 아니다.

대다수 사람이 말하는 진리란 진리 비슷한 것에 지나지 않는다. 그것이 자신들의 이득이 되기 때문에 진리라고 믿는 사람들에 의해 주장된 것에 지나지 않는 것이다. -칼라일

23일

November

경이는 철학의 어머니다. 놀랍다고 느끼는 데서 철학이 시작된다. 놀라워할 줄 모른다는 것은 철학적 탐구의 불씨가 마음에서 꺼진 것이다. 요즘 사람들은 잘 놀랄 줄 모른다. 그건 유감스러운 일이다. —아미엘

처음으로 보는 것, 듣는 것, 맛보는 것 등은 우리에게 놀라움을 준다. 그러나 그것은 신기하다는 의미의 놀라움일 뿐, 그 이상도 그 이하도 아니다. 세상에는 알 수 없는 일들이 허다하다. 그러나 인간만큼 불가사의한 존재도 없다.

죽음의 침상에 누워 참을 수 없는 고통과 싸울 때, 사라진 과거를 다시는 돌이킬 수 없을 때, 거기에 하나의 신성이 있고 외경이 있고 광대무변의 감정이 있고 깊이가 있고 존재의 무한한 신비가 있다.

오늘날 신비주의는 우리의 정신생활에서 멀리 떨어져 있다. 신비주의는 그 본질에 있어 보다 근본적인 사고이다. 그것은 인간을 세계와의 정신적인 관계에 도달하도록 하고 있기 때문이다. 그러나 신비주의는 그것이 논리적인 사고로 가능하리라고 믿지 않고 공상이 작용할 수 있는 직관의 영역으로 후퇴해버린다. 그래서 간혹 신비주의는 우회로를 찾는 방식을 취하기도 한다.

우리가 현미경을 통해 본다면 모든 것은 하나의 점에 불과한 듯이 생각되는 법이다. —소로

잡다한 독서는 사람을 가르친다기보다는 도리어 머리를 산만하게 한다. 덮어놓고 많은 것을 읽느니보다 소수라도 좋은 저자의 것을 읽는 편이 훨씬 유익하다.

식물에 있어 생명의 신비는 우리들 생명의 신비와 같은 것이다. 생물학은 그 신비를 기계학적인 법칙으로 설명하려고 하지만 그것은 헛수고에 지나지 않는다. 자기가 만든 기계를 설명하듯이 그 신비를 설명할 수는 없다. 우리는 손끝으로 동물 또는 식물의 생명의 가장 성스러운 부분을 만져볼 수는 없다. 그런 일로는 그저 그 표면을 이해할 수 있을 따름이다. —세네카

24일

November

자기가 쓰고 남은 물건을 남에게 주면서, 물론 가난한 사람들에게 그것이 소용에 닿더라도, 그대 자신을 자비로운 사람이라고는 생각지 말라. 참된 사랑은 그 이상으로 그대에게도 꼭 필요한 것을 기꺼이 남을 위해 내어놓는 것이다. –마치니

자애는 물질적인 조력에 있는 것은 아니다. 그것은 타인에 대한 정신적인 지지 속에 있다.

정신적인 지지란 무엇보다도 남을 비방하지 않는 것 그리고 그의 인간으로서의 가치를 존경함을 의미한다. 아무리 사악한 사람들이라 하더라도 가난한 사람들이라면 동정하라. 좋은 집에서 살고 항상 배부르고 사치스러운 옷을 입는 사람들이 있는 반면 다 쓰러져가는 오두막에서 굶주림과 추위에 시달리고 있는 사람들이 있다. 인생은 얼마나 불공평한가.

똑바로 살아라. 노여움에 지지 말라. 요구하는 자에게 주어라. 이 세 가지 길을 걸음으로써 마침내 성스러운 것에 가까워질 것이다. –붓다

진실로 자비심이 많은 사람은 남들이 하는 악담이나 비방에 귀 기울이지 않는다. –칸트

증거도 없는데 이웃사람의 악을 믿어서는 안 된다. 더구나 그것을 결코 다른 사람에게 알려서는 안 된다.

자애와 친절로써 그대는 적의 무장을 해제할 수 있다. 장작이 다 타면 불도 따라서 꺼진다. 자비와 친절은 폭력을 멸망시킨다. –인도 잠언

자신의 부끄러운 기억을 어두컴컴한 그 어떤 구석진 곳에 숨기려고 애쓰지 말라. 그 반대로 남을 대할 때마다, 언제나 그 기억을 선용할 수 있도록 준비해두어라.

25일

November

싫어하는 음악에 관해 이야기하지 말고 좋아하는 음악을 화제로 삼아라. 미워하고 싫어하는 감정은 가능한 한 발산하지 않는 것이 우리 자신의 건강에도 유익하다. 애정으로 표현된 감정은 몸에도 좋고 정신 건강에도 이롭다.

증오는 가슴에서, 경멸은 머리에서 나온다. 그러나 둘이 똑같은 것은 언젠가는 둘 다 자기에게로 돌아온다는 것이다.

곰을 잡는 법은 다음과 같다. 고기를 담은 통 위에 무거운 돌을 매어 둔다. 곰은 고기를 먹기 위하여 그 돌을 밀어젖힌다. 그러면 돌은 되밀려 와서 곰을 친다. 곰이 화가 나서 밀어젖히면 밀어젖힐수록 돌은 더욱더 세게 곰을 때린다. 이렇게 되풀이하는 동안 곰은 기진맥진하여 쓰러지고 만다. 인간도 이와 마찬가지이다.

어떤 사람으로부터 미움을 받고 있다고 느끼지만 자기는 그 사람에게 미움받을 이유가 없다고 믿는 사람은, 자기 쪽에서 그를 미워하는 것이다.

사람들이 하고 있는 일들을 표면적으로뿐만 아니라 기초적으로 조사해보면, 어떤 슬픈 생각을 갖지 않을 수 없게 된다. 이 지상의 얼마나 많은 생명들이 헛되이 죽어가고 있는가. 그리고 악에 대해서 얼마나 많은 부정이 끊임없이 일어나고 있는가. 이러한 생각들이 그것이다.

우리가 어떤 사람을 미워하는 경우, 우리는 다만 그의 모습을 통해 우리 안에 있는 어떤 자를 미워하고 있는 것이다.

26일

November

한 자루 촛불이 수천 자루의 촛불을 붙이듯, 한 사람의 마음이 다른 사람의 마음에다 불을 붙이고 나중에는 천 사람의 마음에 불을 붙이게 된다.

인간의 완성이란 유토피아의 꿈에 지나지 않는 것이라며, 선을 행하려는 그대의 노력을 중지시키려고 하는 사람들을 조심하라. –러스킨

얼마만큼 자기의 의지대로 생활하느냐, 또는 얼마나 다른 사람의 의견을 좇아 생활하느냐에 따라 사람들 사이에는 가장 중요한 차이가 생겨난다. –에머슨

인간의 착오는 그 한 사람으로 그치는 것이 아니다. 그 착오가 주변 여러 사람들에게 그대로 전달된다. –세네카

만약 그대가 다른 사람의 악한 생활을 지적하려 한다면 우선 자기 자신이 선한 생활을 하지 않으면 안 된다. 말로써 남의 나쁜 점을 지적하기란 얼마나 쉬운 일인가. 그러나 사람들은 눈에 보이는 행동만을 믿는 법이다. –소로

그대의 정신을 좀먹는 친구들을 경계하라. 그러한 친구들을 피하고 착한 친구를 가까이하라.

어진 사람은 지혜로운 사람을 가까이하면 곧 그 사람의 지혜를 배운다.

27일

November

사랑은 과식하는 법이 없다. 욕정의 과식은 결국 정신을 죽게 만든다. 사랑에는 진실이 넘쳐나지만, 욕정은 허망으로 가득 차 있다.

자신을 인도하는 빛이 되어라. 자신에 대한 신뢰를 잃지 마라. 자신의 빛을 높이 걸고, 결코 그 밖에서 피난처를 찾지 않도록 하라. -붓다

만약 그대가 영혼 속에 살고자 한다면 자기의 생활을 희생하지 않으면 안 된다. 외면적인 물질 그리고 외부 세계를 형성하고 있는 모든 것과 결별해야 한다. 일체의 형상으로부터 자기 자신을 멀리하라. 살아 있는 것은 그대의 그림자다. 사라지고 마는 것도 그대의 그림자다. 그대 속에 있는 것은 영원한 것이다. 그것은 변천이 많은 일시적인 생활에 속하는 것이 아니다. 이 인간 속에 있는 영원한 것은 미래에 있어서나 현재에 있어서나 또 과거에 있어서나 존재하며, 소멸할 수 없다. -브라만 잠언

인간의 영혼은 내부에서 빛을 발하는 투명한 구슬 같은 것이다. 그 빛은 모든 진리와 광명의 원천이 될 뿐만 아니라 일체의 외부적인 존재에 대해서도 빛을 비춘다. 그리하여 인간의 영혼은 참된 자유와 더불어 존재하고 있다. 다만 외부 세계에 대한 정념이 그 구슬의 미끄러운 표면을 손상시키며 어둡게 한다. -아우렐리우스

정욕의 불길은 그것을 그대가 알아차리기 전에 이미 그대의 마음을 태우고 있다.

28일

November

인간이 사는 집은 부서지고 헐릴 것이다. 그러나 맑은 사상과 선한 행위에 의하여 영혼 자신이 세운 집은, 오랜 세월 거친 비바람을 맞아도 꼼짝도 하지 않는다. —맬러리

사후 생활의 필연성을 확신하게 만드는 것은 이론이 아니다. 그대가 다른 사람과 손을 잡고 인생의 길을 걸을 때, 또는 같이 가던 그 사람이 돌연 어디론가 사라져버렸을 때, 그대는 스스로 인생의 심연 앞에 멈추어 서서 그것을 깨달아 안다.

불멸을 의식하는 것은 인간의 본성이다. 다만 사람마다 죄악을 범한 정도에 따라서 불멸에 대한 의식이 확고해지기도 하고 점차 흐려지기도 한다.

회의나 공포 속에서 인생을 보내지 않도록 하라. 현재의 의무를 될 수 있는 한 완수하는 것이 미래를 위한 가장 튼튼한 준비라는 점을 깨닫고 대비하라. 현재 상태에서는 미래란 항상 꿈같이 생각되는 법이다. 중요한 것은 인생의 길이가 아니라 그 깊이다. 마음은 시간의 밖에 있다는 것을 알라. 모든 성스러운 사람들은 그것을 알고 있는 사람들이다. 우리가 참된 생활을 보내고 있을 때 시간 같은 것은 문제가 되지 않는다. —에머슨

불멸에 대한 신념은 이론에 의해서가 아니라 생활에 의해서 얻을 수 있다.

29일

November

말은 행위 그 자체이다. 자신이 실제로 느끼지 않은 것은 결코 입 밖에 내지 말라. 그리고 허위로써 그대의 마음을 어둡게 하지 말라.

성인은 어떤 사람의 말 한마디로 그 사람의 가치를 판단하는 일이 없다. 또한 하잘것없는 사람의 말이라고 해서 그 말을 함부로 흘려듣지도 않는다. -공자

적이 때로는 친구보다 유익할 때가 있다. 친구는 언제나 죄를 용서해주지만, 적은 죄를 들추어내며 주의를 시키기 때문이다. 적의 심판을 결코 경시하지 말라.

사람들은 침묵하는 사람을 나쁘게 말한다. 그 반대로 말 많은 사람도 나쁘게 말한다. 또한 평범한 사람도 나쁘게 말한다. 도대체 사람들은 나쁘게 말하지 않는 사람이 없다.

허영이라는 것은 비록 아주 작은 것일지라도 자신의 참모습을 보게 하거나 신뢰를 얻는 데는 아무 도움이 되지 않는다. 이것은 잘 생각해보면 쉽게 이해될 것이다. 사람들의 신뢰를 얻기 위해서는 자기 자신을 믿기보다는 훨씬 많은 자기부정과 자기수양이 필요하다. 그러므로 전자는 후자보다 그 사람의 명예를 한층 더 진실하게 한다. -칸트

말은 그 사람의 머릿속에서 일어나는 사상을 전하는 무기이다. 그러나 깊은 감정의 영역에 있어서 그 힘이 너무나 약하다. -몽테뉴

어떤 목적이라 할지라도 허위의 구실이 되는 것은 결코 용납되지 않는다.

나는 농민을 사랑한다. 그들에게는 충분한 교양이 없다. 그러므로 그들은 어떤 말이든 나쁘게 해석하지 않는다. -몽테뉴

30일

November

어느 날 숲속에서 호두를 줍고 있는데, 감시인이 와서 물었다.

"무엇을 하고 있습니까?"

"호두를 줍고 있네."

"호두를 줍고 있다뇨? 왜 그런 짓을 합니까?"

"왜 주워서는 안 되나? 그럼 이 호두는 다람쥐나 원숭이들만 주울 권리가 있단 말인가?"

"모르십니까? 이 숲은 주인 없는 숲이 아니잖아요. 이곳은 공작님의 소유입니다."

"그렇다면 공작께 말해주게. 자연에 대해서는 공작이나 나나 대등한 인간이라고! 그리고 자연의 수확물에 대해서는 가장 먼저 주운 사람이 임자라고 말해주게. 만약 공작께서 호두알이 필요하다면 하품을 하고 있을 게 아니라 여기 와서 손수 주워 갖는 것이 좋지 않겠는가!" -스펜서

위나라 호위는 아버지 호질과 함께 청렴결백한 인물이었다. 호위는 형주지사가 되었으나 언제나 가난을 면치 못했다. 지사라면 그 당시 굉장히 높은 벼슬이건만 청렴한 호위는 돈이나 뇌물에 마음을 빼앗겨본 일이 없었다.

어느 날 호위는 새로운 임지로 가는 길에 고향에 들렀다. 그때 아버지 호질은 원행길에 쓰라고 명주 한 필을 주었다. 그 당시 명주는 돈과 똑같은 가치 있는 귀중품이었다.

"이 명주는 도대체 어디서 구하셨습니까?"

"걱정하지 말라. 내 봉록 중에서 저축한 것이니."

그는 기꺼이 받아들고 아버지 앞을 물러 나왔다. 그러나 호위는 그 명주를 자기 것으로 삼지 않았다.

"아버님께서 신세를 지고 계신데 앞으로도 잘 부탁드립니다."

호위는 그 명주를 자신을 배웅하러 나온 아버지의 부하에게 선사했다.

어느 날 위나라 임금 무제가 호위를 불러 물었다.

"경과 경의 가친은 청렴한 점에서 누가 위인고?"

잠시 생각하고 난 호위가 대답했다.

"아버님께서는 당신의 청렴함이 남에게 알려지는 것을 두려워하고 계십니다만, 저는 남에게 알려지지 않을까 두려워하고 있습니다. 제가 아버님을 따라가려면 아직 먼 것 같습니다."

November

발끝으로는 오랫동안 서 있을 수 없다. 자기 자신을 과시하는 사람은 빛날 수가 없고, 자기만족에 취해버린 사람은 영광에 도달할 수가 없다. 자랑하는 자는 보상을 바랄 수가 없다. 교만한 자는 그 이상으로 자신을 높일 수가 없다. 이성이 판단 앞에 나서면 그것들은 무용지물에 지나지 않는다. 그리하여 모든 사람에게 혐오를 일으키게 한다. 그러므로 이성을 가진 사람은 자기 자신에게 지나친 신뢰를 두지 않는 법이다.

자기의 운명이 행복해야 한다고 생각하는 사람은 결코 겸손한 사람이 될 수 없다.

우리는 자기에게 있지도 않은 것으로 자신을 꾸미려 하고, 현실을 멸시한다. 그리하여 만약 어떤 조그만 것이라도 얻게 되면 될 수 있는 대로 그것을 속히 공포하고, 그것이 자기 자신의 완성된 모습인 것처럼 착각하며 살며, 또한 그것을 과장하고 드러내길 좋아한다. 그것은 우리가 사람들의 시선을 너무 의식하고 살며, 용감하다는 평판을 얻기 위하여 노력하는 비겁자이기 때문이다.

우리는 자기 자신을 완전히 극복하였을 때 비로소 타인을 비난하지 않게 된다.

말할 때 말과 말 사이를 일부러 2, 3초씩 시간을 두고 하는 어떤 노인을 보았다. 그는 말로써 자신도 모르게 범할지도 모르는 죄악을 두려워한다고 했다.

나는 다음과 같은 상념을 떨쳐버릴 수가 없다. 즉 우리는 태어나기 이전에는 죽음의 상태에 있었으며, 죽음으로써 다시 그 상태로 돌아간다는 것이다. 인간이 태어난다는 것, 그것은 죽음이 새롭게 구체화한 기관을 가지고 다시 잠에서 깨어나는 것이다.

영웅은 보통사람보다 용기가 훨씬 많은 것이 아니라, 그저 딴사람보다 조금 더 오래 용기를 지속시킬 수 있을 뿐이다.

전쟁터의 영웅은 굴복하지 않는 모든 사람에게 무조건 도전한다. 그는 싸우고 승리하고 또 죽인다. 그는 자신의 승리를 모은다.

생에 대한 외경에 접하면, 생명을 해친다든가 죽인다든가 하는 일은 피할 수 없는 필연성에서 이루어지는 일이지 결코 아무 생각 없이 행할 일이 아니라는 것을 알게 된다. 인간은 그 자신이 생을 아끼는 자유인인 이상, 다른 생명을 돕고 진정한 화해에 이르는 길을 꿈꾼다.

생활은 죽음과 유사한 그 어떤 것도 느끼게 하지 않는다. 그래서 우리 내면으로부터 끊임없이 이지를 어둡게 하는 기계적이고 본능적인 희망이 생긴다. 생활은 현실을 고수하려고 노력한다. 그렇기 때문에 동화 속의 앵무새처럼 목을 졸리는 마지막 순간까지도 "아무것도 아니야, 아무것도 아니야"라는 말을 되풀이한다.

잔인한 군중이 손가락을 거꾸로 겨누고 죽음의 신호를 보내고 있는 동안에도 쓰러진 투사는 생명을 희망한다.

이 약하디약하며 부질없는 희망으로 가득 찬 왜소한 인간의 그림자를 보라. 그는 아무런 힘도 없으며 스스로 제 몸을 지킬 수도 없다. 이 약하고 힘없는 육체는 나이를 먹어감에 따라 점점 더 약해지고, 또 그 생명은 언제 죽음으로 옮겨갈는지도 알 수 없는 일이다.

두개골은 마치 그 모양이 가을에 딴 호박과도 같다. 그래도 만물의 영장이라고 기뻐할 수 있을까? 아직도 희망을 품을 수가 있을까? 뼈가 살로 뒤덮이고 피로 채워져 육체는 간신히 모양을 갖추고 있다. 그러나 그 속에는 이미 늙음이, 죽음이 자리 잡고 있다.

12

December

1일
December

도덕적인 면에 있어서 지켜야 할 의무는 남녀 모두 같다. 즉 절제나 정의 그리고 선을 지키지 않으면 안 된다는 점이다.

총명한 여성은 태어나면서부터 수백만의 적과 맞닥뜨리게 된다. 다름 아닌 바보 같은 남자들이다.

분만한다는 것은 여성으로서의 자기희생이다. 스스로 자기 몸속에 희생의 생명을 키우는 여성은 다른 상황에 처했을 때라도 쉽게 그 덕성을 발휘할 수가 있다. –칼라일

정숙하고 겸손한 태도, 상냥한 말솜씨는 여성에게 있어서 가장 훌륭한 장식물이다. –칼라일

여성의 선량함에 제한이 없다면 여성의 사악함에도 제한이 없다고 말할 수 있다. 선량한 아내는 그 남편에게는 둘도 없는 소중한 선물이다. 그러나 악한 아내는 한없이 커져만 가는 악성 종기와도 같다. –탈무드

남편이 그 아내를 택하는 것이 아니라 아내가 그 남편을 택하는 것이다. 앞으로 태어날 아이들을 위해서 좋은 아버지를 택하려면, 여성은 먼저 선과 악을 구분하는 능력을 갖춰야 한다.

2일

December

먹는다는 것은 사람에게 중요한 일이다. 하루도 먹지 않을 수 없으나 또 하루도 먹는 것 때문에 구차해질 수는 없다. 먹지 않으면 목숨을 해칠 것이요, 구차스럽게 먹으면 의리를 해친다.

날씨가 청명한 날 아침, 마음을 가라앉히고 이 세상에서 기쁨을 가져다주는 것이 얼마나 될까 하고 세어보면 단연코 맨 처음 손꼽히는 것은 음식이라는 것을 알게 된다.

화목하고 단란한 분위기 속에서 식탁을 대하게 되면 어느 것이든 맛없는 음식이 있을 수 없다. 맛있는 음식이 따로 있는 것이 아니다. 식도락이라는 것을 취미로 삼는 사람이 없는 바도 아니지만, 만일 그것도 도락이요 취미라 한다면 세상에서 그보다 더 저속한 취미는 없을 것이다. 왜냐하면 그들은 음식을 맛으로만 대하게 되고 인생에서 음식의 의미를 잊고 있기 때문이다. 식도락가의 경우는 혀가 사람을 위하여 봉사하는 것이 아니라 사람이 혀를 위하여 봉사하고 노예가 되는 꼴이다.

둔해질 때까지 먹지 말라. 머리가 어지러울 정도로 마시지 말라. 적게 먹어서 후회하게 되는 일은 없다.

넓은 토지가 사유화되어버린 것이 과일을 귀하게 만들었다. 토지가 균등하게 나뉘면 나뉠수록 과일은 더욱더 많이 그 종자를 번성하게 할 것이다.

3일

December

자기를 극복했을 때에만 인간은 이웃을 비난하지 않게 된다.

"죽은 사람의 악담은 하지 않는다. 죽은 사람에 대해서는 아무 말도 하지 않는 법이다"라는 속담이 있다. 나는 그 반대의 의견을 가지고 있다. 산 사람의 악담을 해서는 안 된다. 그것은 그들을 괴롭히고 그 사이를 어긋나게 하기 때문이다. 죽은 사람에 대해서는 대개 빈말이나마 칭찬을 하는 경우가 흔한데 실상 죽은 사람에 대해서야말로 진실을 이야기하는 데에 아무런 지장도 없다. -에머슨

우리 모두는 어리석은 인간이다. 그러므로 타인에 대하여 비난하는 것은 항상 우리 자신 속에서도 찾아볼 수 있는 결점이다. 서로 너그러이 용서하라. 이 세상에서 평화롭게 살아가는 길은 꼭 하나밖에 없다. 그것은 용서하는 길이다. -칼라일

악은 선과 마찬가지로 의지에 근원을 두고 있다. 의지는 선이기도 하며 악이기도 하다. 그러나 악이 개념에 있어 필연적이라 해서 인간 자신의 행위이며 인간의 자유와 책임에 속하는 행위라는 것을 부정해서는 안 된다. 인간은 신을 닮았다고도 할 수 있다. 선이나 악이나 다 함께 내 속에 있으니까 나는 어느 쪽을 선택해도 좋고 어떻게 행동하든 그것은 나의 몫이다. 악의 본성이라는 것은 인간이 악을 의지할 수는 있지만, 그러나 반드시 그것을 의지하지 않으면 안 되게 만들어진 것은 아니다.

이상한 일이다. 사람들은 외부, 즉 타인에게서 발견하는 악에 대해서는 화를 내고 싸우지만 자기 자신 속의 악과 싸우려고는 하지 않는다. 타인의 악은 제아무리 애를 쓰더라도 고칠 수 없지만, 자기 자신 속의 악은 노력하는 만큼 이겨나갈 수 있는 법이다.

대부분의 악은 고민하는 사람의 내적 태도를 공포에서 투지로 변화시킴으로써 도리어 축복할 만한 선으로 대치할 수도 있다.

4일

December

말(馬)은 그 빠른 속력으로 적으로부터 도망친다. 말의 불행은 닭처럼 울 수 없다는 것이 아니다. 말에게 주어진 것, 즉 빠른 속력을 뜻대로 발휘하지 못한다면 그것이 불행이다. 개는 냄새를 맡는 능력을 갖추고 있다. 그리고 개는 냄새 맡는 능력을 빼앗겼을 때 불행하다. 날 수 없다는 것은 새의 불행이지 개의 불행이 아니다.

이러한 이치는 인간에게도 적용될 수 있다. 인간은 곰이나 사자, 악인들을 힘으로 정복할 수 없을 때 불행해지는 것이 아니다. 인간이 태어나서 죽는다는 것, 집이나 재산 등 본래 자신에게 속하지 않았던 것을 잃어버린 것은 슬퍼해야 할 일이 아니다. 인간 최대의 비극은 자신의 참된 재산, 즉 인간의 존엄을 잃어버렸을 때의 슬픔이다. —에픽테토스

우리 가운데 가장 보잘것없다고 여겨지는 자라 할지라도 어떤 능력 하나는 가지고 태어났다. 비록 그 능력이 아무리 평범한 것이라 해도 올바르게만 적용한다면 모든 인간이 공유할 수 있는 능력으로 변할 수 있다.

모든 인간을 사랑하라. 그대에게는 그럴 만한 능력이 있다.

5일

December

고민은 생리적으로나 정신적으로나 인간이 발전해가는 데 없어서는 안 될 조건이다.

사람은 죽은 뒤에 비로소 평등하게 되는 것이 아니다. 이 세상의 모든 존재는 한 가지씩의 고민거리를 가지고 있다는 점에서 평등하다. 삶의 번뇌는 울퉁불퉁한 땅을 평평하게 다져놓듯이 이 세상의 높고 낮은 것을 고르게 찾아간다.

고민에는 여러 가지 종류가 있다. 자기의 의무를 다하기 위한 괴로움도 있고 운명과 싸우며 견디는 괴로움도 있다. 또 나쁜 유혹을 물리치려고 애쓰는 괴로움도 있고, 무엇인가 좋은 일을 하고 올바른 것을 지키기 위한 괴로움도 있다. 이 모든 괴로움은 우리 정신의 양식이 될 수 있다.

괴로움을 스스로 이겨나가지 않는 자는 자기의 영혼을 구할 수 없다.

6일
December

그릇된 생각보다는 생활의 오류가 더 많은 착오를 불러들인다.

무지가 악을 불러일으키는 것은 아니다. 해를 끼치는 것은 다만 착오, 그것뿐이다. 지식을 가진 사람들이 착오를 일으키는 것은 아니다. 착오란 항상 지적 허영심에 사로잡힌 인간들에 의해서 생긴다. -루소

모든 착오는 해독을 가지고 있다. 해독 없는 착오란 있을 수 없다. 아름답고 신성한 착오도 있을 수 없다. 항상 진리만이 완전하다. 믿을 수 있는 것은 진리뿐이며 확실한 것도 진리뿐이다. 진리 속에서만 참된 위안이 있다. 진리만이 변치 않는 금강석과 같다. 허위로부터 인간을 해방하는 것은 그 무엇을 벗겨버리는 것을 의미하는 것이 아니라 주는 것을 뜻한다. 착오는 항상 해독을 수반한다. 그 시기가 이르든 늦든 그 착오를 믿는 사람에게는 반드시 해독이 생기기 마련이다. -쇼펜하우어

새 출발을 하겠다고 결심하는 것은 곤란하다. 대개 새 출발을 염두에 두는 자의 생활은 악에 젖어 있기 마련이다.

우리는 이 세계를 우리의 관념으로 보려고 한다. 이 세계를 있는 그대로 보는 것이 아니다. 자기의 관념이 주는 빛 속에서 보는 것이다. 이 세상에 혐오를 느낄 때 이 세계는 검은 안경을 쓴 듯 어둡게 보인다. -맬러리

인간의 나쁜 성질 가운데 하나는 자기 자신을 사랑하고 높이며 스스로의 행복을 추구한다는 것이다. 하지만 자기 자신만을 사랑하는 사람은 으레 불행하기 마련이다. 그는 스스로 위대해지기를 바란다. 하지만 스스로의 결함을 안다. 그는 또 행복해지기를 바란다. 그러나 자신이 현재 불행하다는 것을 자각할 뿐이다. 완성된 인간이기를 바란다. 하지만 전혀 불완전한 인간임을 깨달을 따름이다. 다른 사람들로부터 사랑과 존경을 받기를 바란다. 그러나 자기의 결점이 오히려 경멸을 불러일으킬 뿐이라는 것을 느끼게 되는 게 전부이다. 이렇듯 원하는 것 모두가 이루어지지 않을 때, 그는 가장 두려운 죄를 범하게 된다. 마침내 그는 자기의 뜻과 자꾸 어긋나는 진실을 증오하게 된다. -파스칼

7일

December

자신의 영혼을 사랑하는 자는 스스로 멸망을 초래한다. 그러나 자신의 영혼을 미워하는 자는 영원한 생명을 얻는다. –성서

어린아이는 언제까지나 어린아이로 머물지 않는다. 어린아이가 자라 청년이 되는 것처럼 동물적이었던 인간은 정신적인 인간으로 자라난다. –맬러리

그대는 어째서 변화를 두려워하는가? 변화는 대자연의 가장 중요한 본질 가운데 하나이다. 장작의 형태를 바꾸지 않고는 물을 끓일 수 없다. 식물의 형태를 바꾸지 않고는 영양분을 얻을 수 없다. 이 세계의 모든 생명이 변화함으로써 존재한다. 그대를 기다리고 있는 변화도 자연 그 자체로서 필연적 의의 말고는 아무것도 갖고 있지 않다는 것을 기억하라. –아우렐리우스

이미 한 번은 우리도 그 어떤 상태에서 부활한 것이 아닐까? 그 상태란 우리가 미래에 대해서 알기보다도, 훨씬 조금밖에 현재에 대해서 알지 못하던 상태를 말한다. 그러나 현재 이전의 상태가 현재와 연결되어 있듯이, 현재의 상태도 미래와 연결되어 있다는 것은 부정할 수 없는 사실이다. –리히텐베르크

한 알의 씨앗이 땅에 떨어져 썩지 않는다면 그 한 알에 그치리라. 그러나 그것이 썩으면 이윽고 풍성한 열매를 맺게 되리라.

이 세상의 모든 것은 나서 자라고 꽃을 피우며 그 뿌리로 돌아간다. 그 뿌리로 돌아간다는 것은 평화를 의미하며 자연과의 조화를 말한다.

8일

December

방앗간 주인은 생각한다. '보리는 내 풍차를 돌게 하려고 자란다'라고.

나는 나의 연인을 사랑한다. 그 달콤한 눈짓의 명령에 복종한다. 그러나 곰곰이 생각해보면 그것은 나의 이기심에서 비롯된 행동이다. 나는 다른 사람을 사랑하지만, 그것도 내 이기심에서 사랑하는 것이다. 그 상태가 기분이 좋고 행복하기 때문이다. 그러므로 나는 남의 희생물이 되려는 생각은 조금도 하지 않는다.

성인들은 우리에게 이기적이어서는 안 되고 자만심을 가져서도 안 되고 궁극에는 자기 자신을 버리라고 했다. 그러나 어떤 사람이든 완전히 자기 자신을 버릴 수는 없다. 사람은 누구나 자기 자신을 사랑하고 자신의 희망에 따라 행동한다. 문제는 그 이기심이 남의 기쁨에까지 동참하느냐 남의 기쁨을 짓밟느냐에 달린 일이다. 남을 밀치고 구렁텅이에 몰아넣음으로써 자신의 소망을 달성하는 사람도 있다. 그러한 행위는 양심의 가책을 면치 못한다.

이기심은 인간성의 주된 동기이다. 그것은 사람이라면 도저히 피할 수 없는 특질이기 때문에 우리 존재는 이 특질에 의해 결정된다. 그러나 나는 이기심을 악덕이라고 부르고 싶지는 않다. 이기심이 없었다면 오늘의 우리도 없었을 것이다.

9일

December

도덕의 거짓 탈을 벗고 예절의 굴레에서 벗어나는 사람은 아주 잘난 사람이거나 반대로 아주 모자라는 사람이리라. 여기서 그가 잘난 이유는 도덕과 예절의 굴레를 자의적으로 벗어버렸기 때문이요, 그가 모자란 이유는 그가 도덕 하나 제대로 지키지 못하는 위인이기 때문이다.

도덕의 시초는 상의(相議)와 숙고(熟考)에 있고, 그 도덕적 목표의 완성은 지조(志操)에 있다.

이 세상에는 신기하고 존경스러운 것이 두 가지 있다. 그것은 내 머리 위에서 반짝이는 밤하늘의 별과 내 마음속에 자리 잡은 도덕률이다.

'도덕'이라는 것은 우리가 긍정적으로 받아들이는 것이요, '부도덕'이라는 것은 우리가 부정적으로 느끼는 것이다. 이것이 도덕에 대해 내가 아는 전부이다. 도덕은 우리의 편견과 편향된 교육의 그늘 밑에 가려진 진정한 욕망을 다시 찾도록 가르쳐주어야 한다. 이 도덕, 이 예절 때문에 사람은 자기의 가정을 안정시킬 수 있으며 사회를 유지해나갈 수 있고, 한 나라가 나라 노릇을 하고 한 겨레가 빛을 발할 수 있다.

사람이 참된 천성을 잃는다면 그저 편리한 것만이 그 천성으로 되고 만다. 인간이 그와 같이 참된 행복을 잃어버린다면 오직 자기에게 편리한 것만이 행복이 되고 만다. –파스칼

10일
December

보편적이면서도 사람을 가장 큰 불행으로 이끄는 유혹은 "남들도 그렇게 하니까"라는 말에서 나타나는 유혹이다.

좌절이 있어 우리는 불행하다. 손이나 발 때문에 그대가 좌절하게 된다면 그것을 끊어버려라. 불구로 살아가는 것은 온전한 육체로 영원히 불길 속으로 던져지는 것보다는 나은 일이다. 또 그대의 눈이 그대를 좌절하게 만든다면 그 눈을 빼버려라. 외눈으로 생명을 이어가는 것은 두 눈을 멀쩡하게 뜨고서도 영겁의 불 속에 던져지는 것보다 낫다. –성서

어떤 죄악으로 인한 책임을 느끼고 그 책임에서 벗어나기 위해서 몸부림칠 때 그 사람은 대단한 위험 속에 있다고 할 수 있다. 스스로 그 죄를 부끄러워하면서도 죄책감에서 벗어나려 한다는 것은 엄밀히 말해서 몸의 파멸을 의미하는 것이다. 죄를 그 첫 단계에서 멈출 수 없는 인간들은 결국 최후의 단계까지 가버릴 것이다.

허위와 부끄러움은 악마가 즐겨 쓰는 무기이다. 거짓 자랑이 더하면 더할수록 허위의 부끄러움도 더 커진다. 거짓 자랑은 악을 낳을 뿐이지만 허위의 부끄러움은 선을 마비시킨다. –러스킨

그대가 누군가의 특별한 존경을 받게 된다면 그 이면을 냉철하게 들여다볼 줄 알아야 한다. 그대를 칭찬하는 모든 말을 단호하게 물리쳐라. 표면적인 영광은 이성을 벗어나게 하는 힘을 갖고 있다. –아우렐리우스

상처가 없는 손이라면 독사도 만질 수 있다. 강한 손에는 독도 그 해를 미칠 수 없다. 스스로 악을 만들어내지 않는 사람에게만 악은 무해한 것이다. –붓다

이 세상에 악이란 없다. 그것은 우리 마음속에 들어 있다. 그래서 그것을 아주 없애버릴 수가 없다.

11일

December

우리는 한 점 티끌에 불과한 존재이다. 그리고 언젠가는 다시 티끌로 돌아가리라. 이것이 자기 자신에 관하여 우리가 아는 제일의 진리이다. 그다음의 진리는, 토지를 경작하는 것이 우리들의 가장 중요한 의무라는 것이다. –러스킨

시장에서 곡식을 사는 사람은 부모 없는 어린아이와 같다. 아무리 많은 사람이 동냥젖을 물려주더라도 그는 굶주림에 허덕인다. 자기 자신이 경작한 곡식을 먹고 사는 사람은 어머니의 젖으로 커나가는 젖먹이와 같다. –탈무드

참으로 가장 좋은 양식은 그대 자신이 또는 그대의 자손들이 만들어내는 양식이다. –마호메트

그저 함부로 신에게 음식을 갖다 바치는 것을 자랑삼는 사람들보다 손수 일하면서 살아가는 사람이 더 존경받을 만한 가치가 있다. 개미를 본받아 열심히 일하라는 충고를 받은 것은 수치가 아닐 수 없다. 그러나 그 충고를 지키지 않는 것 또한 그 이상의 수치라 하겠다. –탈무드

모든 일 가운데 가장 복된 노역은 농업이다.

농경이란 모든 사람에게 가장 적당하고 자연적인 일이다. 그리고 가장 큰 행복과 독립을 낳는 일이다.

12일

December

남을 설복시킬 수 있는 사람은 강한 사람이다. 그러나 가장 강한 사람은 자신의 감정을 극복한 사람이다.

악을 비난하기에 앞서 선을 키우도록 노력하라. 그것이 인간이 키워야 할 진정한 덕목이다. 신경질적인 사람이 악을 비난한다. 그런 사람은 그 악을 더욱 크게 성장시킬 뿐이다. 아예 악을 생각하지 않고 선에만 마음을 쓰는 것이 악을 소멸시키는 가장 좋은 방법이다. –맬러리

사람은 먼저 자기 자신을 통솔할 줄 알아야 한다. 자기 한 몸을 통솔하지 못하고 어떻게 남을 통솔할 것인가. 노여움이나 분노를 격렬하게 드러내는 것은 자기를 통솔하지 못한다는 증거이다. 사람은 다른 사람에게 저항하기보다 먼저 자신에게 저항해야 한다. 자기 자신을 극복하는 것이 남을 이기는 길이다.

자기의 의무를 완수하려고 노력하는 자는 희망을 볼 것이요, 자기의 의무를 완수함에 있어서 역량이 다하지 못함을 부끄러워하는 자는 그것을 완수하는 데 필요한 정신력을 눈앞에서 본 것이다. –공자

한없는 친절은 가장 위대한 물건이다. 그리고 그것은 진정한 의미에서 위대한 사람이 할 수 있는 일이다. –러스킨

가장 훌륭한 의지는 아무리 거친 흙이나 굳은 암석층이라 해도 자신의 길을 뚫고 나간다. 선에 대해서도 같은 말을 할 수 있다. 선량하고 진실한 인간 내면의 힘은 그 어떤 쇠망치나 날카로운 도끼날로도 당해내지 못한다.

13일

December

형제여, 그대 비록 신앙을 가지고 있다 할지라도 그것을 행위로 나타내지 않는다면 그 무슨 이익이 있는가? 신앙만으로 사람을 구할 수 있을 것인가? 다른 형제들이 나날의 양식을 갖지 못하고 헐벗고 있음에도 불구하고 그들에게 필요한 어느 것도 주지 않고 "평화로워라, 따뜻하게 배부르게 하라" 하고 소리쳐 외친들 그것이 무슨 도움이 되겠는가? 행위가 수반되지 않은 신앙은 그 자체가 죽음이다.

진리보다 종교를 더 사랑하는 사람은 결국 종교보다 종파를 더 사랑하게 될 것이다. 그러다가 마침내는 자기 자신만을 사랑하게 될 것이다.

–콜리지

낮에는 밤의 꿈자리가 편안하도록 행하라. 젊었을 때는 노년이 편안하도록 행하라. –인도 잠언

신앙심이 깊지 못한 사람은 다른 사람을 인도할 수 없다. –노자

신을 섬기는 방법은 단 하나밖에 없다. 그것은 자기의 의무를 완수하는 것이다. 그리고 이성이 지시하는 대로 행동하는 것이다. –리히텐베르크

종교를 차선책으로 생각하는 사람은 전혀 신앙이 없는 사람이다. 신은 많은 것을 사람들 마음속에 넣어주었다. 그렇다고 해서 신이 차선책으로 취급당하지 말아야 한다는 뜻은 아니다. 그러나 신에게 두 번째 자리를 내주는 자는 전혀 아무것도 주지 않는 자와 같다. –러스킨

자기 자신이나 타인의 말을 믿지 말라. 오직 자기 자신과 타인의 행위만을 믿어라.

14일

December

인간의 마음은 신의 빛이다.

어느 날 강물에 사는 물고기들이 모여 회의를 열었다.

"우리는 물을 떠나서는 목숨을 부지하지 못한다고 들었다. 그러나 우리는 아직 물을 보지 못했다. 물이 어떤 것인지도 알지 못한다."

물고기들 사이에 분분한 의견들이 오가기 시작했다.

"바다에는 슬기롭고 학식이 풍부한 고기가 살고 있어 무엇이든 알고 있다는 말을 들었다. 지금부터 우리 모두 바다로 가서 설명해달라고 청해보자."

강물에 살고 있던 물고기들은 떼를 지어 그 슬기롭고 학식이 깊다는 바닷고기를 찾아갔다. 그 바닷고기는 이렇게 대답했다.

"너희가 물을 알지 못하는 것은 물속에서 살며 물에 의해 살기 때문이다."

사람들도 이처럼 신과 더불어 살고 있기 때문에 신을 알지 못하는 것이다.

그 사상의 힘으로 하늘에까지 오르는 자는 항상 빛나는 광명을 바라볼 수 있다. 구름 위에는 항상 태양이 빛나고 있다.

어떤 일이 그대 앞에 닥쳐올지라도 신과의 결합을 의식하고 있다면 그대는 결코 불행하지 않을 것이다.

그대가 불만을 느끼고 두려움을 느끼는 것은 그대 자신 속에 존재하고 있는 신의 사랑을 믿지 않기 때문이다. 그대가 신을 믿는다면 그대의 희망은 어떤 경우에도 불만족으로 끝나지는 않는다. 그대 자신 속에 존재하고 있는 신의 희망은 언제나 이루어지는 것이기 때문이다. 아무것도 두려워할 필요가 없다. 신은 두려움을 모른다.

인간의 힘을 자연의 힘에 비교해본다면 우리는 운명의 희롱거리에 지나지 않는다. 그러나 우리가 스스로를 신의 창조물이라고 생각하고 창조주의 뜻이 우리의 내부 깊숙이 스며들어 있음을 느낀다면 이윽고 평화와 안정을 얻게 될 것이다. —에머슨

15일

December

어떤 행복도 진리를 추구하는 행복에 비하면 가치가 없다. 또한 다른 모든 기쁨도 진리를 아는 기쁨과 비교한다면 가치가 없다. 진리를 추구하는 행복은 무한하며 모든 행복을 초월한다. –붓다

진실은 모든 존재의 근원이며 종말이다. 진실이 존재하지 않는 곳에는 아무것도 존재하지 않는다. 그러므로 성인은 진리를 볼 때 재보(財寶)를 보듯 한다. 진실은 그 자체로서 존재할 뿐만 아니라 모든 것을 만들어낸다. 진실은 사랑이며 예지이기 때문이다. 또한 참된 도덕이며 외부 세계와 내면세계를 결합하는 토대이기 때문이다. 사람들이 주의를 쏟지 않는다 하더라도 진실 그 자체는 결코 그 의의를 잃지 않는다.

착오는 항상 잠깐 동안 사람을 현혹하다가 진리에 의해 소멸된다. 그러나 진리는 과거로부터 미래의 영겁에 이르기까지 존재한다. 진리는 이 세상의 모든 곤란과 의문, 간계와 허위를 꿰뚫고 존재한다.

항상 진리로써 행하며, 진리에 입각해서 말하고, 진리만을 생각하고 깨우쳐라. 진리를 배우기 시작함으로써 우리는 스스로 진리로부터 얼마나 멀리 떨어져 있는가를 알게 될 것이다.

진리가 곧 신은 아니다. 그것은 신을 아는 방법에 불과하다.

착오는 기교적인 어떤 지지물을 필요로 한다. 그러나 진리는 언제나 홀로 서 있다.

16일

December

사랑은 인류 사회에 큰 힘을 준다. 그러나 그것은 차츰 인류에게 잊히고 소홀한 대접을 받는 처지가 되어버렸다. 역사적으로 한두 번은 사랑의 힘으로 획기적인 성공을 얻은 예를 볼 수 있다. 그러나 이윽고 사랑이 인생의 계율이 되고, 모든 불행이 스러질 때가 올 것이다. -에머슨

사랑이란 단어는 위험한 것이다.

가정에 대한 사랑이라는 명분 아래 악이 저질러지고 있다. 국가에 대한 사랑이라는 명분으로 자행되고 있는 악은 또 얼마나 무서운 것인가? 사랑이 인생에 의의를 준다는 것은 오래전부터 자명한 진리로 통했다. 그러나 어떻게 해서 사랑은 존재하는 것인가? 이 문제에 대해서는 성인들이 진작부터 이런저런 탐구를 해왔다.

이 세상의 생물들은 그 삶을 이어가기 위해 서로 멸망시키지만 동시에 서로 사랑하며 돕는다. 생활은 서로 파괴하는 정열에 의해서 지지되어가는 것이 아니라 서로 돕는 감정에 의해서 지지되어간다. 서로 돕는 감정을 우리 마음속의 규정으로 볼 때는 사랑이라고 하는 것이다.

17일

December

만족이란 때로 체념을 의미한다. 도저히 안 되겠다고 여겨 희망을 버리는 것이다.

체념에는 두 가지 종류가 있다. 하나는 절망에 뿌리를 내린 것이고, 또 하나는 누르려고 해도 누를 수 없는 희망에 뿌리를 내린 것이다.

인생에는 목표를 향해 힘차게 나아가는 의지력이 필요한 반면, 이미 지나간 일에 대한 체념이 필요하다. 힘차게 나아갈 때 나아가고 물러설 때 물러설 줄 아는 것이 인생의 지혜이다. 성공한 사람이 한 번의 실패로 자신을 망치는 것은 그것으로 인해 너무 상심했기 때문이다. 인생에는 체념의 순간도 필요하다는 사실을 잊지 말라.

체념의 경지란 자기 자신 앞에 나아가 진실과 맞닥뜨리는 상태에서 갖게 되는 감정이다. 그것은 처음에는 고통스럽지만, 진실과 정면으로 맞서지 않고 스스로를 속이려는 자가 빠지기 쉬운 절망이나 환멸 등으로부터 자기를 지키게 되는 것이다. 믿어지지 않는 것을 믿으려고 노력하는 것만큼 곤혹스러운 상황이 오래 계속되면 분노가 솟기 시작한다. 자기기만에서 벗어나는 일이야말로 행복을 얻는 데 없어서는 안 될 조건이다.

18일

December

인류는 끊임없이 완성을 향해 나아간다. 그러나 아무것도 하지 않고 완성되어가는 것은 아니다. 사람들이 스스로 완성을 이루기 위해 노력하기 때문에 발전이 이루어진다.

악을 송두리째 뿌리 뽑고 올바른 사회를 건설하려는 노력은 모두가 허사라고 한다. 즉 모든 것은 그 자체로써 이루어지고, 진화는 저절로 일어나는 현상이라는 것이다.

아무리 작은 일이라 할지라도 그대는 사회개혁 운동에 참여하지 않으면 안 된다. 작고 눈에 보이지 않는 일이 쌓임으로써 사회변혁이라는 큰 물결이 이루어진다.

지상에서 안락을 추구하지 말라. 인생의 목적은 하나인 것이다. 사람들은 그 목적에 도달하고 싶어 하지만 그것은 쉽게 완성되지 않는다. 그러므로 지상에서의 안락은 바랄 것이 못 된다. 안락하게 지내는 것은 부도덕이다. 인생의 목적이 무엇이라고 단언할 수는 없다. 그러나 목적 없는 인생의 의의는 없다. 인생에 목적이 없다고 하는 것은 무신론이다. 그것은 인생을 모순과 기만이라고 생각하는 것과 같다. —마치니

만약 모든 것이 지금 있는 그대로 영원히 계속된다면, 이 세계는 어디까지나 고리타분하고 생기 없는 세상이 되어버릴 것이다.

19일

December

행복한 정신 상태에는 두 가지가 있다. 그 하나는 정신의 평화 또는 만족이다. 다른 하나는 언제나 즐겁게 산다는 것이다. 첫째 상태는 인간에게 아무런 거리낌이 없고 현세의 물질적 행복이 부질없다는 것을 분명하게 느끼는 조건 하에서 가능하다. 둘째 상태는 자연의 선물이다. -칸트

참된 행복은 우리들의 수중에 있다. 그것은 그림자처럼 선량한 모든 생활의 뒤를 따라간다.

생활의 목적을 정신의 완성에 둔 인간에게 불만족이란 있을 수 없다. 그가 바라는 것은 모두 그의 내부에 존재하고 있기 때문이다. -파스칼

굳센 정신을 가진 사람이라면 외부세계의 장애는 아무 문제가 되지 않는다. 맹수들은 장애에 부딪치면 한층 더 사나워진다. 마찬가지로 굳센 정신력으로 모든 일을 헤쳐나가는 사람에게는 일체의 장애가 도리어 강한 힘을 더해줄 뿐이다. -아우렐리우스

참다운 행복은 도덕 그 자체이다. -세네카

선량한 일을 행하면서도 자기 자신을 불행하다고 생각하는 자는 궁극적으로 그 선을 믿지 않는 것이다.

운명의 손길이 아무리 참혹하다 하더라도 인생의 모든 순간을 선한 것으로 만드는 것, 이것이 생활의 예술이다. 그것이야말로 이성적 실재로서 참된 재산이다. -리히텐베르크

모든 것은 신께서 주신 것이다. 그러므로 모든 것은 행복하다. 불행은 우리가 근시이기 때문에 볼 수 없는 행복에 불과하다. -파스칼

20일

December

항상 스스로를 사랑하고 이해하며 또한 극복하라.

'인류에 대한 사랑'이라는 말은, 사람이 자신의 마음속에서 만들어낸 자기 자신에 대한 사랑을 말한다.

그대가 어떤 불만을 느끼거나 무엇을 두려워하는 것은 자기 자신을 믿지 않기 때문이다. 만약 그대가 자신을 믿는다면 어떤 희망도 불만족으로 끝나지는 않는다. 왜냐하면 그대 자신 속에 존재하는 희망은 성취되는 것이기 때문이다. 그러니 아무것도 두려워할 필요가 없다. -에머슨

어떤 일이 그대 앞에 닥쳐올지라도 자기 자신을 잃지 않으면 결코 파멸하지 않을 것이다.

자애는 훌륭하고 거룩하다. 그것은 큰사랑의 일부이다. 그리고 온갖 혼의 집산 가운데서의 신의 광선이며 커다란 사랑의 불꽃이다.

신의 마음은 우리의 마음속에 침투하고 있다. 우리들은 신을 볼 수 없다. 신은 우리와 너무나 가까이 존재하며 우리의 마음속 깊이 숨어 있어서 우리의 불완전한 인식 위로는 떠오를 수 없기 때문이다. 신이 그와 같이 우리와 가깝게 존재하는 것은 우리가 신을 인식하기 때문만은 아니다. 우리가 신에 속한다는 것을 가르치기 위해서 모종의 영향을 미치는 것이다. 진정 자비로운 아버지와도 같은 신의 선물이 그 안에 있다. -채닝

21일

December

우리를 피로하게 하는 것은 사랑이나 죄악이 아니라 지나간 일을 돌이켜보고 탄식하는 일이다.

몸이 피곤하면 육체가 노곤할 뿐만 아니라 정신적으로도 괴로운 상태에 빠진다. 피곤하기 때문에 번뇌가 스며드는 것이다. 의학적으로 보더라도 피곤은 추위와 더위 그리고 질병에 대한 신체적인 저항력을 약하게 만든다. 공포와 절망에 대한 저항력도 약화된다고 한다. 그러므로 피곤한 상태에 빠지지 않도록 주의해야 한다. 과로에도 불구하고 계속해서 일하는 것은 좋지 못하다. 편안히 쉰다는 것은 무엇보다도 효과 있는 약이다.

이기적인 노력만큼 사람을 피로하게 하는 것은 없다. 이로써 남는 것은 피로밖에 없다. 피로는 사람의 에너지를 고갈시킨다.

피로가 계속되면 사람은 쉬이 늙는다. 기분 좋게 일했을 때는 많은 일을 해도 크게 피로하지 않으나 하기 싫은 일을 하면 짧은 시간에도 피로가 온다. 또한 초조나 고민 같은 심리 상태가 피로를 가중하고 있다. 그러므로 우선 천천히 쉬운 일부터 시작하는 것이 좋다.

22일

December

청년들에게는 판단하는 것보다 발명하는 일이, 의논하는 것보다 실행하는 것이, 정해진 일보다 새로운 기획을 하는 것이 적합하다.

나는 그 인품 속에 얼마간 노인 같은 것을 가지고 있는 청년을 믿음직스럽게 여긴다. 마찬가지로 청년과 같은 면을 다소 지니고 있는 노인을 좋게 생각한다. 그와 같은 이들은 나이가 들어도 마음이 늙는 일이 결코 없다.

젊은이들은 특히 여행을 좋아한다. 그들의 목적이 가치 있는 일인가 아닌가는 여기서 문제되지 않는다. 젊은이들은 과감히 '존재할' 뿐 보상으로 무엇을 얻느냐, 무엇을 보존할 수 있느냐에 관심을 두지 않는다. 그들은 또 모르는 것이 많고 순진하기는 하지만 구세대보다 훨씬 더 성실한 것처럼 보인다. 그들은 시장에서 값나가는 상품이 되기 위해서 자아를 갈고닦지는 않는다. 그들은 끊임없이 거짓말을 하며 그들의 이미지를 보호하려고 애쓰지 않는다. 또한 어른들처럼 진실을 억누르는 데 에너지를 소모하지 않는다.

청년들이 아직 어떤 삶의 목표를 찾아내지 못했다 하더라도 그들은 자기 자신을 찾기 위해 끊임없이 노력하고 있다.

23일

December

아폴로 신은 프리아모스 왕의 딸 카산드라에게 반해 어쩔 줄을 몰랐다. 그는 그녀로부터 미래의 일을 미리 알 수 있게 해주면 몸을 허락하겠다는 약속을 받고 그것을 가르쳐주었다. 그러나 카산드라는 약속을 어기고 몸을 허락하지 않았다. 그래서 아폴로 신은 한 번만 키스를 해달라고 간청하여 그녀와 입을 맞추면서 그녀의 몸에서 설득력을 뽑아버렸다. 이 때문에 카산드라는 예언하는 힘은 남았지만 설득력을 잃어버려, 이후 아무도 그녀의 예언을 믿지 않았다.

예언자의 시대는 없어졌지만, 속임을 당하는 사람의 시대는 절대로 없어지지 않는다. 프랑스의 왕 루이 11세는 불길한 예언을 하여 우매한 백성들을 미혹시킨다는 이유로 어떤 예언자를 사형에 처하기로 하였다. 그러고는 그자를 붙잡아 앉혀놓고 물었다.

"너는 다른 사람의 운명은 잘 맞히는 모양인데, 너 자신의 운명은 알고 있느냐? 그래, 너는 앞으로 몇 해나 더 살 거라고 생각하느냐?"

예언자는 잠시 침묵을 지키다 대답했다.

"실상 저 자신의 운명에 대해서는 아는 바가 없습니다. 다만 폐하께서 돌아가시기 3일 전에 제가 죽으리라는 것을 알고 있습니다."

루이 11세는 즉각 사형을 중지시켰다.

사막에서 한 그릇의 물은 황금만 한 가치가 있다. 예지에 의한 행복은 다른 모든 지식보다 중요하다.

24일

December

자신의 정신적인 생활과 그 성장을 의식하지 못한다는 것은 무서운 일이다. 육체적인 생활만을 의식하고 있으면, 인간의 육체는 어쩔 수 없이 쇠잔하여 결국은 소멸하고 만다.

조화된 성장은 자연에 있어서와 같이, 인간에 있어서도 침묵 속에서 이루어질 수 있는 것이다. 소란 속에서는 항상 파괴적이고 죄악적이며 거친 것밖에는 있을 수가 없다. 그러나 참된 정신의 성장과 발달을 위해서는 침묵의 생활이 필요하다는 것을 알고 있는 사람은 흔하지 않다. 대다수의 인간은 홀로 남겨졌을 때 권태를 느끼며 초조해진다. 고요함과 고독 속에서만 인간은 굳센 생활력의 신장을 느낀다. –맬러리

이성의 위치에서 통찰하기를 게을리하지 않는 사람은 덕이 높은 사람이다. 덕이 없는 사람들은 늘 무지하며 죄악에 빠지기 쉽다. –중국 잠언

정신이 성숙해간다는 것은 힘이 넘친다는 것보다도 가치 있는 일이다. 우리들 자신 속에 존재하고 있는 영원한 것은 시간이 우리들 자신 속에 낳아놓은 것을 파괴함으로써 이익을 얻는다. –아미엘

정신의 진보를 얻어라. 그리고 다른 사람들의 정신적 진보를 도와라. 일체의 생활은 이러한 것을 위해 존재한다.

착한 인간이 되는 것에는 나이가 필요 없다. 나는 잘못을 저지를 때마다 그것이 이전에도 저질렀던 잘못임을 자각하지 않는 때가 없다. –괴테

정신적인 생활을 하는 사람들은 나이가 들면 들수록 지혜의 세계가 넓어질 뿐 아니라 더욱더 자의식이 명백해진다. 그러나 세속적인 생활을 하는 사람들은 나이가 들면 들수록 점점 더 약해질 뿐이다. –탈무드

정신 발달은 유년 시절로부터 이루어진다. 그리고 육체의 힘이 쇠잔해짐에 따라 완성에 가까워진다. 육체의 힘이 감소하는 것과 정신력의 성장은 바로 선 원뿔과 거꾸로 선 원뿔과 같이 정비례하는 것이다.

25일

December

진실한 자선은 희생적이고 은근해야 한다.

부유한 자의 커다란 베풂보다도 가난한 자의 작은 베풂이 오히려 참된 자선이다. 일하는 빈자만이 행복을 알 수 있다. 태만한 부자로서는 이 행복을 알 수 없다.

가난한 사람에 대한 부자들의 원조는 최대한 높이 평가해봤자 일종의 예의에 지나지 않는다. 그것은 결코 자비가 아니다. 남이 길을 물을 때 걸음을 멈추고 길을 일러주는 것은 예의이다. 돈을 빌리러 온 사람에게 돈이 있으면 빌려주는 것도 예의이다. 그러나 이런 일은 자비와는 아무런 공통점도 없다.

결합은 필요에 의해 생긴다. 해방은 의혹 속에 일어난다. 자비는 모든 것 속에서 생긴다.

물질적인 자비는 그것이 희생일 때에만 자비이다.

26일

December

아이들은 보는 대로 들은 대로 행동한다. 그러므로 교육적으로 가장 중요한 것은 아이들에게 영향을 줄 가르침의 선택이다.

우리는 종종 어린아이들에게 이렇게 말한다. '다른 동물에게 잔악한 짓을 해서는 안 된다.' '약한 자를 괴롭히지 말라.' 그러나 어린아이들은 부엌으로 들어갈 때마다 목이 잘리고 털이 뽑힌 닭이나 오리를 본다. 이와 같은 야만적인 행위를 보여주면서 아이들에게서 훌륭한 도덕적 가르침의 성과를 기대할 수 있을까?

-스트루베

인간이라면 누구나 유년 시절에 받은 인상을 가장 강렬하게 기억한다. 그리고 아이들 자신의 판단은 그들이 직접 눈으로 보고 겪는 실생활의 천 분의 일만큼의 영향력도 가지고 있지 않다. 그러므로 가르침과 상반되는 부모의 언행을 가까이서 보고 자란 아이들에게는 아무리 책을 읽혀도 소용이 없다.

아이들에게 겸손이나 노동, 자비를 가르치는 것은 무엇보다 필요한 일이다. 그러나 그런 것을 아무리 가르치더라도 그 부모들이 사치스럽게 살며 욕심을 부리고 태만한 나날을 보낸다면 그것은 헛수고에 불과하다.

아이들에게 행해진 모든 도덕적인 교육은 훌륭한 모범이 뒤따르지 않으면 안 된다. 그대 자신이 선한 생활을 하라. 적어도 그렇게 하려고 노력하라.

27일

December

국가는 강제성을 갖고 있다. 그러나 기독교는 마음속으로부터의 복종이다. 칼과 양을 모는 채찍은 전혀 모순된 일을 한다.

1915년 요한 구스는 그들의 배신행위를 폭로했다는 이유로 승정들로부터 이단으로 몰려 화형에 처해졌다. 화형에 처해지는 장소는 라인강 연안의 어느 도시의 성문 뒤였다. 구스는 그곳에 다다르자 무릎을 꿇고 신에게 기도드리기 시작했다. 이윽고 사형집행인이 구스에게 장작더미 쪽으로 가도록 지시했다.

"주여, 주의 가르침에 따라 이 무섭고 수치스러운 죽음을 견디겠습니다. 순종하겠습니다."

구스는 태연하게 외쳤다.

사형집행인이 다가와 그의 옷을 벗기고 두 손을 기둥에 잡아매었다. 주위에는 기름과 장작이 놓여 있었다. 마침내 장작은 그의 턱밑까지 쌓아 올려졌다. 최후의 순간에 이르러 구스를 사형에 처하려던 자들은 구스에게 마지막 회유를 해왔다. 이단자임을 인정하고 용서를 빌면 살려주겠다는 것이었다. 그러나 구스는 "아니다. 나는 아무런 죄도 범한 적이 없다"라고 결연히 소리쳤다. 사형집행인은 장작더미에 불을 붙였다. 구스는 '내 주 옆으로 가리다'라는 찬송가를 부르기 시작했다. 불길은 거세게 타올랐다. 마침내 구스의 찬송가 소리는 사라지고 말았다.

모든 국가적 기독교의 근저는 권력이다. 다시 말해 인간의 내면적인 존재보다 더 높은 외면적인 권위를 그들이 만들어낸 때부터 허위는 시작되었다. 그때부터 수많은 사람을 멸망시키고 오늘날까지도 무서운 결과를 드러내고 있는 허위가 시작됐다.

28일

December

죽음의 공포보다 강한 것은 사랑의 감정이다. 헤엄을 못 치는 아버지가 물에 빠진 자식을 구하기 위해 물속에 뛰어드는 것은 사랑의 감정이 시킨 것이다. 사랑은 나 이외의 사람을 나보다 더 아끼는 감정에서 나온다. 인생에는 허다한 문제와 모순이 있지만, 그것을 해결할 길은 오직 사랑뿐이다. 사랑은 나 자신을 위해서는 약하고 남을 위해서는 강하다.

희생은 비극이다. 그러나 영원한 내적 세계에서의 그것은 가장 숭고하고 장엄한 부활이다. 아무리 작은 침묵에 파묻힌 희생일지라도 영생의 빛 속에 들어가지 않을 것은 없다.

큰 희생을 하는 것은 어렵지 않다. 그러나 작은 희생을 줄곧 계속하는 것은 힘이 든다.

너는 말한다. "선행(善行)을 위해서는 싸움을 희생하라"라고.
나는 말한다. "선전(善戰)을 위해서는 만물도 희생한다"라고.

29일

December

폭력에는 폭력으로써 대항할 수 있다. 다만 폭력에 대항하지 않음으로써, 또 폭력에 참가하지 않음으로써 폭력을 정복할 수 있다.

살생의 사나운 본능이 몇천 년이란 세월을 흘러왔기 때문에 인류의 머릿속에 깊이 뿌리박고 말았다. 그러나 우리는 언젠가는 이 가공할 죄악으로부터 해방되는 날이 있다는 희망을 잃어서는 안 된다. 그때 진화한 인류는 우리가 자랑해 마지않는 오늘날의 이 문명을 어떠한 시각으로 볼 것인가?

억압은 사람들이 어떠한 폭력에도 참가하지 않고, 그 때문에 겪는 일체의 박해를 몰아낼 수 있는 시대가 되어야만 자취를 감출 것이다. 억압을 없애는 길은 이것 하나뿐이다.

30일

December

3주 동안 서로 연구하고, 3개월 동안 서로 사랑하고, 3년 동안 서로 싸우고, 30년 동안 서로 참는다. 그리고 그들의 자식들이 또 부모와 같은 일을 되풀이한다.

행복한 결혼이 드문 이유는 부부가 서로 그물을 만드는 데 바빠서 바구니를 만드는 노력을 하지 않기 때문이다.

돈을 위하여 결혼하는 것보다 더 나쁜 것이 없고, 사랑만을 위하여 결혼하는 것보다 더 어리석은 일은 없다.

그대가 두려워하고 있는 사람을 사랑할 수는 없다. 또한 그대를 두려워하고 있는 사람을 사랑할 수도 없다. –키케로

도덕을 이야기하면서도 의무를 가정이나 국가에만 한정시키는 사람들은, 정도의 차이는 있을지언정 이기주의를 주장하는 사람이다. –마치니

결혼이 일곱 성사(聖事)의 하나인지 일곱 대죄의 하나인지는 아직 확실치 않다. 사람들은 대개 서둘러 결혼하기 때문에 그 결과 일평생을 두고 후회를 남긴다.

결혼에 대하여 스무 번이고 백 번이고 깊이 생각해보아야 한다. 사람은 어찌할 수 없을 때 죽음에 임하듯, 그렇게 할 수밖에 없을 때 결혼하는 것이다.

31일

December

어떻게 살아야 하는가를 배우는 데는 전 생애가 필요하다. 사람은 누구나 갓 태어났을 때는 솔직하지만 죽을 때는 거짓말쟁이가 되어 있다.

과거는 이미 존재하지 않는다. 미래는 아직 오지 않았다. 현재는 이미 존재해 있던 과거와 아직 존재하지 않는 미래를 연결하는 무한히 작은 한계점이다.

시간이 흐른다고 그대는 항상 불확실한 기억에 의해 말한다. 시간은 멈추어 있는 것이다. 흘러가는 것은 그대 자신이다. –탈무드

기회는 우리들의 등 뒤에 있다. 앞에도 있다. 그러나 우리들의 옆에는 없다.

나는 정신과 육체로 되어 있다. 육체는 모두 동일하다. 물질적인 것은 모든 것을 구별하는 능력이 없기 때문이다. 정신에 있어서 정신으로부터 생겨나지 않는 모든 것은 동일하다. 정신생활이 자립하고 있기 때문이다. 그러나 정신생활은 과거와 미래에 있어서 의의를 가지고 있지 않다. 그 중요성은 전부 현재에 집중되어 있다. –아우렐리우스

인생은 낙원이다. 사람들은 모두 낙원에서 살고 있다. 다만 우리가 그것을 알려고 하지 않을 뿐이다. 만약 우리가 그 사실을 깨닫는다면 이 지상에는 내일이라도 당장 낙원이 이루어질 것이다.

인생이란 기쁨도 아니고 슬픔도 아니며, 그 두 가지를 종합해 나아가는 과정에서 파악되어야 한다. 커다란 기쁨도 커다란 슬픔을 불러올 것이며, 또 깊은 슬픔은 큰 기쁨으로 통하고 있다. 자기의 할 일을 발견하고 그 일에 신념을 가진 자는 행복하다. 사람의 가치는 진리를 척도로 하지만, 그가 가지고 있는 진리보다도 그 진리를 찾기 위해 맛본 고난의 과정에 의하여 정의되어야 한다.

Decemer

December

사람은 죽은 뒤에 비로소 평등하게 되는 것이 아니다. 이 세상의 모든 존재는 한 가지씩의 고민거리를 가지고 있다는 점에서 평등하다. 삶의 번뇌는 울퉁불퉁한 땅을 평평하게 다져놓듯이 이 세상의 높고 낮은 것을 고르게 찾아간다.

괴로움을 스스로 이겨나가지 않는 자는 자기의 영혼을 구할 수 없다.

우리는 이 세계를 우리들의 관념에 의해서 보려고 한다. 이 세계를 있는 그대로 보는 것이 아니다. 자기의 관념이 주는 빛 속에서 보는 것이다. 이 세상에 혐오를 느낄 때 이 세계는 검은 안경을 쓴 듯 어둡게 보인다.

한 알의 씨앗이 땅에 떨어져 썩지 않는다면 그 한 알에 그치리라. 그러나 그것이 썩으면 이윽고 풍성한 열매를 맺게 되리라.

이기심은 인간성의 주된 동기이다. 그것은 사람이라면 도저히 피할 수 없는 특질이기 때문에 우리 존재는 이 특질에 의해 결정된다. 그러나 나는 이기심을 악덕이라고 부르고 싶지는 않다. 이기심이 없었다면 오늘의 우리도 없었을 것이다.

좌절이 있어 우리는 불행하다. 손이나 발 때문에 그대가 좌절하게 된다면 그것을 끊어버려라. 불구로 살아가는 것은 온전한 육체로 영원히 불길 속으로 던져지는 것보다는 나은 일이다. 또 그대의 눈이 그대를 좌절하게 만든다면 그 눈을 빼버려라. 외눈으로 생명을 이어가는 것은 두 눈을 멀쩡하게 뜨고서도 영겁의 불 속에 던져지는 것보다 낫다.

우리는 한 점 티끌에 불과한 존재이다. 그리고 언젠가는 다시 티끌로 돌아가리라. 이것이 자기 자신에 관하여 우리가 아는 제일의 진리이다. 다음의 진리는 토지를 경작하는 것이 우리들의 가장 중요한 의무라는 것이다.

가장 훌륭한 의지는 아무리 거친 흙이나 굳은 암석층이라 해도 자신의 길을 뚫고 나간다. 선에 대해서도 같은 말을 할 수 있다. 선량하고 진실한 인간 내면의 힘은 그 어떤 쇠망치나 날카로운 도끼날로도 당해내지 못한다.

진리보다 종교를 더 사랑하는 사람은 결국 종교보다 종파를 더 사랑하게 될 것이다. 그러다가 마침내는 자기 자신만을 사랑하게 될 것이다.

인간의 마음은 신의 빛이다.

그대가 불만을 느끼고 두려움을 느끼는 것은 그대 자신 속에 존재하고 있는 신의 사랑을 믿지 않기 때문이다. 그대가 신을 믿는다면 그대의 희망은 어떤 경우에도 불만족으로 끝나지는 않는다. 그대 자신 속에 존재하고 있는 신의 희망은 언제나 이루어지는 것이기 때문이다. 아무것도 두려워할 필요가 없다. 신은 두려움을 모른다.

인간의 힘을 자연의 힘에 비교해본다면 우리는 운명의 희롱거리에 지나지 않는다. 그러나 우리가 스스로를 신의 창조물이라고 생각하고 창조주의 뜻이 우리의 내부 깊숙이 스며들어 있음을 느낀다면 이윽고 평화와 안정을 얻게 될 것이다.

착오는 기교적인 어떤 지지물을 필요로 한다. 그러나 진리는 언제나 홀로서 있다.

만족이란 때로 체념을 의미한다. 도저히 안 되겠다고 여겨 희망을 버리는 것이다.

365 인생독본

초판 1쇄 인쇄·2021년 11월 22일
초판 1쇄 발행·2021년 11월 26일

지은이·레프 톨스토이
옮긴이·최종옥
펴낸이·이춘원
펴낸곳·노마드
기 획·강영길
편 집·이경미
디자인·블루
마케팅·강영길

주 소·경기도 고양시 일산동구 무궁화로120번길 40-14(정발산동)
전 화·(031) 911-8017
팩 스·(031) 911-8018
이메일·bookvillagekr@hanmail.net
등록일·2005년 4월 20일
등록번호·제2014-000023호

잘못된 책은 구입하신 서점에서 교환해 드립니다.
책값은 뒤표지에 있습니다.

ISBN 979-11-86288-51-1 (03890)

Лев Толстой

Круг Чтения